Monnica Hackl

Der Guru

Alles Liebe zum
Geburtstag und viel Spaß
beim Lesen
wünschen
Ly + Anja

Monnica Hackl

Der Guru

Roman

Herbig

Im Zen gebräuchliche Begriffe aus dem Chinesischen, Japanischen, Sanskrit und Tibetischen sowie Ausdrücke aus dem Thailändischen und Ungarischen sind im Glossar S. 330 erklärt.

Alle Personen, Handlungen und Gemeinschaften sind frei erfunden, Ähnlichkeiten sind rein zufällig.

Schutzumschlag: Wolfgang Heinzel
Satz: Filmsatz Schröter GmbH, München
Gesetzt aus: 11/13,5 Pkt. Simoncini Garamond
Druck und Binden: Wiener Verlag, Himberg
Printed in Austria
ISBN 3-7766-1904-X

Inhalt

Prolog

Die Brüchigkeit. Da war es wieder, dieses Bild aus dem Garten der Kinderzeit: Die Spiräenhecke, in sanftem Bogen von der Bruchsteinmauer herabhängend und schattenwerfend. Alles ganz sanft, die winzigen hellgrünen Blätter und das Gespinst der feinen Zweige. Das konnte nur eines bedeuten: *Endzeitlich.* Sie ahnte es schon als Kind, wenn sie die Hecke sah.

Sie war dicht, versponnen, so endgültig in jeder Hinsicht. Was immer das genau bedeuten mochte, das Kind wußte es nicht und genoß es, sich auf dem kleinen Platz aufzuhalten, der unterhalb der Hecke im Garten aus unregelmäßigen Kalksteinplatten gebildet war. Warm waren diese Steine, manchmal sogar heiß, ganz schnell sprang sie dann, damit die kleinen, hellen Fußsohlen den heißen Stein nur kurz berühren mußten. An manchen Sommertagen waren die Steinplatten so heiß, daß sie ihnen zu trinken brachte. Erst nur ein wenig, damit sie sich nicht verkühlten. Auch sie wurde ja oft ermahnt, nur nichts Kaltes auf einen Zug auszutrinken. So ließ sie zuerst ein paar Tropfen von den Fingerspitzen auf die Steine herunterrinnen. Das war der schönste Moment dieses Spiels – der Kalkstein wurde zum Löschpapier und saugte durstig die Tropfen auf, doch ein paar Augenblicke später war er wieder genau so trocken und heiß wie zuvor. Erst der zweite Tropfen begann dem hellen Kalk Farbe zu geben. Dann verband sie die feuchten Punkte, die sie über die Steinplatte verteilt hatte, mit Wasserwegen, indem sie mit nassem Finger von Punkt zu Punkt Linien zog. Linien, die zuerst aufgesogen, dann feucht, dunkel und stumpf wurden. Erst als der durstige Stein sich gesättigt hatte, glänzte das geometrische System von Linien und Punkten in sattem, feuchten Glanz. Und dann, erst dann durfte der so vorbereitete Stein mit einer ganzen Handvoll Wasser übergossen werden, dann erst bekam er in vollen Zügen zu trinken. Wenn die Steine getrunken hatten, war es auch an ihr, sich abzukühlen – ungeschriebene, aber äußerst strenge Regeln in einem Kinderreich: Langsam betrat sie die erste Stufe des Schwimmbassins, das sich neben dem Kalksteinplatz befand, von ihm eingerahmt wurde. Dabei ließ sie sich viel Zeit, das frische, kalte Wasser zwischen ihren Zehen zu genießen, dieses Gefühl! Sie verstand nie, wie man so einfach in das Wasser hineinspringen konnte – ein grausamer Vorgang, wie es schien. Minuten saß sie da, sich mit dem Wasser befreundend, es auf sich vorbereitend. Dann einen Schritt tiefer, Knie und Oberschenkel wurden von einer kühlen Schicht überzogen. Und nun der Bauch, das war das Aufregendste, ganz schnell nahm sie diese Stufe und kostete die Augenblicke aus, die die Kühle brauchte, um zuerst durch den Badeanzug, dann endlich kalt, so kalt, an die Haut zu dringen. Jetzt fehlte nur noch ein kurzer Sprung, ein Taucher ins Kalte, und dann schwamm sie das Becken hinauf, hinunter. Immer wieder und immer an dieser Hecke vorbei.

Sie schwamm lange, bis die Kälte sie innerlich fast durchdrungen hatte. Dann hinaus in die Sonne, die jetzt nicht mehr so sengend wirkte, sondern warm und freundlich den Körper berührte. Ganz naß sich auf die Steine legen, sich

in den Stein hineinfließen lassen, den Abdruck der Vorderseite naß hinterlassend, dann den der Rückseite, mit ansehen, wie die Steine die nassen Körperformen tranken, wie die Steine sie aufsaugten, das letzte Restchen Feuchtigkeit von ihnen gelöscht wurde. Und in der nun wieder heiß gewordenen Sonne ein Blick zur Bruchsteinmauer, zur Spiräenhecke und: *Endzeitlich.*
Jahre später, die Hecke war abgeholzt worden – von ihrer Mutter, die einen seltenen Sinn für das Wertvolle, das Wahre hatte: Sie verschenkte die Bücher, die sie am liebsten gelesen hatte, ließ die runden Rosenbeete einebnen, den Holunderstrauch abhakken, auch die steinerne Bank wurde versetzt und so weit nach Osten hingeschoben, daß sich keiner mehr darauf setzen wollte. Als ob sie ahnte, welche Botschaft hinter diesen Formen für ihre Tochter zu spüren war. Mit untrüglichem Instinkt versuchte sie, Veränderungen zu verhindern, das Abgleiten in den uferlosen Raum, der nur Gefahr bedeuten konnte und nichts anderes. Wie in einem überdimensionalen Schachspiel versetzte sie die Figuren so, daß keiner sich mehr zurechtfand: Bänke, Beete und Sträucher, die wie Akupunkturnadeln im Körper der Erde ihre machtvolle Botschaft an die weitergaben, die sie verstanden, wurden herausgerissen, kahle Stellen und unausgefüllten Raum hinterlassend.
Sie war kein Kind mehr, immer jedoch, wenn sie an diesen Platz kam mit zwanzig, dreißig oder vierzig Jahren – das Vakuum der nicht vorhandenen Hecke schrie zum Himmel – schwebte dennoch das unveränderliche *Endzeitlich* unsichtbar über diesem Ort.
Und dann das nächste Bild: Der graue Strom, reißend mit trügerischen Ruheinseln aus riesigen, flachen Wasserplat-

ten wie von Blei. Die Äste am Ufersaum, meist Weiden, hingen ins Wasser hinein. Die schlanken Zweige wirbelten und wurden niemals weggeschwemmt. Doch auch in diesem Bild war etwas, das sie nicht beschreiben konnte. Ganz unbemerkt hatte sich auch hier ein Hauch des Endzeitlichen hineingeschlichen. Eine Ahnung nur, eine kaum wahrnehmbare Verschleierung der Farben, eine zarte Brüchigkeit in den Konturen, die untrüglich vermittelten: Der Herbst, im Ansatz schon vorhanden, der Herbst ist da. Die Fülle zerbirst ganz langsam und strahlend, täuscht Sommer vor, denen, die nicht sehen können. Ihr war es klar jedes Jahr, diese Brüchigkeit bedeutete den kaum sichtbaren Übergang in eine neue Jahreszeit. Drei Wochen später sahen es dann alle.«

Begegnung

Ich war nie gut in Anfängen, auch im Beenden zeigten sich meine Grenzen: Immer versuchte ich in der Zeit zurück- oder vorauszugehen, um den Punkt zu finden, an dem alles entstanden war oder den, der das äußerste Ende zeigte. Ich fand ihn nie.

Beginne ich mit dem Tag, als ich ihn das erste Mal sah, der mein Leben so nachhaltig verändern sollte? Mit dem Tag, an dem ich meine Familie verließ? Oder mit jenem Tag, an dem ich das Zendo zum ersten Mal betrat, die Übungshalle, die acht Jahre lang meine Heimat werden sollte?

Ende Zwanzig war ich damals, meine Studien an der Universität hatte ich nicht vollendet; erst die Ehe, blutjung, dann die Kinder. Bald begann dieses Leben mich aufzuschlucken, mir kaum noch Zeit zu lassen – Alltäglichkeiten, ein unablässiges Bemühen. Wenn alles getan war, spürte man nichts mehr von der Mühe, die das System aufrecht erhielt. Aber wehe, ich las einmal zu lange in einem meiner Bücher, dann konnte man sehen, daß etwas nicht stimmte, und Unordnung kehrte ein. Manchmal war ich von der unablässigen Beschäftigung dieser Tage so müde, daß ich früh und traumlos ins Bett sank. Erstickend an Gesprächen mit Nachbarinnen, Kindergärtnerinnen, Müttern, die strickten, häkelten und kochten, immer auf der Suche nach neuen Backanleitungen, Rezepten zur Hautpflege, die Kinder in Musikgruppen schleppend, in Turnstunden, zu Geburtstagen, bei denen die kleinen Jubilare mehr geschenkt

bekamen als zu Weihnachten. Geschenke, aufreizend verpackt in silberstreifigem Glanzpapier, gelockten Schleifen, verständnislos und gierig aufgerissen und bald an irgendeiner Stelle des Wohnzimmers landend, oft schon zertreten, bevor der Nachmittag vorüber war. Gegen Ende unerläßlich weinende Kinder, denen Tränen und Rotz über die Wangen flossen, weil sie nicht verlieren konnten bei den unzähligen Pfänderspielen, die bepackt mit Kaugummis, gewonnenen Farbstiften und Büchern, mit Tortenresten und zerfließender Schokolade beschmiert ihren Müttern ins Ohr kreischten, wer an dieser Misere schuld war: »Mama, der hat...«
Nachbarinnen, die mich drauf aufmerksam machten, daß meine Wäsche nicht so an der Leine hing, wie sie sollte: Erst die Unterhosen, dann die Hemden, dann Handtücher, alles nach Größe geordnet und keinesfalls so durcheinander gewirbelt wie das, was von meiner Leine im Wind flatterte. Wie man die Haare trug als verheiratete Frau, und keinesfalls zu bunte Kleider, nicht zu auffallend, und dann erst die Ohrringe, die immer zu groß waren und es auch noch heute sind. Gesprächsfetzen dieser Jahre. Dann die Einladungen, die gesetzten Freunde meines Mannes. Heiterkeit ja, aber bitte nicht überschäumend. Bildung war gerne gesehen, eine Prise Humor mit hinein gewoben, alles in den Grenzen, die dem Leben Sicherheit verliehen. Nur keinen Schritt hinaus, nur keine Erfahrungen wollen, die andere noch nicht gewagt hatten. Nicht die Nase in den Wind der Freiheit stecken, kein Anzweifeln der aufgestellten Grenzpfähle und ja keinen Schritt darüber hinaus wagen. Denn Gefahr drohte, Gefahr war gegenwärtig, Gefahr, die mit Gedankenfreiheit begann.

Ein wenig Luft noch versuchte ich mir zu erhalten. Ich nannte sie Sehnsucht, und sie hielt mich am Leben. Zeit, die verschleiert wie in einem fernen Nebel lag, und ich fragte mich, ob nicht meine Geschäftigkeit ein Fliehen und Vermeiden dessen war, nach dem ich so heftig verlangte. Dieses Jagen nach etwas, das nicht das meine war, Regeln erfüllen, die andere für mich aufgestellt hatten, wohlgelitten sein – wieder ein neuer Kuchen für die Gäste und die charmante, die gebildete, die geschickte Frau Walden. Das war zuwenig, um davon leben zu können. Hätte ich nur damals sehen können, wie ich heute sehe, das wachsblasse Gesichtchen Ferdinands, wenn er schlief, Michaels schweißnasse Kringellöckchen, die fest zupackenden Händchen meist schmierig und schmutzig, aber immer heiß wie das Leben selbst. Heute könnte ich erkennen, was damals dahinterstand und heute noch steht: *Endzeitlich.*
So aber waren meine Sinne wie Fühler nach außen gerichtet, und ich spürte es in jeder Faser: Etwas, ja, etwas würde kommen; diese Sehnsucht, diese Ahnung, diese Gewißheit. Es würde kommen, aber es *war* noch nicht. Ich schalt mich heimlich wegen dieser Einbildungen, wie ich sie nannte, versuchte zur Vernunft zu kommen. Aber die Erwartung setzte sich hartnäckig in meinen Gedanken und Träumen fest. Unausrottbar dieses Etwas, nur gelegentlich unterdrückt von der Logik des gesunden Menschenverstandes. Aber meine Logik war schwach, und es gelang ihr nur für kurze Zeit, die empfindliche Seifenblase meiner Träume unter die Oberfläche der Vernunft zu pressen. Doch dann schoß sie mächtiger denn je hervor, empfindlich, aber nicht zu zerbrechen. Und wieder war ich erfüllt von diesem rätselhaftem, diesem unmöglichen Wissen.

Später dachte ich darüber nach, wie alles verlaufen wäre, wenn ich damals schon um eines der Geheimnisse des Lebens gewußt hätte. Daß nämlich nur das *Wie* über den Sinn entscheidet: Man kann alles tun, lesen oder putzen – Treppen, Toiletten, Gemüse, Wertvolles und Schmutzarbeit; was man auch tut, es ist alles dasselbe und durch und durch großartig, wenn man es richtig tut. Ich lernte es im Zendo.

Ich litt unter Rückenschmerzen, war sicher, daß sie durch das ständige Tragen und Heben der Kinder verursacht wurden. Die Söhne wurden größer, die Schmerzen aber blieben und erinnerten mich fast bei jeder Bewegung daran, daß etwas nicht stimmte. Ich hatte die verschiedensten Therapien ausprobiert. Nichts half länger als ein paar Tage, und meine Hausärztin, die jeden duzte, sagte zu mir: »Herzikinderl, was ist denn los mit dir? Keiner kommt so oft wie du.«
Ich stand in stummer Empörung auf. Sie glaubte mir nicht! Und worauf spielte sie an, meinte sie vielleicht, ich sei psychisch krank? Ein entsetzlicher Gedanke, der mich wütend machte. »Nein«, sagte ich, »mir fehlt sonst nichts weiter. Ich habe keine Sorgen, ich habe keine Probleme.«
Das war die Zeit, als mich meine Freundin Elisabeth anrief, um mir zu erzählen, daß sie einen unglaublichen Mann kennengelernt hatte. »Du mußt ihn treffen. Er ist Ungar, Istvan Zsolan, er ist gerade aus China zurückgekommen, wo er längere Zeit gelebt hat. Dort lernte er bei buddhistischen Mönchen Akupunktur. Er wurde selbst buddhistischer Mönch und tibetischer Lama – du mußt zu ihm gehen, er hilft dir bestimmt! Er macht auch Zen.«

»Was heißt das – ›Senn‹? Davon habe ich noch nie gehört.«
»Am besten kann man es erklären, indem man sagt, was es nicht ist. Also es ist kein Nachdenken, es ist keine Theorie. Ach, ich weiß selbst nicht so genau, was es eigentlich ist. Jedenfalls sitzt man ganz ruhig und meditiert, hat er mir erklärt. Dadurch kommt man zu einer ungeheueren geistigen Entwicklung. Und denken darf man auch nicht dabei!«
»Nicht denken?«
»Ja, das ist wirklich das Schlimmste, denn du darfst nichts anderes tun, als nur still sitzen und gleichmäßig atmen. Ich habe beinahe den Eindruck, daß Zsolan den Intellekt und das Denken verachtet, er lebt nur für die Meditation.«
»Und dann?«
»Man sitzt so lange, bis die Erleuchtung kommt.«
Die Erleuchtung, was für ein Wort! Ich wußte nicht, was das war, aber ich wußte, ich mußte es haben! Ganz gewiß, diese Erleuchtung brauchte ich sogar ganz dringend.
»Erleuchtung ist das Kernstück der östlichen Religionen und das Ziel jeder Meditation«, erläuterte Elisabeth. »Sie ist zugleich die Erfahrung von Licht und unvorstellbarem, unbeschreiblichem Glück. Wir würden Gotteserfahrung dazu sagen, aber du spürst selbst, wie langweilig dieses Wort klingt.«
Eine seltsame, drängende Begierde hatte mich erfaßt, und ich bat: »Elisabeth, gib mir sofort die Adresse, ich will zu ihm!«
Ein paar Tage später bekam ich einen Termin. Die fremdartige Atmosphäre der Praxis erfüllte mich mit leichter Beklemmung, die Luft war schwer und duftete geheimnisvoll. Später erfuhr ich, daß tibetische Räucherstäbchen diesen

Geruch verbreiteten. Etwas Fremdes schien hier vorzugehen, seltsame Bilder hingen an den Wänden, die mich gleichzeitig fesselten und warnten, anzogen und mit Unbehagen erfüllten. Ungeheuer, die schreckliche Tänze aufführten, Paare in rhythmischen Verschlingungen, in unheimlichen, düsteren Farben.

Eine Tür öffnete sich, und ein älterer Mann kam etwas zerzaust heraus: »Sie können jetzt hineingehen«, murmelte er. Ich betrat einen riesigen, leeren Raum, der nur einen Tisch, zwei Stühle und eine Liege enthielt. All diese Möbel waren ganz am Rande des Zimmers aufgestellt, um die Raumwirkung zu betonen. Die Schuhe hatte ich zuvor ablegen müssen, und ich fühlte durch die Strümpfe den groben, warmen Reismattenteppich.

Er stand mitten im Raum und sah mich an – ein feines Entsetzen fuhr mir durch das Herz. In meiner ersten Regung wollte ich mich umdrehen, um einfach davonzulaufen, doch da war etwas, das mich gleichzeitig abstieß und fesselte, und ich erinnerte mich meiner Rückenschmerzen, meiner guten Erziehung und blieb.

Er war ein schlanker, sehr großer und überaus strahlender Mann. Als ob ein wirbelnder Taifun ihn mitten aus der prächtigen Vergangenheit des chinesischen Kaiserhofes hier in dieses Zimmer gestellt hätte, trug er das Kostüm eines Mandarins aus weinroter, schimmernder Seide. Die Jacke reichte bis weit über die Hüfte herab, die losen Ärmel fielen ihm über die eleganten Handgelenke und schimmerten bei jeder Bewegung in einem anderen Licht. Auch die Hose fiel sehr weit und schien um den Körper gewickelt zu sein, ihr Saum endete etwa eine Handbreit über

den Knöcheln. Und in all der seidenen, schillernden Pracht war er barfuß, mitten im Münchner Winter.
Elisabeth hatte mich nicht auf seine Schönheit vorbereitet, und so traf mich seine zaubrische Erscheinung und ließ mir den Atem stocken: Was für ein unglaublicher, was für ein würdiger Mann! Noch nie war ich einem ähnlichen Menschen begegnet, er fiel aus jeglichem Rahmen, den ich hätte beurteilen können.
Und dann erst sein Kopf! Er war ganz kahl geschoren, was ihm eine seltsame Aura verlieh. Seine ebenmäßigen Züge wirkten vergeistigt und waren gleichzeitig von dem Geheimnis ewiger Jugend erfüllt. Nie hatte mich ein Mann zuvor mit einer solchen Güte angesehen, wie er es jetzt mit sehr sanften, dunklen Augen tat. Sein Alter war aufgrund seines radikalen Haarschnitts schwer zu schätzen, war er vierzig, fünfzig oder gar sechzig Jahre alt? Intelligent war er auf jeden Fall, das konnte ich sehen, und von großer innerer Kraft ebenfalls. So strahlend konnte kein Mensch sein, er war wie ein fremdartiger Dschinn, ein Geist aus der Flasche, ein Wesen aus einer anderen Welt...
Seine Stimme, rauh und gütig und mit starkem ungarischen Akzent, drang in meine Überlegungen ein: »Was ist mit Ihnen los? Warum sind Sie hier?«
Ich erzählte von meinem Rücken.
»Das interessiert mich nicht! Sind Sie verheiratet? Wie ist Ihre Ehe? Haben Sie Kinder?«
Er betonte immer die erste Silbe, eine Angewohnheit fast aller Ungarn, an die ich mich später noch gewöhnen sollte. Ich wand mich förmlich, denn auf diese Themen wollte ich nicht hingewiesen werden und erst recht nicht darüber sprechen. Doch er bestand darauf und drängte mich so

lange, bis ich zögernd und mit verlegenen Pausen berichtete.
Doch dann kam ich plötzlich in Fahrt und war froh, sprechen zu können, immer flüssiger erzählte ich ihm von meiner Familie und meinem Lebensweg. Er nickte beifällig, unterbrach mich manchmal, um eine teilnehmende Bemerkung zu machen. »Arme, kleine Frau, ich verstehe Sie, verstehe Sie vollkommen.«
Als ich geendet hatte, umriß er mit eigenen Worten mein Leben: Ein strenger, einengender Ehemann, eine Frau, eingespannt in Haushalts- und Familienpflichten, keine offene Kommunikation zwischen den Partnern und alle Wege in Freiheit, in Bildung und Wissen verschlossen – ein trauriger Zustand! So schlimm war mir meine Situation bis jetzt nie erschienen, ich hatte gelebt, ohne darüber nachzudenken, Beklemmung und Einseitigkeit auszuhalten versucht.
Ja, das war es. Eine beschämende Bilanz für mich, aber er hatte recht, so bitter mir diese Feststellung auch schmeckte, ich wollte sie jetzt nicht mehr verdrängen und verleugnen. Ich hatte versucht, Verstecken zu spielen, eine Ehefrau zu sein, charmant, angepaßt, fleißig, alle Probleme wegzustecken, damit sie ihre Daseinsberechtigung verloren.
»Sie haben leider recht«, stammelte ich, und ohne, daß ich es wollte, füllten sich meine Augen mit Tränen.
Zsolan nickte beifällig nach dieser geglückten Inszenierung und strich sich über seinen kahlen Schädel. Er schien zufrieden und lächelte, während ich mich immer unbehaglicher fühlte.
Hatte ich zuviel erzählt, diesem fremdartigen, strahlenden

Mann zuviel von mir preisgegeben – was hatte das alles mit meinen Rückenschmerzen zu tun? Wieder der Impuls davonzulaufen, um diesen unheimlichen Mann, diese eigentümlichen Räume, diese Gerüche hinter mir zu lassen. Erst jetzt fiel mir schlagartig auf, daß wir beide ganz allein in der Praxis waren. Eine Sprechstundenhilfe schien es nicht zu geben, der automatische Türöffner hatte mich hereingelassen. Ein feines Lächeln schwebte auf Zsolans schmalen Lippen, es verflüchtigte sich und wurde zu einem geheimnisvollen, einem schweigenden Schatten.

»Wie das Grinsen der Katze in *Alice im Wunderland*«, entfuhr es mir.

»Was meinen Sie damit?« Seine rauhe Stimme riß mich aus der magischen Stimmung heraus, und plötzlich bekam ich es mit der Angst zu tun. Ich fühlte mich wie in einen unheimlichen Film versetzt und sagte innerlich zu mir selbst: Geh und verschwinde, solange es noch nicht zu spät ist! Aber dann blieb ich doch sitzen, wie hypnotisiert und unfähig, mich aus dieser verzauberten Situation herauszubegeben. Das Schweigen dauerte an. Zsolan zeigte weiterhin sein magisches Lächeln. In mir schien sich, körperlich spürbar, etwas zu verrücken oder umzuformen – was machte er da mit mir! Um dieser befremdlichen Atmosphäre zu entkommen, sagte ich hastig: »Und was ist mit meinem Rücken, können Sie ihn behandeln oder soll ich wieder gehen?«

Er zuckte zusammen, als hätte ich ihn beim Nachdenken gestört, und machte eine hastige Bewegung. »Auf keinen Fall, das werde ich übernehmen. Machen Sie Ihren Rücken frei und legen Sie sich auf diese Liege.«

Er führte mich durch den Raum und legte mir dabei die

ganze Zeit die Hand auf die Schulter, sie war heiß und schwer, als ob er sich auf mich stützte. Diese Hand verwirrte mich, aber nun war ich schon so in das Geschehen verstrickt, daß ich nicht mehr protestierte, sondern seinen ruhigen Anweisungen folgte.

»Ich gebe Ihnen jetzt eine Akupunkturbehandlung und werde Sie stechen und spicken wie einen Rehrücken!«

»Wird es weh tun?«

»O natürlich, es ist entsetzlich, Sie werden brüllen vor Schmerzen«, antwortete er mit einer krausen Auffassung von Humor.

Die Behandlung war aber dann doch nicht so schmerzhaft, wie ich befürchtet hatte. Obwohl mein ganzer Rücken voller Nadeln steckte, fühlte ich mich wohlig warm und entspannt. Zsolan, der Zauberer, kniete sich am Kopfende der Liege auf den Boden vor mich hin. Barfuß und die Zehen in die füllige Reisstrohmatte vergraben, saß er so, daß ich ihm ins Gesicht sehen konnte, während ich auf dem Bauch lag.

Er erzählte mir die absonderlichsten Geschichten: Von Tibetern, Chinesen, Mönchen und Äbten, die seltsame Kräfte hatten. Einer von ihnen konnte die Hand auf einen schweren Holztisch legen, worauf der Tisch sich an der Handfläche haftend emporhob. Ein anderer verließ seinen Körper, wann immer er wollte, ein dritter – ein Lama der Lung-gom-pa-Schule, lief in Trance versunken große Strecken und machte dabei Sprünge, die hoch wie ein Haus waren. »Ich selbst habe all diese Menschen gekannt und mit ihnen gesprochen – tibetisch natürlich.«

Ich hörte gebannt zu und konnte nur wehrlos staunen; nie zuvor hatte ich derartiges gehört. Seine heisere, harte und zugleich sanfte ungarische Stimme trieb mich vorwärts wie der schnelle Schlag einer Trommel. Sie öffnete mir einen Vorhang, hinter dem fremde, zaubrische Welten lagen, ließ mich einen Wimpernschlag lang in eine geheimnisvolle Ferne sehen. Die Öffnung im Vorhang war klein, und der Blick in die Weite dauerte nur einen Augenblick – aber tief innerlich hatte er mich mit dem Duft seines Räucherwerks erreicht, hatte meine Seele gestreift. Ich roch ein Geheimnis, ein gigantisches Geheimnis, von dem, wie bei einem Eisberg, nur ein Neuntel seiner wirklichen Größe zu sehen war. Der Rest war noch verborgen, aber ich spürte seine Nähe, spürte, wie es um mich zu wirken begann. Es war mir zugleich fremd und im Innersten vertraut. Von diesem Augenblick an war ich verloren – ohne es zu wissen.

Als ich dann, von den Nadeln befreit, stolz auf meine erste Akupunktur zurückblicken konnte, die exotischste Behandlung, die ich je bekommen hatte, fühlte ich mich überraschend wohl. Die Schmerzen waren verschwunden, und mein ganzer Körper war leicht und schwerelos. Ich versprach wiederzukommen. Auf dem Heimweg jubelte ich innerlich, es ging mir so gut wie schon lange nicht mehr, und ich hatte etwas gefunden, das mich hoffen ließ. Istvan Zsolan, was für ein schöner Name.

Mein Mann teilte meine Begeisterung für Therapie und Therapeuten nicht, als ich ihm schilderte, was ich erlebt hatte. Er war mißtrauisch und abweisend, doch das war nichts Neues für mich. Zu gerne hätte ich mit ihm wie mit einem guten Freund geredet und nicht immer seinen leisen Unwillen und die Ablehnung gespürt, die aufkam, wenn wir über Themen sprachen, die mir wichtig waren. Im Laufe der Jahre brachte er fast allem, was ich sagte, Tadel und Zurückweisung entgegen, und ich wurde allmählich klüger und behielt meine Fragen für mich. Elisabeth war die einzige, mit der ich offen sprechen konnte. Sicher wäre mein Leben anders verlaufen, wenn wir beide hätten Freunde sein können. Aber so spürte ich hinter seinen Argumenten nur die Angst, mir mit jedem ermutigenden Wort eine Freiheit einzuräumen, die mich von ihm entfernte. Eine lange Leine, wie froh wäre ich gewesen und wie treu an einer solchen gehangen. Aber er hielt sie so kurz, daß sie mir den Hals zuschnürte und ich sie schließlich abwerfen mußte, um selbst zu überleben.

Ich hatte auch versucht, mit ihm über diesen merkwürdigen Ungarn, der als buddhistischer Mönch auftrat, zu sprechen, über Akupunktur, chinesische Medizin, Räucherstäbchen und die ganze geheimnisvolle Atmosphäre, aber er wollte nicht. Also rief ich, wie so oft, Elisabeth an. Wir kannten uns schon lange und hatten während der Abiturfahrt das sommerlich brütende Griechenland bereist, in einem Bus voller schnatternder junger Mädchen, einer Nonne, einem Arzt und einem exzentrischen Busfahrer, Erlebnisse, über die wir gerne lachten. Sie hatte mich zugedeckt, als ich hoffnunglos alkoholisiert von zuviel Retsina in Volos darniederlag, die Fußsohlen voll mit schwarzen, widerhakigen Seeigelstacheln, ein blasses, heulendes Stück Elend. Und auch ich hatte sie schon in einer miserablen Lage gesehen, als sie von einem zweijährigen Aufenthalt aus England zurückkam und sich braungebrannt, mit viel zuviel Schmuckgeklimper behangen präsentierte, um das zu kaschieren, was sie sonst noch mitgebracht hatte – fünfzehn Kilo Übergewicht. »Der Porridge ist daran schuld«, sagte sie.

Elisabeth kannte mich gut, sie würde mich verstehen!

»Ich bin so froh für dich, daß du hingegangen bist und daß es dir besser geht. Wie hat er auf dich gewirkt?«

»Überwältigend, ich hatte geradezu Angst vor ihm. Dieses unglaubliche Gesicht, der kahle Schädel! Und er war ganz und gar in bestickte, dunkelrote Seide gehüllt, so fremdartig wie ein Flaschengeist! Ich hatte das Gefühl, in eine andere Zeit geraten zu sein, als ich ihn sah, und am liebsten wäre ich einfach weggelaufen.«

»Wußtest du denn nicht, daß er die Gelübde als Mönch und Lama in Tibet abgelegt hat? Er ist auch jetzt noch Lama und trägt deren Kleidung. Lange Jahre hat er in tibetischen Klöstern meditiert, er hat die Erleuchtung, das hat er mir erzählt.«

»Erleuchtung, schon wieder dieses Wort! Erklär mir noch einmal, was das genau ist.«

»Es muß ein inneres Erlebnis sein, das dich völlig verändert. Du bist wie von hellem Licht geblendet, und danach weißt du einfach alles. Du kannst kein Leid mehr empfinden, du bist überglücklich, und vermutlich kannst du auch Gedanken lesen. Weißt du, jeder erzählt einem etwas anderes darüber.«

»Gedankenlesen, das muß ja aufregend sein. Gerne würde ich das können.«

»Die Erleuchtung kommt aber erst über dich, wenn du dich ordentlich geplagt und jahrelang meditiert hast. Selbst Buddha hat einige Jahre dazu gebraucht.«

»Wie schade, daß es so lange dauert. Kommt die Erleuchtung eigentlich schnell oder langsam?«

»Sie kommt blitzartig schnell und dann, wenn du sie am wenigsten erwartest, so steht es jedenfalls in den Büchern.

Ein berühmter japanischer Zenmeister wurde auf der Toilette erleuchtet, als er das Plätschern seines Urins hörte!« Wir sprachen noch lange darüber, was Erleuchtung bedeutet. Elisabeth hatte mich auch über die ungarische Angewohnheit aufgeklärt, markante Nachnamen anstatt des Vornamens zu verwenden, und Istvan Zsolan faszinierte uns beide gleichermaßen. Elisabeth hatte es jedoch leichter mit ihm. Sie war nicht so behütet aufgewachsen wie ich und als Künstlerin schon des öfteren mit dem fernen Osten in Berührung gekommen. Ich selbst kannte nur die Krämerrivalitäten zwischen katholischen und evangelischen Christen, die sich durch die Familien und die Religionsstunden des Gymnasiums zogen. Die Sehnsucht nach innerer Erfahrung hatte mich schließlich dazu gebracht, an der Universität Theologie zu belegen, und ich erinnere mich noch gut an die ersten Vorlesungen, in denen ich gebannt an den Lippen der Vortragenden hing, immer wartend auf Es, auf das Eine, das Wesentliche. Es kam nie, und ernüchtert erkannte ich, daß keiner der Professoren glaubte, keiner ein inneres Wissen besaß. Der Herr der Welten, den ich so liebte, war nur ein Lehrstoff für sie, den sie wie einen aufgespießten Schmetterling erforschten, beleuchteten und töteten, ihn mottenlöchrig und staubig in Vorlesungen preßten, um dann zu verkünden, was sie für Wahrheit hielten, was ihre Kirchen erlaubten, daß es für wahr gehalten wurde.

Die ganze Woche bis zum nächsten Behandlungstermin dachte ich nur an den rätselhaften Ungarn. Und als ob er sein geheimnisvoll fesselndes Werk, das mich immer mehr in seinen Bann zog, auch in der Ferne fortsetzen könnte,

kam ich während eines Stadtbummels an einer kleinen, in eine Häuserfront eingelassene Kirche vorbei.
Aus der halbgeöffneten Tür schwebten Gesänge. Ich schlüpfte durch das angelehnte Portal, durch eine schwere Portiere. Der Kirchenraum war voller Menschen, eine Tafel wies darauf hin, daß dies die Kirche der während des Aufstands geflohenen Ungarn sei und heute eine besondere Messe zu Ehren des Ungarnkönigs und heiligen Istvan gesungen würde. Es berührte mich sehr, diesen verzauberten Klängen in einer fremden Sprache, *seiner* Sprache, zu lauschen. Die Sopranstimme schwebte unglaublich süß über dem aufsteigenden Weihrauch und den Lichtreflexen der hellen Glasfenster.
Nach der nächsten Behandlung lud er mich zu einer Tasse Tee ein. Aber er trank ihn nicht aus Tassen, nein, er bot ihn aus wunderschönen, zart bemalten, vergoldeten Schalen an. Und es war auch kein herkömmlicher schwarzer Tee, so wie ich ihn gewohnt war. Er hieß Dan Kui Cha und duftete exotisch, eine andere Sorte nannte er Gunpowder, wieder eine andere Dong Cha. Ich durfte von allen probieren. Zsolan war lebhaft und aufmerksam, er kochte Wasser und brühte mir den Tee in verschiedenen Schalen auf. Dabei überschüttete er mich mit Erzählungen über die Wirkungen des Tees.
Ich begann die Unterhaltung mit ihm zu genießen. Das heißt genau gesagt, ich genoß es, seinen spannenden, unerhörten, köstlichen Geschichten zuzuhören. Er legte mir den Arm auf die Schulter, und ich roch einen mich befremdenden, sinnlichen Duft; lächelnd drückte er mich kurz an sich. »Denken Sie immer daran, ich bin da, um Ihnen zu helfen. Das und nichts anderes ist meine Aufgabe.

Ich habe dieses Gelübde in einem tibetischen Kloster vor dem Lehrer des Dalai Lama abgelegt. Mögen alle Lebewesen glücklich sein!«

Der große, schöne Mann legte zum Abschied die Hände in Gebetshaltung zusammen und verneigte sich vor mir. Über seine Hände hinweg traf mich ein Blick von unsagbarer Güte und Entrücktheit.

Als ich ihn verließ, war ich glücklich, lebendig und beschwingt. In der folgenden Woche hatte ich nichts Eiligeres zu tun, als mir Gunpowder und Dong Cha zu besorgen, wobei mir letzterer Schwierigkeiten bereitete, denn er war nirgendwo zu bekommen.

Auch nicht in dem palastartigen, hellgelb erstrahlenden Feinschmeckerimperium, in das ich mich noch nie hineingewagt hatte. Dieser feine Tempel der Gourmets war meine letzte Hoffnung, so drängte ich mich zwischen Pfarrhaushälterinnen hindurch, an ganz feinen gepuderten Damen vorbei, deren Make-up schlagartig am Kinn endete, so daß ihre gleichmäßig gebräunten Gesichter auf einem bleichen Hals saßen. Über ein antoupiertes Haargespinst hatten sie helmartig ihr blondiertes Haar gezogen, sorgfältig in künstliche Rollen gelegt. Zögernd fragte ich an der üppigen Teetheke nach Dong Cha. »Ich hätte gerne ein Päckchen Dong Cha Tee.«

»Wie bitte?«

»Dong Cha Tee.«

»Was soll das sein? Davon habe ich noch nie gehört.«

»Unfermentierter, chinesischer Tee.«

»Danach hat noch nie jemand gefragt.« Sie wirkte ein wenig verlegen und murmelte Entschuldigungen in den gestärkten Kragen ihrer Baumwollbluse hinein.

Obgleich enttäuscht, diesen Wundertee hier nicht kaufen zu können, erfüllte es mich mit sanfter Genugtuung, etwas zu fordern, das an diesem außergewöhnlichen Ort noch gänzlich unbekannt war. Ein paar Jahre später führte jeder kleine Chinaladen und beinahe jeder Supermarkt diesen exotischen Tee. Vorläufig begnügte ich mich jedoch damit, Gunpowdertee zu trinken. Und jede Schale Tee, denn Schalen hatte ich natürlich auch besorgt, war mit Gedanken an Zsolan, an Meditation und Erleuchtung, was immer das genau sein mochte, verbunden. Eine dieser Schalen liebte ich besonders, ich besitze sie noch heute, sie hat die Brüchigkeit meines früheren Lebens überdauert und ist in verschieden hellen Grüntönen bemalt, dazwischen ein Hauch Gold und Rosé. Eines der wenigen Stücke, die mich noch aus einer Zeit begleiten, deren dunkle Schatten ich mittlerweile fast ganz vergessen habe.
Der nächste Behandlungstermin verlief ebenso wie der vorherige; nach der Therapie gab es Tee, und mir wurde viel erzählt. Ich genoß diese Stunde allein mit ihm und war auch stolz, bevorzugt zu werden. So etwas konnte Elisabeth nicht aufweisen, sie besuchte zwar einen Meditationskurs bei ihm, aber von gemeinsamen Teestunden hatte sie nie etwas erwähnt. Mit einem Male hatte auch ich Anschluß an die ferne Welt gefunden, ich, die in einem Vorortshaus und Familienangelegenheiten vergraben war. Mein Leben hatte eine neue Bedeutung erhalten.

Die Freunde meines Mannes, die Menschen, mit denen ich Umgang hatte, waren alle so respektabel, daß ich von ihnen plötzlich für ganz verwegen gehalten wurde. Der Mann einer Studienkollegin, ein dünner, magenkranker

Beamter mit einem geradezu lächerlich unanständigen Namen, pflegte mich versonnen anzusehen, um mich dann überraschend genug »meine kleine Zauberin« zu nennen. Was ihm irritierte Blicke von seiner Frau und mir eintrug. Für mich aber gab es kein Zurück mehr, Zsolan hatte mir eine Tür aufgemacht, durch die ich ganz gewiß gehen wollte. Diese Sehnsucht nach mehr, nach unzerstörbarer Erfüllung, war kein Traum gewesen, sondern es gab wirklich eine Welt, in der ich mich daheim fühlen konnte. Die zehn Jahre meiner Ehe waren mir immer mehr zum Gefängnis geworden, meine Gefühle, meine Gedanken und, was mich am schlimmsten traf, auch meine Freude am Leben waren durch meinen zwanghaften Mann beinahe zerstört worden. In seiner Anwesenheit konnte ich nicht mehr frei atmen. Jetzt spürte ich, daß er mir meine neuen Erfahrungen nicht gönnte. Zum erstenmal seit langer Zeit war ich jedoch nicht gewillt, nachzugeben und mir mein Eigenes rauben zu lassen, zu stark war die Empfindung, nun auf dem für mich richtigen Weg zu sein. Die neue Welt, die mir Zsolan eröffnete, sollte meine Heimat werden, in der ich mich wohlfühlen und ganz ich selbst sein konnte. Ich hatte begonnen, meine Identität neu aufzubauen.

Inzwischen sprachen Zsolan und ich nicht mehr über Teesorten, sondern diskutierten bewegendere Themen. Er sprach über Meditation, über Erleuchtung und die unaussprechliche Glückseligkeit während der Zazenpraxis. Zazen heiße nichts weiter als Stillsitzen, erklärte er mir.

All das war neu und aufregend für mich, und ich spürte, daß mein Weg in diese Richtung gehen würde. Die Meditation war nach seinen Worten ein äußerst einfacher Vorgang mit tiefgreifender Wirkung und der kürzeste Weg,

um zur Erleuchtung zu kommen. Man benötige dazu nur ein festes Kissen – seines war rund und hatte einen schwarzen Bezug – und nützlich sei es auch, währenddessen ein Räucherstäbchen anzuzünden. Das wichtigste aber sei die Körperhaltung.
Zsolan ließ mich auf seinem Kissen Platz nehmen und erklärte mir, wie ich mit gerader Wirbelsäule zu sitzen hatte. Schwierig war, daß die Beine in einer Art erschwertem Schneidersitz, den er Voll-Lotus nannte, verschränkt wurden. Dabei sollten die Knie den Boden berühren. Sie sollten es, aber sie taten es nicht, meine Knie befanden sich in dieser Haltung weit über der Strohmatte, auf der das Kissen lag. Es gelang mir auch nur unter erheblichem Zerren und Ziehen, die Fußsohle auf den jeweils gegenüberliegenden Oberschenkel zu legen. Wenn mir das gelungen war, rutschte ich meist wieder halb vom Kissen herunter und konnte den Rücken nicht mehr gerade halten. Zsolan betonte immer wieder, wie bequem diese Sitzhaltung sei und daß es sogar möglich sei, darin einzuschlafen. Unermüdlich korrigierte er meine Haltung und zeigte mir Übungen, die zur Lockerung der Knie- und Fußgelenke dienten. Er meinte, daß ich nach drei Monaten in der Lage sein würde, jenen korrekten Lotussitz einzunehmen, der unabdinglich nötig sei, um zur Erleuchtung zu kommen.
»Sie werden es wahrscheinlich nicht für möglich halten, aber als ich in Tibet Mönch war, mußte ich in einem Kloster acht Stunden lang ununterbrochen sitzen. Ich durfte nicht einmal zur Toilette gehen.«
»Wie konnten Sie das durchhalten?«
»Nun, danach war ich nicht mehr in der Lage, meine Beine zu strecken. Ich mußte mich auf den Rücken fallenlassen

und in dieser Lage die Unterschenkel geradeziehen. Ich massierte mir eine halbe Stunde lang die Muskeln, erst dann konnte ich langsam aufstehen.« Er lachte in der Erinnerung an dieses Ereignis.
»Wie ging es den anderen Mönchen dabei?«
»Oh, sie saßen einfach weiter so und bekamen dann etwas zu essen. Sie blieben in dieser Haltung sitzen und fanden es kein bißchen anstrengend.«

Zu Hause hatte ich mir einen Platz im Wohnzimmer geschaffen, an dem ich Zazen üben konnte. Er befand sich gegenüber eines schmalen Mauervorsprungs mit Blick auf den Garten. Jeden Tag wartete ich auf die Zeit, zu der beide Kinder in Schule und Kindergarten waren. Nun war ich allein im Haus, das Telefon wurde unter einem dicken Kissen versteckt, und ich konnte mit der Meditation beginnen.
Wie viele Dinge kamen mir in den Sinn, wenn ich auch nur vorhatte, mich hinzusetzen! Plötzlich war ein Handgriff im Haushalt wichtig geworden, ein Telefonanruf. Lauter nichtige Ablenkungsmanöver schossen mir durch den Kopf. Ich wunderte mich über mich selbst, den ganzen Tag fieberte ich auf diese so kurze freie Zeit hin, und wenn sie gekommen war, fand ich Ausflüchte. Später erfuhr ich, daß es vielen Übenden ähnlich erging. Es ist tatsächlich vorgekommen, daß ich diese kostbare Zeit bis auf die letzte Minute verplemperte. Aber das geschah selten. Meist fand ich mich anfangs etwas angespannt, dann aber ruhiger auf dem Kissen sitzend. Ich war unsicher, was genau ich zu tun hatte. Zsolan hatte vom Zählen der Atemzüge gesprochen, aber wie ging das vor sich? Zählte man dabei bis hundert

oder sogar bis tausend? Ich wußte es nicht und wollte mich nicht mit der Frage danach lächerlich machen. Es kam mir ein wenig seltsam vor, daß der Weg zur Erleuchtung durch Zählen gefunden werden sollte. Wo blieb da die Heiligkeit, wo die erhabenen Gedanken und Gefühle? Also bedachte ich meine Atmung mit »Aufmerksamkeit«, wie Zsolan immer sagte. Das hieß für mich, ganz genau zu beobachten, wie sich mein Bauch hob und senkte. Im Verlauf einer solchen Sitzung wurde der Atem immer feiner und feiner, so daß ich mich schließlich damit begnügte, dem kaum spürbaren Luftzug an den Nasenlöchern meine Aufmerksamkeit zu widmen. Genau zu dieser Zeit begann dann – ich erwartete es schon mit Spannung – dieses zarte, schwebende Gefühl, das ich so liebte.

Ich saß auf meinem Kissen, ich hörte die Geräusche von draußen hereindringen, ich war anwesend – und doch nicht da. Die wissenschaftlichen Erklärungen, die ich über Meditation und die Veränderung von Gehirnströmen las, waren sehr abstrakt, der Zustand jedoch wurde meine Zuflucht: Anwesend zu sein und gleichzeitig unerreichbar; ein Unantastbarsein, ein sich langsam um mich aufbauendes Feld von vertrauter Süße. Ich konnte Einbrüche in meine gewohnten Reaktionssysteme wahrnehmen. Die Umstände, denen ich ausgeliefert war, formten sich scheinbar um, so daß ich mir jetzt mein Leben selbst strukturieren konnte oder das zumindest glaubte. Natürlich geschah alles nur ansatzweise. Die Schichten, durch die ich bis jetzt mich und meine Umwelt wahrgenommen hatte, wurden mürbe und zerbröckelten vor meinen Augen.

Zugegeben, ich befand mich in einem äußerst egozentrischen Zustand. Alles kreiste um mich und meine Wahrnehmung der Dinge – das war fesselnd und neu für mich, ein ständiges Abenteuer. Dabei vergaß ich zwar meine Pflichten nicht, aber ich war nicht mehr so dabei wie früher: Der Mann, die Kinder, der Haushalt, all das hielt ich etwas weiter von mir, ließ ich Abstand nehmen. Ich liebte die Kinder und begann, von ihnen zu lernen, eine faszinierende Erfahrung. Dennoch lebte ich wie in einem Kokon, dessen feines Gespinst die Alltäglichkeit auf Armlänge von mir entfernt hielt. Er filterte alles, was mir widerfuhr, ich lebte in seinem Schutz.

Trotzdem war es eine Lebensqualität, die mir noch lange nicht selbstverständlich war: Ich mußte erst einmal lernen, mit dieser neuen Wahrnehmung umzugehen, denn ich glaube, die Wahrnehmung war das erste, das sich veränderte. Wenn ich einer Unterhaltung zwischen Freunden folgte, sah ich deren Gemütsverfassung mit ungekannter Klarheit. Ich glaubte ihre Beweggründe, ihre Sehnsüchte zu erkennen. Auch zu mir selbst empfand ich Abstand, obwohl ich mich mir zugleich so nahe fühlte wie nie zuvor. Manchmal mußte ich über mich selbst lächeln: So seltsam war mir seit meiner Pubertät nicht mehr zumute gewesen. Anscheinend machte ich eine zweite Entwicklungsphase der Seele mit, es fehlte nur noch, daß ich wieder fettige Haare und Pickel bekam und in Schwärmerei verfiel. Ich war ganz Empfindung und unaufhörlich beschäftigt, diese neuen Gefühle zu ordnen und zu integrieren. Schweigend nahm ich wahr, denn das Formulieren dieser Erfahrung fiel mir schwer. Immer mehr *wußte* ich in mir mit absoluter Gewißheit, aber leben konnte ich diese Essenz noch nicht. Wenn ich einmal darüber sprechen wollte, schien ich eher Ängste als Frieden zu vermitteln. Wie gerne hätte ich mich meinem Mann mitgeteilt. Ich erinnere mich noch an den Abend, an dem ich ihm, noch erfüllt von Zazen, die Wahrheit des Spruches »Liebe – und tue, was du willst« nahebringen wollte. Ich wußte, daß Augustinus das geschrieben und selbst erfahren hatte.

»Es ist so: Wenn die Liebe einmal da ist, kannst du alles tun, du kannst nicht mehr aus ihr herausfallen.«

Mein Mann antwortete mir entsetzt: »Dann kann einer kommen und sagen ›Ich liebe‹ – und dann bringt er dich um!«

Meine Mutter unterstützte ihn: »Da ist doch Liebe ein Freibrief für alles: Man sagt einfach nur, daß man liebt, und tut, was einem gefällt!«

»Hört mir doch einmal richtig zu! Wenn du wirklich die Erfahrung der Liebe gemacht hast, so ist das unzerstörbar. Du kannst dann nichts Schlechtes mehr tun, nichts mehr, was außerhalb der Liebe ist, denn das ist aus sich selbst heraus unmöglich geworden.«

»Und woher weiß man das so genau?« Die Stimmen wurden lauter. »Maria, du bist einfach zu naiv. Du kennst das Leben nicht und weißt nicht, wie gemein die Menschen sein können. Jeder kann vorgeben, daß er liebt.«

»Es geht nicht darum, es geht allein um die Erfahrung, denn nur sie bringt Gewißheit.«

»Woher werde ich wissen, ob das wahr ist? Nein, das ist ein zu gefährliches Spiel!«

So endeten diese Gespräche, und die versuchte Verständigung blieb aus. Statt dessen verhärteten sich die Fronten. Ich fühlte, daß meine Freunde Angst vor der Freiheit hatten, in die wir eintreten, wenn sich das Tor der Liebe einmal geöffnet hat. Sie kämpften darum, es geschlossen zu halten.

Zwar hatte sich – wie ich es heute sehe – damals dieses Tor für mich noch nicht so weit geöffnet, wie ich glaubte; das sollte erst viel später geschehen. Ich konnte nur einen Schimmer sehen, der durch die Ritzen fiel und dessen Widerschein ich für das Licht hielt, doch diese Ahnung schien mir damals schon wunderbar genug. Eine Fährte war gelegt, der ich immer nachspüren würde, ich war hungrig geworden nach dem, was am Ende des Weges auf mich wartete. In den langen Stunden der Meditation war ich auf etwas gestoßen, etwas, das in mir immer gleich heiter, gelassen und unveränderlich blieb – ungeachtet aller äußeren Einflüsse. Kummer, Ärger, Angst kamen mir nicht mehr so nahe wie früher. Sie konnten mich zwar noch berühren, aber nie mehr so wesentlich, wie sie es zuvor getan hatten.

Natürlich erzählte ich Zsolan begeistert und bewegt von diesem zauberhaften Zustand. Er fixierte mich streng und fragte: »Sehen Sie irgendwelche Bilder?«
»Nein.«
»Hören oder fühlen Sie etwas?«
»Ich höre nichts während der Meditation, aber ich habe ganz seltsame Gefühle.«
»Was für Gefühle sind das?«
»Ich kann es schwer beschreiben. Es ist ein wunderschöner Zustand des Losgelöstseins. Ich bin wie unverletzlich durch gröbere Dinge. Und manchmal glaube ich tatsächlich zu schweben.«
»Was sollen diese Worte«, fuhr er mich hart an. »Zen ist keine Schwärmerei für unausgefüllte Hausfrauen. Lassen Sie diese Gefühlsduseleien beiseite. Sitzen Sie nur – nur sitzen, das ist alles!«

Ich kämpfte mit meiner Enttäuschung. Warum brüllte er mich auf einmal so an? Ich konnte ihm anscheinend nicht klar machen, daß dieser glückliche Zustand für mich etwas ganz Besonderes war. Immer war Zsolan nur sanft und gütig gewesen, und nun diese Härte.
Ich sprach mit Elisabeth. »Ja, weißt du denn nicht, daß sich ein guter Zenmeister durch Härte auszeichnet? Alle Gurus sind so. Sie brüllen den Schüler an, um ihn aus seiner Verblendung zu reißen.«
»Aus seiner Verblendung?«
»Natürlich. Unsere ganze Welt besteht nur aus täuschenden Wahrnehmungen, und durch Erleuchtung kommen wir zur Wahren Wirklichkeit, anders geht es nicht.«
»So habe ich mir das Meditieren nicht vorgestellt. Warum ist diese Welt auf einmal nicht mehr real? Ich verstehe das nicht.«
»Es ist auch nicht einfach zu verstehen. Aber du hast schon einen Anfang gemacht. Glaub mir, wenn er dich anschreit, meint er es gut mit dir. Es gibt einen tieferen Sinn für sein Vorgehen. Alle Erleuchteten sind etwas seltsam.«
»Glaubst du denn, daß Zsolan wirklich erleuchtet ist?«
»Aber sicher, er hat mir gegenüber die herrlichen Seinszustände erwähnt, in denen er sich oft tagelang befand.«
»Tatsächlich!«
»Ja, es geschah, während er als Mönch in Thailand lebte, als er Wasser vom Brunnen holte. Ganz einfach.«
Ich hatte mir vorgestellt, daß die Erleuchtung mit einem großen Knall über mich hereinbrechen würde, etwa wie ein Feuerwerk. Ich würde ihr Kommen spüren, dessen war ich mir sicher. Mit zuerst leisen, dann immer lauter werdenden Schritten würde sie auf mich zukommen, unüber-

hörbar. Und dann, ja, dann würde etwas geschehen, das meine Vorstellung überstieg. Aber sie käme erwartet und angemeldet, dessen war ich mir gewiß.
Aber beim Wasserholen – warum nicht gleich bei der Mülltonne oder auf dem Klo, wie bei jenem angeblichen japanischen Toiletten-Guru, von dem Elisabeth erzählt hatte. Eine Erleuchtung, die derart profan zuschlug?
Eine Woche später hörte ich die Geschichte aus seinem eigenen Mund: »In Thailand lebte ich tagelang in Verzückungszuständen. Mich störten die Mücken nicht, die mich stachen. Ich arbeitete, ohne, daß dieser Zustand sich verflüchtigte: Ich wusch meine Mönchskleider, holte Wasser, aß und meditierte. Ach, es war herrlich, herrlich. Sie können sich keine Vorstellung davon machen!«
»Und dann, was geschah dann?«
»Oh, dann war es eines Tages vorbei.«
»Konnten Sie es nicht mehr zurückholen?«
»Zurückholen, was? Dummes Geschwätz.«
»Sagten Sie nicht zuvor, die Erleuchtung sei einmal und für immer?«
»Was verstehen Sie denn davon? Sie können noch nicht einmal richtig sitzen.«
Er hatte recht, das konnte ich nicht. Die Knie taten mir abscheulich weh, auch der Rücken und die Schultern schmerzten höllisch während meiner Meditationszeiten. Manchmal dachte ich die ganze Übungszeit nur daran, wann sie denn endlich aufhören würde. Ich verstand auch nicht ganz, warum er meine Gefühle während der Übung nicht anerkannte, denn bei seinen eigenen Erzählungen seiner Erlebnisse reagierte er immer sehr gefühlvoll. Seine Augen bekamen einen seltsamen Glanz, und sein Gesicht

begann intensiv zu strahlen. Die Stimme verriet Begeisterung, und er wirkte gleichzeitig anwesend und unendlich weit an einen Ort entrückt, an den ich selbst nie gelangen konnte. Vielleicht hatte er recht. Ich konnte wirklich nicht beurteilen, was auf diesem Gebiet richtig oder falsch war. Ich hatte noch nichts zu verbuchen, weder wirkliche Meditationserfahrung noch Erleuchtung.
Auch das Sitzen im Wohnzimmer konnte sich nicht mit seinen Leistungen messen. Es war nichts gegen seine faszinierenden Geschichten. Er war in Thailand, China und Tibet stunden- und tagelang in härtester Meditation verharrt. Die höchsten geistlichen Würdenträger Tibets hatten ihn gekannt und seine Gesellschaft gesucht. Sogar der Dalai Lama habe alle angemeldeten Besucher weggeschickt, um sich dann stundenlang mit ihm zu unterhalten. Nach drei Stunden habe Zsolan selbst ihn darauf aufmerksam gemacht, indem er sagte: »Eure Heiligkeit, wir wollen die vielen Menschen nicht länger warten lassen.«
Man hatte ihn für die härteste Meditation vorgesehen: Er sollte drei Jahre, drei Monate und drei Tage eingemauert werden. Dieses Thema war mir aus den Erzählungen Sven Hedins vertraut. Der so eingesperrte Mönch bekam einmal am Tag durch einen Schlitz in der Mauer sein Essen. Die ganze Zeit hindurch lebte er in Dunkelheit und Kälte. Als Kind hatte ich davon gelesen, und dieses Geschehen hatte mich mit Frösteln und Unverständnis erfüllt. Wie konnte ein Mensch auf diese herrliche Welt verzichten, ohne Sonne, Wind und Gespräche leben! Und jetzt saß ich einem dieser Auserwählten gegenüber, er neigte sich herab und sprach mit mir. Ich konnte es nicht fassen.
»Das hätten Sie getan!«

»Ja, aber dann kam mir ein Magenleiden dazwischen. Ich war drauf und dran, es zu tun. Dabei schläft man auch im Lotussitz. Man legt sich nicht etwa zum Schlafen hin. Nein, erstens ist es so wärmer, und zweitens kann man nicht umfallen. Nur der Kopf neigt sich ein wenig nach vorne. Manche Mönche sind sogar in dieser Haltung gestorben. Ich kannte einen, der spürte, daß er sterben würde. Er stand von seinem Lager auf, setzte sich in den Lotussitz und starb. Hier, sehen Sie, das ist ein Foto von ihm.«
Ein sehr magerer Mann, dessen Kopf ihm wie eine welke Blume auf die Brust gesunken war, träumte auf dem verblaßten, welligen Bild vor sich hin.
Er erzählte so spannend von sich, daß ich meine Umgebung völlig vergaß. Was Zsolan alles erlebt hatte! Ich kam mir ungeschickt vor, als blutiger Anfänger hatte ich versucht, diese Dinge zu beurteilen. Ich entschuldigte mich bei ihm. Er streckte die Hand aus und kraulte mir einen Moment lang das Haar. Vor zwei Wochen hatte ich aus einer Laune heraus mein schulterlanges, rötliches Haar ziemlich kurz schneiden lassen. »Ich werde Sie Bubi nennen«, sagte er, »mit diesem süßen kurzen Haar wirken Sie auf mich wie ein kleiner Bub.«
Bubi. Mit diesem Namen und dieser Berührung kam eine Facette ins Spiel, die mich unruhig machte. Ich spürte eine ungeheuere Anziehung, die ich nicht deuten konnte. Erotik war von vorneherein ausgeklammert, denn er war Mönch und außerdem doch schon ein älterer Mann. Was war es dann, das ich in seinen schwarzglänzenden Augen aufgefangen hatte?
Ich suchte Rat bei Elisabeth.
»Was hat er gemeint damit, warum hat er das getan?«

»Er sieht etwas in dir, das du nicht wissen kannst. Es muß eine Art geistiger Kraft sein, etwas anderes kommt bei ihm sowieso nicht in Frage; du weißt ja, daß die Meditation sein ganzer Lebensinhalt ist. Tibetische Mönche haben ungeahnte Fähigkeiten, vielleicht kann er hellsehen, oder er weiß, daß du für etwas bestimmt bist, was du selbst noch nicht erkennst.«
Anscheinend hatte Elisabeth recht, denn er lud mich von da an zu den privaten Meditationsabenden ein, die er in seiner Wohnung veranstaltete. Nur einige ausgewählte Personen würden teilnehmen. Ich war überglücklich dazuzugehören.
»Mein alter Freund Fritz kommt auch, er ist Priester. Kommen Sie, dann werden Sie sehen, wie es ist, wenn man mehrere Runden hintereinander meditiert.«
Die ganze Woche freute ich mich auf diese Abende. Im Halbdunkel des Raumes mit fünf Menschen zusammen, schweigend, der Klang einer kleinen, hellen Glocke nach fünfundvierzig Minuten Sitzzeit. Ein paar schweigsame Runden im Gehen, dann wieder sitzen. Die Heimfahrt – meist sang ich im Auto, während fallende Blätter über die Kühlerhaube wehten: »Draußen weht in Wirbeln welkes Laub, sei meine Heimat du, nach Straßen voller Staub...«
Das Leben zeigte sich ganz durchdrungen von Geheimnissen und wunderbar.

Ich erzählte einem befreundeten älteren Ehepaar, Romy und Rom Petrus, von meiner Begeisterung für die Meditation und diesen Abenden. Rom, der sich seit vielen Jahren mit diesem Thema befaßte, fing sofort Feuer: »Maria, frag bitte, ob wir beide auch dazukommen dürfen. Ich finde es wunderbar, daß ganz in unserer Nähe, direkt vor unserer Tür, diese Möglichkeit besteht. Wir müssen dazu nicht einmal nach Asien fahren!«

Wir drei hatten von nun an viel zu teilen. Es gab ein unerschöpfliches Thema für uns: Zsolan, sein Leben und die Meditation.

In der Zwischenzeit war meine Ehesituation so unerträglich geworden, daß ich tatsächlich einen Anwalt aufsuchte, um mit ihm die Scheidung zu besprechen. Endlich hatte ich mich dazu durchgerungen, meinen Mann zu verlassen. Ich wollte mit beiden Kindern weiter in die Stadt ziehen, um dort meine Ausbildung zu beenden. Dieser Entschluß erleichterte mich. Lange Monate hatte ich mich gequält, immer wieder dasselbe gedacht, erwogen und verworfen. Nun herrschte Klarheit: Ich hatte zu gehen, dann würde es wieder Frieden geben in mir und um mich herum.

Der Anwalt, ein älterer, dicklicher Herr mit glänzendem gelbweißen Haar, ein dickes Bündel von Sexheften lag nur halbversteckt in der Garderobe seines dunklen Hausflurs, brachte mich zum Weinen.

»Wie stellen Sie sich denn das vor? Sie nehmen die Kinder, gehen wieder an die Universität, um zu studieren – wie wollen Sie das bewerkstelligen? Sie haben keine Verwandten hier in der Stadt. Wer hilft, wenn die Kinder krank sind? Nein, nein, schlagen Sie sich das aus dem Kopf! Sie haben nur eine Chance, wenn Sie alleine gehen und die Kinder Ihrem Mann überlassen. Nur so können Sie überleben.«

»Aber das kann ich nicht – ich kann nicht ohne meine Kinder sein.«

In einem nüchternen, wenn auch eindringlichen Gespräch erklärte er mir die Sachlage: »Ihren Plan können Sie nur

verwirklichen, wenn Sie einen neuen Partner haben, zu dem Sie ziehen können und der Sie und die Kinder miterhält. Haben Sie denn niemand, der dafür in Frage kommt?«
Nein, ich hatte niemanden, keinen neuen Partner.
»Wirklich nicht?« Der alte Herr zeigte sich erstaunt. Ich sah auf und bemerkte ein kleines, ekelhaftes Lächeln auf seinem Gesicht. Er muß mir meine Befremdung angesehen haben, denn als ich genauer hinblickte, verschwand es wie ein Nebelhauch.
»Wirklich nicht.«
Wir sprachen noch zwei Stunden miteinander, und ich mußte in tiefster Niedergeschlagenheit einsehen, daß er recht hatte.
Beklemmung ergriff mich, eine Bedrückung, der ich kaum Herr werden konnte. Wie nicht enden wollender Novemberdunst raubte sie mir den Atem, und ich war allein. Elisabeth nahm meinen Wunsch nach Trennung nicht ernst, sie schien ihn eher für die Beschäftigungstherapie einer Nichtberufstätigen zu halten. Als sie spürte, daß ich tatsächlich ernst machen wollte, zog sie sich merklich zurück. Wir sprachen zwar noch oft miteinander, aber sie war vorsichtiger geworden. Vielleicht hatte sie Angst, daß mein Mann sie verantwortlich machen würde und ich sie als Zeugin in den Prozeß, der sicher kommen würde, hineinzöge. Das war der Punkt, an dem wir uns verabschiedeten – nicht in Worten, sondern in Gesten, vorsichtigen Antworten und zurückhaltenden Aussagen, der Punkt, an dem diese wunderschöne und mir so wichtige Freundschaft zerbröckelte, faulte und schließlich endgültig zu atmen aufhörte.

Auch in meinen Verwandten fand ich keinen Halt. Meine Mutter reiste von ferne an, sie war entsetzt und beschwor mich, den Gedanken an Trennung aufzugeben. Ihre Emotionalität machte alles noch schlimmer für mich.

Nur in der Meditation konnte ich einen Raum um mich schaffen, in dem ich atmen konnte, ich vergaß alles um mich und floh in das Zählen der Atemzüge. Herbst und Winter vergingen, das Frühjahr kam. Oft war ich auch außerhalb der Meditationsabende bei Zsolan und besprach meine Sorgen mit ihm.

Zsolan wollte mich überreden, meinen Mann zu verlassen. »In Ihrem Fall kommt nur eine Scheidung in Frage. Machen Sie einen sauberen Schnitt und beenden Sie diese Ehe. Die Kinder haben auch nichts davon, wenn sie zu Hause dauernden Unfrieden miterleben.«

Es war so leicht gesagt, und ich hörte es gerne, aber im Herzen konnte ich mich nicht entschließen, diesen Schritt zu tun. Es fiel mir zu schwer, die Kinder zu verlassen. Also meditierte ich täglich zu Hause in der Mittagspause. Dem Älteren konnte ich schon sagen, daß er mich nicht stören dürfe. Michi, der Jüngere, schlief meist um diese Zeit. Das Zensitzen fiel mir täglich leichter, zwar brachte ich den Voll-Lotussitz immer noch nicht zustande, ich begnügte mich mit anderen Sitzarten, einer Art Schneidersitz und dem Fersensitz. Das Sitzen war jedoch zur Gewohnheit geworden, es wurde mir immer selbstverständlicher. Manchmal traten seltsame Empfindungen auf, die ich mit gespannter Aufmerksamkeit verfolgte: Mein Körper schien während der Meditation größer und größer zu werden, schließlich schwebte er gleichsam über dem Sitzkissen. Gelegentlich verlor ich mich beängstigend im Rauschen mei-

nes eigenen Atems, das mich plötzlich wie Meeresbrandung umgab.
Eines Tages war ich zu Zsolan gegangen und hatte ihm von meinen Befürchtungen, den Verstand zu verlieren, erzählt. Aber er lachte nur: »Makyo, alles nur Makyo, täuschende Wahrnehmung. Nichts Besonderes, vergessen Sie es und sitzen Sie einfach weiter.«
Ich war erleichtert und ein wenig beleidigt. Nun, verrückt war ich zwar nicht, aber etwas Bemerkenswertes waren diese Halluzinationen schon, so fand ich wenigstens, und ich wollte sie mir nicht nehmen lassen, denn für mich werteten sie meine Meditation auf. Außerdem fiel es mir entschieden leichter, mich während dieser Makyos zu sammeln, denn ich paßte auf wie ein Luchs, um mir nichts von diesen faszinierenden Zuständen entgehen zu lassen.

Es war Frühling, ich hatte mich gerade von meiner mittäglichen Sitzrunde erhoben und gähnend gestreckt. Mein ältester Sohn Ferdinand rutschte von der Couch, auf der er brav, still und lesend die Zeit verbracht hatte. Er konnte es kaum erwarten, endlich nach dieser halben Stunde des Schweigens über sein derzeitiges Lieblingsthema zu sprechen: »Mama, glaubst du, daß es das Ungeheuer von Loch Ness wirklich gibt? Ich möchte es zu gerne einmal selbst sehen!«
Wir diskutierten eine ganze Weile über die Möglichkeiten, Nessies Existenz zu beweisen. Ferdinand fand, daß hier unbedingt ausgiebiger geforscht werden müßte.
»Mama, ich hab's – die englische Königin! Wir müssen ihr sofort schreiben und sie bitten, daß sie eine Mannschaft ausrüstet, um Loch Ness zu untersuchen.«

Ferdis Wangen leucheten rot vor Begeisterung, er rannte aus dem Zimmer, um Papier und Bleistift zu holen. Die hielt er mir dann hin: »Mama, schreib, du kannst Englisch!«

Nach einiger Diskussion über den Inhalt des Briefes gingen wir daran, ihn aufzusetzen. Wir waren gerade bei »Her Royal Majesty« angelangt, als vom ersten Stock her verschlafenes Gequengel zu uns drang. Michael war aufgewacht. Beide gingen wir hinauf zu dem ungnädigen Kind, das sich in den Schlaf hineingeschwitzt hatte und jetzt mit unbehaglich heißem Kopf auf uns wartete. Es bekam etwas Kühles zu trinken, und nach einigem bewegten Kuscheln auf meinem Schoß sah seine Welt nun annehmbarer aus. Der Brief wurde vertagt, und wir machten uns – wie jeden Tag – fertig zu unserem Waldspaziergang.

Die frischen grünen Blätter filterten das Sonnenlicht. Wie immer stolperten wir über dicke Baumwurzeln, spielten Erschrecken, Fangen und was uns sonst noch einfiel. Heute fühlte ich mich besonders glücklich. Ich genoß das Spiel mit den Kindern, ging langsamer. Ohne daß ich es zuerst wahrnahm, lächelte ich die ganze Zeit, und als es mir auffiel, führte es mich zu intensiverer Freude. Wie schön, wie selbstverständlich war es, in sich zu ruhen. Mein Kummer war weit weg, es war, als ob ich mich in der warmen Frühlingsluft auflöste. Sie umgab mich wie ein warmes, tröstliches Bad.

Ein zerbrechlicher alter Mann kam uns auf dem Waldweg entgegen, er ging am Stock und bewegte sich mühsam und kriechend vorwärts. Langsam näherte er sich uns – plötzlich lächelte er so strahlend wie die Freundlichkeit selbst. Ich grüßte, er antwortete. Die Haut seines Gesichts wirkte

seltsam faltenlos und glatt. Er blieb stehen. »Sie strahlen so.«
»Sie auch!«
»Immer im Jetzt sein, heißt ohne Sorgen leben«, sagte er lächelnd.
Ich starrte ihn erstaunt an, so ungewöhnlich waren seine Worte an diesem gewöhnlichen Tag und mitten im Wald. Er fing meinen Blick auf und fuhr ruhig fort: »Die Sorgen haben dann einfach keinen Platz mehr! Das ist eine Weisheit meines Lebens, die mir viel geholfen hat. Vielleicht nützt sie auch Ihnen.«
Ein kurzer Wortwechsel noch, Belangloses wurde gesprochen, das seltsam bedeutend klang in dieser Stimmung, die mich erfaßt hatte. Jedes Wort schien wichtig und gehaltvoll. Nichts war ohne tieferen Sinn, selbst ein Lächeln schien voller Verheißung zu sein. Die Kinder tauchten weit vor mir auf, zeigten sich kurz im Sonnenlicht und verschwanden wieder im Gebüsch. Ich tauchte beim Weitergehen wieder in die Freude ein, die mich schon zu Beginn des Spaziergangs eingehüllt hatte.
Dann geschah es – ein Hauch streifte meine Wange, ein zarter Wind. Diese Berührung genügte, um meine bisherige Welt zum Einsturz zu bringen. Sie stürzte ein, um mir einen Blick auf das Eigentliche zu gewähren: Die Wahre Wirklichkeit!
Atemlos.
Ich stand still, überwältigt von überströmender Liebe. Tränen traten mir in die Augen. Eine Riesenwoge von Glück brach über mich herein, schwemmte alle Angst und Kleinlichkeit hinweg, löschte sie aus.
Wie lange ich stand, wußte ich nicht: Die Zeit hatte ihr ge-

wohntes Maß verloren. Als ich wieder denken konnte, formte sich in meinem Herzen der Satz: »Jeder hat das gleiche Licht.«
Jeder trägt Gott in sich und kann ihn dort erfahren. So war das also. Meine Erleuchtung.
Mir war ganz heiß, denn die Welle von Glück und Liebe hatte mich auch mit innerer Hitze überschwemmt. Ich spürte, daß meine Wangen glühten, mir war leicht, alle Sorgen waren wie weggeblasen. Weshalb nur hatte ich zuvor soviel Kummer gehabt, mich davon auffressen lassen. Wir waren doch alle geborgen. Ich fing an zu lachen.
Anderes Gelächter kam aus der Ferne, das Getrampel kräftiger Füßchen auf dem Waldboden, die Kinder näherten sich, rannten mich beinahe um. Ich faßte den Älteren an der Schulter: »Hör mir zu, Ferdinand, ich muß dir etwas ganz Wichtiges sagen: Du brauchst nie wieder Angst zu haben, sollst nie wieder traurig sein in deinem Leben. Wir sind alle ganz wunderbar geborgen, aufgehoben, was auch immer geschieht. Freuen sollen wir uns, nur freuen und glücklich sein!«
Ich hatte schnell gesprochen, übersprudelnd von der Erfahrung, die ich eben gemacht hatte. Ferdinand hob den Blick, sah mich erstaunt an. »Und das wußtest du nicht, Mama?«
Eine Erfahrung – alles nur Worte. Es war besser, nichts zu sagen, Worte konnten es nicht vermitteln, sie klangen banal und strohtrocken. Trotzdem hat dieses so schwer zu erklärende Erlebnis mein Leben verändert. Ich begann jetzt zu sehen – ja, ich begann damit. Noch Tage danach mußte ich gegen den Impuls ankämpfen, mich vor der Metzgerin zu verneigen, wenn sie mir das eingewickelte Fleisch über

die Theke schob, aus lauter Dankbarkeit, weil ich Es in ihren Augen gesehen hatte und wußte, wessen Licht es war. Auch mein Mann, meine Kinder, das Gras und die Kochtöpfe, alles war anders, und es war vollkommen.
Gnädigerweise legte sich dieser Zustand nach einigen Wochen und machte einem feinen Hochmut Platz, mit dem ich mich über die stellte, die solche Erfahrungen nicht hatten. Leider. Ich brauchte Jahre, um ihn zu überwinden, und wenn ich mich heute über etwas freue, dann darüber, daß es mir gelungen ist, dieses Gefühl bis zur letzten kleinen Wurzel aus mir zu entfernen. Superbia – der Stolz, die erste der sieben Todsünden und die Schlimmste, die den Reigen menschlicher Verblendung anführt, auch die Trägheit zählt dazu und Avaritia – der Geiz.
Einige Tage später fuhr ich in die Stadt, um Zsolan zu treffen. Sein Praxistelefon war stets belegt gewesen, und später hörte ich vom Band, wann er zu sprechen sei. Mein Erlebnis, von dem ich ihm so dringend berichten wollte, war noch nicht verblaßt. Ich fieberte förmlich darauf, ihn zu sehen. Mein Elan erhielt einen Dämpfer, denn er war nicht allein. In seinem Privatzimmer, das von der Praxis abgetrennt war, fand ich nicht nur Zsolan, sondern auch eine junge Frau. Beide saßen auf dem Boden und steckten die Köpfe zusammen. Anscheinend amüsierten sie sich beide köstlich über etwas, denn sie brachen in schallendes Gelächter aus, als ich eintrat.
Ich war verlegen und empfand mich als Störenfried. »Entschuldigen Sie, daß ich Sie gestört habe. Ich werde ein anderes Mal wiederkommen.«
»Aber nein. Ich wollte mich gerade fertig machen, denn ich habe noch etwas anderes vor«, sagte die junge Frau.

Auch Zsolan brummte, daß ich doch bleiben solle, und stellte mir die junge Frau vor. »Das ist Felicitas Tohlbeck, sie ist eine ganz feine Person.«
Wir begrüßten uns, und ich musterte mein Gegenüber verstohlen. Felicitas war groß und sehr schlank, sie trug ihr schulterlanges Haar offen und hatte eine kleine runde Nickelbrille auf die Nase geklemmt. Sie sah aus wie eine dieser Studentinnen, die Ende der sechziger Jahre auf die Straßen gingen, um zu demonstrieren. Sie war unvoreingenommen freundlich und neigte sich zu mir, die ich auf dem Boden Platz genommen hatte, herunter: »Gehen Sie in den Film von Rabbi Jakob, wenn Sie etwas zu lachen haben wollen.«
Ich sah sie verwirrt an, eine so banale Empfehlung hätte ich an diesem Ort, in Zsolans Allerheiligstem, nicht erwartet. Aber auch Zsolan fiel ins Gespräch ein: »Wirklich, das müssen Sie gesehen haben. Ich selbst war schon zweimal in diesem Film.«
Was sollte ich darauf sagen? Ich schluckte mehrmals, versuchte den hehren Anlaß zu vergessen, der mich dazu gedrängt hatte, Zsolan zu besuchen, und stimmte noch etwas unsicher in das Gelächter der beiden ein. Nun schienen sie befriedigt zu sein und übertrumpften sich gegenseitig mit witzigen Episoden aus dem Film.
Ich lachte mit, aber tief in mir bohrte es: »Warum? Was will er mir damit zeigen? Wenn er erleuchtet ist, sieht er alles. Sicher möchte er mich mit diesem scheinbar kindischen Benehmen auf etwas hinweisen. Aber worauf?«
Felicitas machte jetzt endlich ernst mit ihrer Ankündigung zu gehen. Ich konnte es kaum erwarten. Beim Abschied fiel

mir auf, daß Zsolan ihr zärtlich den Arm streichelte. »Sei gesegnet«, rief er ihr nach.
Endlich waren wir allein. Fast mürrisch wandte er sich zu mir. »Nun, was gibt es; warum sind Sie gekommen?«
Zögernd begann ich, ihm von meinem Erlebnis zu erzählen. Er starrte mich an und bat mit drängender Stimme: »Weiter, weiter.«
Allmählich überwand ich meine anfängliche Schüchternheit und berichtete ihm immer lebendiger von der Erfahrung, die mich vor kurzem so verändert hatte. Er muß gespürt haben, daß sie echt war, denn er unterbrach mich nicht, rutschte nur ein wenig näher an mich heran, so daß sich unsere Knie fast berührten. Sein Gesicht hatte sich völlig verändert. Es war mit einem Male schmal geworden, blaß, die Lippen wie ein dünner nachdenklicher Strich. Ich bemerkte plötzlich, wie schön er war, so ernsthaft und nach innen gewendet. Das gab mir einen feinen Stich, ein kleines, wehes Gefühl, das ich damals nicht verstand. Als ich meinem Bericht beendet hatte, blickte ich auf zu ihm, den ich für meinen Lehrer hielt. Ich hob nicht nur den Kopf, sondern ich sah auch im übertragenen Sinne zu ihm auf, ganz in Erwartung dessen, was er mir zu sagen hätte.
Er schwieg; die Luft vibrierte zwischen uns, ein geheimnisvoller Strudel von verdichteten Schwingungen breitete sich aus. Er schwieg weiter, ein ungekannter Rausch erfaßte mich. Es war dunkel geworden, und als einzige Lichtquelle flackerte hinter Zsolans Rücken ein rotglühendes Friedhofslicht gespenstisch auf und warf zuckende Schatten an die Wand. Er schien diese rote Flamme zu lieben, denn sie brannte Tag und Nacht in seinem Zimmer, wie er mir einmal erzählt hatte.

Ganz unvermittelt durchzuckte mich die Gewißheit: Ich werde mit ihm bis ans Ende der Welt gehen. Dieser Satz grub sich in mein Bewußtsein ein. Er würde wahr werden, das spürte ich. Ich würde seine Schülerin sein und ihn begleiten, wohin er wollte. Ich würde ferne Länder sehen, er würde mich schützen. Ein Mann mit einer solchen Erfahrung mein Lehrer! Die Luft schien noch immer zu zittern, als Zsolan zu sprechen begann: »War das alles?«

»Ja.«

»Und sonst?«

»Nichts.«

»Sitzen Sie einfach weiter.«

Er stand auf und strich die raschelnde Seide seines Gewandes glatt. »Sie müssen jetzt gehen, ich erwarte noch Besuch.«

Ich war wie erstarrt. Der Bann war gebrochen, ich spürte, wie mein Gesicht glühend rot und heiß wurde, vor lauter Scham darüber, wie weit ich mich in meine Träumereien verstiegen hatte. Ich war froh über die Dunkelheit und das flackernde Licht, so konnte er mich nur undeutlich sehen und bemerkte nicht die Tränen der Enttäuschung, die mir in die Augen gestiegen waren. Pfeifend trottete er aus dem Zimmer und machte sich in der Küche zu schaffen. Als es klingelte, öffnete er die Tür. Ich sah, wie eine überschlanke junge Frau in blaßem Lila eintrat. Sie wirkte durch und durch anthroposophisch mit ihrem flatternden, verzogenen Kleid in verschwommenen Violett- und Rosatönen. »Sei gesegnet«, hauchte er, bevor sie sich umarmten.

Ich löste mich aus der Versteinerung, in der ich mich befunden hatte. Sein Zimmer, das mir in vielen vertrauten Gesprächen beinahe ein Stück Heimat geworden war, schien nun leer und fast bedrohlich. Das flackernde Totenlicht, die tibetischen Bücher, von denen jedes einzelne in gelbe oder dunkelrote Tücher gehüllt war, die chinesischen Schriftrollen an der Wand und der kleine Altar, auf dem die fremdartigen Bilder seiner tibetischen Lehrer standen. Sie trugen kronenartige Brokathüte und blickten den Betrachter an, aber wenn man genauer hinsah, zeigte sich, daß ihr Blick ins Leere gerichtet war, auf etwas Unsichtbares.

Von der Küche fiel ein Lichtschein auf den unruhig gemusterten Teppichboden des Gangs. Zsolan nannte übermütig und zärtlich die Frau beim Namen: »Holda, Holda.«

Etwas in mir war zusammengebrochen. Ich raffte meine Sachen zusammen, zog meine Schuhe an. In die geöffnete Küche, aus der fröhliche Gespräche drangen, rief ich noch ein Auf Wiedersehen hinein. Niemand antwortete mir.

Zsolan, mein Lehrer, der, dem ich mich anvertraut hatte. Was war geschehen? Alles Einbildung, Makyo, unberechenbar. Ich, eine Frau mit dreißig, den Kopf voller Illusionen, aus der Ehe ausbrechend, meditierend, töricht und banal. Ich begann wütend und verzweifelt mit mir zu rechten. Es war bitter, aber ich hatte mich lächerlich gemacht. Eines wußte ich jedenfalls, ich würde nie wieder zu ihm gehen, würde nie wieder meine Zeit mit Meditation verschwenden. Er hatte recht gehabt, alles, ja, wirklich alles war Illusion, war Makyo.

»Maria, wir fahren am Dienstag wieder zu Zsolan. Begleite uns, fahr mit. Wir haben doch immer so gerne miteinander meditiert.«

Romy Petrus redete auf mich ein, wie auf einen erschöpften Gaul, den sie aus seiner Lethargie reißen wollte.

Ich blieb beim Nein. Ich wollte nicht. »Er hat mich so verletzt. Ich zweifle jetzt an allem.«
Ihr hatte ich den Verlauf des Abends erzählt. Romy lachte über meine Geschichte. »Kind, das ist nicht wichtig. Wichtig ist allein, daß wir bei ihm sitzen dürfen. Er ist ein Meister, den wir nicht mit unseren Maßstäben messen sollten.«
Am Montag abend rief Rom noch einmal an: »Also, Maria, jetzt komm mit. Wir sind doch ein dreiblättriges Kleeblatt. Wenn du weiterhin schmollen willst, bin ich dir ernstlich böse!«
Ich mußte lachen, Rom konnte sich so drollig ausdrücken. Sie hatten beide recht, ich hatte mich in eine Verwirrung der Gefühle treiben und mir den gesunden Menschenverstand trüben lassen.
»Vergiß es«, sagte Romy lachend. Ich vergaß es und stieg mit den beiden ins Auto, Sitzkissen und Meditationskleidung hinter mir her zerrend – wie immer.
Zu unserer Überraschung öffnete uns Holda die Tür und nicht, wie gewohnt, Zsolan selbst. Sie blieb mit niedergeschlagenen Augen neben der Türe stehen, anscheinend war ihr das Amt der Pförtnerin übertragen worden; ihrem Lächeln nach zu schließen, gefiel es ihr außerordentlich. Während wir uns umzogen, erschien Zsolan auf dem Gang und strich Holda über den Kopf. Ein älterer Herr mit Glatze trat hinzu, er verneigte sich tief vor Zsolan: »Herr Professor, ich bin so glücklich, daß ich in Ihrem Kreis sein darf.«
Dann begannen die Meditationsrunden. Es ging mir besser beim Sitzen, ich gelangte zu tiefer Entspannung und Stille. Wie der Bodensatz in einem Gefäß sank ich tiefer und tie-

fer in mich hinein und fand dort etwas unbenennbar Friedliches. Beinahe fühlte ich eine Art Abschiedsschmerz, als die eineinhalb Stunden der Meditation vorbei waren. Romy und Rom luden mich anschließend zum Essen ein.

»Hast du gehört, daß der Neue Zsolan mit Professor anredete?« fragte Romy mich eifrig.

»Ich weiß nichts von einem Professorentitel, aber er hat mir erzählt, daß er auf all seine Titel, welche auch immer das sein mögen, verzichtet hat und sie nicht in seinen Paß eintragen ließ.«

»Seine ganzen Titel? Na, da kann schon ein Professor darunter gewesen sein«, meinte Romy trocken.

»Er hat einen Doktor- und einen Professorentitel dazu«, warf Rom ein.

Wir starrten ihn beide an und riefen unisono: »Woher willst du das denn wissen?«

Rom lehnte sich genießerisch zurück und zündete sich eine Zigarette an, wobei er sich viel zuviel Zeit ließ, wie wir fanden. »Was Maria kann, kann ich schon lange. Ich habe ein paar Gesprächstermine bei Herrn Professor Zsolan gehabt. Dabei hat er mir viel aus seinem Leben erzählt...«

»Heimlich! Heimlich war er dort«, brütete Romy in gespieltem Groll vor sich hin. »Mein eigener Mann!«

Aber unsere Neugierde war doch größer als unsere Verwunderung über Roms Alleingang. Wir hörten ihm gespannt zu, als er uns aus Zsolans Leben erzählte, seine Zeit in Tibet, in China – und die Zeit als katholischer Priester in Ungarn.

»Als katholischer Priester!« Romy und ich schnappten förmlich nach Luft.

»Ja«, plusterte Rom sich auf, »so ist es. Er war Franziskanermönch und verlor seinen Glauben im Kloster. Keiner seiner Mitbrüder erbarmte sich seiner Not, keiner wollte von seinen Zweifeln hören. Sie speisten ihn mit Phrasen und Floskeln ab, so lange, bis er eines Tages die braune Kutte in seiner Zelle ablegte und heimlich das Kloster verließ. Keiner seiner Mitbrüder hat sich je nach ihm erkundigt. Darunter hat er besonders gelitten.«

»Und was tat er dann?«

»Nach einer Weile heiratete er.«

»Er heiratete!« schrien Romy und ich auf.

Ich kam aus dem Staunen nicht mehr heraus. Eben erst war Zsolan Mönch in Asien gewesen, dann Priester, dann Ehemann, welche Verwirrung. Mein bürgerliches Weltbild wurde wie von einem Erdbeben erschüttert, in meinem Kopf rutschten die Bruchstücke durcheinander, und mir schwindelte. Unerwartet tauchte ein flüchtiger Gedanke auf, den ich mich aber sogleich wieder zu verdrängen bemühte: Wenn er einmal eine Frau gehabt hatte, könnte er auch wieder eine haben.

Es war Romy, die mit ihrem unverbrüchlichen Sinn für das Praktische nüchtern bemerkte: »Er hatte ein bewegtes Leben, dein Herr Professor.«

An ihrem Tonfall war zu hören, daß sie Roms Verehrung für den Professor leicht mißbilligte, und auch ihr Respekt vor Zsolan selbst schien etwas brüchig geworden zu sein. Sie strich sich ein paar dünne Haarsträhnen aus der Stirn und meinte trotzig: »Für mich ist er vor allem ein Mensch, und nicht mehr!«

Eines war sicher, Rom hatte jetzt auch Feuer gefangen und zwar mehr als Elisabeth und ich zusammen. Wie ein Verliebter sprach er nur noch von ihm, dem einen, den er nicht mehr Zsolan nannte, wie wir alle, sondern nur noch den Herrn Professor.

So vergingen die Monate. Wir meditierten dienstags bei Zsolan und donnerstags bei mir. Endlose Gespräche über immer dieselben Themen, die uns jedoch nie langweilten. Wie so oft bei Menschen, die sich häufig sehen, hatten wir uns stets etwas Neues zu erzählen. Das Abenteuer, auf das wir uns eingelassen hatten, wurde in allen Variationen erörtert, was uns mit gelinder Erregung erfüllte, deren Höhepunkt wir mit Spannung erwarteten. Wir drei waren zu dieser Zeit unfähig, so zu sprechen, daß auch nicht meditierende Mitmenschen gerne zugehört hätten, und gelegentlich waren wir einfach unausstehlich.

In der Zwischenzeit hatte ich mein Studium wieder aufgenommen und begann eine endlose Hetzerei, die mich zwischen Hochschule und Haushalt hin und her trieb. Da ich nur eine stundenweise Aufsicht für die Kinder hatte, fühlte ich mich nie ganz frei. Wo auch immer ich mich gerade aufhielt – ich hätte schon längst am anderen Pol sein müssen, am anderen Ende der Wippe, die ich mit unermüdlichem Einsatz in Bewegung hielt. Es half mir sehr, mich in meine Arbeit zu vertiefen; das Erstellen von Thesen, von Ergebnissen hinterließ in mir die beruhigende Sicherheit, daß es sie noch gab, die durchforstbare, wissenschaftliche, die sichere Welt.

Auch Jahre später und unter glücklicheren Umständen fand ich meinen Seelenfrieden im Erstellen von wissenschaftlichen Texten. Diese Stille, das Ticken des Computers, das Rascheln des Papiers beim Einspannen der Bögen in die Schreibmaschine, all das half mir, mich zu entspannen. In diesem friedlichen Raum, den ich mir schuf, konnte ich mir selbst näher kommen und auch dem inneren Licht. Ein gleichsam meditativer Zustand führte dazu, daß mir das Schreiben von Büchern leicht fiel und ich mich durch und durch erfrischt fühlte, wenn ich aus der köstlichen Stille auftauchte. Diese eigene Welt tröstete mich über mein inneres Leiden, jene verborgene Zerissenheit hinweg, die mich immer anfiel, wenn ich an meine Ehe dachte. Die Sprachlosigkeit, die Fremdheit und die hoffnungslosen Kommunikationsversuche. Die Beklemmung, wenn ich meinem Mann gegenüberstand, bedrückend schon, wenn ich mich unserem Haus nur näherte. Auch ihm sah ich an, daß er litt. Nicht gewohnt, Gefühle und Zärtlichkeit zu zeigen, versteinerte er immer mehr und zog sich hinter die sicheren Mauern der Erstarrung zurück.

Es war dunkel im Meditationsraum, nur eine Kerze flackerte. Äußerlich ruhig und innerlich in eine sich stets verändernde Tiefe versunken, verharrten wir im Lotussitz. Da ertönte dreimal der helle, feine Klang der Zenglocke, wir standen auf, der Raum füllte sich mit unruhigen Schatten. In die kleine Gruppe, die sich bei Zsolan versammelt hatte, kam Bewegung. Einzelne lockerten die Beine und massierten in langsamen, ruhigen Bewegungen die Knie oder Waden, andere ließen sich nach vorne fallen, um den geplagten Rücken zu entspannen. Einige steuerten in gemessenem Tempo auf die Tür zu. Ich war unter den letzten, die den Raum verließen, da mir meine Knie während der ganzen Meditation höllisch weh getan hatten. Keine Spur von Versenkung, nur ein einziger Gedanke: Wann ist endlich Schluß heute!
Romy hatte Zsolan schon lange in Verdacht, daß er die

Sitzzeiten heimlich verlängerte. Sie hatte recht, wie sich nach einem Blick auf die Uhr herausstellte, die letzte Runde hatte fünfzig Minuten gedauert, und das war wirklich zuviel.

»Wenn er sich wohl fühlt, kümmert er sich nicht um uns und läßt uns schmoren«, zischte sie mir im Vorbeigehen ins Ohr.

Im Licht der Diele standen Holda, Romy und Rom mit einigen anderen, bemüht, ihre Schuhe unter den vielen abgelegten Paaren herauszusuchen und die Zafus, die riesigen, runden Sitzkissen, in weltlichen, unauffälligen Behältern zu verstauen. Der kahlköpfige kleine Mann mit den schönen blauen Augen huschte gebückt vorbei, plötzlich sackte er in sich zusammen und verneigte sich wie schon beim letzten Mal in ehrfürchtiger Haltung. »Herr Professor«, wisperte er untertänig; Zsolan mußte demnach noch hinter mir im Raum sein. Trotzdem zuckte ich vor Schreck zusammen, als ich seine Hand auf meiner rechten Schulter spürte. Er ließ mich nicht gehen, sondern stieß mich in sein dunkles Privatzimmer, in dem wie immer das rote Totenlicht brannte. Er zeigte auf den Boden: »Setzen Sie sich!«

Ich gehorchte, und er setzte sich mir gegenüber, strich seinen dunkelroten, seidenen Chinesenkittel glatt, indem er immer wieder mit den schlanken Händen darüberfuhr. Sonst nichts, nur Schweigen. Langsam verstummten die Geräusche im Gang, Lachen, Gesprächsfetzen verklangen, der letzte machte das Licht aus, das durch die Glastür in das Zimmer gefallen war. Nun wirkte es dunkler als je zuvor.

Ich zitterte innerlich, war ganz aufgeregt. Ich war allein mit meinem Lehrer, wie schon so oft. Aber diesmal war es an-

ders, es war noch etwas im Raum, etwas, an dessen Spannung ich fast erstickte. Unvermittelt rauh, fast grob seine Stimme: »Jetzt ist die Zeit gekommen, lassen Sie sich scheiden.«
Ich zuckte zusammen. Obwohl ich mich täglich mit diesem Gedanken beschäftigte, erschien er mir – ausgesprochen – unerträglich zu sein. Ich widersprach und behauptete, einen Mittelweg gefunden zu haben, der mich leben ließ, und dies zusammen mit meinen Kindern.
Er ließ es nicht gelten. »Es ist mir während der Meditation klar geworden, daß Sie diese Ehe auflösen müssen. Es geht so nicht weiter, sonst erleiden Sie inneren Schaden.«
»Aber die Kinder, ich kann mich nicht von ihnen trennen. Ich habe Ihnen erzählt, was der Anwalt gesagt hat, die Scheidung ist nur möglich, wenn ich alleine gehe – und das will ich nicht.«
»Schaden entsteht nur, wenn Sie jetzt *nicht* gehen. Ich habe viele Nächte darüber meditiert und bin mir ganz sicher.«
Er redete lange auf mich ein, zerstreute meine Einwände mit überzeugenden Argumenten. Ich sackte allmählich in ein Tal tiefsten Unglücks hinein, aus dem ich mich nicht mehr befreien konnte. Zsolan hatte mir meine Lage in aller Hoffnungslosigkeit und Zwiespältigkeit vor Augen geführt, kein gangbarer Ausweg zeigte sich mehr. Ich fühlte eine wilde Liebe in mir aufsteigen, wenn ich an meine beiden Söhne dachte, und gleichzeitig einen heißen Schmerz, der ihr Schmerz war und auch meiner. Ferdinand und Michael.
»Erinnern Sie sich noch an unsere erste Begegnung?« Sanft und gütig, wissend um die Tiefen menschlichen Leidens, erklang seine Stimme in absoluter Lauterkeit. »Mei-

ne Aufgabe ist es, Ihnen zu helfen, nur dafür bin ich hier. Ich werde Sie zur Erleuchtung führen.«
Zsolans Worte wühlten mich gleichzeitig auf und beruhigten mich; noch lange sprach er auf mich ein, bis er mich ganz erschöpft entließ. Ich ging wie betäubt in den Flur hinaus, schlüpfte in meine Schuhe und nahm das Zafu unter meinen Arm. Ich würde ein Taxi nehmen müssen, so lange hatten Rom und Romy gewiß nicht gewartet. Es war kurz vor Mitternacht.
Als ich die Haustüre öffnete, hörte ich Stimmen, und in der Dunkelheit erkannte ich die beiden, wie Kinder auf den Stufen zu Zsolans Praxis sitzend, rauchend, plaudernd. Ich wollte gerade voll Dankbarkeit auf sie zugehen, da hörte ich Romys Zischen: »Und ich sage dir, Zsolan will sie für sich selbst haben –«
Sie umarmten mich so selbstverständlich, als hätten sie zehn Minuten und nicht zwei Stunden auf der Treppe in der Nacht gesessen. Trotz der Dunkelheit mußte Rom etwas an meinem Gesicht bemerkt haben. Romy hüpfte noch herum und rief immer wieder: »Hat Zsolan etwas Wichtiges gesagt? Erzähl schon!« Rom aber packte mich an der Schulter und hielt mich auf Armeslänge von sich. Ich fühlte, wie er erstarrte. Er sah mich durchdringend an. »Was ist geschehen«, brummte er in gefährlicher Stimmung, »was hat er getan?«
»Er hat gesagt, ich muß mich scheiden lassen«, sagte ich leise und mit hängendem Kopf, denn ich wollte nicht, daß sie sahen, wie verheult und verwirrt ich war.
»Scheiden«, Roms Stimme wurde zu einem Brüllen, »wie kommt er denn dazu!«
Romy war nun auch nähergetreten und legte ihrem aufge-

brachten Mann die Hand auf den Arm. »Er muß einen Grund dafür haben, er wird schon wissen, warum er Maria diesen Rat gibt.« Gleichzeitig sah sie ihren Mann scharf und bedeutungsvoll an.
Wir stiegen schweigend in das Auto ein. Während der ganzen Fahrt fiel kein Wort, nur Rom grummelte gelegentlich vor sich hin und wich ab und zu einem Baum oder Begrenzungspfosten aus, dem der Wagen zu nahe gekommen war. Die Straßen schienen in dieser Nacht enger als sonst zu sein.

Am nächsten Tag rief Georg an, um seinen Besuch anzukündigen. Mein Klassenkamerad und einer meiner ältesten Freunde, wir kannten uns seit unserer Kindheit. Georg, der mir den innigen Wunsch nach einem Kiefernholzschiffchen erfüllte, eins für mich schnitzte und so gut versteckte, daß ich es viel zu spät fand, ihm noch meine Freude darüber zeigen zu können. Lange bevor Meyrink wieder modern wurde, schleppte er eine schäbige, vergilbte und verschmierte Ausgabe des *Grünen Gesichts* an, die wir beide verschlangen, um uns danach, wie von weither kommend, wie aus den dunklen Gassen Prags auftauchend über die leichte Luft und das heitere Leben freuten, das wir hier führen konnten. Diese Lektüre wirkte so nachhaltig auf ihn, daß er mehrere Jahre lang in der Faschingszeit mit grün geschminktem Gesicht umherstrich.
Georg also kam, und er brachte einen lähmenden Schrekken mit ins Haus, denn der einstmals kraftstrotzende Hüne wirkte grau und gealtert. Als er den Mund öffnete, zeigte er zwei Reihen schwarzer, verstümmelter Zähne, die aus blassem Zahnfleisch ragten. Ich brauchte eine Weile, um

die Scheu zu überwinden, die mich anfiel, als ich ihn so sah. Stotternd suchte ich nach Halt, indem ich von alten Zeiten faselte, von damals, als er mich im Klassenzimmer in den Schrank gesperrt hatte, von damals, als wir wassergefüllte Plastiksäcke vom dritten Stock aus in den offenen Sportwagen eines Lehrers schütteten.

Er unterbrach mich und legte mir eine rauhe Hand auf den Arm: »Ich bin krank, Maria. Seit Monaten liege ich nur in meinem Zimmer und kann nicht mehr studieren, nicht mehr lesen, nicht lernen, gar nichts, nur die Decke anstarren. Es ist entsetzlich, und keiner kann mir helfen.«

Mein Mitgefühl floß über für diesen großen Mann, der früher in allem der Beste war und nicht gewohnt, sich mit Mittelmäßigem zu befassen. Meine Hemmung verschwand, und bald konnten wir beide wieder die Freude spüren, die uns jahrelang umgeben hatte und verband. Sonst geschah nichts während dieser intensiven Stunden, die Kinder umspielten uns, und wir tranken auf der Terrasse Tee, aber die Zeit war so dicht geworden, daß sie ganz stillstand. Er zwang mich, seiner schlimmen Wahrheit standzuhalten und sie anzusehen. Georg litt an einer katatonen Depression, die ihn mit eiserner Klammer gefangen hielt. Nur selten waren die Momente, in denen er daraus erwachte, und er hatte einen solchen genutzt, um zu mir zu kommen.

»Und du, bist du glücklich?« Mit seinen Fragen konfrontierte er mich auch mit meiner eigenen Wahrheit, und ich wich ihr nicht länger aus.

»Nein«, sagte ich, »mein Leben und meine Ehe sind zerbrochen.«

An diesem Nachmittag schoß er einige der besten Fotos,

die je von mir und den Kindern gemacht wurden. Tee einschenkend, Gunpowder natürlich, wir drei auf der Schaukel, alle Bilder in rauchigem Grau und wie in einer deutlich wahrnehmbar veränderten Zeit.

Als er ging, vergaß er seine Sonnenbrille, die ich ihm zurückbrachte und dabei meine Jacke liegenließ. Wir lachten über die deutliche Sprache unseres Unbewußten.

In der Pfarrei war mittlerweile ein junger Priester angestellt worden, der eine seltsame Anziehung auf mich ausübte. Von Anfang an hatte er es verstanden, mir immer wieder bedeutungsvolle Blicke zuzuwerfen; wenn während des Gottesdienstes das Wort Liebe fiel, hob er den Kopf und sah mich sekundenlang an. Er kam aus Polen und gab durch seine fremdartige Betonung den altgewohnten Sätzen einen neuen Sinn, der auf mich abgestimmt zu sein schien. Das Gefühl, das zwischen uns schwelte, ließ mich ein wenig aufleben, er lenkte mich von meiner inneren Unzufriedenheit ab. Wenn wir uns trafen, sprachen wir wenig miteinander und starrten uns mit traumtiefen, heißen Blicken an, so lange, bis es einer etablierten Dame dieser Vorortsgesellschaft auffiel.

Ich kannte sie flüchtig und hatte mich von ihr sehr angezogen gefühlt, mich fesselte der Widerspruch zwischen ihrer klobigen äußeren Erscheinung – sie wirkte, obgleich erst vierzig Jahre alt, wie eine Sechzigjährige – und ihrem fürsorglichen und humorvollen Wesen. Frau Ramhuber lud mich eines Nachmittags zu sich ein, um mir ihr Haus zu zeigen, wie sie sagte. Sie drängte mich in ihre sündhaft teure Küche. Dort legte sie mir liebevoll die Hand auf die Schulter und bat mich, nicht zu erschrecken, wenn sie mir nun sagen müsse, daß sie die glutvollen Blicke des Polen von Kanzel und Altar wahrgenommen habe, die ganz unzweifelhaft in meine Richtung gegangen seien. »Wieviel besser wäre es doch, wenn Sie beide sich hier treffen würden, um sich einmal auszusprechen.«

»Sie täuschen sich, zwischen dem Kaplan und mir ist rein gar nichts!«

»Aber Kind, es sieht doch jeder, daß Sie und Ihr Mann nicht zusammenpassen. Ist es da ein Wunder, wenn Sie in Ihrem Unglück bei einem anderen Mann Halt suchen? Das ist doch ganz natürlich.«

»Er ist Priester, und ich bin verheiratet, also sagen Sie mir, wie eine Beziehung möglich sein soll! Das ist doch alles Unsinn.«

»Sie und der Priester sind wie für einander geschaffen, Sie beide sind aus einem Holz. Ich weiß, daß er Sie liebt. Beobachten Sie ihn doch einmal während der Messe, es ist ein Wunder, daß es noch niemand bemerkt hat. Allein wie er Sie ansieht!«

»Sie wissen selbst, daß das unmöglich ist.«

»Ich verstehe, daß Sie es so leugnen, aber heutzutage heiraten viele Priester. So ganz unmöglich ist diese Beziehung nicht, und ich möchte Ihnen eine Chance geben.«

Es brauchte nicht viel, mich zu überreden. Lang unterdrückte Wünsche nach Zärtlickeit und Erotik bahnten sich ihren Weg an die Oberfläche. Wir trafen uns, und verrückt vor Begierde stellte er mir die Ehe in Aussicht, wenn erst meine Scheidung vorüber wäre. Es war schön für mich, dieser verführerisch gebrochenen, polnischen Stimme zu lauschen, die mir so weich, so dunkel einzigartige Worte ins Ohr flüsterte, Worte, die ich nie zuvor gehört hatte. Ich träumte vor mich hin und gaukelte mir warme zukünf-

tige Tage vor; die Kinder, der Pole und ich. Doch allmählich schien seine Stimme eine feine Brüchigkeit aufzuweisen.
Er hatte sich sattgetrunken und speicherte die genossene Fraulichkeit in seinem Körper wie ein Kamel, um sich dann weiter und alleine zu seinem Marsch durch die Wüste aufzumachen. Bis er wieder von fremden Kanzeln einer Frau diese fesselnden Blicke zuwerfen würde, die sie dann ebenso verwirrten wie mich. Auch sie würde eine Zeitlang seine Oase sein, bis sie zurückblieb, scham- und schmerzerfüllt – sie tat mir jetzt schon leid, meine Schwester.
Ich war wieder allein mit meinen verwelkten Träumen und versuchte verzweifelt, in die kühlen, heilenden Zonen der Vernunft zu gelangen. Was zwischen dem Polen und mir geschehen war, war letztlich so ohne Farbe und Bedeutung, daß ich mich heute nicht mehr an seinen Namen erinnere. Was er mir wirklich schenkte, war eine einzigartige Chance, die ich damals nicht erkannte.
Eines Abends kam der alte Pfarrer zu Besuch, er hatte Gerüchte gehört, wollte ganz genau von mir wissen, was vorgefallen war und vor meinem Mann mein Geständnis erzwingen. Ich schwieg beharrlich und leugnete, denn ich hatte dem alten Mann meine Schwierigkeiten anvertraut. Und nun kam dieser Priester in mein Haus und wollte mich zwingen – gegen alle Beichtvorschriften – auszusagen.
»Geben Sie es doch zu, dann können wir darüber sprechen, Ihr Mann kann Ihnen verzeihen, und alles wird gut.«
»Nein, ich gebe nichts zu, denn ich habe nichts dergleichen getan.«
»Geben Sie es zu! Ich weiß genau, daß Sie es getan haben.«

»Nein!«
»Aber ich weiß, daß Sie mit ihm im Bett waren!«
»Das können Sie nur wissen, wenn Sie dabei gewesen sind! Und – waren Sie mit im Schlafzimmer?« konterte ich mit dem Mut der Verzweiflung und voller Entsetzen über die heimliche Geilheit und Härte dieses Priesters, der die Situation in ihrer Peinlichkeit genoß. Ich sehe mich noch heute auf dem cremefarbenen Gobelinsessel wie auf einem Floß dahintreiben, der übrige Raum versank in einer schrecklichen Schwärze. Wie durch einen Nebel hörte ich die Stimmen der beiden Männer: »Schicken Sie Ihre Frau weg von hier, sie verdient es nicht, bei Ihnen zu bleiben.«
»Es wird das beste sein, sie fährt noch morgen.«
Ich fühlte Schmerz und Demütigung und erinnerte mich der quälenden Eifersuchtsattacken meines Mannes, der mir damit schon jahrelang das Leben zur Hölle gemacht und einmal alle Türen des Hauses mit Möbeln verrammelt hatte, weil er sich gewiß war, daß ich mich einem alten Oberregierungsrat angeboten hätte. Er war sicher, daß mir, wo ich ging und stand, nichts anderes in den Sinn kam, als Männer auf mich aufmerksam zu machen.
Alle vergangenen Kränkungen schossen mir durch den Kopf, während ich an meinen Sessel geklammert durch die Finsternis segelte. Ich war nicht ohnmächtig geworden, wie ich meinte, als ich die Dunkelheit kommen spürte. Es blieb als kleiner heller Raum das Kissen, auf dem ich saß, und das schmerzlich leuchtende Rosa meines Dirndelrocks, und rechts und links konnte ich aus den Augenwinkeln als äußerste Begrenzung vor dem Reich der Schatten meine weißen Unterarme wahrnehmen, an den Sessel gekrallt, die Grenzpfähle zur Dunkelwelt.

»Waren Sie intim mit dem Polen«, drängte der Pfarrer, »geben Sie es doch zu, dann kommt alles in Ordnung.«
Ich schüttelte den Kopf und schwor mir, mit keiner Silbe mehr auf seine Fragen zu antworten. Die Tortur schien kein Ende zu nehmen, allmählich jedoch versickerte der Elan der beiden, und sie erkannten, daß wirklich nichts aus mir herauszupressen war. Es blieb dabei, und ich ging in das obere Stockwerk, um die Sachen für unsere Reise zu packen. Am anderen Morgen wurde den Kindern eröffnet, daß wir drei zu den Großeltern fahren und eine Zeitlang dort bleiben würden. Der Jubel war groß. Auf der dreistündigen Bahnfahrt gelang es mir, einen Teil meiner Spannungen abzubauen, die wachsende Distanz zu meinem Mann tat das ihre, und als wir endlich ausstiegen, fühlte ich mich viel leichter als in den Wochen zuvor.
Meine Eltern, erstaunt aber erfreut, nahmen uns auf, nicht ahnend, was uns zu ihnen verschlagen hatte. Es war ein herrlicher Sommer, den wir in dem riesigen, verwunschenen Garten verbrachten. Die Kinder und ich verloren uns im Spiel, wenn wir von Abenteuerreisen in ferne Länder träumten. Eines Tages war das Mansardenzimmer in ein Zelt verwandelt worden, in das man nur kriechend gelangen konnte, da Decken und Schnüre über den ganzen Raum hin gespannt waren. Die Kinder nannten es, kreischend vor Vergnügen, ihr Winterlager, und sie zwangen mich, dort mit ihnen zu schlafen, und schleppten meine Matratze hinüber. Es waren wunderbare Nächte, den Atem der Kinder in den Ohren und ihr erstes Regen am frühen Morgen verspürend.
Die Tage vergingen in gleichmäßigen Freuden, die Abende reichten bis in die Nacht hinein wie ein Stück Ewigkeit.

Auch heute noch habe ich das Gefühl, daß dieser Sommer nicht der fernen Vergangenheit angehört, nein, nichts Vergängliches haftet ihm an. Er war, und er ist, eben jetzt, wenn ich aus dem Fenster sehe, das warme Licht auf dem Holzbalkon und den Schimmer der Birken wahrnehme, ebenso gegenwärtig wie vor fünfzehn Jahren, Zeit ist gleich Ewigkeit, und wo immer die Liebe ist, bleibt die Zeit stehen.

Erst als vier Wochen vergangen waren, wagte ich zu Hause anzurufen. Mein Mann verbot mir die Heimkehr. Als ich nach diesem Telefongespräch die Bibliothek meines Vaters verließ, fing ich einen fragenden Blick von ihm auf. »Was ist nur mit dir los, warum bleibst du so lange bei uns?«
»Ich mache Ferien.«
»Und dein Mann? Warum läßt er nichts von sich hören, er besucht dich nicht, er schreibt dir nicht…«
»Er ist überlastet und hat viel zu tun«, versuchte ich meinen Vater zu beruhigen.
»Maria, du hast Kummer, das kann ich dir ansehen. Möchtest du nicht mit mir darüber sprechen, vielleicht kann ich dir helfen.«
»Vielen Dank, Vater, es ist alles in Ordnung.«
»Ich sehe, daß es das nicht ist. Aber wenn du auch im Moment noch schweigen willst, sollst du wissen, daß du immer deine Sorgen mit mir besprechen kannst.«
Das tat ich nicht, und mein Vater, der kurz darauf mit beinahe neunzig Jahren verstarb, sollte nie erfahren, welchen Weg seine Tochter eingeschlagen hatte.
Weitere zwei Wochen vergingen in der Traumzeit des Sommers, dann wurde mir von meinem Mann die Rückkehr

nach München gestattet, er wirkte zögernd. Dennoch packte ich unsere Sachen, die fragenden Blicke meiner Eltern übergehend, sammelte ich meine Kinder ein und setzte mich mit ihnen in den Zug nach München.
Das war das Geschenk des Polen, ein herrlicher, endloser Sommer mit meinen Söhnen, ganz ungestört von väterlicher Einmischung, und die vertane Chance, sie bei mir zu behalten. Denn schließlich hatte mein Mann mich und die Kinder aus dem Hause gewiesen, ein ehewidriges Verhalten, wie mir später meine Anwältin erklärte. Wieviel günstiger hätte ich mich präsentieren können, wäre ich nur nicht mehr zu ihm zurückgekehrt, jammerte sie, und mein unkluges Verhalten schien ihr wahrhaftig körperliche Schmerzen zu bereiten, denn sie wand sich förmlich, als sie davon hörte.
Ich war jedoch ganz von dem irrigen Glauben besessen, daß meine Ehe um der Kinder willen noch zu retten sei, und so kehrte ich zurück in eine demütigende Atmosphäre, in der jedoch nur die übliche Beschämung auf mich wartete. Mein Mann verlangte jetzt, daß ich mir seine Liebe verdienen sollte. Ich tat, was ich konnte, fing dann aber langsam an zu zerbrechen, ein Vorgang, den ich selbst kaum wahrnahm.

Noch zweimal geschah es, daß mich Zsolan nach der Meditation sanft an der Schulter ergriff und in sein Zimmer führte. Mit immer eindringlicher werdenden Worten drängte er mich, meine Familie zu verlassen, um meinen eigenen Weg zu gehen. Er sah mich durch mein Zaudern gefährdet, denn ich würde sicherlich krank, wenn ich weiterhin in dieser unhaltbaren Situation bliebe. Ich sträubte mich und widersprach ihm, wo ich nur einen winzigen Anhaltspunkt fand, an dem ich einhaken konnte. Ich hatte doch keinerlei finanzielle Sicherheit, denn mit der Hilfe meiner Mutter konnte ich nicht rechnen – alles würde sich finden. Keine Arbeit – er wüßte wohl, wo er eine kleine »Erleuchtete« wie mich einsetzen könne. Die Kinder – sie würden es zu schätzen wissen, daß ihre Mutter gesund blieb.

»Sie müssen gehen, es ist wirklich an der Zeit. Jetzt haben Sie sich in Ihrer Verzweiflung sogar mit einem anderen Mann eingelassen!«

Ich wurde feuerrot, wie konnte er von dem Polen wissen!

»Kleine Bubi, glauben Sie nicht, daß ich Sie deswegen weniger liebe! Verlassen Sie Ihren Mann, denn im großen kosmischen Plan steht etwas anderes für Sie geschrieben.«

Ich verließ die Praxis in äußerster Verwirrung und Angst. Wie sollte ich mein Leben ohne meine Kinder und ohne Beruf bewältigen? Wie beim ersten Mal fand ich Rom und Romy in der Stille der Nacht auf den sommerlich warmen Steinstufen sitzen und selbstverständlich auf mich warten. Ihre liebevolle Ausstrahlung half mir sehr, aber letztlich war ich allein mit meiner Entscheidung, die ich irgendwann einmal treffen mußte und die kein anderer, noch so wohlmeinender Mensch für mich fällen konnte.

Diese Verantwortung lastete schwer auf mir und fing an, mich Tag und Nacht zu quälen, es gab schon nichts mehr anderes, an das ich denken konnte: Was soll ich tun und wie kann ich es tun, ohne daß zuviel an Schmerz und Verwundung bei einem von uns entsteht. Kein Schritt war möglich, kein Gespräch, kein Lachen ohne den allgegenwärtigen brennenden Druck dieser Frage in den Eingeweiden. Eine wilde Verzweiflung bemächtigte sich meiner, ich konnte die zarten, lebendigen Gesichter meiner Söhne kaum ansehen, ohne in Tränen auszubrechen. Alles schmeckte bitter. Wenn ich ihnen das Frühstück zubereitete, sie ankleidete und mich in lange Gespräche verwickeln ließ, erstickte ich beinahe an dem gallebitteren Schmerz, der mir zu verstehen gab: Nicht mehr lange, genieße jeden Augenblick. Als ob ich sie gerade heute zum ersten Mal erkannt hätte, meine kostbaren, zerbrechlichen Kinder!

Und dann kam jener Tag, an dem ich morgens durch eine leise, aber deutliche Stimme geweckt wurde: Geh, sagte sie freundlich. Ich sah mich um, aber niemand anderer war im Raum, ich hatte tatsächlich meine eigene Seele sprechen gehört.

Mit einem Mal ganz ruhig geworden und wie im Traum begann ich, meine Sachen zu ordnen, einzupacken und mich um ein Zimmer zu bemühen, in dem ich wohnen konnte. Stille hatte mich in sich eingesponnen. In ihrem Schutz tat nichts mehr weh, und ich ging daran, die schmerzhafte, aber notwendige Operation in Angriff zu nehmen. Dieses »Geh«, das ich so klar und deutlich gehört hatte, gab mir den Mut, meinem Mann sachlich zu sagen, daß ich unsere Ehe auflösen wollte.

Es gab mir auch Mut – und wieviel war davon vonnöten –, an einem Samstagnachmittag meinen ältesten Sohn in die Arme zu nehmen, um ihm zu sagen, daß ich jetzt nicht mehr täglich bei ihm sein würde. Wir weinten beide bitterlich.

Der eigentliche Schnitt geschah kurz und schnell. Ich nahm nicht viel mit aus meinem Haus: meinen kleinen

Schreibtisch, eine Lampe, einen Teppich. Noch am letzten Tag war mein Mann mit Geschenken gekommen, um mich zur Umkehr zu bewegen. Groß und anrührend in seiner Hilflosigkeit. Aber es war zu spät.
Ich hoffte, daß meine Entscheidung, ihm die Kinder zu überlassen, richtig war. Er sollte die Möglichkeit haben, etwas von der Liebe, die er so wenig verstand, zu leben. Er hat nie erkannt, wieviel ich davon aufbringen mußte, um ihm zu lassen, was er am nötigsten brauchte und ich am meisten liebte. Er hatte jetzt eine Aufgabe, die ihm über seinen Kummer hinweghelfen würde, eines Tages würde er dann das tragische Geschehen vergessen können.
Ich irrte mich, er vergaß nie.
Das Haus ließ ich so, wie es war. Kristall, Porzellan, Silber und Wäsche in den Schränken, Teppiche an den Wänden, Polster und Möbel, alles blieb, nur ich ging. In einem Wettlauf mit der Zeit setzte ich es durch, am letzten Tag geschieden zu werden, an dem noch das alte Recht der Schuldzuweisung bestand. Mein Mann hatte eine gütliche Trennung verweigert, und so nahm ich freiwillig die Alleinschuld auf mich, um ihm auch vor der Gesellschaft das Bild zu bestätigen, das er von sich haben wollte: Der unschuldig Verlassene.
Die Anwältin und meine Mutter rangen die Hände, denn damit verzichtete ich auf jeden Unterhalt. Zu ihrem Entsetzen hatte ich ihm neben den Kindern auch noch das Haus mitsamt der Einrichtung überlassen, was mich in ihren Augen vollständig als Verrückte abstempelte. Die Hoffnung, daß wenigstens mein Mann dieses letzte Geschenk der Liebe an ihn erkennen würde, verblaßte bald. Es blieb bei der Geschichte, die ich selbst mit heraufbe-

schworen hatte: Der arme Mann, dessen Frau verantwortungslos geflohen war und sogar die Kinder zurückgelassen hatte!
Mit dem Verzicht auf meinen Besitz hatte ich mir anfangs ein großzügiges Besuchsrecht meiner Kinder erkauft, für das ich jedoch im Verlauf der Jahre immer wieder zu kämpfen hatte. Denn nur zu bald mußte ich einsehen, daß mein Mann das, was ich ihm zugestanden hatte, nicht als Liebesgabe auffaßte, sondern als einen ihm zustehenden Tribut. In den späteren Jahren, als ich von seiner Seite her den verschiedensten Schikanen ausgesetzt war, bereute ich manchmal, daß ich mich so großzügig gezeigt hatte.

Nach einigen unglücklichen Wochen, die ich bei einer verschrobenen und geschwätzigen Künstlerin zur Untermiete wohnte, luden mich Rom und Romy ein, mit in ihrem großen Haus zu wohnen.
Ich wurde wie eine Tochter aufgenommen, genoß zum ersten Mal in meinem Leben, ganz vorbehaltlos angenommen zu werden, und liebte ebenso vorbehaltlos zurück, eine Erfahrung, die uns alle inspirierte. Ich schlief mit Romy in ihrem Zimmer und erlitt den Morgenservice ihres Mannes, der uns – Frühaufsteher der er war – täglich um fünf Uhr ein Tablett mit Espresso brachte und es uns, so wie wir gerade lagen, auf die Brust stellte. Besonders schlaftrunken zu dieser frühen Zeit, kam es vor, daß sich Romy mitsamt dem Tablett umdrehte und der kochendheiße Kaffee sich über das Bett ergoß. Jetzt wußte ich auch, woher die seltsamen braunen Flecken in der Bettwäsche stammten!
Rom gab vor, uns so früh zu wecken, damit wir rechtzeitig außer Haus gehen könnten. Ich bezweifelte das, in Wirk-

lichkeit wollte und konnte er nicht alleine sein, und es machte ihn extrem unruhig, in dem großen Haus keine Gesellschaft zu haben, wo doch seine beiden Spielgefährten in unmittelbarer Nähe waren: Er brauchte sie nur aufzuwecken.

Für Romy war das Leben immer ein aufregendes Abenteuer. Voller Lebenslust ließ sie sich begeistert überall von mir hinzerren. Wir fuhren zusammen zu Zsolan zum Meditieren, und ich machte sie mit einem Jesuiten bekannt, der zur Zeit in München sehr *en vogue* war. Pater Gabler hatte einen Kreis um sich versammelt, der sich aus Adeligen, Akademikern und Bohemiens zusammensetzte, die alle die Religion liebten, aber ihre Schwierigkeiten mit der Kirche hatten. Da gab es eine extravagante Prinzessin, die Sozialarbeit in Gefängnissen verrichtete, ein verspieltes älteres Künstlerehepaar, das zehn gemeinsame Kinder hatte, eine zarte Schizophrene, die mit Lippenstift an die Spiegel schrieb: »Jesus, ich liebe Dich.«

Rom und Romy blühten auf und genossen ihre neue Tochter. Uns ging der Gesprächsstoff nie aus, sogar im Bett diskutierten wir weiter, schlaftrunken und von Müdigkeit überwältigt, bis die Pausen zu lange wurden und wir endlich wirklich den Mund halten mußten. »Maria, du hast mich wieder nicht schlafen lassen, ich dachte schon, du würdest nie mit dem Reden aufhören«, brummte Romy gutmütig. Dasselbe hatte ich von ihr gedacht, als ich ihre Fragen halb im Schlaf nur noch mit »mmm« beantwortet hatte. Wir grinsten uns freundschaftlich an und gaben uns einen Knuff.

Bald gewöhnte ich mich an den neuen Haushalt und an Roms seltsame Art, seine philosophischen Thesen zu erläutern. Manchmal fiel es mir schwer, ihm bis zum Ende zuzuhören, das er kaum zu finden schien. Romy war ungeduldiger und unterbrach ihn lauthals, was ihn zu wortreichen Protesten verleitete, die lauter und lauter wurden, bis er unversehens und in heller Wut aus dem Haus rannte. Ich saß dazwischen wie ein vergessener Gast, bald schon verlernte ich, mich darüber zu wundern, daß Romy die Ausbrüche ihres Mannes provozierte und dann ganz gelassen auslaufen ließ.

»Weißt du, wenn ich ihn nicht unterbreche, dann redet er drei Stunden lang. Er kommt gleich wieder«, sagte sie in stoischer Ruhe und in anscheinend tiefer Befriedigung zu mir, als ich das erste Mal atemlos einer solchen Szene beiwohnte. Und sie hatte recht, eine Viertelstunde später stand Rom lächelnd vor der Tür und kam gerade recht zum sonntäglichen Kaffee zurück, so als ob nichts geschehen wäre. Später nannte ich ihre Ehe eine Zeus-Hera-Beziehung, sie stritten sich fast den ganzen Tag, wie im olympischen Götterhimmel, es war einfach ihre Art, Nähe und Kommunikation zu zeigen.

Als Rom ein paar Jahre später beim Schneeschaufeln tot umfiel, verschwand Romy fast ein ganzes Jahr. Sie schien wie vom Erdboden verschluckt. Erst als ich ihre Tochter, die in Paris lebte, erreicht hatte, erfuhr ich, wo sie war. Sie hatte sich heimlich auf eine Reise um die ganze Welt begeben, um den Tod ihres Mannes zu verwinden.

Später berichtete sie mir, daß sie seinen Verlust zum ersten Mal vergessen konnte, als während dieser monatelangen Schiffahrt gerade die achte Seebestattung stattfand. »Es waren nur alte Leute auf dem Schiff, und acht starben während der Reise. Das komischste aber war, daß sie vorsorglich zehn

Särge geladen hatten, es war einfach zum Totlachen.« Da sie später niemand mehr hatte, mit dem sie sich wie gewohnt streiten konnte, versuchte sie mit einer immer lauter werdenden Stimme andere zu übertönen, als wolle sie noch immer Rom, der gar nicht mehr da war, unterbrechen.

Als jüngstes und verwöhntes Kind lebenskluger, reicher Eltern hatte sie irgendwann einmal in ihrem Leben beschlossen, nicht älter zu werden, um immer das kleine, rotzfreche Mädchen zu bleiben, das so bezaubernd unter seiner riesigen, verrutschten Haarschleife aus den alten Fotos heraussah. Diese Einstellung erwies sich oft als lästig, wenn wir mit ihr ausgingen. Es gelang ihr, unter mädchenhaftem Gelächter mit ihrem Lodencape den runden Tisch in einem Café vollkommen leerzufegen, so daß Porzellan, Gläser, Getränke und Speisen auf den Boden prasselten. Die entsetzten Gäste wurden mit lautstarken Phrasen beruhigt, und ich sah Rom an, daß er diese herrliche Frau anbetete, die mit *einem* Schwung ihres Mantels ein solches Spektakel anrichten konnte. »Du bist großartig«, sagte er mit echter Bewunderung in der Stimme, »wir gehen jetzt in ein besseres Restaurant, denn hier liegt das Menü auf dem Boden.«

Freizügig hielt er dem Ober einen großen Schein hin und lotste uns ein paar Straßen weiter, wo wir dann in Ruhe zu unserem Abendessen kamen.

Da Romy ein Kind bleiben wollte, durfte auch Rom nicht alt werden. »Ich muß dir gestehen, wir heißen gar nicht Rom und Romy. Das habe ich mir ausgedacht. In Wirklichkeit heiße ich Gitta, und Rom heißt Bertram, er hat aber einen Zwillingsbruder, und die beiden habe ich Romulus und Remus genannt. Also, dachte ich mir, wo Romulus ist, muß seine Romy sein, und dabei blieb es. Mit diesem Namen fühle ich mich so jung wie damals, als wir gemeinsam auf seiner Vespa Italien eroberten.«

Eines Abends waren Rom und Romy eingeladen und konnten deshalb nicht bei Zsolan meditieren. Ich fuhr also alleine. Als die Zenglocke das letzte Mal läutete, packte ich wie üblich meine Sachen zusammen, um nach Hause zu gehen. Plötzlich hörte ich hinter mir ein leises Rauschen von Seide und fühlte, wie schon so oft, Zsolans schwere Hand auf meiner Schulter: »Ich muß Sie sprechen, kommen Sie mit mir.«

Seine Stimme klang anders als sonst, heiserer. Ich spürte eine drängende Begehrlichkeit in ihr schwingen, die sofort auf mich übergriff. Die rote Kerze flackerte in seinem Zimmer. Mit einer raschen Bewegung umarmte er mich unvermittelt, und ich lehnte mich, wie selbstverständlich, an seinen warmen Körper. Erschrocken über meine eigene Kühnheit befreite ich mich von ihm und machte einen schnellen Schritt zur Seite. Vielleicht fand das alles wieder nur in meinem Kopf statt und hatte keine Realität. Zsolan war mein Meister und Guru, der sicher keine Liebelei im Sinn hatte und weit über diesen Dingen stand. Sein Thema war die Erleuchtung, er sprach kaum von etwas anderem. Doch seine Hand blieb, und ich spürte sie meinen Nacken heraufkriechen. Irritiert sah ich ihn an. Im Halbdunkel des Zimmers leuchteten seine Augen schwärzer denn je, er lächelte mich mit halbgeöffneten Lippen an und hielt mich weiter fest.

»Ich werde Sie ab heute nicht mehr loslassen. Sie sind schon lange verloren«, sagte er in seinem seltsamen ungarischen Singsang und zog mich tiefer in sein Zimmer hinein. Seine Hände wanderten nach vorne zu meinem Hals. Er liebkoste ihn, plötzlich beugte er sich vor, küßte seine Finger und berührte mich damit so, als ob seine Fingerspitzen Perlen wären, die er mir wie eine Kette um den Hals legte. Ich erschauderte.

»Verloren, was heißt hier verloren«, stammelte ich, hin und her gerissen zwischen Wonne und Angst. Mein letzter Blick fiel auf Holda, die draußen im Licht des Flures stand und verdrossen dreinsah, so als wisse sie, was in Zsolans dunklem Zimmer vor sich ging.

Er zog mich auf den Boden herab, das flackernde Friedhofslicht warf seine Schatten. Er schwieg, nur seine Hand blieb unbeirrt an meinem Hals liegen. Ich fühlte, wie das Blut in meiner Arterie gegen seine Finger pochte. Draußen verstummten allmählich die Stimmen der anderen, nur Holdas lila Silhouette huschte verschwommen und ruhelos hinter der Glastüre auf und ab. Schließlich gab sie auf, das Licht wurde gelöscht, die Haustüre zugeworfen. Wir waren allein. Zsolan kam auf mich zu und kniete sich hinter mich. Als er wieder den Arm um mich legte, mich stürmisch an sich zog und ich seinen Duft und Atem auf meinem Nacken spüren konnte, erstarrte ich trotz aller Wonne.

»Wollen Sie meine Frau werden?« Er legte sein Gesicht auf meine Schulter und preßte mir seine Bartstoppeln in die weiche Haut.

Im Dunkel des Zimmers hörte ich eine feste Stimme »Ja« sagen. Es war meine.

»Wollen Sie meine Frau werden?«

»Ja«.

»Wollen Sie meine Frau werden?«
»Ja.« Fast ein Hauch.
Er zog mich fester zu sich heran, und nie gekannte Gefühle überwältigten mich. Seine warme, heisere Stimme flüsterte ganz nah an meinem Ohr: »So weit ging noch keine, noch keine hat es gewagt, auf diese Frage dreimal mit Ja zu antworten. Keine war erleuchtet wie du, denn nur eine Erleuchtete kann mit solcher Klarheit antworten.«
Glück überschwemmte mein Herz zugleich mit der Erkenntnis, daß ich ihn geliebt hatte, seit ich ihn kannte, ihn die ganze Zeit geliebt hatte, ohne es wahrhaben zu wollen. Wie Schuppen fiel es mir von den Augen – Holda, Felicitas, die blonde und die braune Inge, Frau Wert, Frau Strong – all die Frauen, die ständig bei ihm ein und aus gingen. Ich hatte mir nichts dabei gedacht, da ich nur den erleucheten Lehrer in ihm gesehen hatte. Immer noch ruhte sein Kopf auf meiner Schulter, plötzlich spürte ich etwas Heißes meine Brust herunterrinnen. Zsolan weinte gerührt.
»Endlich, endlich habe ich dich gefunden, nach der ich so viele Jahre gesucht habe. Jetzt ist mir deine Seele anvertraut, und wir sind nach buddhistischem Ritus verheiratet. Wenn diese Frage dreimal mit Ja beantwortet wird, gilt die Ehe als geschlossen. Mein verehrter Guru, Jöngyen Rinpoche, sagte mir, daß ich einmal im Leben meine Vraja-Frau finden würde, meine Königin, die mit mir durch alle Tantras geht.«
»Was sind Tantras?«
»Es sind die Gewebe, die wir auflösen müssen, um zur vollkommenen Erleuchtung zu gelangen. Wir werden alle Bardos, alle Seinszustände, gemeinsam durchschreiten, bis wir

uns dann völlig geläutert wiederfinden. Du wirst mir helfen auf diesem Weg.«
Und ich glaubte ihm. Scheu nahm ich sein Gesicht in meine Hände und blickte ihn aufmerksam an, so als würde ich ihn zum ersten Mal sehen. Ich fand kein Falsch an ihm. Obwohl ich einen leichten Stich der Eifersucht auf meine Vorgängerinnen in mir spürte, war ich mir sicher, einer Ehe mit ihm gewachsen zu sein. Die anderen hatten alle nicht meditiert und sich nicht wirklich für das interessiert, was ihm am meisten am Herzen lag. Ich dagegen hatte schon sehr bald die Erleuchtung erfahren; wenn er mich auch damals recht rauh zurechtgewiesen hatte, spürte ich doch, daß er insgeheim stolz auf seine Schülerin war. Ich fühlte mich stark, war nicht auswechselbar wie die vielen anderen Frauen, die ich bei ihm gesehen hatte, denn ich konnte etwas Fesselndes vorweisen, etwas, das sie nicht gehabt hatten. Und nur ich hatte gewagt, ihm dreimal mit Ja zu antworten. Mich wollte er zu seiner Frau.
Seine Ergriffenheit rührte mich, welche Sehnsucht nach der richtigen Partnerin mußte dieser schöne Mann all die Jahre gehabt haben! Ich empfand es als Auszeichnung, daß er mich vor allen anderen gewählt hatte, und sagte innerlich voller Freude Dank für dieses Glück.
Zsolan hielt mich in den Armen, und auch ich weinte beinahe vor Erleichterung, wie jemand, der endlich, nach soviel Qualen, seine Heimat gefunden hat. Zsolan, mein Guru, mein Mann, wir würden ein Paar sein, das die Sterne vom Himmel holte. Seine ungeduldigen Hände nestelten die Knöpfe meines Kleides auf, umfaßten fest meine Taille. Mit einem jähen Geräusch zerrissen meine Seidenstrümpfe, kaum noch konnte ich seiner ungeheueren sexuellen

Ausstrahlung Widerstand leisten. Sein Atem, sein Blick und seine Berührungen rissen mich mit. Noch nie hatte mich jemand so gewollt. Er kannte all meine Wünsche, und als ich schließlich nackt vor ihm stand, küßte er mich mit überwältigender Inbrunst und wußte, was er einer Frau zu geben hatte.

Beim Morgengrauen machte ich mich auf, um nach Hause zu fahren. Wie betäubt saß ich im Taxi, berauscht von der ersten Nacht mit ihm, meinem Guru, meinem Mann. Noch jetzt spürte ich seinen heißen Atem und seine begehrlichen Hände, die mich so gut kannten, auf meinem Körper. Ich konnte nicht fassen, was über mich hereingebrochen war, und fühlte mich gleichzeitig herausgefordert und geborgen. Mein Hirn war leergefegt von allem anderen, es herrschte nur einer darin: Zsolan.

Rom und Romy waren noch nicht zurück, so ging ich ins Bett, um mich dort dem Rausch der Gefühle zu überlassen. Kurz darauf fiel ich in einen traumlosen Schlaf. Als ich später erwachte und Romy neben mir atmen fühlte, schrak ich auf, denn ich wußte dunkel von einem unmöglichen Traum, von Zsolan und mir, wir hatten uns geliebt, wir waren ein Paar…

Die Sonne schien friedlich durch die leinenen Gardinen, Romys Locken kringelten sich auf ihrem Kissen, das war alles real und wirklich, ganz anders als diese dunkle Ahnung, die mich plötzlich nicht mehr losließ.

Ich setzte mich mit einem Ruck auf – gerade als Rom, später als gewöhnlich, mit seinem Kaffeetablett ins Zimmer kam – es war doch kein Traum gewesen! Zsolan und ich hatten uns…

»Guten Morgen, ihr Mädchen, einen extra starken Kaffee für unsere Nachtschwärmerinnen!« Ich starrte ihn an, immer noch wie in Trance, ich selbst und die Welt um mich herum bewegten sich seit gestern abend deutlich langsamer. Es fiel mir schwer, die volle Bedeutung der gestrigen Nacht zu realisieren. Mein neues Leben. Würde das der Beginn meines neuen Lebens sein? Eine ungeheuere Kraft wuchs in mir, ich wollte alles auf eine Karte setzen, alle Brücken hinter mir abbrechen, um etwas ganz unerhört Neues zu beginnen: Ein Leben mit einem faszinierenden Mann in seiner faszinierenden, asiatischen Welt – meiner Welt!

Romy regte sich neben mir und schüttelte den Schlaf von sich ab, sie griff nach dem Kaffee, während ich aus dem Bett sprang. Ich lief hinunter zum Telefon, mußte ihn anrufen. Ich wählte seine Nummer, barfüßig und im Nachthemd.

»Bubi, bist du es, sei gesegnet...« Seine heisere Stimme brachte mir Frieden, ich stöhnte erleichtert auf: Es war kein Makyo gewesen.

Strahlend tapste ich die Treppe hinauf, um endlich meinen Morgenkaffee zu trinken.

Im Zendo

Als wir uns wiedersahen, war seine erste eindringliche Frage: »Hast du mit jemandem über gestern nacht gesprochen?«

»Natürlich nicht.« Es schien mir zu kostbar und zerbrechlich. Vielleicht fürchtete ich auch einen gefährlichen Zauber, der das Erlebte zu Staub zerfallen ließe, würde ich es aussprechen. Er schien erleichtert. Dann wechselte er das Thema.

»Ich werde langsam alt und möchte mein Wissen weitergeben, dir möchte ich es vermachen. Gehe bei mir in die Lehre und lerne ein paar Jahre, so lange, bis du gut akupunktieren kannst, dann werde ich mich zur Ruhe setzen, und du übernimmst meine Praxis und führst sie alleine weiter.«

»Mich interessiert dieses Gebiet nicht so sehr«, warf ich eilig ein. »Ich kann mir auch kaum vorstellen, daß ich je die Akupunktur begreife, da gibt es ja Hunderte von Punkten! Ich möchte lieber mein eigenes Studium abschließen.«

Was ich verschwieg, war die heimliche Verachtung, die ich seinem Beruf gegenüber empfand. In einer Akademikerfamilie aufgewachsen, mit einer Ärztin als Mutter, schien mir die Vorstellung, Heilpraktikerin zu sein, absolut unwürdig. Ich wollte mich schließlich nicht lächerlich machen. Zu lebhaft erinnerte ich mich des Gespötts, das der homöopathische Arzt meiner kleinen Heimatstadt über sich ergehen lassen mußte. Obwohl er regulärer Mediziner war, schützte ihn das nicht vor dem bösem, verächtlichen Gerede seiner Kollegen, die ihn als Sonderling und Spinner betrachteten. Bis jetzt war ich das einzige Familienmitglied, das noch nicht promoviert hatte, und der Abschluß eines Studiums war das mindeste, was ich von mir verlangte.

»Begreifst du die Chance nicht! Die ganzen Jahre habe ich nach einem Menschen gesucht, dem ich meine Kenntnisse anvertrauen könnte. Keiner wollte die Ausbildung durchhalten, nach ein paar Wochen gaben sie alle auf.«

Es berührte mich seltsam, daß dieser faszinierende Mann keinen Nachfolger fand, denn ich konnte mir nichts Schöneres vorstellen, als seine Schülerin zu sein – bei einem anderen Fachgebiet hätte ich nicht gezögert, sein Angebot anzunehmen.

»Du wirst genauso lernen, wie ich es tat. Du darfst zuerst nur bei der Behandlung zusehen, dann wirst du die ersten Nadeln setzen und selbst Diagnosen stellen. Du wirst Chinesisch lernen und meine Praxis übernehmen, während ich dann nur noch meditiere. Ergreif dein Glück und sag ja!«

»Nur zusehen! Und auch noch Chinesisch lernen! Wie soll ich denn mit meinem Studium fertig werden?«

Es ließ sich arrangieren. Heute weiß ich nicht mehr, wie es mir gelang, diese Zeit zu bewältigen. Morgens, als er noch schlief, stand ich auf, um zur Universität zu gehen. Ich belegte nur Vorlesungen und Übungen, die vormittags stattfanden. Ab drei Uhr stand ich dann im weißen Kittel in der Praxis und half Zsolan, indem ich die Nadeln zureichte. Endlos übte ich, mit den verschiedensten Nadeln in einen Ball aus zerknülltem Zeitungspapier zu stechen. Manche Nadeln sind dünn und so biegsam, daß sie sich wie zwei Haare anfühlen, und es benötigt viel Übung, sie in den Papierballen hineinzumanipulieren, ohne sie abzuknicken oder zu verbiegen. Erst als ich mit allen Nadelstärken und -formen umgehen konnte, durfte ich mich an einen Menschen heranwagen. Der erste, den ich behandelte, war ich selbst. Es kostete mich zunächst viel Überwindung, in meine eigene Haut zu stechen. Aber schon beim ersten Stich, den ich in den berühmten He Gu-Punkt meiner Hand setzte, durchfuhr mich ein blendender Energiestrahl – ich hatte getroffen! Nach chinesischer Lehre sammelt sich die Lebensenergie, Qi, an bestimmten Stellen; wenn sie dort durch die Nadel erreicht wird, kann man sie tatächlich als Wärme oder Elektrizität spüren.

Abends unterrichtete Zsolan mich in Chinesisch und klassischer chinesischer Medizin. Besonders schwer fiel es mir, die fremdartige Sprache auszusprechen. Lesen konnte ich nach einiger Zeit recht gut, und das Schreiben gehörte bald zu den Dingen, die ich gerne tat. In der wenigen Freizeit, die ich hatte, nahm ich oft einen großen Bogen Papier, um darauf nach den strengen Regeln der Strichfolge die chinesischen Schriftzeichen zu setzen. Jedes hatte sein Eigenleben und drohte zu kippen, wenn ich es ungleichmäßig auf das Blatt brachte.

Nachts erzählte er mir aus seinem Leben, von seinen zahlreichen Bekannten, seinen teils haarsträubenden Erlebnissen und konnte kein Ende finden – er stand ja erst gegen Mittag auf und hatte keinen Grund, müde zu sein. Oft kam ich erst in den frühen Morgenstunden ins Bett, um noch ein paar Stunden Schlaf zu erhaschen. Langweilig wurde mir nie.

Manchmal jedoch lag ich noch lange wach, und düstere Gedanken überfielen mich. Die Trennung von meinen

Kindern, von meinem Mann, die Meditation, ein neuer Lebensinhalt – war das nicht alles ein dringend nötiger Schritt gewesen, mir eine neue Zukunft aufzubauen? Ein Leben, das ganz mein eigenes war; ein Leben, in dem ich endlich frei atmen und meine Ziele verwirklichen konnte. Bedeutete dann die Beziehung zu Zsolan nicht eine neue Abhängigkeit? – Aber nein, Zsolan war ja Teil dieses neuen Lebens geworden und hatte es sogar initiiert. Er hatte mir schließlich geraten, meinen Mann zu verlassen, um nicht zugrunde zu gehen. Zsolan wollte eine starke, unabhängige Partnerin. Er erkannte meine Fähigkeiten und vertraute mir genug, um mir seine Praxis zu übergeben.
Das ungute Gefühl legte sich, und ich schlief wieder ein.

Eines Abends nahm mich Zsolan beiseite, als ich mich nach dem Abendessen mit einem Buch zurückziehen wollte. »Du wirst jetzt eine große Aufgabe haben, denn ich verreise für einen Monat nach Japan. Bitte hüte meine Wohnung und Praxis wie dein eigenes Heim.«
»Du gehst nach Japan!« Seine Eröffnung traf mich völlig unvorbereitet und wie ein Donnerschlag. Nie hatte er erwähnt, daß er diese Absicht hatte. Ich witterte Gefahr, alle Sinne in quälender Aufmerksamkeit gespannt, fühlte ich, daß noch etwas anderes auf mich zukommen würde.
»Ich werde mich dort einer Zenschulung unterziehen. Holda kennt den großen Zenmeister Setsu Roshi, der auch der Guru von Pater Fernande ist, von dem du sicher schon gehört hast. Ich werde Setsu Roshi bitten, daß er mich als Schüler annimmt. Weißt du, ich will unbedingt zur Erleuchtung kommen, sonst hat das Leben keinen Sinn für mich.«

Ich war verwirrt. Er hatte mir doch selbst von seiner Erleuchtung erzählt, hatte als Guru Meditationskurse abgehalten und sich auch mit Meister ansprechen lassen! »Wozu willst du zu einem Guru gehen, wo du doch selbst ein Meister bist?«
»Das verstehst du noch nicht. Im Zen spricht man von Mondo, dem Streitgespräch der Meister, in dem sie den Grad ihres Wissens miteinander messen.«
Die östlichen Gepflogenheiten waren mir fremd, und ich wagte nicht weiterzufragen. Es war auch zu dumm, daß ich nicht einmal wußte, ob es eine einzige Erleuchtung gab oder ob dieses Erlebnis gewissermaßen Ableger haben konnte, die sich zu späterer Zeit entfalteten.
Ich schwieg, so viele Fragen quälten mich: Warum ging er jetzt, warum ohne mich, warum mit Holda... Er hatte wohl bemerkt, wie betroffen ich von seiner plötzlichen Eröffnung war, denn er sah mich liebevoll an, legte den Arm um mich, führte mich zu seinem Bücherschrank und zog ein dickes Album aus dem Regal. »Setz dich zu mir, Bubi, ich werde dir Bilder aus meinem Leben zeigen, damit du mich besser verstehen kannst.«
Er öffnete das Buch, und ich wurde mit den fremdartigsten Bildern konfrontiert, die ich je gesehen hatte: tibetische Altäre in prächtigen, düsteren Farben, goldene Gottheiten, die in ewiger Vereinigung tanzten, Ungeheuer, die mit unzähligen Köpfen, Armen und Füßen auf Leichen herumtrampelten, Ketten aus Totenköpfen um den Leib trugen und Blut aus Schädelschalen tranken.
Mich erfaßte ein innerer Schauder, als ich hörte, wie Zsolan mit ergriffener, heiserer Stimme flüsternd beschrieb, was in diesen Szenen geschah. Alles hatte mit Erleuchtung

zu tun, ein Thema, das ihn in körperliche Erregung zu versetzen schien. Dann sah ich Bilder von ihm selbst in braunroten Mönchsgewändern, barfuß, kahlgeschoren, von unsäglichem Ernst und umgeben von asiatischen Mönchen.
»Wo war das«, fragte ich gespannt, »wo bist du fotografiert worden, war es in Tibet?«
»Nein, es war in der Schweiz, im tibetischen Kloster Rikon.«
Dann wieder er, diesmal offensichtlich in einem gepflegten westlichen Wohnzimmer, er saß auf einem roten Perserteppich und vollführte seltsame Gebärden mit den Händen, sein Gesichtsausdruck war in sich gekehrt und verschlossen.
»Was machst du da?«
»Mudra, das sind die heiligen Handstellungen Buddhas. Bubi, warum hast du nur von all dem keine Ahnung? Du mußt wissen, das ist meine Welt, die du von jetzt an mit mir teilen wirst.«
Und dann die Frauen, endlose Seiten von Portraits in allen Lebensaltern. Nur wenige waren dabei, die mir gefielen.
»Wer ist das?«
»Das ist Ruth, mit ihren drei Kindern. Sie ist Stewardeß bei der Lufthansa und lebt in Hamburg. Sie schickt mir jedes Jahr einen nagelneuen Dufflecoat.« Ich sah fragend über den Gang zur Garderobe hinüber, wo Zsolans hellbrauner Mantel hing, und er nickte bestätigend.
Drei der Frauen kannte ich schon vom Sehen, Holda war dabei, fast unkenntlich auf dem strengen Schwarzweißfoto, dann zwei Frauen, die er die blonde und die braune Inge nannte. Mit beiden hatte ich nach dem Meditieren schon ein paar Worte gewechselt. Mit der Blonden kam ich

besser zurecht, sie war klug, und es machte Spaß, mit ihr zu diskutieren. Die braune Inge hatte etwas von einem Bauernmädchen an sich und platzte nicht selten mit persönlichen Bemerkungen heraus, die einen in Verlegenheit bringen konnten. Beide duzten Zsolan und nannten ihn Pischta.

Er blätterte weiter, und ich sah das Foto einer etwa fünfzigjährigen Frau, die einen schön geschnittenen Lockenkopf trug und so liebenswürdig dreinsah, daß ich sie sofort ins Herz schloß.

»Das ist Tina Wert. Sie ist nicht so sanft, wie sie auf dem Foto aussieht, nein, ganz und gar nicht, ich kenne sie und ihre Familie sehr gut und war auch schon zu Gast bei ihnen. Sie hat einen sehr netten Mann, mit dem ich mich fast besser verstehe als mit ihr.«

Ich wollte gerade umblättern, als die Türklingel läutete. Zsolan öffnete und ließ eine junge Frau eintreten, die er Magda nannte, beide sprachen ein rasant schnelles Ungarisch miteinander. Magda war eine großgewachsene Frau mit blendender Figur, deren Gesicht einst wunderschön gewesen sein mußte. Aber dann war etwas geschehen, das diese Schönheit zerstört hatte, die Konturen ihres Gesichts waren entgleist, und ihre feinen Züge hingen weich an den Schädelknochen. Als ich sie ansah, traf mich das verschwiegene Leiden, das aus ihr kroch, so unmittelbar, daß ich sie umarmte. Jahre später sollte ich erfahren, was dieses blühende Geschöpf so entwurzelt hatte, daß es sich nie mehr davon erholen konnte.

»Ich habe dir etwas Pörkölt mitgebracht, Istvan.« Sie hob den Deckel eines braunen Topfes hoch.

Nur mühsam unterdrückte ich einen Schrei, denn dort

schwammen deutlich sichtbar der Rüssel und die Ohren eines Schweines in der Tomatensoße. Zsolan war anzusehen, daß er sich über dieses Geschenk sehr freute. »Es wird köstlich schmecken, Bubilein.«
Magda stellte den Topf auf den Herd und deckte den Tisch, wobei sie zu meinem Entsetzen auch einen Teller vor mich hin setzte. Ich kann mich heute nur noch daran erinnern, daß ich meine Geschmacksnerven ausschaltete, während ich dieses unaussprechliche Gericht hinunterlöffelte. Trotzdem biß ich dabei auf ein großes Stück knirschenden Knorpels, und ich weiß nicht mehr, wie ich es arrangieren konnte, daß mir dabei nicht übel wurde. Nach dem Essen fühlte ich mich als Heldin, die in jeder Hinsicht tropenfest geworden war, denn Schlimmeres als dieses Schweinerüsselpörkölt konnte es auch in der tiefsten Wildnis nicht geben.

Obwohl es mir schwerfiel, ließ ich Zsolan ziehen. Seine Sehnsucht nach Erleuchtung war ihm so deutlich ins Gesicht geschrieben, daß ich Erbarmen mit ihm hatte. Sollte er seine Erleuchtung haben, auch wenn er dazu nach Japan fahren mußte. So brachte ich die beiden zum Zug. Das letzte, was ich sah, als der Wagen anrollte, war Zolan, der Holda ungeduldig anfuhr, weil sie ihn beim Lesen seines geliebten Boulevardblattes störte.
Nachdenklich kehrte ich in die Praxis zurück. Wie fremd diese Räume geworden waren. Auf seinem Bett war noch der Abdruck seines Körpers zu sehen, er hatte dort gesessen und einen schwereren Gegenstand neben sich gelegt, ein Buch oder eine Tasche. In den Räumen wehte mit dem Rauch seiner letzten Zigarette auch die Form seiner Aura

und sein Parfum, das sich nicht mehr verflüchtigen wollte und die ganzen Wochen seiner Abwesenheit hindurch zu verspüren war. Das rote Licht flackerte wie immer. Ich schloß ab und ging nach Hause.

Liebes Bubilein,

es ist sehr kalt in Japan, der Wind pfeift durch alle Ritzen, und ich friere sehr. Ich bin bei einer älteren japanischen Dame untergebracht, die sehr freundlich ist. Sie wohnt in Kamakura in der Nähe des Hachiman Go, eines berühmten, buddhistischen Schreines. Holda wohnt mit einigen Deutschen zusammen. Das Meditieren geht gut voran, Setsu Roshi ist ein wahrhaft großer Meister. Seine Schulung ist ausgezeichnet. Wir gehen jeden Abend in das Zendo, um dort zu sitzen. Zendo nennt man hier eine Meditationshalle. Alle Knochen tun mir weh, weil es so kalt ist. Wir meditieren jeden Abend einige Stunden lang, und am Wochenende ist Zazenkai. Setsu Roshi holt mich oft zum Dokusan. Er ist wirklich ein großer Guru. Am nächsten Samstag bekomme ich Shoken bei ihm, das heißt, daß er mich endgültig als Schüler annimmt. Danach kann nichts mehr schiefgehen.
Sehnsucht nach Dir!
Sei gesegnet!

Istvan

Zazenkai, Dokusan, Shoken – lauter Worte, die ich nicht verstand. Ich seufzte, denn ich wußte nicht, wovon er sprach.

Liebes Bubilein,

ich habe eine großartige Frau kennengelernt: Ihr Zenname ist Aka Yuki An – Roter Schnee. Sie ist Deutsche und hat jahrelang in Japan als Schülerin von Setsu Roshi gelebt. Schließlich wurde sie von ihm zum Roshi ernannt, jetzt leitet sie ein Zendo in München! Roshi ist der Titel eines spirituellen Meisters im Zen. Er kann nur vom Meister selbst einem würdigen Nachfolger verliehen werden, der seine Schüler genauso sicher weiterzuführen vermag wie er selbst. Es ist tatsächlich schon geschehen, daß ein Roshi keinen gefunden hat, der diese Aufgabe erfüllen konnte.
Und jetzt kommt das beste: Aka Yuki An Roshi lebt jeweils ein halbes Jahr in Japan und ein halbes Jahr in München – nur einige Minuten von meiner Praxis entfernt! Ich hoffe, daß sie mich als Schüler annimmt.
Sei gesegnet!

Istvan

Liebe Bubi,

ich bin verzweifelt. Aka Yuki An Roshi ist sehr abweisend und grob zu mir. Ich habe ihn ein paarmal gesehen, als er Setsu Roshi besuchte. Wenn ich jedoch mit ihm sprechen wollte, fertigte er mich immer kurz und brummig ab. Ich habe Setsu Roshi gebeten, ein gutes Wort für mich einzulegen, schließlich hat er mich bereits als Schüler angenommen!
Es ist eine ganz große Sache, zwei lebende Meister kennenzulernen und ganz nahe bei ihnen zu sein. Du weißt, im Buddhismus kommt alles darauf an, seinen Guru zu

finden. Ohne Guru ist man verloren, ohne Guru kann man nicht zur Erleuchtung kommen. Der Guru ist selbst wichtiger als Gott, denn ohne Guru kann man nicht zu Gott finden, nur er vermag einem den Weg zu weisen. Und ich bin schon so alt und habe noch immer keinen gefunden. Tag und Nacht denke ich nur noch an Aka Yuki Ans Zendo. Stell dir vor, es ist direkt vor meiner Nase in München, und ich habe nichts davon gewußt. Wenn er hart bleiben sollte, werde ich es ihm abzwingen, selbst wenn ich vor seiner Haustüre übernachten muß.
Mach Deine Sache gut!

Istvan

Dieser Brief rührte mich, denn Zsolan mußte ganz durcheinander sein, wenn er die weiblichen Personalpronomina durch die männlichen ersetzte, eine Eigenart, zu der viele Ungarn neigen, selbst wenn sie fließend Deutsch sprechen.

Er wollte also vor ihrer Haustüre übernachten, wenn sie ihn nicht erhören würde. Ich spürte Eifersucht in mir aufsteigen. Mit welcher Entschlossenheit er diese Frau verfolgte! Sonst vertrat er meist die Ansicht, ein Mensch sei wie der andere und austauschbar. Über die individuelle Persönlichkeit, die den Zauber einer Beziehung ausmachte, konnte er nur lachen: »Das widerspricht vollkommen der buddhistischen Lehre! Ich weiß nicht, weshalb manche so auf ihre Individualität versessen sind!«

Der Unterton seines Gelächters war spöttisch, und etwas wie Bedauern für Menschen, die sich an Nebensächliches klammerten, schwang in ihm mit. Obwohl ich versuchte, Zsolans Belehrung zu begreifen, konnte ich sie selbst nicht in die Tat umsetzen: Ich war einfach nicht in der Lage, in jedem Menschen nur ein neutrales Wesen zu sehen, das jederzeit durch ein anderes ersetzt werden konnte.

Und noch ein anderer Widerhaken hatte sich in mein Herz gebohrt: Weshalb war ein Guru wichtiger als Gott? Das konnte nicht richtig sein. Wer hatte denn wen geschaffen, Gott den Guru oder der Guru Gott? Gott mußte von jedem Menschen und zu jeder Zeit ganz ohne Mittler zu erfahren sein! Aber die buddhistischen Schriften, die ich las, gaben Zsolan recht. Die alten indischen, japanischen und chinesischen Texte sprachen eindringlich von der absoluten Notwendigkeit eines Gurus: Ohne Guru keine Erleuchtung, keine Erlösung vom Leiden, keine Befreiung vom Rad der Wiedergeburt, keine Begegnung mit Gott.

Manchmal hatte ich Lust, in Zsolans einsamem Zimmer, in dem er mir stets gegenwärtig war, zu übernachten. Ich zündete die rote Lampe an und arbeitete an meiner Diplomarbeit. Als ich eines Abends über meinen Papieren saß, hörte ich in der Stille der Nacht feine kratzende Geräusche an der Tür, die ich zuerst ignorierte. Ich brütete gerade darüber, wie ich die Syntax einer besonderen Passage verbessern konnte, und starrte gedankenverloren über den Flur hinüber zur Eingangstüre. In diesem Moment hob sich der in die Tür eingelassene Briefkastendeckel und starr vor Entsetzen sah ich ein Augenpaar, das mich fixierte. Ich sprang auf. Scheppernd fiel der Deckel zurück, ein Rascheln von Kleidern, das Zuschlagen der Haustüre, hastige Schritte auf dem nächtlichen Plaster. Ich stürzte zum Fenster und sah eine kleine, gebückte Gestalt in einem viel zu großen Mantel durch den Lichtkegel der Straßenlaterne huschen. Mein Herz klopfte heftig, als ich zur Tür ging, um sie zweimal abzuschließen. Unruhig ging ich im Flur auf und ab, auf alle Geräusche lauschend. Das Telefon läutete – mitten in der Nacht, mein Herz pochte schneller, ich riß den Hörer vom Apparat und lauschte atemlos: »Er gehört mir«, sagte die dünne Stimme einer älteren Frau, »mir allein! Verschwinden Sie, Sie Schlampe. Er ist mein Istvan, was tun Sie in seiner Wohnung!«

Die Stimme wurde lauter, steigerte sich in eine hilflose Wut hinein und kippte dann plötzlich in ein dünnes Weinen um. »Gehen Sie weg, hauen Sie ab, mein Istvan…«

Sie hatte aufgelegt.

Eine Frau war es also, die mich so erschreckt hatte und die ich für einen Einbrecher gehalten hatte. Ich setzte mich wieder hin und schrieb einen Brief nach Japan, in dem ich schilderte, was ich eben erlebt hatte. Fünf Tage später kam seine Antwort.

Liebes Bubilein,

was schreibst Du für einen Unsinn! Ich kann mir nicht denken, daß sich jemand so idiotisch benimmt. Sicher hat sich jemand einen Scherz erlaubt, oder es handelt sich um eine Verwechslung. Ich kann gar nicht glauben, daß Du Dich mit solchen Dingen befaßt. Du bist doch sonst so vernünftig und meine Vajra-Frau, die über allem steht!

Heute ist Aka Yuki An Roshi nach Deutschland gefahren. Eine ihrer Schülerinnen hat sie in Kamakura abgeholt, sie heißt Maria, wie Du, und lebt auch in München. Sie muß eine sehr reiche Geschäftsfrau sein, denn sie be-

zahlt Aka Yuki Ans Reise und nimmt sich die Zeit, von München nach Japan zu fliegen, um dann etwa einen Monat lang mit ihrem Guru auf dem Landweg zurückzureisen. Aka Yuki An hat irgend etwas am Innenohr, so daß sie nicht fliegen kann.
Die beiden Frauen fahren zuerst nach Yokohama und von dort mit dem Schiff nach Shanghai. Dann geht es mit dem Zug weiter, sie nehmen die transsibirische Eisenbahn bis Moskau. Nach drei bis vier Wochen sind sie dann in München. Dort beginnt Aka Yuki An sofort damit, die Schulung weiterzuführen. Ich fliege in zwei Wochen von Tokyo zurück und bin lange vor ihr zu Hause.
Ich bin ganz verzweifelt, sie will mich nicht als Schüler annehmen. Dabei ist sie dazu verpflichtet, denn ich bin von ihrem eigenen Guru und Lehrer, Setsu Roshi, akzeptiert worden. Meine Gedanken kreisen nur um sie.
Paß auf Dich auf.

Istvan

Liebe Bubi,

heute war ich bei der großen Kanzeon-Statue in Kamakura. Sie steht auf einem Hügel und überblickt die Stadt, wie Du auf dem Foto sehen kannst. Ich habe Räucherstäbchen geopfert und gebetet, daß unsere Beziehung segensreich sein wird.
Sei gesegnet!

Istvan

Die riesenhafte Steinstatue einer Frau, einen Schleier über das Haar gezogen, stand inmitten blühender Kirschbäume, die sie weit überragte. Weiße Wolken zogen an ihrem lächelnden Gesicht vorbei. Diese kleine Postkarte ließ mich zum ersten Mal seit Zsolans Abreise aufatmen. Er hatte an mich, an uns gedacht, und das machte mich glücklich. Es war der letzte Gruß, den ich aus Japan bekam, dann versiegte der Strom der Karten und Aerogramme.

Eine Woche später holte ich ihn am Flughafen ab. Sein Flieger hatte Verspätung, und es war schon nach Mitternacht, als ich ihn wiedersah. Er schien gealtert zu sein. Der strahlende Glanz und die erotische Ausstrahlung, die ihn sonst immer umgaben, waren verschwunden. So nervös und unrasiert, von einer inneren Unruhe getrieben, erkannte ich ihn kaum wieder.

Noch im Taxi steckte er sich eine Zigarette an und rauchte schweigend, während er meine Hand hielt. Da ich ihn nicht zum Sprechen drängen wollte, erzählte ich von meinem nächtlichen Erlebnis in der Praxis. Ich glaubte zu wissen, wer die Frau gewesen war, die so neugierig durch den Briefkastenschlitz der Türe gesehen hatte, denn der Telefonanruf in jener Nacht war nicht ihr letzter gewesen. Sowohl in meinem Appartement als auch in der Praxis klingelte es unaufhörlich, so daß ich es mir zur Gewohnheit machte, den Hörer neben das Telefon zu legen, wenn ich schlafen wollte. Die Frau beschränkte sich immer auf einen Satz: »Verschwinden Sie und lassen Sie die Hände von meinem Istvan.«

Eines Tages kam die Putzfrau zu mir, um mir zu sagen, daß sie, als sie die Praxis nach der Arbeit verlassen wollte, auf der Straße von einer Dame angesprochen worden war, die sich als Frieda Strong vorstellte. Sie sei eine gute Bekannte von Professor Zsolan und wollte doch zu gerne wissen, ob alles in Ordnung sei mit dieser jungen Frau, die in der Praxis ein und aus ging und sogar gelegentlich dort übernachtete. Die Putzfrau beruhigte sie und ging in ihrer Arglosigkeit soweit, meine Adresse zu verraten. Sie wurde dafür mit zwanzig Mark belohnt.

Seitdem war es um meine Ruhe geschehen. Die endlosen Belästigungen machten mich nervös, ich schrieb ihr und verlangte von ihr, mit dem Telefonterror aufzuhören. Das bewirkte lediglich, daß sie noch unsinnigere Zeiten wählte, um mich zu stören. Erst nachdem ich Wochen später, ganz zermürbt durch ihre Ausdauer, ihrem Mann, dem Direktor einer großen Bank, schrieb, ließ sie mich in Ruhe.

Jetzt saß ich plappernd neben Zsolan und versuchte ihn mit dieser krummen Geschichte zu unterhalten, was mir aber nicht gelang. Er wäre beinahe im Taxi aufgesprungen, gereizt knurrte er mich an, als hätte ich eine wunde Stelle berührt.

Zu Hause angekommen, zog er sich sofort an seinen Schreibtisch zurück. Ich sah, daß er in seiner schönen Handschrift, um die ich ihn immer beneidete, einen Brief schrieb. Er hatte eine selten feine, ausdrucksvolle Schrift, die die Lebhaftigkeit seines Geistes ahnen ließ und zudem auch noch leserlich war. Die Zeilen schienen wie von einem jungen Menschen geschrieben und wirkten ausgeglichener, als er es im Augenblick selbst war. Er verbrachte oft Stunden damit, Seite für Seite mit seiner wundervollen Schrift zu füllen und geheimnisvolle Texte auf das Papier zu bannen. Ungarische, chinesische, tibetische Texte, von deren Bedeutung er mir nur flüsternd erzählte. In seinem Bücherregal fanden sich eine Reihe von handgebundenen Bänden – heilige Texte, die er selbst mit der Hand abgeschrieben hatte, während der Regenzeit in Thailand, als das Wasser vom Himmel floß, sich über die schimmernden Blätter der Bananenstauden ergoß, die Wege in lehmige Flüsse verwandelte, aus denen die Kinder mit bloßen Händen Fische fingen. Als das Wasser die Luft mit einem schweren süßen Duft erfüllte, die ersten Tropfen nach monatelanger Dürre wie riesige feuchte Kreise in den heißen Staub fielen und das Geräusch des Regens Tag und Nacht nicht wich, sondern monatelang durch Tag und Träume trommelte. Als die Luft schwer wurde und sich auf den Rauch der Feuerstellen legte, ihn zu Boden drückte und schließlich durch die Kleider bis auf die Haut drang, die nie mehr so recht trocken wurde. Bis das Frieren kam und der erst leise, dann ununterdrückbare Wunsch nach Trockenheit und Sonne an einem zerrte, nach Sonne, wie heiß sie auch brennen würde – wenn nur diese Sintflut ein Ende hätte. Er hatte mir davon erzählt und mich wieder einmal mit seinen Geschichten gefangen.

Gerade schrieb er an Aka Yuki An Roshi. In seinem Gesicht konnte ich eine verzweifelte Andacht sehen.

> Um Himmels willen nehmen Sie mich in Ihr Zendo auf! Ich tue alles, was Sie von mir verlangen. Ich verzichte darauf, Meditationskurse zu halten. Wenn Sie sagen, diese weiße Wand vor mir sei schwarz, so werde ich sagen: Sie ist schwarz. Und wenn Sie sagen, sie ist rot, so werde ich sagen: Gut, sie ist rot.
> Nehmen Sie mich als Ihren Schüler an, ich bin nie zuvor einem lebenden Meister begegnet, der mich so angezogen hat, wie Sie es tun, und ich weiß, daß man den Guru

nicht loslassen darf, wenn man ihn einmal gefunden hat. Ich will die Erleuchtung, und die ist ohne Sie unmöglich. Seien Sie mein Guru und erlösen Sie mich.

Erschüttert betrachtete ich ihn, noch in den zerknitterten Kleidern, die von seinen vierundzwanzig Stunden Flug erzählten, schrieb er, als gäbe es nichts Wichtigeres auf der Welt für ihn. Dusche und Bad lockten ihn nicht. Als er seinen Brief beendet hatte, sah er mich ernst an. »Es ist meine letzte Chance, weißt du. Bei den Tibetern habe ich keinen echten Meister gefunden, auch nicht in Thailand. Setsu Roshi war der erste wirkliche Guru, den ich kennenlernte. Ich muß zur Erleuchtung kommen, koste es, was es wolle. Wenn Aka Yuki An mich nicht aufnimmt, muß ich nach Japan zu Setsu Roshi gehen.«
»Weshalb brauchst du überhaupt einen Meister? Kann nicht jeder Mensch einen direkten Weg zu Gott finden?«
Er widersprach mir leidenschaftlich. »Das ist unmöglich. Der Guru ist wichtiger als alles andere, nur durch den Guru kommt der verblendete Mensch zu Gott. Nur der Guru erkennt die schädlichen Muster, in denen der Schüler gefangen ist, er hilft diese Muster aufzulösen und führt ihn zur Erleuchtung.«
Während ich vor ihm stand und sah, wie er sich so in Begeisterung hineinsteigerte, daß ihm schließlich Tränen der Rüh-rung über die Wangen liefen – da erkannte ich das Kernthema seines Lebens. Aber warum strebte er wie von Sinnen nach Erleuchtung, hatte er mir nicht erzählt, wie sie ihn in Thailand ergriffen hatte? Hielt er nicht selbst als Zenmeister in den verschiedensten Klöstern Zenmeditationen ab? Auch zu mir hatte er gesagt, er sei mein Meister.

Wie konnte er als Lehrer seine Schüler dorthin führen, wo er anscheinend noch nicht angekommen war!
Ich verstand nicht und war zu schüchtern, um zu fragen, aber auch mich hatte eine Erregung ergriffen, die wie ein Funke von Zsolan auf mich übersprang. Obwohl in mir das unvergeßliche Erlebnis meiner Erleuchtung stets gegenwärtig war, hatte ich plötzlich das Bedürfnis nach mehr. Eines hatte ich erkannt, die Erleuchtung hatte keinen anderen, keinen besseren Menschen aus mir gemacht – ich wußte nur mehr, und tief in mir lebte die stille Gewißheit, daß letztlich alles gut sei. Die alten Zenschriften sprechen von Daigo tette, der großen Erleuchtung. Vielleicht war bei mir nicht die ganze Mauer vor der Wahren Wirklichkeit eingestürzt, sondern nur ein Stein aus ihr herausgefallen, der mich ein wenig Licht sehen ließ. Ich zögerte noch, mich bedingungslos der Führung eines Gurus anzuvertrauen, aber auch ich hatte Sehnsucht, auch ich wollte einem Meister gegenübertreten, der mich erkennen würde. Dessen war ich mir ganz sicher – wir würden uns ansehen und *wissen.*
Diese Sehnsucht trug ich plötzlich Tag und Nacht in mir. Mit einem Guru, der mich zu tieferer Erleuchtung brachte, wäre mein Leben endlich vollkommen. Keine Sorgen und kein Leid könnten mich je erreichen, ich wäre im Land des abendlosen Lichtes, in dem Leere gleich Form und Form gleich Leere ist, wie es in den alten buddhistischen Schriften heißt. Obwohl es mich beunruhigte, einen anderen Menschen als meinen uneingeschränkten Meister anerkennen zu müssen, sah ich ein, daß ich Führung brauchte, um mich weiterzuentwickeln, und bat Zsolan um Aka Yuki Ans Adresse. Sie war geheim und durfte nur an Aus-

erwählte weitergegeben werden, aber ich hatte gesehen, wie er sie Tina Wert zugesteckt hatte, die oft zu ihm kam und mehrmals mit ihm Sesshins, jene tage- oder wochenlangen Meditationsmarathons, besucht hatte.
Zsolan zögerte. »Ich glaube nicht, daß sie noch Neue aufnimmt. Jedenfalls hat sie gesagt, es seien zu viele Menschen dort und sie könnte die Verantwortung für weitere nicht übernehmen. Es ist außerdem zu früh für dich, du kannst ja nicht einmal richtig sitzen, und ich bezweifele, ob du je einen Zazenkai durchhalten würdest. Warte noch ein, zwei Jahre und frage dann noch einmal nach.«
»Nein, gib mir die Adresse jetzt, du hast sie auch anderen gegeben!« Fordernd trat ich auf ihn zu.
Er seufzte, suchte etwas umständlich in seinem Tagebuch herum und überreichte mir nach weiterem Zögern einen kleinen Papierstreifen. »Aber schreibe ihr zuerst, ihre Nummer darf nur von Mitgliedern des Zendos angerufen werden.«
Ich atmete tief durch und spürte das Bedeutungsvolle, das für mich in dieser Adresse lag – eine Verheißung, die meinem Leben eine Wende geben würde. Noch wußte ich nicht, wohin sie mich führen sollte, doch mir war, als würde meine Seele auf einen Ruf, der sie aus weiter Ferne erreichte, antworten.
Ich schrieb Aka Yuki An noch an diesem Abend.

Nach endlosem Hin und Her, unzähligen Telefonaten, Verwirrungen, Briefen und bangem Hoffen war Zsolan vor einigen Tagen vom Guru aufgenommen worden und das erste Mal auf einem Zazenkai bei Aka Yuki An gewesen. Dieses besondere Ereignis fand zweimal im Monat statt, es begann am Freitag um zwanzig Uhr und endete am Sonntag abend. Es wurde stundenlang meditiert, dazwischen gab es Belehrungen und Dokusans von Aka Yuki An Roshi, während derer man mit dem Guru über seine spirituelle Entwicklung sprach. Endlich war Zsolan in dem Hafen gelandet, den er zeit seines Lebens verzweifelt anzulaufen versucht hatte, und wie ein Verliebter wurde er nicht müde, vom Zendo und seinen Mitgliedern zu erzählen. So erfuhr ich alle Einzelheiten – von der Art des Tees, die es dort gab, bis hin zum Gesang der Sutren. Bald war es mir so, als wäre ich selbst dort gewesen.

Ich dagegen hatte immer noch keine Nachricht von Aka Yuki An. Mir ging es schon wie Zsolan, ich lief umher wie ein gefangener Tiger und hatte nur noch einen Gedanken im Kopf: Würde sie mich ins Zendo aufnehmen?

In der Zwischenzeit war der Termin unserer Hochzeit nähergerückt. Zsolan hatte Schwierigkeiten mit seinen Papieren. Da er nur mit einem Paß nach Deutschland gekommen war, fehlte es an allem. Zu dieser Zeit glaubten die deutschen Behörden zwar an ihre guten Beziehungen zu Ungarn, konnten aber trotzdem keine der benötigten Urkunden beschaffen. Ich verzweifelte bald an den abschlägigen Bescheiden, denn ohne die betreffenden Unterlagen würden wir nicht heiraten können. Zsolan tröstete mich. »Es macht nichts aus, schließlich sind wir schon verheiratet, das weißt du genau.«

In gewisser Weise schien er sogar über die Verzögerung erleichtert zu sein, doch dann beauftragte er einen seltsamen Mann, ihm seine Papiere aus Ungarn zu beschaffen, was immer er auch unter beschaffen verstand. Ich glaubte nicht an Erfolg. Drei Wochen später jedoch erhielt Zsolan einen

Umschlag, der tatsächlich die erforderlichen Papiere enthielt.

Ich hatte vor einiger Zeit ein kleines Appartement in der Nähe der Praxis gemietet. Meinem Wunsch, mit ihm zusammenzuziehen, begegnete Zsolan mit vernünftigen Argumenten, denen ich nichts entgegenzusetzen wußte. Das einzige Zimmer, das er neben seinen Praxisräumen bewohnte, sei zu klein, und schließlich habe er auch noch seine Mönchsregeln, die ihn dazu verpflichteten, bestimmte Meditationszeiten einzuhalten und sich in völligem Schweigen zurückzuziehen. Wir kamen überein, jeweils die Wohnung zu benutzen, auf die wir gerade Lust hatten, und so geschah es auch. Meist wohnte ich jedoch bei ihm, die Räumlichkeiten waren einfach bequemer.

Zsolan bestand darauf, daß wir im stillen heiraten sollten, was mir recht war, auch wenn ich mich darüber wunderte, daß er seinen Freunden gegenüber schwieg. Ich wußte, daß meine Mutter von dieser neuen Ehe wenig angetan sein würde. Ich freute mich darauf, mit der Heirat seinen Namen anzunehmen, dessen ungarischer Klang mir gut gefiel. Hier stieß ich aber auf erbitterten Widerstand: »Das kommt gar nicht in Frage, du sollst deine Selbständigkeit nicht verlieren.«

»Ich bin selbständig. Und außerdem ist der Mädchenname einer Frau immer nur der Name ihres Vaters, wir Frauen haben hier keinen eigenen Namen. Was soll das also?«

Istvan blieb hart, und ich gab verärgert nach. So legte ich mir einen Doppelnamen zu, denn schließlich mußte ich ja irgendwie heißen. Ich hatte Doppelnamen noch nie leiden können, und das in Mode gekommene Frau Huber-Gräter,

Frau Zilker-Fritz fand ich umständlich. Trotzdem blieb mir nach damaligem Recht nur die Wahl, als Maria Reith-Zsolan aus dem Standesamt herauszukommen.
Der Beginn unserer Ehe war nicht sehr vielversprechend. Nicht nur, daß wir uns zwei Trauzeugen von der Straße auflasen, die nach der Zeremonie schnell und mit verlegenen Blicken verschwanden, wir verdarben uns auch noch bei unserem anschließenden Restaurantbesuch beide den Magen, so daß wir nach Hause zurückgekehrt in einen totenähnlichen Schlaf fielen, aus dem wir dann, kurz vor Beginn der nachmittäglichen Sprechstunde verkatert erwachten. Wir hatten uns nicht einmal ein paar Tage freigenommen, weil Zsolan offensichtlich nicht das Bedürfnis hatte zu feiern. Zum ersten Mal spürte ich einen bitteren Geschmack im Mund. Es schien fast so, als versuche er unsere Heirat zu vertuschen. Trotzdem war ich gespannt auf die Aufregung, die doch jetzt folgen müßte: Was würden seine Freunde sagen, wenn sie von unserer Hochzeit erfuhren?
Nun, es geschah nichts. Zsolan erwähnte mit keinem Wort, daß wir verheiratet waren. Immer deutlicher hatte ich das Gefühl, er wolle unsere Beziehung verheimlichen, und fragte mich, ob er sich meiner schämte. Jetzt kannte ich ihn schon lange und fühlte mich trotzdem noch sehr unsicher ihm gegenüber. Immer öfter wallte stiller Protest in mir auf. Schließlich war ich eine gutaussehende Frau und fünfundzwanzig Jahre jünger als er. Er sollte stolz sein auf mich! Zweifel an seiner Integrität quälten mich, ich sah den Rauch und konnte kein Feuer finden. Und dennoch, dieses Feuer mußte es geben, oder all meine Instinkte hätten versagt. Ein paar Tage nach unserer Hochzeit schreck-

te ich im Morgengrauen auf – er atmete ruhig an meiner Seite und strahlte noch im Schlaf Unschuld und Güte aus – und wußte: Etwas stimmt nicht mit ihm.
Die entsetzliche Erkenntnis traf mich wie ein Schlag, und grauenhafte Unruhe erfaßte mich. Eine eiskalte Angst griff nach meinem Herzen: Ich hatte alles, aber auch alles aufgegeben, meine Familie, mein Haus, mein Vermögen, hatte alle Brücken hinter mir abgebrochen, um Zsolan zu folgen. Doch plötzlich schämte ich mich und würgte diese Regung ab: Wie konnte ich nur dem Mann mißtrauen, der mir so viel geholfen hatte und der mir den Weg in eine Entwicklung gezeigt hatte, die mir den Atem stocken ließ. Ich hatte eine Krämerseele, die, kleinkariert wie sie war, alles schlecht machte, was sie nicht deuten konnte. Zwischen Scham und Unsicherheit hin und her schwankend, suchte ich hektisch in meinem Gehirn nach einem Ausweg.
Endlich kam der rettende Gedanke: Er war nicht nur mein Mann, er war auch mein Lehrer, der mich in der Meditation schulte. Das mußte es sein, er testete mich, ob ich noch Wert auf Äußerlichkeiten legte, wollte wissen, wie weit ich im Gestrüpp der Alltäglichkeiten verfangen war. Ähnliches hatte ich schon in buddhistischen Texten gelesen: Der Guru stellte sich selbst in ein schlechtes Licht, um den Glauben seines Schülers zu erproben. War sein Vertrauen zum Guru wirklich unermeßlich, oder ließ er sich davon abbringen? Nur wer diese Prüfung bestand, wurde in tiefere Wahrheiten eingeweiht.
Dieser Geistesblitz beruhigte mich ungemein, meine mißtrauische kleine Seele lehnte sich gleichsam zurück und atmete erleichtert auf. Teste mich nur, mein lieber Mann, dachte ich bei mir, ich will ganz stark sein. Ich war stolz,

die Lösung gefunden zu haben. Lächelnd schob ich das Kissen zurück und schlief wieder ein.

So nahm alles seinen gewohnten Gang. Wir führten die Praxis und besuchten Freunde, von denen keiner wußte, daß wir ein Ehepaar waren. Manchmal machte mir die Sache Spaß, und ich amüsierte mich über die Patienten, die mich bald für seine Tochter, bald für seine Angestellte hielten, was mich gelegentlich in verfängliche Situationen brachte. Zsolan schürte das Feuer und führte die Leute aufs Glatteis. Mir gegenüber wurde er nicht müde zu versichern, wie verbunden wir beide wären, ohne daß all diese Leute davon etwas wissen müßten, und so hielt ich mich im Hintergrund. Doch der Groll, der sich in mir aufstaute, wurde von Tag zu Tag deutlicher. Warum stand er nicht zu mir? War er zu feige, um sich zu mir zu bekennen? Um diesen bohrenden Fragen auszuweichen, tat ich lieber so, als ob ich mich amüsierte, statt in Tränen über den unguten Zustand auszubrechen, auch wenn mir häufig danach zumute war.

Zsolan übte eine verhängnisvolle Wirkung auf die verschiedensten Frauen aus. Alte und junge, brave und flotte veränderten sich, sobald sie ihn sahen. Sie bekamen verschleierte Augen, senkten die Stimme zu einer geheimnisvoll rauchigen Tonlage, und ihre Gesten sprachen Bände. Auch wenn sie schon am Verblühen oder verheiratet waren, hatten sie sich anscheinend aufgemacht, diesen exotischen Mann zu erobern oder wenigstens seine ungeteilte Aufmerksamkeit auf sich zu ziehen. Dreist und siegesgewiß hielten sie ihren Einzug in die Praxis. Eine Ungarin jenseits der sechzig schlug ihre langen Beine so aufreizend übereinander, daß ich beinahe darüber stolperte, ihre hochhackigen Pumps wippten aufdringlich um die Zehen. Noch im Wartezimmer knöpfte sie eilig die Bluse auf, um ihren vollen faltigen Busen freizumachen, bevor sie zu ihm hineinging.

Als Zsolan kam, sprang sie auf und zog seine Hände eng an ihre bloße Brust. »Doktor ur, jo estet kivanok. – Herr Doktor, ich wünsche Ihnen einen guten Abend. Ich hoffe, Sie haben ein Stündchen Zeit für mich.«

Es war mir ein Rätsel, weshalb sie alle so offen sexuell auf Zsolan reagierten. Ich selbst hatte seine erotische Ausstrahlung erst spät bewußt wahrgenommen, und noch jetzt standen für mich sein Charisma und seine vergeistigte Aura im Vordergrund.

Es kam vor, daß ich Zsolan auf dem Boden kniend vor einer Frau fand, die in der Verrenkung einer indischen Göttin splitternackt und blaß mitten im Zimmer stand. Als ich hereinkam, schraken beide zusammen. Zsolan tat jedoch so, als sei nichts geschehen. »All das ist nur Makyo, täuschende Wahrnehmung, es hat keinerlei Bestand.«

»Istvan, ich mag das nicht!«

»Sei nicht albern, Bubi! Ich habe nicht gewußt, daß du so prüde bist.«

»Das alles würde aufhören, wenn die Leute wüßten, daß wir verheiratet sind.«

»Sie werden es nie erfahren, denn es geht sie nichts an. Es ist unsere eigene Angelegenheit!«

Kochend vor Wut mußte ich mitansehen, wie er in sein Zimmer ging und verlangte, nicht gestört zu werden.

Eines Tages wurde ich durch ein tierisches Gelächter bei der Behandlung gestört. Ich lief in das Wartezimmer und sah meinen Mann in inniger Umarmung mit einer sehr großen Frau. Ihre langen blonden Haare verdeckten sein Gesicht völlig, und ihr animalisches Lachen, das mir in den Ohren schmerzte, wollte nicht aufhören. So tanzten sie beide durch das Zimmer und torkelten in den Gang hinaus, das schreckliche, gurgelnde Gelächter dröhnte durch die Räume, und ich sah, wie sie ihren Oberschenkel zwischen die Beine meines Mannes schob. Im Flur dahinter stand ein großgewachsener junger Mann, der diese Szene ungerührt beobachtete. Als er mich dazukommen und erstarren sah, trat er auf mich zu. »Ich bin Mario Berczy und studiere Medizin. Meine Mutter begrüßt gerade Herrn Zsolan, sie sind alte Freunde.«

Wir gaben uns die Hand.

»Meine Mutter freut sich so, Herrn Zsolan wiederzusehen, er ist ein alter Freund unserer Familie. Er hat mir versprochen, daß ich in seiner Praxis arbeiten und sie dann übernehmen darf. Er möchte mich in chinesischer Medizin und Akupunktur unterrichten. Das ist herrlich für mich, denn er hat mir zu verstehen gegeben, daß er die Praxis nicht mehr lange leiten möchte, und ich kann sie dann weiterführen und bin nicht gezwungen, mir selbst eine aufzubauen. Er ist wirklich sehr gütig.«

Mir blieb der Mund vor Überraschung offen, denn mir hatte mein Mann das gleiche versprochen, und fast täglich versicherte er mir, wie froh er sei, in mir endlich eine Nachfolgerin gefunden zu haben. Ich sah Mario prüfend an, blaue Augen, weizenblond leuchtendes Haar und das tadellose Benehmen, das die meisten Ungarn auszeichnet. Er fing meinen Blick auf und schien meine Besorgnis zu ahnen: »Sie können ruhig weiterhin hier arbeiten, wenn Sie

das möchten. Machen Sie sich keine Sorgen um Ihre Zukunft, ich werde Sie einfach übernehmen und brauche mich dann nicht nach einer Arzthelferin umzusehen. Wollen wir Freunde sein?«
Er streckte mir seine Hand hin, die ich nachdenklich ergriff. In der Zwischenzeit hatten sich seine Mutter und Zsolan beruhigt, sie trennten sich mit heißen, roten Gesichtern voneinander, und Frau Berczy kreischte auf, als sie mich bei ihrem Sohn stehen sah: »Istvan, wer ist dieses Kind?«
»Das ist Maria, aber ich nenne sie Bubi, weil sie so kurze Haare hat.«
»Bubi, Sie sind bezaubernd! Ich bin Lil Berczy, und ich erwarte, daß Sie Lil zu mir sagen. In Ungarn duzen sich alle Frauen einer bestimmten Gesellschaftsschicht, und diese schöne Sitte wollen wir beide doch übernehmen, auch wenn wir hier in Deutschland leben.«
Sie trat auf mich zu und küßte mich, so daß auch ich einige Zeit unter ihrem blonden Haarschleier verborgen war.
Mario ging eng umschlungen mit Zsolan in die Küche, auch Lil legte den Arm um mich. Trotz ihres Höllengelächters und ihrer aufdringlichen Art begann ich sie zu mögen. Es stellte sich heraus, daß sie eine hart arbeitende Frau war, die nach der Scheidung von ihrem Mann um ihren Lebensunterhalt kämpfen mußte. Um zu ihrem Arbeitsplatz zu gelangen, fuhr sie täglich mehrere Stunden mit Bus und U-Bahn. Als technische Zeichnerin überanstrengte sie sich derart, daß sie den Verlust ihres Augenlichtes fürchtete. Sie hoffte, so lange durchhalten zu können, bis Mario sein Studium beendet hatte. Wir führten ein angeregtes Gespräch miteinander, während dessen sie mir

immer sympathischer wurde. Trotz ihrer vielen Arbeit schien sie noch Zeit zu haben, sich mit spirituellen Dingen zu beschäftigen, und beeindruckte mich an diesem Abend mit ihrer Entschiedenheit und Lebensfreude. Mario gab sich betont höflich und ritterlich, er sprach ein tadelloses Deutsch ohne den hämmernden Akzent, den Zsolan und seine Freunde hatten.

Gelegentlich fing ich einen prüfenden Blick auf, mit dem er mich und meinen Mann bedachte, er versuchte unsere Beziehung zu ergründen. War ich Zsolans Geliebte, seine gute Freundin oder nur eine Angestellte, von der Mario nichts weiter zu befürchten hatte? Ich sah die sanfte Sorge in seinen Augen, ich könne seine Zukunftspläne vereiteln. Seine Höflichkeit war von Vorsicht und der Ahnung geprägt, daß er jetzt keinen Fehler machen durfte. Zu gerne hätte ich ihm gesagt, daß ich die Frau seines Freundes war und daß mich Zsolan geradezu gezwungen hatte, chinesische Medizin zu studieren, um seine Praxis weiterzuführen. Seine abwägenden Blicke und Worte erzeugten in mir ein nagendes Unbehagen, und ich nahm mir vor, mit meinem Mann darüber zu sprechen. Schließlich erleichterte es allen den Umgang, wenn wir klare Verhältnisse schufen.

Als die beiden gingen, verabschiedeten wir uns als Freunde. Lil umarmte mich herzlich und nahm mir das Versprechen ab, sie bald einmal zu besuchen. Wie und unter welchen Umständen es wahr werden sollte, ahnte ich damals noch nicht.

Sobald wir beide wieder alleine waren, platzte ich heraus: »Du hast sicher gemerkt, wie Mario versucht hat herauszufinden, welche Beziehung wir zueinander haben. Sag ihm, daß wir verheiratet sind.«

»Es ist sein Problem, wenn er sich mit einer Beziehung beschäftigt, die ihn nichts angeht. Mich interessiert das überhaupt nicht.«
»Du hast Mario versprochen, daß er deine Praxis übernehmen darf. Er rechnet fest damit. Mir hast du dasselbe versprochen, und ich arbeite schon hier. Wer weiß, wem du es noch versprochen hast!«
»Das liegt doch alles schon ein paar Jahre zurück. Die Umstände haben sich geändert, Mario soll selbst darauf kommen, daß man die Zeit nicht festhalten kann.«
»Sag ihm das selbst, er vertraut dir wie einem Vater.«
»Bubilein, du langweilst mich, vergeude meine kostbare Zeit nicht mit diesem irdischen Geschwätz. Ich habe wirklich keine Lust, mich um die langweiligen Gedankengänge anderer Leute zu kümmern!«
Er lachte mich aus und nahm meine Einwände so geschickt auseinander, daß ich mir schließlich selbst ganz dumm vorkam. Dennoch nagte es weiter an mir, und ich konnte mich nicht von meiner Sicht der Dinge trennen, denn sie trotzte nachhaltig seinen logisch scheinenden Argumenten.

Eines Abends, mein Mann besuchte Freunde, lud ich die meinen in mein Schwabinger Appartement ein. Rom und Romy kamen, Michael und Wolfram und der schöne Jan Schnur, mit dem mich eine eigenartig ambivalente Freundschaft verband. Als wir alle versammelt waren, gab ich die Überraschung bekannt: »Ich habe geheiratet.«
Rom und Romy starrten mich an. Romy faßte sich als erste: »Welcher der drei Herren ist es denn?« fragte sie, wobei sie in der Runde umherblickte.
»Es ist Zsolan!«

Rom riß seine Brille von der Nase – sie landete mit klirrendem Geräusch auf dem gedeckten Tisch, irgendwo zwischen Gläsern und Besteck – und rief in ungläubigem Ton: »Den Herrn Professor!«

Sie brauchten alle eine Weile, um das zu verdauen. Jan schien tief getroffen zu sein: »Daß du mich so täuschen konntest«, sagte er nachdenklich und spielte mit seiner Serviette, um mir nicht in die Augen sehen zu müssen.

Schließlich war es Romy, die unerschüttert dafür sorgte, daß die Situation nicht zu peinlich wurde. »Du kannst sagen, was du willst, Maria, du hast schon immer etwas für einen Knüller übrig gehabt.«

Rom schloß sich ihr an: »Ja, bei Gott, daß ist der größte Knüller, den ich in den letzten zehn Jahren erlebt habe!«

Bei der Vorstellung, daß der ehrwürdige und geheimnisvolle Professor Zsolan, den alle kannten, ein Knüller sein sollte, brachen wir in erlösendes Gelächter aus, und ich wurde mit Fragen überschüttet.

Trotz der oberflächlichen Fröhlichkeit war der Schock nicht vergessen. Besonders zwischen Jan und mir blieb er und verschwand bis zu seinem frühen Tode nicht mehr. Ich hatte oft davon geträumt, seine Frau zu werden und dem jüngeren Mann, der mich so hingebungsvoll verehrte, zu folgen. In vielen Gesprächen waren wir einander so nahe gekommen, daß wir beinahe schon unsere Gedanken lesen konnten. Da er der einzige Sohn sehr reicher Eltern war, beäugte seine Mutter die Freundinnen des Millionenerben besonders argwöhnisch. Während Jan meine Kinder und meine Mutter kannte – er ging in unserem Hause ein und aus – wurde ich nie von seinen Eltern eingeladen. Man hatte erfahren, daß ich geschieden war, und damit war ich tabu, eine Einstellung, die mich verletzte. Ich konnte nicht verstehen, daß man mich ablehnte, ohne mich zu kennen, und grollte seiner Mutter, die ihr Söhnchen nicht loslassen wollte.

Trotzdem liebten wir uns, und Jan gestand eines Tages, daß es nur eines geben würde, was sich zwischen uns stellen könnte. »Könntest du als meine Frau damit leben, daß ich einem anderen Menschen verfallen bin?«

»Kein Mensch kann zwei Frauen gleichzeitig lieben, das geht nicht gut aus; eine leidet immer.«

»Es ist keine Liebe so wie zu dir – dir würde dadurch nichts genommen – es ist etwas anderes, das mich quält und von dem ich mich nicht lösen kann.«

Als er dreizehn Jahre später an Aids starb, heulte ich vor Schmerz auf, alle Verbundenheit und Liebe hinausweinend.

Erst dann erfuhr ich, was zwischen uns gestanden hatte. Jan hinterließ einige Verlobte und Freunde, die sich erschüttert hinters Licht geführt sahen: Nicht einer Frau war er hörig gewesen, sondern einem Mann!

Ich ahnte plötzlich, welche Qualen mir seine Mutter erspart hatte, indem sie sich zwischen uns stellte, ganz abgesehen von der Aidserkrankung, die ihn dahingerafft hatte. Wenn ich die Geschenke und Erinnerungen betrachtete, die er mir zurückgelassen hatte, bin ich mir sicher, wir hätten ihn alle nicht weniger geliebt, wenn wir die Wahrheit um ihn gewußt hätten.

Ich saß vertieft in die Buchhaltung und rechnete halblaut die Zahlenkolonnen zusammen, als das Telefon klingelte. Die Stimme am anderen Ende der Leitung war so tief, daß

ich beinahe erschrak. »Hier spricht Aka Yuki An. Sie haben mir geschrieben, kommen Sie am Donnerstag nachmittag um drei Uhr zu mir.«
Sie war es, Aka Yuki An Roshi, der Guru!
Ich sprang auf, an Rechnen war nicht mehr zu denken, und rannte zu meinem Mann hinüber: »Der Roshi hat angerufen, ich soll am Donnerstag zu ihr kommen!«
Er sah erstaunt auf, als ob er nicht damit gerechnet hätte, daß ich je an die Reihe käme. »Das ist eine große Chance für dich, ich hoffe, du kannst sie nutzen. Sei pünktlich, sie legt großen Wert darauf, denn es zeigt ihr, wie du mit der Zeit umgehst. Und bring ihr etwas mit, das ist so Sitte. Wer von einem Guru aufgenommen werden will, muß ihm ein Geschenk bringen.«
Ein Geschenk. Was brachte man bloß einem Nachkommen Buddhas mit, in dessen Gefolge man aufgenommen werden wollte? Ich fand die metallisch glänzende Versteinerung eines Ammoniten und wußte mit Sicherheit, daß dieses kleine Gebilde die richtige Gabe für Aka Yuki An war. Am Donnerstag wählte ich meine Garderobe sorgfältig aus, um diesem wichtigen Anlaß gerecht zu werden. Ich ließ die kräftigen Farben beiseite und zog einen schwarzen Faltenrock mit passender Jacke an, und damit ich nicht zu trist wirkte, kombinierte ich eine zarte pastellfarbene Bluse dazu.
Am Donnerstag nachmittag machte ich mich langsam schlendernd auf den Weg. Meine Fähigkeit, auf die Minute pünktlich zu sein, ließ mich auch diesmal nicht im Stich: Als die benachbarte Kirchturmuhr den ersten der drei Schläge tat, drückte ich unter dem Schatten eines breiten Ahornbaumes auf ein Klingelschild mit ihrem Namen. Die

Haustüre öffnete sich summend, ich trat ein und schickte mich an, die Treppe hinaufzugehen, als die bekannte dunkle Stimme vom Keller herauf rief: »Ich bin hier unten, kommen Sie die Treppe herunter.«
Sie stand so tief unter mir, daß ich nur zwei Beine sehen konnte, die in schwarzen Cordhosen und rotschwarzen Lederpantoffeln steckten. Unten angekommen, sah ich sie ganz. Eine mittelgroße, kräftige Frau mit einem grauen Lockenschopf, der auf der linken Seite recht dramatisch in die Höhe stand, Hosen, eine dunkelblaue, mexikanisch inspirierte Bluse lose darüber hängend. Das Gesicht ganz blaß mit dunklen, brennenden Augen, die mich seltsam an die meines Mannes erinnerten.
»Zauberhaft, diese Farben«, sagte sie, indem sie auf meine Bluse wies.
»Danke.«
»Ich habe eine Vorliebe für Höhlen, wie Sie gleich sehen werden.«
Und in der Tat trat ich in eine Art Wohnhöhle hinein, die nur von zwei breiten Lichtschächten etwas Helligkeit bekam. Das Zimmer war vollgestopft mit Dingen, die teils mit Tüchern zugedeckt, teils offen zu sehen waren. Buddhafiguren, Bilder von christlichen Engeln, Steine, kleine tibetische Statuen und winzige Püppchen leisteten sich schweigend Gesellschaft, umgeben von hohen Bücherregalen, in denen die Bände zweifach hinter- und übereinander gestapelt standen. Auf einer Kommode war ein Altar errichtet, vor dessen Bildern drei Räucherstäbchen schwelten. Sie legte mir den Arm um die Schultern und führte mich vollends hinein in diese esoterische Baustelle, vorbei an einem unförmigen Haufen, der irrwitzig im Weg stand und mit

einem japanisch bedruckten Laken bedeckt war, an einem winzigen Tisch, auf dem fast verborgen unter vielen Papieren eine alte Schreibmaschine darauf wartete, daß der halbfertig geschriebene Bogen, der noch in der Walze steckte, herausgezogen würde. Auf dem Schreibtisch unter dem Fenster ein Wirrwarr, Hefte, Tonbänder und seltsamerweise die unverwechselbar geformte, zart blaugraue Sahararose, die ich meinem Mann zur Hochzeit geschenkt hatte.

»Sehen Sie, der Kaffee ist schon fertig für Sie, und Kekse sind auch da. Jetzt können wir uns in aller Ruhe unterhalten.«

Ich war überwältigt von diesem Raum, in dem ich mich sicherlich viele Stunden hätte umsehen können, ohne daß es mir langweilig geworden wäre, und von ihrer Freundlichkeit und Schlichtheit – ein so großer Meister, und so menschlich.

Schüchtern überreichte ich ihr mein Geschenk. »Es ist genau so alt wie Sie, etwa fünfzig Millionen Jahre...« Die Stimme versagte mir vor lauter Ehrfurcht.

Sie lächelte und streichelte die Versteinerung liebevoll: »Sie wissen also, worum es geht! Erzählen Sie mir von sich.«

Bevor ich begann, fiel mein Blick auf den Sessel gegenüber. Ein mächtiger, abgegriffener Teddybär saß darauf, er trug einen handgestrickten Südwester und einen passenden Mantel dazu, an ihn gelehnt träumte eine große Maus in ihrem blaukarierten Rüschenkleid – auch Geschenke von ihren Schülern?

Ich erzählte von meiner ersten Ehe, der Trennung von meinen Kindern, den Schmerzen, dem Kummer und den Tränen, die ich hinter mir hatte.

Kein Tadel kam von ihren Lippen: »Diese Ehe mußte zerbrechen, zwei so verschiedene Menschen können nicht zusammenbleiben. Machen Sie sich keine Vorwürfe. Wie ist das Verhältnis zu Ihren Söhnen?«

Ich berichtete von den häufigen Besuchen, den Wochenenden und Ferien, die wir zusammen verbrachten, und von der Liebe, die uns umgab und verband.

»Warum wollen Sie in das Zendo aufgenommen werden? Haben Sie schon meditiert?«

»Ich tue es schon seit längerem.«

»Und? Hatten Sie ein spezielles Erlebnis?«

»Ja, vor einiger Zeit, es hat mich zu einem neuen Menschen gemacht.«

»Weiter, weiter!«

Ich zögerte, denn das Erlebte erschien mir zu intim, sollte, durfte ich davon sprechen? Unsere Augen trafen sich, und ich las den Befehl in ihnen.

Stockend berichtete ich von jenem Spaziergang im Wald, der so unerwartet für mich ausgegangen war. Unter ihren aufmerksamen Blicken wagte ich immer flüssiger zu erzählen, was geschehen war. Selbst die Bemerkung meines ältesten Sohnes – und das wußtest du nicht, Mama? – verschwieg ich nicht. Als ich fertig war, sah ich sie erwartungsvoll an, schließlich hatte ich von dieser Begegnung bis jetzt nur meinem Mann erzählt.

Sie lehnte sich zurück, ihr Gesichtsausdruck zeigte leise Mißbilligung, und alles, was sie sagte war: »Hm.« Und dann: »Nehmen Sie noch Kaffee, und Kekse, bitte, essen Sie!«

Warum reagierte sie so kühl und beinahe abwertend auf das Erlebnis, das mir so wichtig war? Mir kam eine Psycholo-

gievorlesung in den Sinn: Sekten fesselten ihre Anhänger an sich, indem sie ihnen suggerierten, daß ihnen etwas Wesentliches zu ihrem Glück fehle, das nur in dieser Sekte zu finden sei. Nie war eine Erfahrung oder Leistung der Jünger gut genug, immer mangelte es noch an etwas ganz Entscheidendem, denn sonst wären sie frei gewesen und hätten die Sekte nicht mehr gebraucht. So wurden sie allmählich lebensuntüchtig und abhängig wie kleine Kinder.
Aber Aka Yuki An war keine Anführerin einer Sekte, sie war Zenmeisterin und warb keine Mitglieder an, alles geschah freiwillig. Niemand wurde zu etwas gedrängt. Auch hatte ich gehört, daß jeder Schüler bei einem Guru wieder ganz von vorn anfangen mußte, gleichgültig, welche geistigen Erfahrungen er zuvor schon gemacht hatte. Zsolan hatte ähnlich reagiert wie der Rhoshi und mich rauh angefahren, als ich ihn von demselben Erlebnis erzählte. Damals war ich mir jedoch nicht sicher gewesen, ob dies die Reaktion eines strengen Meisters war oder ob Neid ihn dazu getrieben hatte, denn in der buddhistischen Literatur war nachzulesen, daß sich Erleuchtung erst nach jahrelanger Anstrengung und Kasteiung ereignete und nicht schon nach wenigen Wochen der Meditation. Ich schien eine große Ausnahme zu sein.
Ich blickte in Aka Yuki Ans strenges Gesicht, und plötzlich hatte mein Erlebnis im Wald einen Makel bekommen.
Aus Höflichkeit ließ ich mir noch eine Tasse Kaffee einschenken und griff auch nach einem der Schokoladenkekse, obwohl sie mir vor Aufregung fast im Halse stecken blieben. Würde sie mich trotzdem in ihr Zendo aufnehmen?
Aka Yuki An stand auf und zog mich an sich heran.
»Wenn Sie das Zendo betreten, dürfen Sie nicht einfach so

quer durch den Raum laufen. Beim Eintreten stellen Sie sich an die linke Seite der Türe, falten die Hände und verneigen sich. Dann treten Sie ein und gehen immer an der Wand entlang mit gefalteten Händen zu Ihrem Platz. Wir nennen diese Handhaltung Gassho. Und besorgen Sie sich einen weiten schwarzen Rock und eine weiße oder schwarze Bluse, wir tragen im Zendo weder Farben noch Schmuck, um uns nicht von der Meditation abzulenken. Ein Sitzkissen – ein Zafu – haben Sie sicherlich schon.«

Sie nickte mir anerkennend zu. »Während des Sitzens gehen die Godos – sie führen die Aufsicht im Zendo – herum und korrigieren Ihre Sitzhaltung. Wenn Ihre Schulter leicht berührt wird, heben Sie die Hände im Gassho und neigen den Kopf nach links, damit die Godo auf Ihren rechten Trapeziusmuskel schlagen kann, dann neigen Sie den Kopf nach rechts, damit die linke Seite auch drankommt. Diese Schläge sind nicht als Strafe gedacht, sie erfrischen vielmehr und lassen einen mit neuer Kraft weiterüben. Sie haben ja so herrlich kurze Haare, da wird es keine Schwierigkeiten beim Schlagen geben. Sie können auch selbst um einen Schlag bitten, wenn Sie müde sind – heben Sie dazu einfach die Hände im Gassho. Am Wochenende ist Zazenkai, Sie können also schon morgen abend kommen.«

Ich starrte sie fassungslos an. So einfach war das, keine wochenlangen Kämpfe, Briefe und Belagerungen wie bei meinem Mann. Nur einfach das: Wenn Sie das Zendo betreten...

Sie hielt meinem Blick stand, legte den Arm um mich und begleitete mich zur Tür.

»Wie ich gehört habe, arbeiten Sie bei Herrn Professor Zsolan in der Praxis?«
Ich hörte mich bejahen, und dabei wäre es beinahe auch geblieben – mein Mann hatte mir zuvor eingeschärft, unsere Ehe auf jeden Fall vor ihr geheimzuhalten, aber dann konnte ich mich doch nicht zurückhalten. Aka Yuki An hatte die Arme verabschiedend um meine Schultern gelegt, sie wollte mich gerade näher zu sich heranziehen, als ich den Kopf hob, sie fest ansah und sagte: »Ich bin mit ihm verheiratet.«
Sie trat einen Schritt zurück und brachte eine Armlänge Abstand zwischen uns, ihre Hand glitt von meiner Schulter. Ich hörte einen tiefen, fauchenden Atemzug: »So ist das.« Und nach einer kurzen Pause: »Nun, Sie könnten es schaffen!«
Mit diesen rätselhaften Worten entließ sie mich aus der verwirrenden Begegnung.

Zsolan hatte mir in der Zwischenzeit ein riesiges Zafu vorbereitet, in das ein weißer Streifen eingenäht war. Als ich näher trat, las ich: *Maria Reith*. Er hatte es selbst während meiner Abwesenheit mit Wäschetinte darauf geschrieben, und ich sah ihn noch mit dem Stift in der Hand davor knien, auf seinen Zügen stand ein feines, listiges Lächeln. Er sah aus, als wisse er von meinem Vergehen, und ich bekam sofort ein schlechtes Gewissen, weil ich das Geheimnis unserer Ehe verraten hatte.
Das Zendo war im Dachgeschoß eines alten Schwabinger Hauses untergebracht. Man stieg eine verwinkelte Holztreppe empor, an altmodischen Türen vorbei, die grün gestrichen und mit verschnörkelten Klinken von den Zeiten

unserer Großmütter erzählten. Je höher man die steilen Stufen hinaufkletterte, desto voller wurde das Treppenhaus. Eine Unzahl von Menschen drängte sich aneinander vorbei, alle ganz in Schwarz, man unterhielt sich im Flüsterton oder schwieg. Ich wollte grüßen, aber keiner dieser Menschen, die mir wie düstere Raben vorkamen, sah mir in die Augen, alle hielten sie den Blick gesenkt. Es war so, als sei ich einfach nicht da. Später lernte ich, genauso verinnerlicht auszusehen, ohne daß mir dabei auch nur eine Kleinigkeit entgangen wäre; erst da erkannte ich, daß ich damals genau beobachtet worden war.
Ich bekam einen unsanften Puff, als ich fragte, wo man sich umziehen könne, und wurde in einen lächerlich kleinen Raum hineingeschoben, in dem schon etwa zehn Frauen standen, alle halbangezogen, die mich schweigend und aus den Augenwinkeln heraus musterten. Wie sollte ich bloß auch noch in diese Kammer hineinpassen? So zögerte ich in der Türe, als mich ein endgültiger Stoß in den Rücken einen Schritt vorwärts stolpern ließ. Ich spürte, wie ich auf etwas Hartes trat, in dem etwas Weiches steckte, das Harte zerbrach deutlich knackend unter meinem Schritt, und ich zwängte mich eilig zwischen die aufgestellten Koffer, Taschen und Frauenkörper, die den Raum vollkommen ausfüllten.
Dieses Zimmerchen schien Zauberkräfte zu haben, denn es konnte immer Neue aufnehmen, ohne daß auch nur eine hinausgegangen wäre. Ich merkte, daß die Frauen sich gut kannten, denn jeder Neuzugang wurde mit Gelächter, Küssen und stürmisch langen Umarmungen begrüßt, während derer die Türe sperrangelweit offen blieb, obwohl ich wie alle anderen nur spärlich bekleidet in den

Umkleidevorgang vertieft war und zum Blickfang für die draußen vorbeigehenden Männer wurde.
»Wer war das!« hörte ich eine scharfe Stimme fragen.
Die Frau war etwa fünfzig Jahre alt und trug auf dem Kopf etwas, das eine Frisur sein wollte, aber mehr einem riesigen vollkommen zerzausten und pechschwarz gefärbten Vogelnest glich. Sie war unnatürlich braun und hielt wohl das Ding in der Hand, auf das ich vorhin getreten war. Ein sauber in der Mitte geplatzter Joghurtbecher, aus dem die rosa Fruchtmasse herausfloß, eine schlaffe Erdbeere klebte noch an der Schnittstelle. Obwohl ich ihren Ärger gut verstehen konnte, packte mich ein irrsinniges Lachen, das ich kaum zu unterdrücken wußte. Sie wirkte so aberwitzig in ihrer Zenkleidung mit dem Becher tropfenden Joghurts in der Hand, der erst auf ihre schwarze Hakama und dann auf den Boden rann. Ich drängte mich an ihr vorbei, um der Situation zu entfliehen, dabei trat ich mit bloßen Füßen noch einmal auf etwas, das sich weich und kühl anfühlte und offensichtlich eine weitere Portion Joghurt war.
An diesem Abend betrat ich zum ersten Mal das Zendo. Ganz in tiefes Schwarzblau gekleidet, mit meinem Zafu unter dem Arm verneigte ich mich am linken Türpfosten tief im Gassho, bevor ich den ersten Schritt in die Übungshalle tat, die acht Jahre meines Lebens zu meiner zweiten Heimat werden sollte. In Tränen und Gelächter, in Kummer und Streit, der Angelpunkt, in dem alle verwirrten Gefühle stillstehen konnten: Das Zendo.
In dem langgestreckten Raum, der auf einen Altar zulief, herrschte vollkommene Stille. Nachtblaue, quadratische Zabutons waren in zwei Längsreihen ausgelegt. Ich fand

eine freie Stelle, legte mein Sitzkissen auf die Unterlage und begann voller Ehrfurcht mit der Übung. Das Huschen der Schritte und das Rascheln der Kleider wurde bald nebensächlich, denn ich war völlig in mein Glück versunken: Mein erster Abend im Zendo!

Plötzlich wurde es still, nichts war mehr zu hören. Nach einigen Minuten wurde die Türe geschlossen, ich hörte einen entschiedenen Schritt hinter mir, und ohne mich umzusehen, wußte ich, daß es Aka Yuki An Roshi war, die hinter mir vorbeiging. Ein Streichholz wurde gerieben, eine helle Glocke dreimal angeschlagen, dann war es so still, daß man ein Blatt hätte fallen hören. Der Duft von verglimmendem Sandelholz und die gleichmäßigen Atemzüge meiner Nachbarn erreichten mich noch. Ich versank ganz in diese unglaubliche Stille.

Nach einiger Zeit schreckte ich hoch. Jemand stand auf, Stoff wurde kräftig glattgestrichen, Schritte und dann das scharfe Geräusch von Holz, das auf menschliches Fleisch klatschte: Der Kyosaku wurde geschwungen. Obwohl ich wußte, daß man um einen Schlag bitten konnte, wenn man Ermunterung brauchte, obwohl ich neugierig darauf war, diesen flachen japanischen Stock, der eher einer Latte glich, auf meinen Schultern zu spüren, wagte ich nicht, meine Hände im Gassho zu heben. Mein Herz fing an, immer wilder zu klopfen, je näher die weichen Schritte kamen – als sich mein Nachbar zur Linken nach vorne auf das Gesicht fallen ließ, um den ganzen Rücken dem Stock auszuliefern, pochte es so laut, daß ich die kräftig zischenden Schläge kaum hörte. Je weiter sich die Schritte der Godo entfernten, desto mehr beruhigte ich mich. Ich hatte eben das Gefühl gehabt, vor Aufregung beinahe gestorben zu sein. Dieses Gefühl verlor sich in all den zukünftigen Jahren nie ganz. Zwar taten die Schläge für gewöhnlich nicht wirklich weh, aber der ganze Vorgang hatte etwas ungeheuer Einschüchterndes an sich. Nur ein Mensch, der schon einmal in einem Zendo gesessen hat, weiß, wovon ich spreche. In dieser atemberaubenden Stille verändert sich alles, die Zeit, die Geräusche; und im Zustand gespanntester Aufmerksamkeit reagiert das Nervensystem überempfindlich auf alle Reize, die von außen kommen. Ein tiefer Gongschlag, der mich bis in die Haarwurzeln hinein erschütterte, zeigte das Ende der ersten Sitzrunde an. Die Kissen wurden beiseite geschoben, und wir begannen mit dem Kinhin, dem langsamen meditativen Gehen der Zenmönche.

Erst als wir uns alle gegenüberstanden und uns voreinander verneigten, sah ich, wie viele Personen in diesem Raum waren. Er war buchstäblich schwarz vor Menschen. Es schien mir ganz unglaublich, daß so viele Menschen so still sein konnten. Während wir gingen, hielt ich den Blick auf den Boden gesenkt, wie es mir Aka Yuki An Roshi befohlen hatte. Trotzdem sah ich viel: Füße in Socken, die am Verrutschen waren, nackte Füße mit Krampfadern, mit Nagellack und zwischendrin ein paar schneeweiße Tabi – japanische Zehensocken. Die Säume der Hakamas schleiften, ab und zu war auch ein nachtblauer Rock und zwei kürzere tiefbraune Hosen zu sehen. Eine stattliche Frau, die handgestrickte Baumwollsocken trug, tat sich schwer beim Gehen, offensichtlich hatte sie ein Hüftleiden, das sie zwang, sich in einer Art wankendem Schritt zu bewegen. Nach einigen Runden rief die helle Glocke wieder zur Meditation im Sitzen auf, wir richteten unsere Kissen schweigend und wendeten uns mit dem Gesicht zur Wand.

Nichts übertraf jedoch den Zauber der allerersten halben Stunde, denn jetzt setzte hinter unseren Rücken ein Hin und Her von Schritten ein, das mich ganz verwirrte. Als ich dann schließlich an der Schulter berührt wurde, glaubte ich, vor Schreck und Schwindel hintenüber zu fallen. Ich rappelte mich auf und sah einer jungen Frau mit blondem Pagenkopf ins Gesicht. Sie schob mich zur Türe hinaus in den Flur und drückte mich wortlos auf das freie Zabuton, das als letztes von vier aneinandergereihten Matten im Vorraum lag.

Vor mir knieten zwei Frauen und ein Mann, keiner wandte den Kopf, alle sahen sie auf den Boden oder ihre Hände. Die blonde Frau war wieder im Zendo verschwunden, und ich hatte Angst, nicht alleine zurecht zu kommen. Was geschah jetzt, warum war ich hinausgeführt worden? Da alle schwiegen und sowieso niemand greifbar war, konnte ich auch nicht fragen. So blieb ich voller Aufregung sitzen und versuchte vergeblich, mir keine Sorgen zu machen. Als meine Verwirrung ihren Höhepunkt erreicht hatte, erklang das dünne metallische Geräusch eines Glöckchens. Die gegenüberliegende Tür ging auf, der erste in der Reihe sprang auf und warf sich vor der Türe mit dem Gesicht auf den Boden. Als er sich wieder aufgerichtet hatte, flatterte eine kleine schwarze Gestalt heraus, er ging hinein, und ich konnte sehen, daß er sich im Raum wieder auf den Boden warf und dabei die Handflächen langsam nach oben hob. Die kleine schwarze Person schloß die Tür von außen, huschte an uns vorbei und betrat die Übungshalle. Ich konnte ein Kissen weiter aufrücken und war jetzt die dritte in der Reihe. In quälender Langsamkeit verstrich die Zeit, ich hörte, wie drinnen im Zendo der tiefe Gong einmal schlug.

Menschen hasteten an mir vorbei, um während des Kinhin auf die Toilette zu rennen. Die helle Glocke wurde wieder angeschlagen, und Stille trat ein. Der junge Mann schien nicht mehr herauskommen zu wollen, endlich das metallische Schwirren, dasselbe Ritual wie zuvor, ich rückte weiter auf. Schließlich saß noch eine einzige Person vor mir, eine kleine Frau mit an den Kopf geklatschten Löckchen, die unaufhörlich vor sich hinschnüffelte. Auch sie verschwand hinter der weißen Tür und ließ mich vor Aufregung zitternd auf dem blauen Kissen sitzen. Kaum war sie einige Minuten darin, schwirrte auch die Glocke schon, die Tür wurde aufgerissen, ich stürzte vor und warf mich so auf den Boden, wie ich es bei meinen Vorgängern gesehen hatte, und stolperte dann selbst durch die geheimnisvolle Türe.
Zu meiner größten Überraschung stand ich Aka Yuki An gegenüber, die vor einem prächtigen Altar auf einem riesigen Zabuton saß. Ich starrte sie an und vergaß die Verneigung.
»Werfen Sie sich auf den Boden!«
Ich tat es.
»Handflächen nach oben! Kommen Sie näher! Nein, nicht aufstehen, Sie müssen sich mir kniend nähern, rutschen Sie einfach zu mir. Ja, hat Ihnen denn niemand gesagt, was Sie tun müssen, wenn Sie eine Unterredung mit mir haben. Kommen Sie schon, und berichten Sie mir von Ihrer Übung.«
Ich erzählte von meinem nervösen Zustand der letzten Tage.
Sie beugte sich vor und berührte mich sehr freundlich an den Händen. »Vergessen Sie das alles. Selbst wenn ein

Mensch Erleuchtung gehabt hat, muß er, wenn er sich in die Schulung bei einem Meister begibt, wieder ganz von vorne anfangen. Und das werden Sie jetzt auch tun. Ich gebe Ihnen eine Übung: Zählen Sie Ihre Atemzüge, und wenn Sie bei zehn angelangt sind, fangen Sie wieder vorne mit eins an. Alles klar?«

Ich nickte stumm, sie hob die rechte Hand, um nach dem Glöckchen zu greifen. Das Geklingel beendete meine erste Unterweisung, ich rutschte zurück, verfing mich in den Bändern meiner Hakama, vergaß, mich zu verneigen.

»Gassho«, hörte ich sie zischen, dann war ich auch schon draußen. Als ich wieder auf dem Kissen saß, mußte ich tatsächlich weinen. Ich war entsetzlich enttäuscht, und bittere Tränen floßen mir bis in die Mundwinkel hinab. Bis zehn zählen! Das nannte sich Meditation, dafür der ganze Aufwand, schwarze Hakamas, Zabuton, Zafu, ein Zendo, Gong und Glocken! Das durfte nicht wahr sein, und doch machten alle brav und schweigend mit und zählten bis zehn! Erst langsam fand ich wieder zu meiner ursprünglichen Sammlung zurück und vergaß mich in dem ewig hauchenden Atem, der mich in der Stille umstrich. Bald konnte ich nicht mehr unterscheiden, ob es mein eigener Atem war, den ich hörte, der meiner Nachbarn oder der aller, die da so stumm zur Wand gewandt saßen.

Wie von ferne nahm ich Schritte hinter mir wahr, Aka Yuki Ans Schritte, die entschieden wirkten, ohne jedoch laut zu sein – ein Phänomen, das ich all die Jahre hindurch an ihr wahrnahm. Der tiefe Zengong ertönte, ich tauchte auf und stellte zu meiner Verblüffung fest, daß ich vergessen hatte, von eins bis zehn zu zählen. Nun drehten sich alle um und blickten in den Raum hinein, an dessen oberem Ende Aka

Yuki An vor dem Altar thronte. Der erste Blick auf die Menschen, mit denen ich diesen Abend meditiert hatte, brachte mir Überraschungen, denn ich entdeckte Felicitas Tohlbeck, die ich damals bei Zsolan getroffen hatte und die mir jetzt gegenübersaß.
Ein paar Meter weiter hockte Lilith van Schaukel, die ich flüchtig kannte. Eine junge, dickliche Blondine, große, grüne Augen strahlten aus ihrem anspruchslos breiten Gesicht. Beinahe alles, was sie sagte, wirkte sanft und abgeklärt und machte mich trotzdem ungeduldig und wütend. Vor einiger Zeit hatte sie mich damit verblüfft, daß sie sich mit einem meiner früheren Bekannten, einem unverbesserlichen Schaumschläger, verbrüderte, und seitdem schien sie mich nicht mehr zu kennen. Auch jetzt, als ich sie ansah, schaffte sie es, meinem Blick auszuweichen. Was tat *sie* in einem Zendo!
Im Hintergrund leuchtete Tina Werts blauweiß getönter Haarschopf, sie lächelte mich an und lehnte sich etwas nach vorne, um den Roshi besser sehen zu können, damit gab sie den Blick auf einen Menschen frei, den ich hier nie erwartet hätte: Die schmale Gestalt von Johann Zelt, der mit mir die Universität besucht hatte und mit dem mich eine außergewöhnliche Freundschaft verband, lehnte hochaufgerichtet unter all den schwarz gekleideten Gestalten. Seine tiefgebräunten Züge waren eine Spur zu ausdrucksvoll, zu schön. Er strich sich eine Strähne seines vollen dunklen Haares aus der Stirn, verzog Gesicht und Mund, als er mich sah, und drückte so stumm ein anerkennendes »Donnerwetter, du auch« aus.
Aka Yuki An Roshi räusperte sich und begrüßte uns alle zu diesem Zazenkai-Wochenende. Es gab einige Kleinigkeiten

anzusagen, die Fenster sollten während der Sutrenrezitation geschlossen bleiben, damit die Gesänge nicht auf die Straße drangen, man sollte tunlichst ein paar Straßen weiter weg parken, da die enge Zufahrt durch die anfahrenden Zenjünger blockiert würde, was zu Ärger mit der Nachbarschaft geführt hätte. Dann machte sie eine Pause und sah mich eingeklemmt zwischen den anderen sitzen, wieder räusperte sie sich und änderte ihre Sitzhaltung ein wenig. »Heute abend ist zum ersten Mal Frau Maria Zsolan bei uns im Zendo.«

Ihre Worte schlugen ein wie eine Bombe, ich werde sie ihr nie vergessen. Mehrere Personen zuckten zusammen, Köpfe flogen in meine Richtung. Von Lilith fing ich einen unsagbaren Blick auf, zum ersten Mal seit langer Zeit sah sie mir voll ins Gesicht. Felicitas starrte mich an und nagte an ihren Lippen, Tina Wert gefror ihr ständiges Lächeln. Auch Zsolan war zusammengezuckt, er senkte den Kopf und starrte auf seine Knie, als gäbe es dort etwas Fesselndes zu sehen.

Ohne daß ich es damals wußte, hatte Aka Yuki An mit diesem Satz eines der Gesetze des Zendos gebrochen. Es war nicht üblich, hier die Anrede »Herr« oder »Frau« zu verwenden, diese Formen wurden an der Schwelle zum Mediationsraum abgelegt, und man sprach sich nur mit dem vollen Namen an. Maria Wand, Johann Zelt, René Wood, das waren die Chiffren für die Menschen, mit denen ich acht Jahre im Zendo zusammensein sollte.

»Das wäre alles für heute abend.« Aka Yuki An gab das Zeichen zum Aufbruch, drehte sich zum Altar, um mit der Hand die Flammen der Kerzen auszuschlagen und die Räucherstäbchen zu löschen. Auf dem Weg hinaus durch die lange Halle des Zendos mit zu Boden gesenktem Blick fühlte ich plötzlich eine warme, feste Hand, die mir ermunternd über die Schulter strich. Es war Aka Yuki Ans Hand, ich blickte auf, und unsere Augen trafen sich. Wir sahen uns ernst an, dann begann sie zu lächeln. Und ich lächelte zurück.

Jeder packte schweigend sein Kissen und zog sich zum Umkleiden zurück. Die Männer blieben dazu im Treppenhaus. Die junge blonde Frau, die mich hinausgerufen hatte, stellte sich mir vor: »Ich heiße auch Maria, Maria Wand, und ich bin Godo.«

Ihr glattes Haar hatte einen Pagenschnitt und ließ sie aussehen wie einen Schildknappen, ihr Gesicht mit dünner, gebogener Nase hatte nichts Liebliches an sich. Ausdruckslos und blaß blieb es immer gleich, ob sie nun lächelte, sprach oder lachte. Ich freute mich über ihre Freundlichkeit und wollte zu ein paar vertraulichen Worten ansetzen, als etwas durch ihre stille Ausdruckslosigkeit zuckte. Sie hatte etwas gesehen, das sie unruhig zu machen schien. Ich blickte mich um – es war Zsolan.

Maria Wand vergaß mich sofort, ließ mich stehen und näherte sich Zsolan mit einem Sprung. Zur Salzsäule erstarrt sah ich, wie sie ihn heftig umarmte, sich gleichsam auf ihn warf und ihn in einer Art liebkoste, die über eine übliche freundschaftliche Begrüßung hinausging. Auch mein Mann hatte sein Zafu fallen lassen und schmiegte seinen kahlen, glänzenden Schädel an ihre blasse Wange, kraulte ihr über den Nacken. Plötzlich bemerkte ich, daß mich Maria im Schutz ihrer blonden Ponyfransen beobachtete, so als ob sie dieses Schauspiel nur inszeniert hätte, um mich zu provozieren.

»Regen Sie sich nicht auf, das ist bei uns so üblich und bedeutet gar nichts; ich heiße übrigens Maria Ernst«, sagte eine warme Stimme zu mir. Eine überschlanke, große junge Frau mit dunklem Haarknoten hatte sich zu mir gewandt, und ihr Lächeln hatte so etwas Liebes an sich, daß ich mich tatsächlich beruhigte. Ich gewann meine Haltung zurück, sagte ein paar freundliche Worte und zwängte mich in den vollen Umkleiderraum.
»Hast du gehört, was sie gesagt hat? Frau Maria Zsolan! Er ist mit ihr verheiratet! Niemand wußte davon.«
»Beruhige dich, das ändert gar nichts...«
»Psst, sie ist da!«
Das Gespräch verstummte, und im Umkleideraum wurde es auf einmal sehr still.

Wieder zu Hause, nahm ich als erstes eine Schere und trennte das Schild *Maria Reith* von meinem Zafu herunter. Zsolan sah mir zu, er war nachdenklich und ging rauchend um mich herum. Schließlich bückte er sich und faßte mich am Kinn. »Du hast eine mächtige Verbündete bekommen, Bubilein. Das ist gut so, und ich muß es schlucken. Ich will von euch beiden lernen. Jetzt sollen auch alle anderen wissen, daß wir verheiratet sind, der Guru hat es selbst gesagt.«
Ich sah ihm in die Augen – wie strahlend und weise sie doch waren und seine Stimme so warm und anziehend. Ich spürte erneut die starke Liebe, die zwischen uns beiden bestand, und vergaß sofort die Fremdheit, die sein Verhalten in der letzten Zeit in mir ausgelöst hatte. Schließlich war er Ungar und hatte vielleicht Schwierigkeiten, meine Mentalität zu verstehen. Wie verschieden waren schon wir Deut-

schen. Bayern, Friesen oder Sachsen unterscheiden sich beträchtlich im Temperament. Um wieviel schwerer mußte es für zwei Menschen von unterschiedlicher Nationalität sein, einander zu verstehen. Zu viele Möglichkeiten gab es, Gewohnheiten, Sitten und Redensarten zu mißdeuten. Ich hoffte, hiermit einen Schlüssel zu Zsolans Herzen gefunden zu haben, der sich schon kurz nach der Hochzeit so verändert hatte, daß er mir manchmal wie ein Fremder vorkam. Ganz unmerklich war er beinahe zu einem Gegner geworden, dessen Schachzüge ich zu parieren, dessen geheime Gedanken ich zu erraten suchte und dessen Verhalten mir Rätsel über Rätsel aufgab.

München war damals von etwas befallen, das ich Indienfieber nannte. Ein indischer Guru war groß in Mode. Seine Anhänger kleideten sich ausschließlich in Rottönen, sie waren der Naturheilkunde gegenüber sehr aufgeschlossen und stürmten an manchen Tagen geradezu Zsolans Praxis. Ich glaubte an ihnen zu spüren, daß sie hauptsächlich kamen, um einige Zeit mit Zsolan zu verbringen und weniger, weil sie Heilung suchten. Er war es, der sie anzog, zu dem sie pilgerten, da ihr eigener Guru so fern war und sie nicht die ganze Zeit hindurch in Indien bleiben konnten. In Zsolan fanden sie einen Gesprächspartner, der selbst eine geheimnisvolle Legende verkörperte, und das mitten in München. Vor allem die etwa Vierzigjährigen fühlten sich von ihm angezogen; sie waren durchweg gebildet, beinahe alles Akademiker und verließen die Schalheit einer allzu bürgerlichen Existenz, um sich zu neuen Ufern aufzumachen. Sie ließen ihr langweiliges, angepaßtes Leben, ihre Frauen, Männer und Kinder hinter sich, um zu sich selbst zu finden, wie sie sagten. Meist fanden sie statt sich selbst bald einen neuen Liebespartner. Eine ganze Generation holte so eine Entwicklungsphase nach, um die sie sich anscheinend betrogen fühlte.

Wenn sie zur Behandlung kamen, entledigten sich die Frauen ruckzuck ihrer gesamten Kleidung und präsentieren sich in paradiesischer Nacktheit. Zsolan blieb völlig ungerührt und unterhielt sich lange mit diesen splitternackten Geschöpfen, ja aus irgendeinem Grunde schienen sie ihn zu beruhigen, denn er konnte kaum ein Ende finden, ihnen von seinem Lebensweg zu erzählen. Und so hörte ich ihn täglich die Geschichten wiederholen, die er mir einst unter dem Siegel der Verschwiegenheit anvertraut hatte: Seine Zeit als buddhistischer Mönch, seine Erfahrungen in Tibet, die Gespräche mit Jöngyen Rinpoche und dem Dalai Lama selbst, der alle anderen Besucher Stunde um Stunde warten ließ, um sich mit ihm zu unterhalten, seine Tage in Thailand, seine spirituellen Erlebnisse. Jede der Frauen bekam sie vorgesetzt, ob sie nun wollte oder nicht, aber die meisten wollten und wurden nicht satt, ihm zuzuhören.

Ich stand unbeachtet, als Nicht-Person, daneben. Innerlich kochte ich vor Wut, wenn ich ihn mit diesen Nackten sah. An ihrem geheimen Lächeln und den versteckt aufreizenden Bewegungen konnte ich keine Unschuld sehen, auch wenn Zsolan das vorgab. In ihren Erzählungen vermischten sich Erleuchtung und Sexualität, und in wenigen Augenblicken verwandelten sie die Atmosphäre in eine schwelende Stimmung, die sich mit schwüler Last auf mich legte. Ich fühlte mich entmachtet, hilflos und wagte nicht wegzulaufen, fürchtete, daß sich Zsolan von der

allgegenwärtigen triebhaften Welle hinwegschwemmen ließ.
Frau Bindler, die den indischen Namen Ma Prem Anja angenommen hatte, war gekommen; Zsolan hatte mich gebeten, im Büro etwas zu erledigen, da er mit ihr chinesische Bewegungstherapie üben wollte. Beklemmt und verärgert folgte ich seiner Bitte, als mich ein Anruf seines Freundes Fritz unterbrach, der nach der Flucht aus Ungarn Ordenspriester in einem fränkischen Kloster geworden war.
Er bat mit brüchiger, drängender Stimme: »Hol bitte den Istvan, ich muß ihn sofort sprechen.«
Ich klopfte, trat in den Behandlungsraum ein. Frau Bindler und Zsolan standen sich in weit gegrätschtem Schritt gegenüber, sie übten wirklich Tai Chi, aber sie war völlig nackt und an der Innenseite des Oberschenkels rann ihr eine glasige Flüssigkeit bis zur Kniekehle hinunter – Spermageruch.
Ich erstarrte.
Während mein Mann zum Telefon hastete, fing sie meinen Blick auf. Sie sah mich gleichgültig an.
»Oh, das war, bevor ich zu Ihnen kam. Ich hatte ein schicksalhaftes Erlebnis in einem Café. Wir konnten beide nicht widerstehen, ich glaube, wir kannten uns aus einem früheren Leben.«
In diesem Moment stürmte Zsolan erregt in den Raum: »Frau Bindler, wir müssen die Übungsstunde verschieben, denn ich erwarte hohen Besuch. Bitte kommen Sie nächste Woche wieder.«
Sie trocknete sich schmollend die Beine mit einem Papiertaschentuch und zog ihre Strumpfhose an, das war auch die einzige Unterwäsche, die sie trug. Sie warf sich einen

losen weinroten Kittel über, der ihre kleinen schlaffen Brüste sehen ließ, und rauschte hinaus.
»Bubi, koch einen guten Kaffee und besorge etwas Kuchen, Pater Fernande wird in einer halben Stunde zur Behandlung kommen.«
Freundlich, als ob nichts geschehen wäre, zerstrubbelte er mir die Haare und schob mich in die Küche hinein. Ich setzte das Wasser auf und hatte dabei das ganz sichere Gefühl, wahnsinnig zu werden: Mein Mann hielt sich mit einer splitternackten Patientin alleine in seinem Zimmer auf, ihr rann Sperma die Beine hinunter, und Zsolan, der tibetische Lama, der buddhistische Mönch, der erhabene Guru ... mein Mann, der den Dalai Lama kannte und in Thailand die Erleuchtung erfahren hatte, ließ alles so geschehen, sagte kein einziges Wort.
War es das, was sich immer hinter seiner verschlossenen Türe abspielte? Aber eben war er so unschuldig und freundlich zu mir gewesen, als hätte ich mir das alles nur eingebildet.
Das Wasser brodelte, als er in die Küche kam und anfing, von Pater Fernande zu erzählen, den er in Japan kennengelernt hatte. »Pater Fernande hat in den Bergen bei Tokio ein Zendo aufgebaut, es heißt Shin...«
»Istvan, hör auf, ich will mit dir reden. Was ich eben gesehen habe, gefällt mir nicht! Ich will nicht, daß du diese Nackten behandelst –«
»Was fällt dir ein, Bubi, ich bin erleuchtet, glaubst du, ein nackter Körper, der in Staub zerfallen wird, könnte mich noch reizen! Glaubst du vielleicht, da sei Sexualität im Spiel? Denk daran, daß sie mich in Tibet einmauern wollten, drei Jahre, drei Monate und drei Tage lang! Glaubst du, daß

ein Mensch wie ich die Nacktheit einer Frau überhaupt wahrnimmt? Ich sehe nur die Seele, gleichgültig, in welcher Form sie vor mir steht. Ob dick, ob dünn, ob alt oder jung, schön oder häßlich – ich sehe nur auf das Innere!«

»Wenn das so ist, dann können sie ja angezogen bleiben!« antwortete ich patzig.

Er sprang auf, warf die brennende Zigarette auf den Tisch und schrie mit einer entsetzlichen, lauten Stimme: »Hör auf, basamek, gyenged rendörnö – du Polizistin, wie wagst du es, deine schmutzigen Gedanken auf mich zu übertragen! Wie konnte ich dich nur heiraten, jetzt werde ich ständig kontrolliert!«

Seine Stimme schwoll an, wurde zu einem unerträglichen Brüllen: »Verschwinde, raus mit dir, sofort!«

Er sprang auf mich zu, wollte mich an der Schulter packen. Ich sah sein rasendes, rotes Gesicht, ein Gesicht, das ich nicht kannte, nie gesehen hatte und nie sehen wollte, ein fremdes, erschreckendes Gesicht, eine Fratze.

Vor Entsetzen stockte mit der Atem, und obwohl ich ihn voller Gewalt auf mich zustürzen sah, blieb ich wie gelähmt an derselben Stelle stehen.

Es klingelte, mit einem Summton öffnete sich die Tür, ich bekam einen heftigen Schlag zwischen die Schulterblätter und wurde in die Küche zurückgestoßen. Tränen schossen mir in die Augen, da hörte ich schon aus dem Flur die vor Herzlichkeit und Entzücken überströmende Stimme Zsolans: »Jo napot kivanok, Pater Fernande, guten Tag. Ich spreche vor lauter Aufregung Ungarisch mit Ihnen. Jo isten – ach du lieber Gott –, daß ich Sie hier bei mir begrüßen darf. Kommen Sie herein, meine liebe Frau hat gerade Kaffee für Sie gekocht!«

Die Tür flog auf, und Pater Fernande trat ein, mein Mann hielt seine Hände mit beiden Händen umfangen und schüttelte sie unaufhörlich: »Jo isten, jo isten, welche Freude. Bubi, schau, wen ich dir bringe!«
Ich nickte hastig und drehte mich weg, um den Kaffee aufzugießen, er lief viel zu schnell durch den Filter, und ich hatte keine Zeit, mich zu fangen. Die Tränen flossen noch immer, ich versuchte sie wegzuwischen, gefangen in Schock und Erstarrung. Irgendwie konnte ich mich dann doch zusammenreißen, ordnete etwas Gebäck auf einem Glasteller an, servierte Kaffee. Die Zigarette, die mein Mann weggeworfen hatte, hatte ein Loch in die Tischdecke gebrannt und auch auf dem Holz einen schwarzen Brandfleck hinterlassen. Ich räumte sie weg und verdeckte mit einem Aschenbecher die dunkle Stelle. So begann ich den ersten Satz eines Musters zu weben, das Muster der folgenden Jahre, die ich mit Istvan Zsolan verbringen sollte: Ich versteckte die verletzte, die schwelende, die brennende, die zerstörte Stelle, um sie für andere unsichtbar zu machen – und es gelang mir gut. Es gelang mir vollkommen, denn kaum jemand durchschaute je, was für ein Mensch Zsolan wirklich war.
Sein Freund Fritz, der als letzter hereingekommen war, weil er den Wagen noch geparkt hatte, sah mich prüfend an. »Was ist mit dir, Maria?« fragte er.
»Ich –«
»Sie hat Zahnschmerzen, die Arme«, sagte Zsolan und verzog das Gesicht.
Ich nahm mich zusammen und konzentrierte mich auf Pater Fernande. Übergroß und schlank wie eine Tanne war er in Strümpfen hereingekommen, die Schuhe hatte er nach

japanischer Sitte im Flur abgelegt. Er setzte sich sofort im Lotussitz auf den Stuhl und grinste entschuldigend: »Sehen Sie, lieber Herr Zsolan, ich bin es schon gar nicht mehr anders gewohnt, Sitzen, nur Sitzen ist mein Leben. Aber Sie wissen ja, wie das ist, seit Sie selbst Schüler des Roshis sind.«

Die drei Männer lachten in Einigkeit. Pater Fernandes Lächeln warf ein jugendliches Licht auf seine greisen Züge, und die freche graue Haarsträhne, die ihm in die Stirn gefallen war, betonte das Jungenhafte seines Gesichtes. Hochaufgeschossen saß er da, seine intelligenten, grauen Augen huschten kurz zu mir herüber: »Es scheint Ihnen wirklich nicht gut zu gehen, Frau Zsolan.«

»Ja, der Zahnschmerz – csillagom, mein Sternlein –, leg dich doch hin, wenn du dich nicht wohl fühlst.«

Zsolan war die Fürsorge selbst, er hatte sogar seine Hand auf meinen Oberarm gelegt und drückte ihn voller Anteilnahme. Er sah mich an, und ich konnte in seinen schwarzen Augen wirklich nichts anderes lesen als Liebe und echte Sorge um mein Wohlergehen. Ich ließ mich fallen in diese Augen, fand immer noch nichts anderes als die reine Liebe darin und erkannte plötzlich mit schrecklicher Gewißheit, daß ich psychisch krank sein mußte. Ich war einem Wahn verfallen, hatte mir etwas eingebildet. Niemand konnte so perfekt lügen, wie ich es ihm eben unterstellt hatte. Frau Bindler, sein Gebrüll, der gewaltige Schlag, den er mir versetzt hatte – das alles konnte nicht wahr sein. Ich war es, die sich getäuscht hatte. Wieder ein tiefer Blick in seine fast wimpernlosen schwarzen Augen; er hielt mir stand, lächelte sogar. Innerer Schmerz und die Angst, die Angst, wahnsinnig zu werden, ließen mich erstarren.

»Csillagom, liebe kleine Frau, die bösen Zahnschmerzen, leg dich hin, Bubilein. – Pater Fernande, Sie haben sicher nichts dagegen, wenn ich meine Frau in ihr Zimmer begleite!«
Er nahm mich in den Arm, ich spürte zu meinem Entsetzen, wie sehr ich ihn brauchte, lehnte mich an ihn. Ein paar gemeinsame Schritte auf dem Flur, dann öffnete er die Schlafzimmertüre, packte mich am Arm, stieß mich so roh hinein, daß ich stürzte.
»Halt's Maul, basamek, und laß dich nicht blicken«, hörte ich ihn noch zischen, dann war ich allein.

Zsolan sprach drei Tage lang nicht mit mir, alle anderen Menschen behandelte er mit ausgesuchter Herzlichkeit. Sogar den Hunden auf der Straße wandte er sich zärtlich zu und schenkte ihnen liebevolle Worte, wie es erleuchtete Buddhisten oft tun.
Dann wurde es Freitag und Zeit, den nächsten Zazenkai zu besuchen. Ich fühlte mich bedrückt und mutlos, als ich mich mit dem sperrigen Zafu die engen Treppen hinaufschob. Hinter mir verstummte das Rascheln der Kleider – ich drehte mich um und sah Aka Yuki An die ersten Stufen heraufsteigen. Sie hielt den Kopf gesenkt, mit den Händen umfaßte sie den Kyosaku und ihr Zafu. Ich stellte mich eng an das Geländer, um sie vorbei zu lassen. Über ihrer üblichen Kordhose trug sie eine weiße Hemdbluse, die bis auf Ärmel und Kragen von einer Art knopflosen Weste bedeckt war, die das Oberteil ihrer traditionellen Zenkleidung darstellte. Als sie an mir vorbeikam, blickte sie auf und streckte mir ihr Zafu entgegen: »Bitte bringen Sie das in den Dokusanraum, ich habe vorher noch etwas zu erledigen.«

Ich nahm ihr Kissen und Stab ab und öffnete die Türe. Im Zimmer standen einige Godos, die Assistenten der Meisterin waren, die Haltung der Sitzenden korrigierten, den Kyosaku schwangen und die Übenden zum Dokusan hinausholten. Ich hatte gehört, daß diese Pflichten nur von denen ausgeführt werden durften, die unter Aka Yuki An Roshi die Erleuchtung erfahren hatten. Gestört drehten sich die Godos, lauter Frauen, die sich in eifrigem Gespräch befanden, um. Als sie sahen, wer da in den geheiligten Raum eintrat, war der unausgesprochene Tadel fast greifbar. Doch da sie wußten, daß ich nur mit allerhöchster Erlaubnis hereingekommen war, konnten sie mich schlecht wieder hinausschicken, auch wenn sie es gerne getan hätten. So setzten sie ihr Geschnatter etwas leiser fort: »Kaum im Zendo und schon Sonderaufträge!«
Ich war mit einem der ersten weltlichen Gesetze des Zendos in Berührung gekommen: Erleuchtete haben oder nehmen sich mehr Rechte als Unerleuchtete. Erleuchtete unterhalten sich unbefangen, wo das Fußvolk zu schweigen hat. Erleuchtete sind Menschen, die man im Gegensatz zu den anderen sieht und wahrnimmt. Unerleuchtete dagegen bilden die schweigende, nicht zu beachtende Mehrheit, zu der auch ich gehörte.
Wieder vergingen die Stunden der Meditation wie im Fluge. Es war köstlich, einfach nur zu sitzen und die Atemzüge zu zählen. All meine Sorgen verschwanden, und ich ahnte tiefen Frieden in mir, den ich dringend brauchte. Als ich zum Guru gerufen wurde, bemerkte Aka Yuki An sofort, daß ich Kummer hatte. Sie verstand es, ihrer strengen Stimme einen Anflug von Zärtlichkeit zu geben. »Meine Liebe, all das, was Sie wahrnehmen oder erleben, ist nichts

als Makyo, Täuschung und Trübung des reinen, klaren Buddha-Bewußtseins. In der Wahren Wirklichkeit gibt es nichts, was Sie quälen kann. Deshalb lohnt es sich so für uns, wenn wir uns all den Mühen der Meditation und des strengen Zazen unterziehen: Wir entkommen dem Leid des Lebens, indem wir es übersteigen, und selbst im größten Kummer können wir dann mit den Worten Meister Yün Mens sagen: Tag um Tag – guter Tag.«
Beruhigt und mit dem Gefühl ihrer warmen Hand, die meinen Arm gestreichelt hatte, noch auf der Haut, verließ ich den Raum, um zu meinem Sitzplatz im Zendo zurückzukehren. Tag um Tag – guter Tag, dachte ich. Dafür lohnte es sich wirklich zu sitzen.
Die Zenglocke läutete und zeigte das Ende der letzten Runde an. Ich war schneller mit dem Umkleiden fertig geworden und wartete in dem kleinen Hof des Hauses auf Zsolan, als eine elegante Frau auf mich zutrat. Sie hatte die Sechzig schon überschritten, wirkte aber mit ihrer blonden Hochsteckfrisur und ihren unglaublich blauen Augen wie der zeitlose Ausdruck weiblicher Schönheit, unabhängig von Jugend oder Alter.
»Lenora Tiefe«, stellte sie sich vor. »Wie bin ich froh, daß Istvan Zsolan endlich eine solche Vraja-Frau gefunden hat. Denn Sie sind Vraja – diamantene Klarheit. Kein Vergleich zu all Ihren Vorgängerinnen, die Ihnen wirklich das Wasser nicht reichen konnten – sie waren einfach unter Niveau.«
Ich erstarrte innerlich. Waren diese Vorgängerinnen so bekannt, daß sie im Zendo zum Gesprächsthema geworden waren? Ich versuchte unverändert höflich und etwas gelangweilt auszusehen, dabei nahm ich den heimlichen Blick wahr, mit dem Lenora mein Gesicht einer raschen

Prüfung unterzog. Als sie keine Regung der Schwäche finden konnte, stieß sie noch einmal zu: »Vor allem diese Holda Wirsing war ziemlich primitiv und auch Christine Tetzky, die sich ihm aus Liebeskummer an den Hals geworfen hat!«
Letztere kannte ich als Patientin, sie war stets mit meinem Mann im Sprechzimmer verschwunden, um Tai Chi zu üben.
»Ich selbst habe Christine Tetzky zu Ihrem Mann geschickt, natürlich konnte ich nicht wissen, was dabei herauskommen würde. Also noch einmal herzlichen Glückwunsch zu Ihrer Heirat!«
Wie hatte ich nur so naiv sein können – nie hätte ich vermutet, dermaßen dreist hintergangen worden zu sein, und der ironische Doppelsinn von »Bewegungstherapie« ging mir erst jetzt auf. Lenoras prüfender Blick tastete mich aufmerksam ab, hatte auch dieser Hieb noch nicht getroffen? Ich blieb bei meinem gleichgültigen Gesichtsausdruck. Lenora war eine schöne, aber böse Frau, dachte ich bei mir. Auf den Gedanken, daß sie mir tatsächlich etwas Nettes sagen wollte, kam ich erst gar nicht.
Zsolan kam bepackt mit Zafu und Zenkleidung um die Ecke. Ich winkte ihm zu und murmelte ein Abschiedswort in Lenoras Richtung. Sie entfernte sich eilig, als sie ihn kommen sah.

Ich hatte viel nachzudenken, und die Gedanken drangen später quälend in die Zeiträume ein, in denen ich eigentlich ruhig und gesammelt im Zendo hätte sitzen sollen. So war der Samstag vergangen, und ich freute mich am Sonntag schon auf das Singen des *Enmei Jikku Kannon Kyo*, das vor den einführenden Unterweisungen des Gurus gesungen wurde. Das Gebet zum Buddha der Barmherzigkeit, dessen Name Kanzeon »Der auf das Weltgeschrei herabsieht« bedeutet, hatte schon das letzte Mal tiefen Frieden in mir erweckt, und ich hoffte sehr, daß mir dieses Geschenk auch heute zuteil würde. Ich saß und saß Stunde um Stunde und versuchte mich in einen Zustand stiller Seligkeit zu versenken. Doch das Gefühl verschwand jedesmal, sobald ich es nur zu ahnen begann. Das Klatschen des Kyosakus, das Rascheln der Gewänder und der große gemeinsame Atem aller mischten sich zu einer bedrohlichen Dichte, die mich durch die Spiegelhallen meines Bewußtseins trieb, mich irren, suchen und zurückprallen ließ, wenn ich mir in meinen Sorgen unvermutet selbst begegnete.

Völlig unerwartet berührte mich jemand an der Schulter; ich blieb still sitzen, denn das Gespräch mit dem Guru war schon vorbei, und man wurde nur einmal hinausgerufen. Arme zogen mich hoch und trieben mich zur Tür. Es war Maria Wand, die mich in den Flur zerrte: »Sie bekommen jetzt Shoken.«

»Was ist das?«

»Die rituelle Annahme eines Schülers durch seinen Meister. Sie wird nach einer Probezeit gewährt, und der Schüler selbst muß darum bitten. Es ist üblich, daß der Schüler dem Meister Räucherwerk oder etwas anderes opfert. Haben Sie Geld bei sich?«

»Nein, nicht einmal Kleingeld. Ich habe auch nicht um Shoken gebeten, denn ich wußte gar nicht, was das ist.«

»Der Roshi hat Ihre Aufnahme beschlossen. Ich werde Ihnen ein Paket Räucherstäbchen zur Verfügung stellen, geben Sie mir beim nächste Mal das Geld dafür zurück.

Knien Sie sich jetzt auf diesen Zabuton, und warten Sie auf das Klingelzeichen. Sie werden heute zu zweit sein.«

Nach einigen Minuten kniete sich noch jemand neben mich. Ich sah, daß es Johann Zelt war, und versuchte ihm zuzulächeln. Er war jedoch tief in sich selbst versunken, sein schmales Gesicht leuchtete vor Ergriffenheit und Ehrfurcht. Als die Glocke für uns läutete, betrat Maria Wand mit einer Schale duftenden Räucherwerks den Dokusanraum als erste. Sie stellte die Schale erst vor den Roshi, der in unergründlichem Schweigen, wie ein Fels, vor dem Altar saß, und dann auf den Altar selbst, vor das Bild des Buddhas, der das Schwert der unterscheidenden Weisheit trug und den Darstellungen des Erzengels Michael glich.

Die Godo verließ das Zimmer. Johann und ich warfen uns vor Aka Yuki An auf den Boden. Ein Blick in ihr versteinertes und in Johanns gefaßtes Gesicht vermittelte mir eine Ahnung der feierlichen Endgültigkeit dieser Situation. Mir wurde plötzlich klar, daß ich etwas tat, das mein Leben so sehr bestimmen würde wie eine Ehe.

Aka Yuki An atmete hörbar aus. »Maria Zsolan und Johann Zelt, Sie sind heute beide zu mir gekommen, um feierlich Shoken zu erbitten. Da Shoken ein ewiges, unauflösliches Band zwischen dem Meister und dem Schüler knüpft, sollte dieser Schritt wohlüberlegt sein. Die Prüfungszeit dauert ein Jahr, manchmal sogar mehrere Jahre, bis sich der Guru für den Schüler und der Schüler für den Guru entscheidet. Das Band, das durch Shoken zwischen beiden geknüpft wird, überdauert den Tod und führt dazu, daß sich beide auch in zukünftigen Inkarnationen wiederbegegnen, um die ewige Schulung aufzunehmen. Wenn Sie heute Shoken erhalten haben, so bedeutet das für Sie, daß

Sie nur noch unter meiner Leitung oder unter der meines eigenen Meisters und Gurus, Setsu Roshi, meditieren dürfen. Wenn Sie sich später für einen anderen Weg entscheiden sollten, so müssen Sie alles vergessen, was hier in dieser Schulung geschah, und wieder ganz von vorne anfangen. Diese Regel dient nicht der Machtausübung, sondern soll dem Schüler dazu verhelfen, daß er nicht verwirrt durch verschiedene Lehrmethoden sein Ziel, die Erleuchtung zu erlangen, verfehlt. Erst mit Shoken nehmen Sie an der eigentlichen Zenschulung teil, alles andere diente nur der Vorbereitung. Sie werden auch erst jetzt zu den Sesshins, unseren mehrtägigen, strengen Meditationstagen, zugelassen. Und nun, Johann Zelt, warten Sie bitte draußen, bis Sie hereingerufen werden.«

Johann warf sich vor ihr auf den Boden, bevor er das Zimmer verließ.

»Meine Liebe«, sie klopfte mit ihrem hölzernen Zepter, dem Nyoi, unmittelbar vor sich auf den Boden, »kommen Sie ein wenig näher zu mir. Ich habe zunächst einige Fragen an Sie.«

Sie sah mich streng an. »Sind Sie fest entschlossen, die Erleuchtung zu erlangen?«

»Ja.«

»Sind Sie bereit, sich der vollständigen Schulung zu unterziehen?«

»Ja, das bin ich.«

»Wissen Sie um das karmische Band, das uns beide von jetzt an bis in alle Ewigkeit verbindet?«

Wieder bejahte ich ohne Zögern. Ich mußte daran denken, wie ich mich mit Zsolan verbunden hatte. Doch auf die jahrtausendealte Weisheit des Buddhismus und auf Aka

Yuki Ans liebevolle Unterstützung würde ich mich wirklich verlassen können.
»Nun, so sei es. Sie werden jetzt einen Koan, eine uralte Rätselfrage, bekommen, über der Sie von heute an meditieren werden. Hören Sie dazu den Koan Mu: Joshu Jushin war einer der berühmtesten Zenmeister des alten China. Ein Mönch sah auf dem Weg zu seinem Meister einen Hund, einen kleinen, räudigen Straßenköter. Und da entstand in ihm die große Frage: Hat auch ein Hund Teil am erleuchteten Wesen Buddhas? Hat ein Hund Buddha-Wesen? Joshu sagte: ›Mu‹. Mu heißt soviel wie ist nicht, hat nicht, nichts. Dies ist der erste Koan, den Sie in Ihrer Zenschulung lösen müssen. Dieses Mu. Joshus Antwort ›Mu‹ bedeutet nicht: Nein, ein Hund hat keine Buddha-Natur. – Erinnern Sie sich daran, daß Shakyamuni Buddha bei seiner Erleuchtung ausrief: ›Wie wunderbar, alle Lebewesen haben Buddha-Wesen! Aber ihrer Verblendung wegen können sie es nicht erkennen‹.«
Völlig gebannt von ihrer Stimme lauschte ich der Erzählung.
»Also ist die Antwort ›hat nicht‹ falsch. Antworten Sie mir aber ›hat‹, ist die Antwort auch nicht richtig. Ein bißchen ›hat‹ oder ›hat nicht‹ – Leib verloren, Leben verloren, so heißt es in dem alten Vers zu diesem Koan. Was ist also dieses Mu, dieses rätselhafte Mu? Mit diesem Koan haben sich Tausende von Zenschülern über Jahrhunderte hinweg auseinandergesetzt und ihn so lange mit sich herumgetragen, bis er zu einem glühenden Stück Kohle geworden war, das sie weder ausspucken noch hinunterschlucken konnten, so lange, bis sie dieses Mu zur Erleuchtung durchbrechen ließ.«

Sie lehnte sich lächelnd zurück und tippte mir mit dem Nyoi an die Brust: »Auch Sie werden jetzt Mu üben, beim Einatmen, beim Ausatmen, im Gehen, Stehen oder Sitzen, immer Mu, auf ewig Mu. Es wird Tag und Nacht ihr endloses Gebet, ihr Mantra sein, bis auch Sie zu dem klaren Bewußtseinszustand durchbrechen, der die Buddhaschaft auszeichnet. Wenn Sie jetzt zum Dokusan hereingerufen werden, so werde ich Sie immer fragen: Was ist mit Mu? Können Sie mir Mu zeigen? Wo ist Mu, zeigen Sie mir es, dieses Mu? Wie groß ist Mu? Immer nur Mu, sonst gar nichts. Mu ist ab heute für Sie die wichtigste Sache der Welt. Ob Kummer, ob Freude, ob Streit oder Einigkeit, es gibt nichts Wichtigeres für Sie als Mu! Und eines Tages werden Sie mir meine Frage beantworten können, werden Sie mir Mu zeigen. Gehen Sie jetzt, mein Kind, und üben Sie Mu.«
Sie hob die Glocke, und ich war entlassen.

Ich öffnete die Türe und fühlte Johann an mir vorbeirauschen. Den Windhauch spürte ich noch auf meiner Wange, als Johann schon längst vor dem Guru auf dem Boden lag, um seine Ehrerbietung zu erweisen. Im Vorbeigehen sah ich seine im Gassho erhobenen Hände, sein todesmutiges Gesicht, die glänzenden Augen auf den Boddhisattva Manjushri gerichtet, dessen Bild auf dem Altar hinter dem Guru stand. Sein weites japanisches Hemd gab die Ellenbogen und zwei braungebrannte Oberarme frei.
Braune Arme, ein entschlossener Blick, Hakama, Tabi – ein Bild wie aus dem alten Japan. Und doch war Johann der Marketingtrainer einer großen Firma, vor dem Haus des Zendos parkte sein rotes Cabrio. Zwei Welten, die aufeinander prallten.

Wie in Trance ging ich ins Zendo zurück. Dort hatte ich einen Platz gefunden, den niemand so recht mochte, er lag seitlich unter einer Dachschräge, direkt neben dem Altar, und war für einen normal gewachsenen Menschen wirklich zu eng. Für mich, kleiner und zierlicher als die meisten, wurde er für Jahre zur zweiten Heimat. Sonntagmittag und -nachmittag vergingen wie in einem Augenblick. Ich saß in Seligkeit und Tiefe wie nie zuvor. Ja, es gab immer noch ein Mehr, es ging weiter und weiter, keine Meditation war wie die vorherige. Äußerlich bewegte sich gar nichts, stand die Zeit still oder schlich in quälender Langsamkeit dahin, während innerlich das echte Abenteuer stattfand.
Am Ende des Zazenkais erhob Aka Yuki An die Stimme, um das *Shujo Mujin Seigan Dan* zu singen, das eigentlich den Sesshins vorbehalten war. Mein Herz jubelte mit.

»Die fühlenden Wesen sind zahllos,
ich gelobe, sie alle zu retten.
Unzählig sind die quälenden Leidenschaften,
ich gelobe, sie alle mit der Wurzel auszureißen.
Der Dharma-Tore sind zahlreiche,
ich gelobe, sie alle zu durchschreiten.
Der Buddha-Weg ist der höchste,
ich gelobe, ihn zu gehen.«

Das tiefe Summen dröhnte noch nach in mir: *Bonno Mujin Seigan Dan*... Es erfaßte meinen Körper und brachte Fasern in mir zum Klingen, die ich zuvor nicht gekannt hatte. Ich war im Zendo, war endlich angekommen und zu Hause!
Als ich aufstand, galt mein erster Blick Johann. Ich ging auf

ihn zu und umarmte ihn: »Jetzt sind wir wie Bruder und Schwester.«
»Ich empfand es eher wie eine Trauung«, sagte er, und ich sah ihm an, daß er wie ich unter dem Zauber der letzten Stunden stand.
Von da an lebte ich mehr in der Welt des Zendos als in der des Alltags. Die Meditation hatte mich mit einer schützende Wolke versehen, die sich um mich herum wob und mich unverletztlich zu machen schien. So konnte ich Fritz und Pater Fernande, die wieder in die Praxis kamen und nach meinen Zahnschmerzen fragten, ruhig entgegenlächeln. Zu meiner Überraschung war die Verzweiflung, die mich bei ihrem letzten Besuch geschüttelt hatte, ganz aus meinem Herzen gewichen. Ich war Aka Yuki An dankbar, daß sie mich schon in so kurzer Zeit zu Ausgeglichenheit geführt hatte, und schrieb diese wunderbare Erfahrung der Zenübung und dem Koan Mu zu, der mein ganzes Herz erfüllte.

Zsolan, der sich mit großem Haß auf alles, was nach Kirche und Geistlichkeit roch, stürzte und unermüdlich in den krassesten Farben von dem erzählte, was die Kirche ihm und der Menschheit in allgemeinen angetan hatte, welche Verbrecherbande, welche Schar von Lügnern und Heuchlern sich in und hinter dieser Institution verbargen, machte eine bemerkenswerte Wandlung durch, wenn Pater Fernande zu Besuch kam. Zu anderen Zeiten fiel er mit grausamen, hämischen Orgien eloquenter Gewalt über den Zuhörer her und ließ ihn schließlich betroffen und nicht selten verletzt zurück.
Kaum tauchte jedoch Pater Fernande auf, der Nestor der

europäischen Meditation, eine strahlende Persönlichkeit der katholischen Welt und des Zen in Europa und, nicht zu vergessen, Hochschullehrer an einer der Universitäten Tokios, veränderte sich Zsolan jäh. All der glühende, verzehrende Haß gegen das Christentum schien urplötzlich zu erlöschen, und er wurde zu einem sanften, demütigen Geschöpf, das die Hand des Paters küßte, ihn umarmte und ihm zu meiner allergrößten Verwunderung zurief: »Pater Fernande, ich werde für Sie beten.«

In seinen Augen war nur strahlende Freundlichkeit und Herzlichkeit zu lesen, und ich wurde nachdenklich. Wie wenig kannte ich ihn!

Pater Fernande war zur Behandlung gekommen, und während ich ihn akupunktierte, waren er und Zsolan so in ein Gespräch über den katholischen Glauben, Zen und dessen Verbreitung im Westen vertieft, daß sie mich nicht mehr zu bemerken schienen. Sie versprühten sich in freundschaftlichem Austausch. Ich dagegen brauchte meine volle Aufmerksamkeit, um die richtigen Punkte, in der richtigen Tiefe und im richtigen Winkel zu treffen und dabei die feinen, durch die Haut schimmernden Venen des Paters zu umgehen. Ich spürte, daß jeder der beiden Männer Gefallen am anderen hatte. Zsolan sah den hochgebildeten Akademiker, den damaligen Zenfürsten der westlichen Welt, und Pater Fernande einen abgesprungenen Priester und Buddhisten vor sich, den er vielleicht der Kirche zurückgewinnen könnte. Jeder schätzte die einzigartige Stellung, die sich der andere im Laufe seines Lebens erarbeitet hatte. Beide hatten dieselbe priesterliche Ausbildung durchlaufen, Zsolan war zum Vorstreiter der chinesischen Medizin im Westen geworden, während der Pater als

Nestor des Zen-Buddhismus betrachtet wurde. Die Gesten der beiden Männer bewegten sich rhythmisch aufeinander zu, und als ihre Hände sich schließlich fanden, gab mir Zsolan mit einem Wink seines Kopfes zu verstehen: »Laß uns allein.«

Ich trollte mich hinaus, immer der Rauchwolke nach, die aus der Küche drang, in der Fritz sich mit seinen unglaublich starken, selbstgedrehten Zigaretten versteckt haben mußte.

»Komm, erzähl mir ein bißchen von alten Zeiten«, bat ich ihn, denn ich wußte, daß er nichts lieber tat, als von den Jahren zu berichten, die er mit Zsolan in Ungarn verbracht hatte. Fritz, der wie Pater Fernande etwas von einem großen Jungen an sich hatte, aber im Gegensatz zu ihm mehr gütig als intelligent wirkte, Fritz, mit seiner tiefbraunen Haut, seinen endlos langen Beinen und den von unzähligen Zigaretten gelb gefärbten Fingern, erzählte im Nebel des Rauchs Geschichte um Geschichte. Ich lauschte und hoffte zwischen all diesen Worten ein Stück von Zsolans Seele zu finden, das ich verstehen konnte.

»Hast du Istvan schon gekannt, als er Professor war?« fragte ich ihn.

»Professor? Wie kommst du darauf, er war nie Professor!«

»Aber er läßt sich doch so anreden, und er spricht auch häufig selbst davon.«

»Maria, da täuschst du dich, dein Mann war Gehörlosenlehrer in Budapest und nichts anderes.«

»Aber Fritz, das kann nicht sein. Er hat mir seinen ganzen Lebenslauf erzählt; ich weiß, daß er Priester war, heiratete, buddhistischer Mönch und Lama wurde und eine Zeitlang in Tibet und China lebte.«

»Glaube mir, ich kenne ihn schon ein halbes Leben lang. In Tibet war er übrigens nie, und wenn er von China spricht, so meint er, daß er in Thailand mit chinesischen Mönchen zusammen war. Und den Dalai Lama kann man schließlich fast überall treffen, er reist beinahe soviel herum wie der Papst. Frag Zsolan selbst, er wird es dir bestätigen.«

Ich starrte ihn fassungslos an.

Fritz grinste durch den Rauch hindurch zu mir herüber. »Ich weiß, was du jetzt denkst. Zsolan ist sicherlich das, was man eine schillernde Persönlichkeit nennt. Ich kenne ihn seit meiner Jugend. Du darfst nie vergessen, daß er trotz seinem Hang zur Übertreibung ein sehr guter Mensch ist. Und ich bin froh, daß du seine Frau bist, weil...«

Bevor ich ihm noch weitere Fragen stellen konnte, öffnete sich die Türe, mein Mann und der Pater traten ein. Sie hielten sich umarmt und versuchten sich gegenseitig den Vortritt zu lassen. Pater Fernande trank noch einen Kaffee, dann mußte er weiterreisen, um ein Sesshin zu halten. Viele anstrengende Stunden im Auto lagen noch vor ihm, und wir verabschiedeten uns herzlich.

Als wir alleine waren, sah ich Zsolan mit prüfenden Augen an. Wie schon so oft in letzter Zeit zweifelte ich an meinem Verstand. Wen hatte ich da geheiratet, war er nur ein Phantom, ein Wesen, das nur in meiner Fantasie zum Leben erwachte? Er saß, die Unschuld selbst, in ein Buch vertieft auf dem Boden. Als er meinen Blick spürte, lächelte er mir zu und blies einen Rauchring in meine Richtung: »Du weißt, daß ich dich liebe, Bubi. Ich bin nur ein schwacher Mensch, doch es wird besser werden, wenn Aka Yuki An

und du gut auf mich aufpaßt. Bis dahin hab noch ein bißchen Geduld.«
Wie geschickt er es verstand, mich mit Worten zu entmachten! Entweder war er ein hervorragender Schauspieler oder er sprach tatsächlich die Wahrheit. Und wenn das wirklich so war, dann lag das Problem ganz allein bei mir. So vieles an ihm zog mich magnetisch an, seine Überlegenheit, sein erotisches Charisma und seine magische Aura hielten mich in ihrem Bann. Ich fühlte mich gleichzeitig von ihm abhängig und durch die dunklen Seiten seiner Persönlichkeit herausgefordert. Ich wagte nicht mehr, nach seiner Lebensgeschichte zu fragen, doch das faszinierende Bild, das ich von ihm hatte, begann löchrig zu werden und löste sich an einigen Stellen schon in Luft auf.
Ich fragte mich, was mich noch immer bei diesem Mann hielt, der mich betrog und demütigte, der sich seinen Freunden gegenüber nicht zu mir bekennen wollte, der sich meiner Sehnsucht nach Nähe und Verständnis widersetzte, der mir ein ums andere Mal die kühnsten Lügen auftischte, auf die ich immer wieder hereinfiel. Ich hatte mich in eine Abhängigkeit verstrickt, die zugleich von Spiritualität, Liebe und Sex geprägt war. Vor allem aber hatte Zsolan die Stelle entdeckt, die mich verwundbar machte: Ich dürstete nach spiritueller Führung. Obwohl mir immer deutlicher bewußt wurde, wie Zsolan meine Sehnsüchte ausnutzte, war ich ihm gegenüber ohnmächtig.
Im Zendo wurden wir immer wieder darauf hingewiesen, daß unsere Erlebnisse in dieser Welt nur Makyo, täuschende Wahrnehmung, seien und keinerlei Bedeutung hätten. Und nur Aka Yuki An kannte als Meisterin alle Klippen der geistigen Schulung, sie allein wußte, was Täuschung

war und was nicht. »Nur die Meditation ist wichtig, sonst gar nichts. Alles andere im Leben ergibt sich aus der Meditation, alle Schwierigkeiten werden durch sie gelöst«, hörte ich sie immer wieder sagen. Unmöglich, sich aus diesem dichten Gewebe von Verlangen nach spiritueller Erfüllung und dem Hingezogensein zu Zsolan zu befreien.

An diesem Wochenende blieb das Zendo für mich geschlossen, denn das August-Sesshin wurde abgehalten. Es begann am Freitag abend und endete am Montag mittag, die ganze Zeit wurde durchgehend Zazen geübt. Man saß, aß und schlief diese Tage an seinem zugewiesenen Platz und verließ das Zendo nur zum halbstündigen Nachmittagsspaziergang. Außer im Dokusan durfte kein Wort gesprochen werden, der Blick blieb auf den Boden gerichtet in einer Welt des Schweigens. Zsolan hatte sich schon vor einigen Wochen angemeldet und die begehrte Zulassung bekommen. Die Plätze waren rar und wurden heiß umkämpft. Ich selbst hatte die Postkarte an ihn aus dem Briefkasten gezogen, die einen seltsamen, aufgestempelten Text trug. Im Auftrag von Aka Yuki An Roshi wurde Zsolan mitgeteilt, daß ihm die Teilnahme am August-Sesshin gewährt worden war.

Zsolan wirkte den ganzen Freitag über verändert, am Morgen sprach er kaum mit mir und rauchte versonnen eine Zigarette nach der anderen. Mittags zog er sich aus der Praxisarbeit zurück und überließ mir alleine die Patienten. Er ging in sein Zimmer und packte seine Sachen zusammen. Zafu, Unterwäsche, Hakama, Waschzeug, Zigaretten, ein Kreislaufmittel und eine Dose Nescafé – die karge, unvermeidliche Zenausrüstung, wie ich sie selbst, mit Ausnahme der Zigaretten, jahrelang mit zu den Sesshins nehmen sollte. Das Ganze fand in einer größeren Tasche Platz und wurde von einer schwarzen Wolldecke bedeckt, die mich viel Arbeit gekostet hatte. Da es im Zendo zum Schlafen außer einer Unterlage nichts gab, mußte man selbst für eine Zudecke sorgen.

»Besorg mir eine schwarze Wolldecke für das Sesshin. Sie muß ungemustert und schwarz sein, denn im Zendo sind keine Farben und Muster erlaubt«, hatte er mir eines Tages aufgetragen.

In ganz München konnte ich in dieser Farbe nichts auftreiben. Zsolan glaubte mir nicht und begleitete mich beim Einkaufen, mußte aber feststellen, daß ich nicht gelogen hatte. Also marschierten wir zur Abteilung der Wollstoffe und erstanden einen schwarzbraunen Doubleface-Stoff, den ich in vielen Stunden mühsamer Handarbeit säumte. Das Sesshin war also gerettet. Als ich später selbst Sesshins besuchen durfte, sah ich, daß niemand außer mir eine schwarze Decke bei sich hatte. Wenn spätabends von den Godos »Zur Nacht« gerufen wurde, lagen im strengen Schwarzweiß des Zendos plötzlich bunte und zudem meist noch gewürfelte Zudecken an den Schlafplätzen. Besonders die rotkarierten bedeuteten einen Schock für die Augen, die sich tagsüber an die kargen, ruhigen Farben gewöhnt hatten.

Am Nachmittag, viel zu früh, um schon ins Zendo zu gehen, machte Zsolan sich auf den Weg. Seine Nervosität hatte sich von Stunde zu Stunde gesteigert, er geisterte abwesend mit einer Zigarette in der Hand durch Wohnung und Praxis, gab die absonderlichsten groben Antworten und stand jedem im Wege herum, so daß ich erleichtert war, als er schließlich die Türe hinter sich zumachte. Das Sesshin hatte seine Schatten voraus geworfen. Das war sein Kampf um die Erleuchtung, und ich ließ ihn ziehen.

Romy hatte angerufen, wir vereinbarten, das Wochenende gemeinsam zu verbringen. So schloß auch ich am Freitag abend die Praxistüre zu, um mich auf den Weg zu meinen Freunden zu machen. Meine Gedanken waren im Zendo, bei Zsolan, bei den anderen, bei Johann, der wie ich wußte heute sein erstes Sesshin mitmachen durfte. Ich wollte auch versuchen, an diesem Wochenende mitzusitzen. In Romys Haus gab es ein leerstehendes Zimmer, das ich schon früher zum Meditieren benutzt hatte. Mit diesem Vorsatz fuhr ich aufs Land und ahnte nicht, daß es mir dort erstmalig gelingen sollte, mich unsichtbar zu machen.
Am Samstag lastete drückende Gewitterstimmung auf dem Nachmittag. Als von ferne der erste Donner grollte, packte ich mein Zafu, entschuldigte mich für eine Stunde bei Romy und zog mich zum Meditieren zurück. Das nahende Gewitter ließ auch in mir eine Spannung entstehen, die sich langsam steigerte. Ich war voll gesammelter Aufmerksamkeit, die Atmosphäre wurde so dicht, daß ich glaubte, mitten im Zendo unter den anderen zu sitzen. Der Koan Mu bohrte sich seinen Weg in mir, Zeit wurde zu *Zeit*, Donner, Regenprasseln, Duft der Erde... ich versank in tiefer Meditation.
Unten im Haus hörte ich meinen Namen rufen, Rom suchte nach mir. In meiner durch die Meditation veränderten Wahrnehmung konnte ich ihn hören, ohne mich dadurch aus meiner Versenkung reißen zu lassen. Er stampfte die Treppe hinauf, riß die Zimmertür auf und ging, immer

noch meinen Namen rufend, um mich, die ich mitten im Raum saß, herum. Der Koan hatte mich jedoch ganz ergriffen, ließ nicht locker, Atemzug für Atemzug, und ich dachte nicht daran, jetzt aus meiner Kontemplation aufzutauchen.

Ich war mit dem Kosmos verschmolzen. Roms Geschrei, sein Rufen, sein polternder Schritt, das hastige Zuschlagen der Türe – Geräusche aus einer anderen Zeitzone, die mich nichts anging. Meine Zeit war jetzt, war Mu, und nur das.

Als ich später nach unten ging, bestaunten mich beide wie ein Gespenst, das sich soeben materialisiert hat – sie hatten mich gesucht und nicht gefunden. Als ich Rom erzählte, daß er im oberen Stockwerk einige Male um mich herum gegangen sei und mich nicht gesehen habe, obwohl ich dort leibhaftig vor seiner Nase saß, starrte er mich ungläubig an: »Es war niemand im Zimmer.«

Doch dann leuchtete ein strahlendes Lächeln auf seinem Gesicht: »Jetzt habe ich endlich selbst einmal erlebt, was in den asiatischen Geschichten steht – wenn man meditiert, geschehen Zauberdinge!«

Am Montag mittag kehrte Zsolan zurück, schmäler im Gesicht als sonst, mit einem grauen Dreitagebart, der ihn ausgemergelt aussehen ließ. Er blieb stumm, während er sich das Badewasser einlaufen ließ, und ich beobachtete ihn voll Mitgefühl. Als er mir den Rücken zuwandte, sah ich, daß seine Schultern von flächigen, blauroten Blutergüssen bedeckt waren. Er bemerkte meinen erschrockenen Blick: »Mach dir keine Sorgen. Ich selbst bat bei jeder Runde, mit dem Kyosaku geschlagen zu werden, um wachbleiben zu können. Es war so schwül, daß ich dauernd mit dem Schlaf ringen mußte.«

Seine Ernsthaftigkeit rührte mich an; ein alternder, einsamer Kämpfer, der wußte, daß es um den letzten, den höchsten Einsatz ging. Wie oft hatte er zu mir gesagt: »Wenn ich jetzt nicht zur Erleuchtung komme, dann nie mehr!«
Während der gemeinsamen Praxisarbeit war er stiller als sonst, es gab keine Geschichten aus Ungarn oder Tibet, keine flammenden Reden gegen die Kirche, keine Schilderungen seiner Gespräche mit dem Dalai Lama. Im stillen zollte ich Aka Yuki An meine Hochachtung. Wie hatte sie es fertiggebracht, meinen geschwätzigen Mann in zweieinhalb Tagen zum Schweigen zu bringen? Seine Anstrengung war nicht vergeblich gewesen, er hatte sich verändert, und ich schöpfte neue Hoffnung – wenn Zen sich so auswirkte, konnte es nur gut sein. Vielleicht war es das, was Aka Yuki An bei meinem ersten Besuch gemeint hatte, als sie sagte: »Nun, Sie könnten es schaffen.«

Als ich vom Einkaufen zurückkam und in Zsolans Zimmer trat, war ich auf einen neuen Schock nicht vorbereitet: Er saß, den Rücken zu mir gewandt, an seinem Schreibtisch. Mein Bild, das immer darauf stand, war entfernt worden, statt dessen starrte mich von dort eine gerahmte Fotografie von Holda an. Instinktiv wußte ich, daß etwas geschehen war, das mich in Gefahr brachte. Zsolans unbewegte Silhouette ätzte sich wie eine Radierung in mein Bewußtsein ein. Warum rührte er sich nicht, er mußte mich längst gehört haben. Plötzlich merkte ich, daß er gespannt auf meine Reaktion wartete, er testete mich. Würde ich weinen, türenknallend aus dem Zimmer stürzen, schreien? Ich spürte sehr wohl, daß ich so nicht reagieren durfte.
Eben noch hatte ich mich im seligen Glauben gewiegt, die

buddhistische Meditation und der Guru hätten einen guten Einfluß auf Zsolan. Wieder war in meinen Alltag etwas von dem unheimlichen Wahn eingedrungen, wieder würde Zsolan versuchen mir einzureden, es sei alles ganz normal, nur mit mir sei etwas nicht in Ordnung. Ich ging hinaus und versuchte meine Gedanken zu ordnen. Als ich in das Badezimmer trat, um mein Gesicht mit kaltem Wasser zu kühlen, sah ich, daß mein Schwamm entfernt worden war. An seiner Stelle hing ein blauroter, nasser Waschlappen, von dem ich wußte, daß er weder Zsolan noch mir gehörte. Der Papierkorb war angefüllt mit feucht-klebrigen Papiertaschentüchern, aus denen ein herber Spermageruch drang. Ich hielt mich am Waschbecken fest und starrte auf das Offensichtliche, mein Gesichtsfeld verschwamm.
Zsolan, der mir das Priesterliche, das Streben nach Erleuchtung als seinen innersten Wesenskern offenbart hatte, der mit Tränen in den Augen vom Eingehen in die große Leere, dem Himmel der Buddhisten sprach, dessen einziges Lebensziel es war, einmal Kensho, den Durchbruch aus unserem begrenzten Bewußtsein in die Wahre Wirklichkeit, zu erfahren! Dieses Streben war es gewesen, das mich ihn so lieben ließ. Es unterschied ihn von allen anderen, zeichnete ihn aus, und ich konnte mir vormachen, bei ihm geborgen zu sein. Alles nur Lüge! Verdammt, er hatte mich betrogen, und das unmittelbar, nachdem er aus seinem heiligen Zendo kam. Er sollte sich seine Sutren sonstwohin stecken. Vor Wut und Schmerz schluchzend, durchzuckte mich plötzlich ein Gedanke. Was hatte Aka Yuki An zu mir gesagt? »Mu ist jetzt das Wichtigste in Ihrem Leben, alles andere ist zweitrangig.« Ich versuchte wie in der Meditation nach Mu zu greifen, aber es entglitt mir; ich suchte nach

der Stille, dem allgegenwärtigen Atem des Zendos, der doch sonst so oft flüsternd um mich strich; ich fand ihn nicht. Ich summte verzweifelt Mu, aber es kam nur ein Schluchzen. In diesem Augenblick fühlte ich mich um alles betrogen, es schien, als fiele ich rückwärts einen langen, dunklen Gang hinunter, fiel und fiel.

Geräuschvoll wurde die Türe aufgestoßen, Zsolan trat ein, er war gutgelaunt und begann voll Anteilnahme vom Sesshin zu erzählen: »Eine hat den Durchbruch geschafft, Hildegard Cool. Sie ist seit zehn Jahren in der Schulung, es war erschütternd, sie haben sie mit dem Kyosaku geschlagen, haben die Erleuchtung aus ihr herausprügeln müssen. Es ist unglaublich, wie sich unser begrenztes Bewußtsein dagegen wehrt, die Wahre Wirklichkeit zu erfahren! Du hättest ihre glänzenden Augen sehen sollen, sie weinte vor Glück! Ach, Bubilein, vielleicht komme ich auch einmal dazu, das zu erleben, dann hast du es leichter mit mir.«

Meine Nerven waren zum Zerreißen gespannt, ich konnte mich nicht mehr beherrschen. Halb schluchzend, halb schreiend unterbrach ich ihn. »Was ist das?« Ich sah, wie meine Hand, die auf den Papierkorb wies, zitterte.

»Ach das, Holda kam aus Japan zurück und hat mich besucht, während du weg warst. Da haben wir uns ein paar schöne Stunden gemacht. Ich wußte, daß du nichts dagegen haben würdest.«

»Aber ich habe etwas dagegen«, heulte ich auf.

Er war die Sanftmut selbst, seine Augen glänzten weich wie nie zuvor, er zerstrubbelte mir das Haar und sagte liebevoll: »Aber Bubilein, du Dumme, es wird dich doch nicht stören, wenn ein Stück Fleisch in einem anderen Stück Fleisch steckt.«

Ich starrte ihn an, die markanten Züge, den kahlen Schädel, die schlanke, männliche Figur und sein rätselhaftes Lächeln. Die halbgeschlossenen Augen beobachteten mich scharf unter den wimpernlosen Lidern, lauernd und lockend, als wollte er mich betören. »Nur ein Stück Fleisch in einem anderen Stück Fleisch, mehr ist nicht geschehen, Bubilein.«

Ich schnappte förmlich nach Luft, dann stürmte ich aus dem Badezimmer, packte ein paar Sachen zusammen und verließ zitternd und aufgewühlt die Praxis. Er hinderte mich nicht am Gehen, schien eher zufrieden zu sein. Als ich auf der Straße stand und ein lauer, sommerlicher Luftzug meine Wange streifte, war es um meine letzte Fassung geschehen. Ich brach in Tränen aus. »Ein Stück Fleisch in einem anderen Stück Fleisch«, hallte es wie ein Echo in mir nach, aber statt leiser zu werden und zu verklingen, gewann der Satz an Kraft, wurde lauter und lauter, bis er schließlich in seiner ganzen blanken Dreistigkeit und Frechheit vor mir stand, als hätte er Gestalt angenommen. Eine übermächtige, hohnlachende Gestalt, der ich ins glatte Gesicht hätte schlagen mögen, getrieben von einer Welle heißer und ohnmächtiger Wut.

Auf einmal wurde mir klar, daß ich ganz alleine war und mich nirgendwohin mehr wenden konnte. Diese Erkenntnis traf mich wie ein Schlag. Meine frühere Familie hatte ich verlassen, wie lange schon hatte ich meine Kinder nicht mehr gesehen? Vor Rom und Romy schämte ich mich. Ich hatte alle Brücken hinter mir abgebrochen und auf eine einzige Karte gesetzt, auf Zsolan, der mich an jenen Abenden Stunde um Stunde flüsternd, betörend aus meiner alten Welt herausgezogen hatte in seine schillernde Welt hinein, die geheimnisvoll dunkel und von dem Schleier asiatischer Geheimnisse durchweht war. Gleichzeitig wußte ich, daß genau das mein Wille gewesen war und mich keine Macht der Welt hätte davon abhalten können, diesen Weg zu gehen. Das brachte mich wieder auf den Boden der Tatsachen zurück, ich schluckte den bitteren Schmerz und die Enttäuschung hinunter und beschloß, meine Kinder zu besuchen, denn schließlich hatte ich einen freien Nachmittag gewonnen.

Die Stunden zu dritt waren wie ein Geschenk, und ich genoß sie. Dabei erkannte ich, daß ich meine Söhne lieben würde, ganz gleich, welches Leben sie sich erwählten. Was auch immer geschehen würde, mein Herz war ein weit geöffnetes Tor, durch das sie ein und aus gehen konnten, ganz wie sie wollten – meine Liebe blieb unveränderlich die gleiche.

Auf dem Nachhauseweg fiel mich der Wahn wieder an. Wie konnte ein Mensch, der ganz auf die Entwicklung seiner Seele ausgerichtet war, so etwas tun? Zsolan sprach doch fast nur von Buddhismus und von der Erleuchtung, so als gäbe es in seinem Leben nichts Wichtigeres. Und während er davon sprach, veränderte er sich, redete sich in eine Begeisterung hinein, die seine Augen ganz samtig werden ließ und die tiefen Furchen auf Stirn und Wangen wunderlich einebnete. Seine Stimme wurde leiser, bekam einen heiseren Klang, der an den Nerven zerrte und seine Zuhörer mit einem feinen Gespinst von Empfindung und Erwartung zu umweben suchte. Zerrte und zerrte, bis innerlich ein feiner Faden riß und die Ahnung von etwas zurückließ, das verloren gegangen war. Dann sah man ihn

an und wußte, daß nur er es einem wiedergeben konnte, er allein.
Seine Augen, seine Stimme hatten ihn verraten – sie waren wie eine unausgesprochene Verheißung. Ein Versprechen, das er nicht halten konnte, aber immer wieder und unermüdlich erneuerte. Das war der Zauber, den er auf jeden ausübte. Während die Frauen auf der Behandlungsliege lagen, setzte er sich zu ihnen und erzählte von seinen tiefen, innersten Erfahrungen, vom thailändischen Dschungel, von Gesprächen mit geheimnisvollen, unzugänglichen Lehrern, die er in den Höhen von Tibet getroffen hatte, der ungeheuren Kraft der Erleuchtung; erzählte es, erzählte mit rauchiger, erschütternder Stimme und schuf Intimität und Ausschließlichkeit zwischen ihnen und sich. – Keine wußte, daß er nur von seinen Sehnsüchten sprach, seine Sehnsüchte durch Worte zum Leben erweckte wie ein morgenländischer Geschichtenerzähler, der in der staubigen Luft eines orientalischen Marktplatzes schillernde Herrscher, verschleierte Prinzessinnen und geheimnisvolle Wesire auferstehen läßt.
Auch ich war ihm verfallen, hatte atemlos seinen Fata Morganen gelauscht und geglaubt, sie wären nur für mich bestimmt. Jetzt hörte ich sie täglich, abgespult mit denselben Worten, Gesten, immer gleichbleibend, einstudiert wie ein griechisches Epos, nur die Zuhörer wechselten. Als hätte ich die letzten Monate in einer dunklen Höhle gelebt, blinzelte ich in das helle Licht der Sonne und erkannte mit einem Mal das luziferisch leuchtende Wesen seiner Faszination: Er offenbarte nicht sich selbst, sondern spiegelte im Höllenglanz eben das, was er nicht war. Voller Sehnsucht sprach er so lange davon, bis er selbst und wir anderen es für wahr hielten.

Ein einziges Lügengespinst, ein hohles Gefäß, das sich danach sehnte, mit seiner eigenen Verheißung gefüllt zu werden. Je quälender Zsolan seine Leere spürte, desto eifriger erschuf er die schillernden Zauberwelten. Wie die täuschend echten Trugbilder von herrlichen, glänzenden Städten mit goldenen Kuppeln und Türmen, die in der Luft der Wüste am Horizont aufschwirren und Reisenden zum Verhängnis werden, baute er seine Sehnsüchte vor den Menschen auf – mit dem, was er nicht hatte, hatte er mich gefangen.

Zu Hause begrüßte er mich lächelnd und begann von den heutigen Patienten, ihren albernen Marotten, ihrer Ungepflegtheit und ihren bornierten Ansichten zu erzählen. Als ich ihn kennenlernte, hatten mich seine ätzenden Schilderungen belustigt, und ich hätte mich ausschütten können vor Lachen, jetzt fühlte ich mich verletzt. Ich unterbrach ihn, legte ihm die Hand auf den Arm und wußte selbst nicht, woher ich die Festigkeit in meiner Stimme nahm.
»Lenke nicht ab. Ich habe jetzt in Ruhe überlegt und will mit dir über Holda sprechen: Wenn es für dich wirklich nur ein Stück Fleisch in einem andern Stück Fleisch war, wie du sagst, hättest du leicht darauf verzichten können. Besonders wenn du deinen hohen geistigen Stand bedenkst, den du so häufig erwähnst.«
»Fängst du schon wieder damit an! Ich dachte, das Thema wäre erledigt!«
»Hör mir zu, Istvan, ich will nicht, daß so etwas noch einmal geschieht. Ist das klar?«
Er warf seine Zigarette wütend zu Boden und setzte zu einem Brüllen an. Meine mühsam errungene Fassung stürzte

in sich zusammen. Ich zitterte vor Wut, Hilflosigkeit und Verwirrung. Als wäre in ihm ein Damm gebrochen, brüllte er mit der Stimme eines riesigen, gefährlichen Tieres, das in heller Wut durchs Dickicht bricht, um zu vernichten. Er stürzte auf mich zu, die verzerrten Züge waren ganz nah, ich spürte seinen strengen Atem in der Luft.

»Herr Zsolan, Frau Aka Yuki An möchte Sie am Telefon sprechen.« Jemand hatte hastig die Tür aufgerissen. Zsolan drehte sich auf dem Absatz um und stürmte hinaus. Die Sekretärin, Frau Gilo, und ich standen uns schweigend gegenüber, ich suchte vergebens nach einer passenden Erklärung.

Die überschwenglich süße Stimme Zsolans drang vom Büro zu uns hinüber. »Aka Yuki An Roshi, wie glücklich ich bin, daß Sie mich anrufen.«

Mit einem tiefen Seufzer atmete ich auf, und die Spannung der letzten Minuten ließ etwas nach. Frau Gilo sah mich nachdenklich an, dann zirpte sie mit vorsichtiger Stimme: »Frau Zsolan, ich weiß nicht so recht, aber ich glaube, Sie sollten auf sich aufpassen. Er war ja nicht mehr er selbst. Ich bin froh, daß der Anruf gerade im rechten Augenblick kam, sonst hätte ich nicht gewußt, was ich tun sollte.«

»Ich küsse Ihre Hände, Aka Yuki An, Sie wissen, daß ich mich Ihnen ganz und gar anvertraut habe. Ich werde meine Frau schicken, um Sie mit dem Wagen abzuholen.«

Dann trat er aufgeregt ins Zimmer. »Ihr Telefon ist gestört und sie muß einige dringende Anrufe erledigen. Wir werden ihr unser Büro zur Verfügung stellen. Bubilein, sei so gut und hol sie ab.«

Es war schwer, den Wagen zu starten, mir zitterten die Hände. Aka Yuki An wohnte nur ein paar Gehminuten von uns entfernt, doch sie zog es vor, gefahren zu werden. Auf der kurzen Fahrt erzählte sie mir von den Bauarbeiten in ihrer Straße, Arbeiter hatten den Asphalt aufgerissen und die Telefonkabel beschädigt, und das alles unmittelbar vor dem nächsten Zazenkai, wenn besonders viele Anrufe zu erledigen waren.

Zsolan hörte uns in den Hof fahren, er riß die Türe auf und begrüßte den Guru mit vor Erregung gerötetem Gesicht. Als sie eintrat, kniete er sich hin und führte ihre Hände zu seiner Stirn. Aka Yuki An zog sich ins Büro zurück, und ich hörte gelegentlich ihre leise, tiefe Stimme durch die geschlossene Tür dringen. Es beruhigte mich, sie dort zu wissen – solange sie blieb, konnte mir nichts geschehen. Plötzlich fiel mir ein, daß sie sicher noch nichts gegessen hatte, und als der letzte Patient die Abendsprechstunde verlassen hatte, ging ich in die Küche.

Eine Stunde später kam Aka Yuki An erschöpft lächelnd herein. »Vielen Dank, daß ich bei Ihnen telefonieren konnte.«

»Das dürfen Sie gerne immer tun. – Ich habe ein kleines Abendessen vorbereitet. Vielleicht haben Sie Appetit darauf.«

Sie sah einen Augenblick nachdenklich auf den Boden, dann sagte sie: »Ja, das wäre gar nicht so schlecht. Wissen Sie, daß ich seit gestern nichts mehr gegessen habe?«

In diesem Augenblick beschloß ich, für sie zu sorgen. Ich wußte, daß sie kaum Geld hatte. Sie bezog ja keinerlei Gehalt, und unsere Beiträge im Zendo deckten nur die Unkosten. Maria Wand bezahlte ihre laufenden Ausgaben und die Miete und die jährlichen Reisen, aber daran, daß sie auch etwas zu essen brauchte, hatte niemand gedacht.

Sie war für uns so sehr ein Mensch des Geistes, daß wir ihre körperlichen Bedürfnisse übersahen. Während meiner acht Jahre in ihrem Zendo brachte ich ihr jeden Tag, den sie in München war, etwas Warmes zum Essen hinüber.
Ich war überglücklich, sie so nah bei mir zu wissen. Sie klopfte mir aufmunternd auf den Rücken, und ich lächelte sie dankbar an. Welch ein Privileg, mit einem Guru am selben Tisch zu sitzen! Zsolan kam näher, als er uns sprechen hörte, prüfend streifte mich sein lauernder Blick, und zu meinem Erstaunen merkte ich, daß er mir in Anwesenheit des Gurus völlig gleichgültig blieb. Jetzt gab es für mich Wichtigeres als einen unausgeglichenen Ungarn, der sich nicht beherrschen konnte. Aka Yuki An sah mich über Tisch und Teller hinweg an – ich hielt ihrem Blick stand –, sie mußte bemerkt haben, daß etwas ganz und gar nicht in Ordnung war.
»Es ist eine Gnade für uns, wenn wir in unserem Leben Leid erfahren, liebe Frau Zsolan, und wissen Sie auch, warum das so ist? Wenn es uns immer nur gut gehen würde, dann bestände keine Notwendigkeit für uns, uns auf den Weg zu machen. Wir wären satt und zufrieden mit dem, was wir haben. Wenn wir uns aber der Erschütterung und dem Leid stellen, haben wir die Kraft, die Suche nach der Seligkeit aufzunehmen, nach einem dauerhaften Glück, das alle Leiden und Schmerzen unseres Lebens übersteigt. Nur eine Erschütterung bringt die Entschlossenheit zum Gehen des endlosen Weges mit sich. Ohne sie bemerken wir gar nicht, daß uns etwas fehlt.«
Ohne daraus zu trinken, hatte ich mein Glas wieder auf den Tisch gestellt. Ich war zu bewegt, um etwas anderes zu

tun, als sie gebannt anzusehen – das hatte sie alles nur für mich gesagt.

Sie beugte sich zu mir herüber und legte ihre warme Hand auf meine. »Als der Morgenstern am Himmel aufblinkte, fand Buddha zur vollen Erleuchtung. Sie mögen nun sagen, die Venus am Osthimmel erleuchtete ihn. Aber dem ist nicht so. Er entdeckte vielmehr das, was immer ist und immer war. In uns allen, in Ihnen.«

»Heißt das, er ...«

»Ja, er entdeckte, was er schon immer gewesen war. Wir alle sind erleuchtet und im Besitz dieses königlichen Schatzes, aber wir wissen es nicht. Bevor wir seiner nicht gewahr werden, können wir ihn auch nicht nutzen. Es ist genau so, als ob hier unter Ihrem Parkettboden ein Schatz vergraben wäre – er liegt die ganze Zeit da, aber Sie können ihn erst genießen, wenn Sie ihn gefunden haben.«

»Dann ist Erleuchtung nichts Neues für uns?«

»Nein, es ist das Erkennen dessen, was ist. Wir alle sind erleuchtet und wissen es nicht. Buddha rief bei seiner Erleuchtung aus: ›Wie wunderbar! Alle Geschöpfe haben Buddha-Wesen, aber verwirrt durch ihr verblendetes Denken, können sie das nicht erkennen!‹«

Mir fiel der Satz ein, den ich damals im Wald erfahren hatte: »Jeder hat das gleiche Licht.« Es war dasselbe. Buddha und ich hatten die gleiche Erfahrung in ähnliche Worte gekleidet! Aber Aka Yuki An hatte meine Erleuchtung nicht anerkannt, weil ich sie nicht unter ihrer Führung erfahren hatte. Und so durfte ich mich zwar insgeheim daran erinnern, aber nicht in meiner Zenschulung darauf aufbauen.

Während ich noch über den Sinn oder Unsinn dieser Regelung nachdachte, legte Zsolan eine hündische Ergeben-

heit an den Tag, die er nur Pater Fernande und Aka Yuki An gegenüber zeigte. Ich ahnte, was nun kommen würde. Er erzählte die altbekannten Geschichten, die ich bald schon auswendig kannte: Von seinen Erfahrungen in Thailand, von den Gesprächen mit dem Dalai Lama und dessen Lehrer, von seiner Zeit als Priester in Ungarn. Er hatte sich in eine Erregung hineingeredet und brillierte eben mit pantomimischen Einlagen, indem er einige Begriffe in der Gebärdensprache der Gehörlosen wiedergab. Zum erstenmal wurde mir klar, daß sein Freund Fritz wohl recht hatte, und Zsolan früher als Gehörlosenlehrer und nicht als Universitätsprofessor in Ungarn gelebt hatte. Geschickt bildete er, ohne ein lautes Wort zu sagen, deutliche Silben, indem er Lippen und Gesicht übertrieben bewegte und sie mit genau abgemessenen Handbewegungen unterstrich.
Dann begann Aka Yuki An aus ihrem Leben zu erzählen. Sie war in Königsberg geboren und hatte studiert. Später arbeitete sie in den großen Architekturbüros der ganzen Welt, Berlin, New York, Toronto. Mit vierzig Jahren spürte sie, daß ihr trotz ihres abwechslungsreichen Lebens, trotz der vielen Reisen und Menschen etwas fehlte. Sie brach alle Zelte hinter sich ab und zog nach Japan, um Schülerin von Setsu Roshi zu werden. Nach Jahren strenger Zenschulung ernannte er sie selbst zum Roshi und gab ihr den Meisternamen Aka Yuki An, was soviel wie Roter Schnee bedeutet. Seitdem verbrachte sie stets das Winterhalbjahr in der verträumten japanischen Gelehrtenstadt Kamakura und den Sommer von Mai bis Oktober in München, um dort ihre Schüler zu lehren.
Danach erläuterte sie buddhistische Lehrsätze. Je länger sie sprach, desto mehr beschlich mich das Gefühl, meinen

Verstand an der Zendotüre abgegeben zu haben. Aka Yuki An betonte, daß man alles von einer höheren Warte aus und als Täuschung betrachten solle. Die reale Welt, die wir jeden Tag erleben, existiere im Buddhismus nicht: Alles sei Makyo und unwirklich. Alles, was ich erlitt, seien nur die Spiegelungen meines eigenen Bewußtseins. Wenn Zsolan mir Unrecht tat, dann war also nicht er der Urheber, sondern ich mit meinem verblendeten Bewußtsein.

Die Woche verging wie im Fluge. Ich versuchte vergeblich, mit Zsolan zu sprechen, aber er entzog sich listig. Wenn ich aufstand, schlief er noch; während ich an der Universität war, verließ er das Haus und kam erst unmittelbar zu Beginn der Sprechstunde zurück, da blieb kein Raum mehr für ein paar persönliche Worte. Und wenn ich mich schließlich schlafen legte, verschwand er, um zu telefonieren. So war ich um die Möglichkeit betrogen, das Thema »Holdalein« mit ihm zu besprechen. Ihre Fotografie war zwar vom Schreibtisch verschwunden, trotzdem hatte ich Angst, Zsolan endgültig an Holda verloren zu haben. In meiner Vorstellung wurde sie täglich mächtiger und bedrohlicher. Bald war ich zu entmutigt, um um meinen Mann zu kämpfen.

Am Freitag abend packten wir unsere Sachen für den dreitägigen Zazenkai. Ich faltete meinen langen nachtblauen Rock zusammen – eine Hakama besaß ich noch nicht. Maria Wand hatte in Japan einige bestellt. Diese schwarzen, in weite Falten gelegte Hosen haben tiefe Seitenschlitze und werden mit Bändern zusammengehalten, in der Taille steht ein trapezförmiges, hart gefüttertes Stoffstück nach oben, um die Wirbelsäule abzustützen. Man trägt sie bei einigen Kampfsportarten, beim Bogenschießen, bei

Kendo und Aikido; beim Meditieren wärmen sie mit ihrer Stofffülle an den kälteren Tagen des Jahres und sind so weit, daß sie auch bei langen Zazensitzungen bequem bleiben.
Wie üblich arbeitete ich mich durch die drangvolle Enge des Treppenhauses nach oben, heute waren besonders viele Menschen angereist. Ein Mann mit einem tief durchfurchten Gesicht erzählte, daß er von Hamburg nach München geflogen sei. Manche waren von Stuttgart oder Köln mit dem Auto gekommen und wirkten dementsprechend erschöpft, sie hatten graue, blasse Gesichter, in denen die Müdigkeit feine Falten hinterlassen hatte.
Ich zog mich auf meinen Platz in der Altarnische zurück und versuchte über den Koan Mu zu meditieren. Plötzlich jedoch überfiel mich ein scharfer, seelischer Schmerz, es war, als würde ich erst jetzt und ganz unmittelbar verstehen, wie sehr mich Zsolan verletzt hatte. Ohne es zu wollen, begann ich zu schluchzen und konnte nicht mehr aufhören. In meinem Kopf rotierten die Gedanken, Holda, Zsolan und ich jagten einander unaufhörlich mit immer denselben Worten und Gesten in den Windungen meines Gehirns wie in einem nicht enden wollenden Labyrinth. Als die Glocke zum Kinhin läutete, sprang ich auf, und während ich mir mit der Hand die Tränen aus dem Gesicht wischte, wurde mir bewußt, daß ich nicht eine Minute lang meditiert hatte. Auch während des Kinhins konnte ich den Koan Mu nicht festhalten; obwohl meine Augen, wie vorgeschrieben, halb geschlossen waren, beobachtete ich die Gruppe: Wir gingen im Kreis umher, und wie die Figuren einer Spieluhr ruckten meine Gefährten an mir vorbei. Hildegard Cool, schwerfällig schwankend, um ihre kranke Hüfte zu entlasten; wenn ich sie nicht an ihrer schleppen-

den Gangart erkannt hätte, wären es ihre selbstgestrickten fusseligen Wollsocken gewesen, die mir verraten hätten, wer da ging.
Ihr folgte Marc Schuller, der hagere Lektor eines großen Verlages, er trug ein japanisches Hemd, dessen Ärmel mit einer Hohlsaumnaht geschmückt waren. Jeder beneidete ihn darum. Jahre später, als ich selbst einige Zeit in Japan lebte, erfuhr ich, daß es sich dabei um nichts anderes als das Oberteil eines japanischen Schlafanzugs, der Nemaki genannt wurde, handelte. Und er trug als einziger Tabi, jene weißen Stoffsocken, die einen einzelnen »Daumen« für den großen Zeh haben, damit sie unter den hölzernen Getasandalen getragen werden können. Seine Hakama war ausgebleicht und verwaschen, vom Saum hingen lange Fäden herab – ein Zeichen dafür, daß er häufig und lange meditiert, unzählige Sesshins und Zazenkais mitgesessen hatte.
Nach ihm durchschritt Freya Blow meinen Gesichtskreis, aufrecht, als hätte sie einen Stock verschluckt. Ganz Disziplin und Haltung, völlig vertieft in ihre Übung. Ich seufzte neidvoll auf. Danach folgte Pater Uriel, ein jungenhafter Mann mit kindlich rundem Gesicht. Er wirkte vollkommen natürlich und war der einzige, der nicht versuchte, Würde auszustrahlen, die doch nur aufgesetzt war. Wie an einer Schnur aufgereiht, glitten sie an mir vorüber, ganz in Schwarz und Weiß: der Anwalt, die Cellistin, die Ärztin, der Gärtner, die mit der Vogelnestfrisur, der mit den Hühneraugen, der Rothaarige, der Schöne, die kleine Alte, Johann Zelt, die mit der spitzen Nase, der mit dem blauen BMW, die mit dem Schaukelhintern, der mit den rutschenden Socken, der mit dem Apostelgesicht…

Immer wieder wurde einer von den Godos hinausgerufen; wenn sie »Dokusan, Dokusan« flüsterten, um uns zur Befragung zu unserem geliebten Guru zu führen, verwandelten sich die eben noch völlig Vertieften in schmerzhaft hektische, raschelnde und zuckende Wesen, die zum Dokusanraum hinausstürzten, als ginge es um ihr Leben.
Etwas verwirrend Rotes drang in mein Blickfeld. Ich starrte irritiert auf das breite Band eines tomatenroten Slips, der zwischen den tiefen Seitenschlitzen einer Hakama aufleuchtete – anscheinend ein Neuzugang, der noch nicht wußte, wie man sich hier zu kleiden hatte. Die Slipträgerin scherte plötzlich aus, eine Godo zerrte sie am Arm aus der Reihe, Gezischel.
»Ziehen Sie Ihre Hakama zurecht, Sie merken wohl nicht, wie Sie aussehen mit Ihrer roten Unterhose!«
»Ich bin zum Meditieren hier, und Sie reden über meinen Slip! Was geht Sie das überhaupt an!«
Ein paar zu laute Worte, wütendes Atemholen und heftige Schritte, die das Treppenhaus hinunterstürmten. Ich habe sie nie wieder gesehen. Gräfin Maya von Theley schwebte gleich einem sanften, schwarzen Engel einher und glich diesen Mißton wieder aus. Lilith van Schaukel folgte ihr, sie brachte es fertig, so heilig und gesetzt zu wirken, daß ich sofort wütend wurde.
Plötzlich durchzuckte mich ein helles Weh, Zsolan ging an mir vorüber. Ich sah seine unverwechselbare dunkle Silhouette, die sich gegen die weiße Wand abzeichnete. Er ging schwerfällig und innerlich so vollkommen gesammelt, daß es fast schmerzte, ihn anzusehen. Sein Gesicht wirkte fremd und rein, es schien von innen her zu leuchten. Strenge und Schönheit gingen von ihm aus, sie drangen direkt in

mein Herz und zeigten mir schmerzlich, daß ich ihn liebte. Ich zauderte, vergaß einen Schritt, und mein Hintermann prallte auf. Schon war es verschwunden, dieses düster strahlende Gespenst, das mich aus dem Gleichgewicht gebracht hatte, mir die innere Ruhe raubte, mir die Selbstachtung nahm...

Und weiter schob sich die Kette der sich im Kreise bewegenden schwarzen Gestalten, endlos, schweigend, einem gigantischen Totentanz gleich, der sich im Niemandsland drehte und drehte.

Als die Glocke die neue Sitzrunde einläutete, hatte ich meine Zeit vertan. Der Koan Mu war so weit weggerückt, daß ich ihn nicht mehr greifen konnte. Niedergeschlagen rückte ich mein Zafu zurecht und gab mir selbst das Versprechen, wenigstens die letzten zwanzig Minuten aufmerksam zu meditieren. Doch als die dumpfen Schläge des Zengongs durch den Raum dröhnten und den Abend beendeten, hatte sich nichts geändert.

Am Samstag vormittag wurde ich erst spät zum Dokusan herausgerufen. Es war ein heißer Tag, die Sonne erwärmte das unter dem Dach liegende Zendo bald zu einem stickigen, heißen Gefängnis, in dem sich kein einziges Lüftchen regte. Ich schwitzte unter meinem langen Rock und spürte, wie mir die Schweißtropfen die Beine entlang liefen. Wenigstens hier, vor der Türe des Dokusanraumes und direkt am Absatz des Treppenhauses, geriet die Luft manchmal in Bewegung. Als ich endlich einen Platz nach vorne rücken konnte, waren auf dem nachtblauen Zabuton dunkle, feuchte Flecke zurückgeblieben. Vor mir saß Marc Schullers Frau Pinky, die wie eine zerbrechliche Puppe wirkte.

Die Zeit wurde bleiern. Wachbleiben, hämmerte ich mir

ein, wachbleiben. Irgend jemand furzte vernehmlich und versuchte sofort, ein ähnliches Geräusch zu erzeugen, indem er auf dem Kissen herumrutschte. Der zitternde Klang der Dokusanglocke aus dem Zimmer des Roshis ließ mich aufschrecken. Ich war im Sitzen eingeschlafen und rutschte eilig einen Platz weiter nach vorne. Dieser neue Zabuton war ebenso feuchtwarm wie der meine, den ich nun meinem Hintermann überließ. Pinkys aufwehende Hakama hinterließ einen muffigen, abgestandenen Geruch. Mein Hintermann tat mir jetzt schon leid, ich würde ihm dieselbe Bescherung zukommen lassen, wenn ich aufstand. Vor allem im Sommer waren die Gerüche im Zendo nur wenig angenehm.

Der Schlegel des Gongs, den meine Vorgängerin angeschlagen hatte, um dem Roshi ihr Kommen anzukündigen, lag nun glatt und feucht von ihrem Schweiß in meiner Hand. Die aus schwarzem Metall gegossene Platte schwang noch ein wenig nach; sie hing an einem japanischen Holzgestell und trug am oberen Rand reiche Ornamente.

Was gab es da bloß so ewig zu besprechen und noch dazu bei dieser Hitze! Ich selbst blieb nie lange im Dokusanraum, denn man hatte uns befohlen, uns kurz zu fassen und nur Themen anzuschneiden, die unmittelbar mit der Übung zusammenhingen.

Endlich, endlich ertönte der gedämpfte, zittrige Klang, den ich so herbeigesehnt hatte. Ich schlug dröhnend den Gong an, warf den Schlegel beiseite und stürzte zu der geöffneten Tür. Pinky und ich warfen uns gleichzeitig nieder, berührten mit der Stirn den Boden und führten die geöffneten Handflächen nach oben. Ein Akt tiefster Verehrung, der bedeutete, daß wir die Füße Buddhas mit unseren Händen aufnehmen würden. Dann rauschten wir aneinander vorbei, und ich warf mich, nun allein mit dem Guru, ein zweites Mal vor ihr nieder. Sie klopfte bestimmend mit dem Roshistab aus geschwungenem Holz auf dem Boden. »Hierher, meine Liebe. Was können Sie mir von Ihrer Übung berichten?«

»Nichts! Ich kann nicht mehr üben! Den ganzen Zazenkai lang konnte ich keine einzige Minute lang Mu üben. Ich mußte immer nur daran denken, daß mein Mann mich mit Holda betrogen hat.« Ich schluchzte auf. »Wir sind erst ein paar Wochen verheiratet, und er betrügt mich schon und findet das ganz in Ordnung! Er...«

Der Roshistab knallte auf den Boden: »Keine persönlichen Probleme im Dokusan«, fauchte sie. »Das Dokusan ist nur dazu da, um Ihre Übung zu besprechen.«

Bestürzt erkannte ich, daß ich mich nicht an die Regeln gehalten hatte. Ich rutschte sofort auf Knien rückwärts, um den für die Verbeugung nötigen Abstand zu bekommen. »Verzeihung, ich hatte alles andere vergessen!«

Sie nahm die Dokusanglocke in die Hand, schwang sie schnell hin und her. Ich warf mich zum Abschied nieder.

»Nur Mu, es gibt jetzt nichts Wichtigeres«, hörte ich sie leise und mit entschiedener Ernsthaftigkeit sagen, während ich mit dem Gesicht auf dem Boden lag.

Ich riß die Tür auf, Edwin Saupe hatte sich draußen niedergeworfen, ich tat dasselbe. Der große Mann stürmte mit seinen schwarzen Flatterkleidern so eifrig an mir vorbei, daß er mich beinahe umwarf. Als ich die Türe hinter ihm schloß, hörte ich die beiden lachen. Ich kam mir beschämt und betrogen vor und konnte mich gerade noch beherr-

schen auszurufen: »Hier gibt es nichts zu lachen, und schon gar nicht im Dokusanraum, der ist nämlich nur für die Übung bestimmt!«
Mir stockte der Atem, als ich erkannte, wie wütend ich auf meinen Guru war. Dann erinnerte ich mich an den Tonfall ihres letzten Satzes, den ich schon so oft gehört hatte. Diesmal schien ihr Flüstern tief in mich einzudringen, als nage es an einer empfindlichen, wunden Stelle in mir. Aber es half alles nichts, der ganze restliche Zazenkai, zwei volle Tage, waren für mich verloren. Keine einzige Minute lang fand ich zu meiner früheren Sammlung zurück, und als die Zenglocke mit dunklem Dröhnen die dreitägige Meditation beendete, fand ich mich schwankend zwischen Scham und heftiger Wut wieder, verschwitzt, unleidlich und nervös. In das heitere Gelächter, das nach den Tagen der Anspannung wie befreit aufklang, konnte ich nicht einstimmen, und während der unvermeidlichen Umarmungen roch ich nur Schweiß und andere unnennbare Gerüche und versuchte mich von den feuchtwarmen und klebrigen Schultern zu befreien.
Ich packte meine Sachen zusammen, zog mich um und zwängte mich das enge Treppenhaus hinunter, in dem sich die Männer umzogen. Dieser »Umkleideraum der Herren« gab häufig Anlaß zu Gelächter, denn wie winzig der Raum auch war, in dem sich die Frauen umziehen konnten, er hatte immerhin eine Tür. Die Männer mußten sich mit der Treppe begnügen und in Hakama und Unterhemd von Stufe zu Stufe hüpfen, um an ihre Kleider heranzukommen, wie Raben mit schwarzen Zenflügeln flatternd und das ewige wispernde Zengeschwätz hervorstoßend: »Aka Yuki An Roshi hat zu mir gesagt...«

»Meine Füße sind mir heute eingeschlafen, ich kann sie kaum noch spüren...«
»Meinst du wirklich, du tust das Richtige? Ich würde Aka Yuki An fragen.«
»Hast du die mit der knallroten Unterhose gesehen?«
»Wie schlecht diese Godo heute wieder zugeschlagen hat, sie hat mir den Kyosaku auf das Schulterblatt geknallt, daß es nur so krachte!«
»Muß man wirklich jahrelang sitzen, um erleuchtet zu werden? Und noch dazu bei dieser Affenhitze.«
»Maria Zsolan zu Aka Yuki An Roshi, bitte.« Lilith van Schaukels Stimme erreichte mich auf der letzten Treppenstufe. Ich ließ meine Sachen fallen und eilte wieder hinauf. Das Geschwätz verstummte für einen Augenblick, und ich fühlte die Blicke in meinem Rücken, als ich an die Türe zum Dokusanraum klopfte.
Aka Yuki An hatte ihre Hakama mit einer dunklen Kordhose vertauscht und wartete mit wild nach oben stehendem Haarschopf auf mich. Sie wirkte angestrengt, doch glücklich und befriedigt. »Meine Liebe, ich glaube, wir beide müssen uns einmal unter vier Augen unterhalten. Wie sieht es denn bei Ihnen am nächsten Dienstag aus. Haben Sie gegen elf Uhr Zeit?«
»Ich habe immer Zeit, wenn Sie es wünschen.«
»Dann kommen Sie doch zu mir. Ich werde uns Kaffee machen. Tina Wert hat einen herrlichen Nußkuchen mitgebracht, den wir gemeinsam essen können. Recht so?«
»Natürlich! Dankeschön.«
Dann breitete sie ihre Arme aus und zog mich fest an sich. Mein Kopf lag an ihrem vollen Busen, so verschwitzt er eben war, ich hörte ihren ruhigen, mütterlichen Herzschlag.

»Also, meine Liebe, wir sehen uns am Dienstag. Würden Sie mir bitte noch mein Zabuton die Treppe hinuntertragen?«
»Ja, gerne. Danke für alles.«
Als ich wieder nach draußen kam, hatten sich die Zengefährten wieder unter Kontrolle, keiner schien mich zu beachten. Nur Maria Wand, über jede Bevorzugung wachend, kam auf mich zu. »Nun, gibt es etwas Neues?«
Ich starrte sie über Aka Yuki Ans Zabuton hinweg an und schüttelte den Kopf.

In der Höhle des Roshis hatte sich kaum etwas verändert, wieder bahnte ich mir den Weg durch das wahnwitzige Gewimmel von Gegenständen, Büchern und Puppen. Ich packte mein Geschenk aus, eine Stange Mentholzigaretten, die Aka Yuki An so gerne rauchte. Sie bedankte sich mit einer Umarmung – in meinem ganzen Leben war ich noch nicht so viel umarmt worden wie seit meinen Wochen im Zendo. Umarmungen, die ihre eigenen Gesetze, ihre Hektik, ihre Verschwiegenheit hatten, die heftig und so heiß sein konnten, daß ich mich eilig zu lösen versuchte, und die manchmal ein tiefes gegenseitiges Verstehen schufen. Vom Guru selbst umarmt zu werden, welches Privileg!
Sie kam gleich zur Sache: »Was ist mit Ihrem Mann los?«
»Er hat mich mit Holda betrogen. Er hat ihr Bild auf seinen Schreibtisch gestellt.«
»Ist das alles?«
»Ist das noch nicht genug? Ich bin so verletzt und wollte mit ihm darüber reden. Doch er meint nur, daß ich geistig nicht genügend entwickelt sei. Seitdem geht er mir aus dem Weg.«

»Hmm. Ich hoffte, er würde es mit Ihrer Hilfe schaffen, seine Frauengeschichten aufzugeben. Leider scheint das nicht der Fall zu sein.«

»Noch etwas, er will, daß Sie Holda ins Zendo aufnehmen. Ich glaube nicht, daß ich das ertragen könnte.«

Sie bekam einen fast herrischen, ungehaltenen Blick und richtete sich gerade auf: »Er will, daß ich sie ins Zendo aufnehme – wie gut, daß ich davon weiß. Sie können ganz beruhigt sein, ich werde sie nicht aufnehmen!«

Erleichtert lehnte ich mich zurück und dankte ihr im stillen. Holda hatte etwas von ihrer Bedrohlichkeit verloren.

»Seien Sie freundlich und bestimmt zu Ihrem Mann, und sagen Sie ihm, daß er diese Beziehung sofort und ein für allemal beenden muß. Aber warten Sie damit bis nach dem nächsten Sesshin, ich werde bis dahin das meinige tun.«

Entspannt berichtete ich meinem Roshi vom letzten Zazenkai. Als ich mich vor ihr niedergeworfen und meine Stirn auf die Noppen des Teppichbodens gepreßt hatte, hatte mich für einen Moment kurz das Gefühl überkommen, verrückt geworden zu sein: Was tat ich, eine vernünftige, junge Akademikerin, hier im Staub? Ich blickte mich um und sah ein Meer von gebeugten Rücken, die sich gleich mir vor dem Buddha verneigten. Was tat ich in einer Welt, die meiner Kultur so fremd war? Wenn die etablierten Kirchen verlangen würden, daß wir uns zu Boden würfen, hätte einer von all diesen Menschen das getan, was hier im Zendo so selbstverständlich war?

Sie nickte verstehend und erhob sich, um mich zu verabschieden. »Ich bitte Sie noch um eines. Kommen Sie mit all Ihren Problemen zu mir, und vertrauen Sie sich keinem anderen Menschen an. Wir beide werden dann schon eine Lösung finden. Abgemacht?«

Tief in meinem Herzen empfand ich eine verwunderte Dankbarkeit: Aka Yuki An, der große Guru, war auf meiner Seite. Sie würde auf Zsolan achten, meine Rechte wahren, und Holda hatte sie bereits ins Abseits gestellt!

»Na, wie kommst du zurecht mit dem Sitzen? Weißt du, wie es ist, wenn einem nach dem Zazenkai alle Knochen wehtun?« fragte mich Johann Zelt lächelnd, als wir uns in der Universität trafen.

»Ach, es geht. Der Guru kümmert sich persönlich um mich, und das ist mir das Wichtigste! Sie hat mich zu sich eingeladen und gesagt, ich solle all meine Sorgen nur mit ihr besprechen.«

Johann blickte mich nachdenklich und ein wenig traurig an: »Seltsam, sonst erzählt sie immer, daß wir sie nicht mit unserem Alltagsleben behelligen sollen. Sie sei nur dazu da, um uns in der Meditation zu führen, alles andere gehe sie nichts an. Du bist wirklich privilegiert!«

Und tatsächlich hatte ich seit meinem Gespräch mit Aka Yuki An ein neues Lebensgefühl. All meine Sorgen durfte ich auf sie abwälzen, sie hatte versprochen, sich um mich zu kümmern. Ich hatte mit einem Mal Lust, unbekümmert wie ein Fohlen herumzuspringen, und mir fiel plötzlich ein, daß ich eine junge Frau war, die ein interessantes Leben vor sich hatte. Es war nicht mehr meine Aufgabe, Zsolans Schwierigkeiten zu lösen. Mein Leben schien nun voller prickelnder, vergnüglicher Luftbläschen zu sein, so als hätte jemand eine Flasche Sekt darüber gegossen. Der persönliche Kummer hatte mich verschlossen, überempfind-

lich und schweigsam gemacht. Jetzt hörte ich die Menschen wieder sprechen, und atemlos lauschte ich ihren Unterhaltungen.
In mein Leben kam eine Bewegung hinein, die zunächst gemächlich begann und dann immer schneller und schneller wurde. Ereignisse, Menschen und Erfahrungen sprudelten um mich herum, und bald ließ ich mich vom lebhaften Strudel der Begebenheiten mitreißen. Mein Zenleben trat für einige Zeit in den Hintergrund.

Unsere Sekretärin, Frau Gilo, flatterte aufgeregt vor ihrem Schreibtisch hin und her: »Stellen Sie sich vor, in einer halben Stunde kommt Baronin Ilyana Theleny-Boryszeky zur Behandlung. Sie scheint gut mit Ihrem Mann befreundet zu sein. Sie wissen doch, daß die Theleny-Boryszekys unendlich reich sind, allein in der Schweiz besitzen sie...«
»Da können wir ja gespannt sein, spricht sie Deutsch?«
»Ihr Mann hat Ungarisch mit ihr gesprochen.«
Zsolan kam aus der Küche, wo er seine unvermeidlichen Zigaretten geraucht hatte: »Natürlich spricht sie Deutsch, fließend sogar.«
Als es schließlich klingelte, stürzte er zur Tür, um sie aufzureißen: »Kezet csokolom, baronö – Küß die Hand, Frau Baronin.«
Die Gestalt, die eintrat, war klein und so eng geschnürt, daß ihre Taille wie die einer Rokokoschäferin wirkte. An ihrem ungeheueren Busen steckte die schönste und größte Kamee, die ich je gesehen hatte – handtellergroß und aus einer einzigen Koralle geschnitten, einige wundervolle Barockperlen baumelten an ihr herab. Nach dem Handkuß meines Mannes wandte sie sich mir zu: »Das ist also

die kleine junge Frau, von der ich schon so viel gehört habe.«

Ich wollte ihr die Hand geben, aber sie bot mir ihre Wange dar, und so küßte ich die zarte, kühle Haut von Ilyana Theleny-Boryszeky. Sie hielt mich mit beiden Händen fest, schob mich eine Armlänge von sich, um mich zu betrachten, und hob zum ersten Mal ihre perlmuttfarbenen Augenlider – sie hatte die Angewohnheit, mit geschlossenen Augen und leicht erhobenem Kopf zu sprechen, was sie wie ein edles, hochgezüchtetes Tier aussehen ließ. Sie lächelte und überschüttete meinen Mann mit einer Flut von schnellem Ungarisch, das er ebenso schnell beantwortete.

Ilyana legte den Arm um mich: »Ich habe nämlich Ischias, und ich hoffe, daß Doktorur, der Herr Doktor, das wieder in Ordnung bringt.«

Dann schickte sie meinen Mann aus dem Zimmer. Sie nahm ihre weißblonde Lockenperücke ab – fast alle älteren Ungarinnen gehobenen Standes tragen Perücken – zum Vorschein kamen schneeweiße Haare, die sie zu einem kleinen Knoten gebunden hatte. Dann drehte sie mir den Rücken zu: »Hilf mir, csillagom.«

Ich knöpfte ihr das Kleid auf und öffnete auch den brillantenbesetzten Verschluß eines mehrreihigen Halsbandes aus Orientperlen. Schließlich trug sie nur noch ein aberwitzig eng geschnürtes Korsett, aus dem ich sie mit viel Mühe herausschälte. Sie bat mich, ihr das seidene Unterkleid wieder überzustreifen, und in diesem Augenblick trat, wie gerufen, Zsolan ins Zimmer. Wir bereiteten die Akupunktur vor, und als sie mit den Nadeln auf der Liege lag, fragte ich sie: »Möchten Sie gerne zugedeckt werden, Baronin?«

»Csillagom, was fällt dir ein! Wie kannst du nur Sie zu mir sagen! In Ungarn duzen sich alle Frauen eines Standes, ich bin also Ilyana für dich. Hast du das verstanden?«

»Ja, Baronin, ich meine – Ilyana.«

»Also, setz dich ein wenig zu mir.«

Ich tat es und beobachtete Ilyana, die mit geschlossenen Augen ruhte. Sie war mit ihren etwa sechzig Jahren eine sehr schöne Frau, das Alter hatte weder ihre Ausstrahlung noch ihre wundervollen Gesichtszüge zerstören können. Mein Blick glitt zu dem glitzernden Berg ihrer abgelegten Schmuckstücke, auch ich hatte schon von dem sagenhaften Reichtum ihrer Familie gehört und mußte lächeln, als ich die Baronin so ruhig neben mir schlummern sah.

Als hätte sie etwas von meinen Gedanken geahnt, sagte sie mit geschlossenen Augen: »Ich denke gerade an meinen verstorbenen Mann. Wenn wir Lust auf eine indonesische Reistafel hatten, sind wir in ein Flugzeug gestiegen und in Djakarta in ein Restaurant gegangen. Kannst du überhaupt kochen, Kleines?«

»Nicht besonders, glaube ich.«

»Na, dann wirst du es von mir lernen. Alle anderen Menschen essen, um zu leben – aber ich lebe, um zu essen. Du wirst lernen, meine köstliche Zitronensuppe zu kochen, mein Sauerampfergemüse und mein Hühnerpörkölt. Ich brauche nie länger als eine halbe Stunde zum Kochen, und meine Hausangestellte darf alles in der Küche tun, nur Kochen lasse ich sie nicht. Also, du wirst ab jetzt jede Woche zu mir kommen, um Kochen zu lernen.«

Als ich zwei Tage später an ihrer noblen Haustüre klingelte – das Entree war groß wie in Ballsaal – öffnete mir ein älteres Hausmädchen in schwarzer Tracht mit Häubchen und Spitzenschürze. Ich fühlte mich in eine andere Zeit versetzt, als ich in die weitläufige Maisonette trat, überall standen Kostbarkeiten aus Gold, Silber, Porzellan und Elfenbein. Die einzelnen Stücke kamen kaum zur Geltung, denn sie wetteiferten mit den seidenen, bedruckten Tapeten, den Bildern in schweren Barockrahmen, Tapisserien und Vorhängen.

Ilyana war schon in der Küche und stand zwischen fünf älteren Frauen, die alle Perücken trugen, und einem Berg von schmutzigem Geschirr. »Komm, Bubilein, kümmere dich nicht darum, wir hatten gestern Gäste. Frau Anne erledigt den Abwasch, und wir beide werden kochen. – Du brauchst noch eine Schürze, komm mit mir.«

Sie drängte mich in einen Raum mit Wäscheschränken und hielt mich fest: »All die Damen da drin sind nur hinter meinem Geld her, sie wollen, daß ich ihnen Häuser oder Autos kaufe. Aber das tue ich nicht, ich denke gar nicht daran, ich bin nämlich nicht so reich, wie sie glauben. Zuerst mußte ich ihnen allen Perücken kaufen, damit sie anständig aussehen.« Mit verschwörerischem Zwinkern schob sie mich in die Küche zurück.

»So meine Damen, das hier ist Bubi, Verzeihung, Maria Zsolan, die Frau des großen Zsolan! Sie ist eine ausgezeichnete Homöopathin. Darf ich bekannt machen – Frau Tömörkeny, Frau Istimery, Frau Gabor, Frau Löw und Baronin Andrasy.«

Sie lächelten sanft, begrüßten mich höflich und etwas verhalten. Feine, heimliche Blicke, halb verborgen unter Kunsthaarlocken, richteten sich auf mich: Kam hier etwa noch eine, mit der sie den großen Kuchen von Ilyanas Reichtum teilen sollten?

Ilyanas charakteristischer Kochstil zeichnete sich vor allem durch die Unmengen von Butter und Zucker aus, die sie an alle Gerichte gab. Selbst das wunderbare Gulasch, das wir zusammen kochten, ein Hühnerpörkölt mit Zitronensuppe, bekam einen Eßlöffel davon ab. Ich war anfangs etwas skeptisch, was ich davon für meine eigene Küche übernehmen wollte, mußte aber zugeben, daß die zusätzlichen Kalorien dem herrlichen Rezept höchst zuträglich waren.
Der goldene Barocktisch im Speisezimmer war für vier Personen aufgedeckt. Zunächst erschien eine hochgewachsene, alte Dame mit goldblonder Perücke. »Das ist also Zsolannö, Frau Zsolan. Ist sie nicht entzückend? Ich bin Pepi von Töndörnöy, die Schwester von Ilyana. Nennen Sie mich Pepi, denn mein richtiger Vorname ist einfach zu lang.«
Wir lächelten uns an, und ich mochte sie sofort. Sie hatte etwas von einer gütigen und sehr intelligenten Ziege an sich.
»Ily hat Sie mir ganz richtig beschrieben. Aber sagen Sie mir bitte, warum haben Sie diesen Mann geheiratet! Ein fescher junger Offizier würde viel besser zu Ihnen passen.«
»Pepi, laß das«, tadelte Ilyana, die eben hereinkam. »Sie wird den Zsolan lieben. Er ist zwar kein Herr, nein, wirklich nicht, aber was kann man gegen die Liebe machen! Du weißt es selbst«, fügte sie scharf hinzu.
Bevor Pepi antworten konnte, wurde ein alter, zitternder Mann hereingeführt, seine blasse Haut war von Altersflecken übersät, und sein Blick war auf einen Punkt in der Ferne geheftet, den er nie zu wechseln schien. Ilyana half ihm liebevoll, sich hinzusetzen. Es war Franz Berlesheim, der berühmte Erfinder, dessen Bild ich aus der Zeitung

kannte. Er hatte den Preßlufthammer und verschiedene andere bahnbrechende Dinge erfunden und war mehrfacher Millionär. Man sagte ihm nach, daß er ohne seine morgendliche Flasche Wodka eine ganz unscheinbare Person und ohne besondere Intelligenz sei. Erst der Wodka, von dem er täglich Unmengen trank, ließ die unzähligen Ideen aus ihm heraussprudeln und machte ihn zu einem geistreichen, charmanten Mann.
Ilyana rührte die Werbetrommel für die Praxis, und es setzte ein Strom von Adeligen ein, die sich behandeln lassen wollten. Barone und Baroninnen, Grafen, Erbgrafen, Prinzen, Prinzessinen, ein Fürst und eine Fürstin. Leider war kein König dabei. Den einzigen König, den ich je kennenlernen sollte, traf ich erst Jahre später. Der Adel war ein munteres, nettes Völkchen, das mit Vergnügen in die exotische Praxis kam. Bald machte ich eine großartige Entdeckung: Während die Bürgerlichen immer tadellose Strümpfe trugen, unterschieden sich die adeligen Damen durch die Größe ihrer Laufmaschen. Baroninnen trugen standesgemäß kleine. Doch je höher der Adelsstand, desto größer wurden auch die Laufmaschen. Als sich schließlich eine Fürstin anmeldete, starrte ich gebannt auf ihre Beine. Hielt meine Theorie der Wirklichkeit stand? Endlich legte sie ihren Rock ab, und tatsächlich bestanden ihre Strümpfe nur noch aus einem losen Gitter, die Laufmaschen waren – ganz ihrem Stand entsprechend – die breitesten, die ich je gesehen hatte.

»Rom ist tot!« schluchzte Romy ins Telefon. »Er ist einfach beim Schneeschaufeln tot umgefallen. Eben kam er ins Haus und sagte grinsend zu mir: ›Jetzt habe ich alles dem

Nachbarn rübergeschaufelt!‹ Dann fiel er um, mitten im Wohnzimmer!«

»Ich komme sofort zu dir.«

Romy stand klein und verloren in ihrem großen Haus, das früher nie still gewesen war und von den ständigen Streitereien widerhallte. Wir umarmten uns und erzählten uns die ganze Nacht Geschichten von Rom.

»Weißt du noch, wie er die Küche in Brand gesetzt hat…«

»Wie herrlich wir immer gestritten haben, das wird mir fehlen…«

Während der Beerdigung stand ich fest an Romys Seite. Ich trug einen kleinen, verrückten Hut, und Romy zwickte mich: »Das hast du gut gemacht. Rom würde sich freuen, deinen Hut zu sehen und noch vielmehr darüber, wie neidisch die Nachbarn dich anschauen. Sieh nur, Frau Raumgruber verdreht ihre Augen und wünscht sich, sie hätte auch so etwas Flottes auf dem Kopf und nicht diese tödliche Flusenmütze! Ich höre Rom noch unter seinem Sargdeckel lachen!«

Wir trafen uns anschließend in ihrem Haus, das plötzlich wieder voller Leute und Leben war. Ich machte Kaffee, und mitten in all dem Geschwätz und Gewisper rief Romy laut aus: »Es ist eigentlich wie immer. Rom war die meiste Zeit in seinem Zimmer, um zu lesen oder seine Basteleien zu machen! Er fehlt uns gar nicht.«

Ilyana drängte mich an den großen, goldverschnörkelten Tisch. Ihr ungeheuerer Smaragdring lag dort neben einem Brilliantarmband und einer rubinbesetzten Uhr, die sie achtlos auf eine zerknüllte Serviette geworfen hatte. Die mächtige Perücke umrahmte ihr zartes Gesicht und bildete einen seltsamen Kontrast zu ihrer fleckigen, abgewetzten Schürze.

Ilyana schickte mich nach einem frischen Küchenhandtuch. Ich ging auf den Gang hinaus und öffnete die Tür eines Einbauschranks. Als ich nach einem Handtuch greifen wollte, sah ich im Hintergrund des Schrankes etwas blinken. Neugierig schob ich Schürzen, Staublappen und Handtücher beiseite. Mir blieb der Atem weg, die Rückwand bestand aus purem Gold. Stück für Stück waren kiloschwere Goldbarren sorgfältig aufeinander geschlichtet.

»Bubi, wo bleibst du? Ach, du hast das Gold entdeckt. Wir haben immer einige Kilo davon zu Hause, falls wir einmal verreisen wollen. Es bleibt im Putzschrank, damit die Steuer es nicht findet. Du glaubst gar nicht, wie gut es sich lebt mit einigen Kilo Gold im Schrank.«

Die Perückendamen, die anscheinend zur ständigen Einrichtung der Küche gehörten, lächelten weise und nickten, als sei es das Selbstverständlichste auf der Welt, einen Putzschrank voller Gold in der Wohnung zu haben. Sie saßen herum, taten ein paar Handgriffe und begannen dann leise, ihr sanftes Klagelied zu singen: »Mein Sohn bräuchte ein neues Auto… wir müssen unser Dach neu decken lassen… ich träume von einem richtig schönen Urlaub…«

Wenn mir in solchen Momenten das Zendo einfiel, konnte ich mir ein Schmunzeln nicht verkneifen. Manchmal wußte ich kaum, welche der beiden Welten die seltsamere war.

Franz Berlesheim kam mit einer Wodkaflasche in der Hand hereingezittert, sie war noch zu einem Viertel voll: »Gut gearbeitet heute morgen«, sagte er, »jetzt bin ich der Lösung schon näher. Ily, was meinst du, könnten wir heute abend ein Borschtsch in Moskau essen? Ich hätte wirklich Lust darauf.«

»Das werden wir nach dem Mittagsschlaf entscheiden, Franz.«

Pepi wollte mich gerade wieder in eine Diskussion über fesche junge Offiziere verwickeln, als Franz Berlesheim uns mit monotoner Stimme unterbrach: »Bei einem wissenschaftlichen Versuch über das Gehirn brachte man Ratten bei, mit der Pfote eine Taste zu drücken. Das löste bei den Ratten einen Orgasmus mittels Gehirnstimulation aus. Am Abend des ersten Tages waren alle Ratten verendet, sie hatten unaufhörlich den Knopf gedrückt. Ist das nicht ein schöner Tod?«

Seine Stimme klang etwas weinerlich, und sein Blick war starr auf die gegenüberliegende Wand gerichtet. Die Wodkaflasche war mittlerweile leer und lag neben seinem Suppenteller. So blieb er sitzen, leblos, die Tränen liefen ihm über sein hageres Gesicht, das ganz mit feinen roten Äderchen und braunen Flecken überzogen war. »Es wird Zeit, daß wir ihn auf sein Zimmer bringen«, seufzte Ilyana und half dem alten Mann auf die Füße. Er ging wie ein Automat, den Blick in die Ferne gerichtet, als gäbe es für ihn keine Wände.

Als Ilyana zurückkam, warf sie mir etwas Glänzendes zu: »Fang auf, Bubi. Einen davon darfst du dir aussuchen und behalten.«

Als ich die drei glitzernden Kugeln in den Händen hielt, sah ich, daß es wunderschöne Ringe waren, besetzt mit riesigen Edelsteinen. Ich war schockiert, und in meiner anerzogenen Bescheidenheit griff ich ohne zu überlegen nach dem kleinsten: »Diesen da hätte ich gerne, Ilyana.«

»Bist du sicher? Es ist der kleinste. Möchtest du nicht lieber den Smaragd mit den Brillianten haben oder den wunderbaren Saphir?«
»Nein, danke. Darf ich ihn anprobieren?«
»Bubi, es ist dein Ring!«
Der Stein war so groß, daß er das unterste Glied meines Ringfingers ganz bedeckte. In einer schlichten Goldfassung funkelte ein zwei Zentimeter großer Feueropal, als ob ein Licht in ihm brennen würde. Jeder, der ihn später sah, hielt ihn für billigen Modeschmuck – unmöglich, daß ein so riesiger, leuchtender Stein echt war!
»Du hast gut gewählt, Bubi. Das war der Lieblingsring meiner Mutter, der Gräfin Andrasy. Du bist mir wie eine Tochter und kannst immer zu mir kommen, wenn du etwas brauchst. Denk immer daran, denn man kann nie wissen, wie das Leben so spielt.«

»Stell dir vor, du bist zu deinem ersten Sesshin zugelassen worden!« Zsolan schwenkte die vielbegehrte Karte, die den Eintritt ins Paradies bedeutete. Vier volle Tage nur meditieren, ich war zwischen Freude und Angst hin und her gerissen. Zazenkais, also dreitägige Meditationen, hatte ich ja schon mitgemacht. Aber sie begannen erst um zehn Uhr morgens und endeten gegen sechs Uhr abends, so daß man in der Zwischenzeit nach Hause gehen oder etwas unternehmen konnte. Während der Sesshins dagegen übernachtete man im Zendo, man stand um vier Uhr früh auf und ging um zehn Uhr abends Schlafen. In der Zwischenzeit wurde fast ununterbrochen im Lotussitz meditiert. Würden mir die Beine auch so unerträglich wehtun wie den anderen? Vier Tage durfte man sich nicht duschen oder

waschen, durfte nicht sprechen – hoffenlich machte ich alles richtig dabei.
Am Freitag nachmittag kam ich im Zendo an, mit Pulverkaffee zum Wachbleiben, Deodorant, Zafu und Schlafanzug ausgerüstet.
Freya Blow zog mich beiseite: »Kommen Sie mit mir, ich muß Ihnen zeigen, wie Sie mit den Oryoki umgehen müssen. Es ist ja Ihr erstes Sesshin.«
Auf einem Regal, das die ganze Breite des Zendos einnahm, standen unzählige turmförmige Päckchen, die mit weiß gestärkten Servietten umhüllt waren.
»Das sind die Oryoki, die Eßschalen, aus denen während des Sesshins gegessen wird. Jeder hat sein persönliches Geschirr, das immer wieder verwendet wird. Zuerst öffnen Sie den oberen Knoten und nehmen Ihre Teeschale heraus. Dann entfalten Sie auch die zweite Serviette, in der Ihre drei Eßschalen eingepackt sind. Sie werden der Reihe nach aufgestellt, die erste ist für Reis, die zweite für Gemüse und die dritte für die Umeboshi und das Abspülwasser. Am Ende jeder Mahlzeit müssen Sie alles wieder ganz genau so zusammenpacken.«
»Was ist Umeboshi?«
»Umeboshi ist eine Pflaume, die in Salzlake eingelegt ist, sie soll sehr gesund sein. Wir importieren sie in kleinen Fässern aus Japan. Die Japaner halten sie für eine Delikatesse. Aber mich können Sie damit verjagen, sie schmecken so salzig, daß es einem das ganze Gesicht verzieht. Aber sie gehören nun mal zu einem japanischen Zensesshin dazu.«
»Muß man sie denn essen?«
»Nicht unbedingt, Sie können sie auch ins Abwaschwasser werfen, da merkt es keiner. Das Zendo ist geteilt in Ume-

boshifans und solche, die sie hassen. Wenn Sie die Pflaume mögen und Ihr Nachbar nicht, können Sie vielleicht einen Tauschhandel schließen. Fragen Sie am besten, bevor das Sesshin beginnt.«

»Muß ich mir das Essen in der Küche abholen?«

»O nein, wir werden bedient. Wir holen unsere Eßschalen vom Regal, setzen uns wieder im Lotussitz nieder und packen dann das Geschirr aus. Immer der Reihe nach aufstellen, vergessen Sie das nicht. Und jetzt kommt das Schwierigste, denn Sie dürfen nicht aufsehen, wenn die Godo das Essen in Ihre Schale füllt. Wenn Sie das Gefühl haben, daß genug darin ist, reiben Sie die Handflächen aneinander. Alles klar?«

»Ich hoffe.«

»Nach dem Essen wird Rosmarintee mit einer Gurkenscheibe gereicht, die verwenden Sie wie einen Schwamm und wischen damit die Schalen aus. Den Tee können Sie dann trinken oder in ein Gefäß schütten, das herumgereicht wird. Anschließend hüllen Sie die Schalen wieder in die Servietten ein. Und jetzt üben Sie ein wenig, die Schalen ein- und auszupacken, damit das alles reibungslos abläuft.«

Ich übte hingebungsvoll, konnte aber nie den perfekten stabilen Schalenturm erreichen, den ich vom Regal genommen hatte. Es blieb eine ziemlich wackelige Angelegenheit.

Zu meiner Erleichterung war mir der enge Platz seitlich des Altars zugeteilt worden. Ich hatte also nur einen Nachbarn zur Rechten und fragte ihn sofort nach der Umeboshi.

»Nein, danke«, sagte er entschieden, »dieses Zeug lasse ich immer heimlich verschwinden. Sie sollten besser einen

Kaugummi daneben legen, damit Sie sich die Zähne etwas reinigen können. Ich hoffe nur, das Zeug ist nicht unbedingt nötig, um zur Erleuchtung zu kommen. Ich rate Ihnen nur eines, stecken Sie dieses Ding unter gar keinen Umständen in den Mund.«

Im Treppenhaus hing eine Tafel mit dem Zeitplan des Sesshins.

4.00 Uhr	Aufstehen
4.30 Uhr	Zazen
5.00 Uhr	Dokusan
6.00 Uhr	Sutra
6.30 Uhr	Frühstück
	Samu
8.00 Uhr	Teisho
9.00 Uhr	Zazen
11.00 Uhr	Mittagessen
	Ruhepause
13.00 Uhr	Tee
13.10 Uhr	Zazen
15.00 Uhr	Dokusan
16.30 Uhr	Sutra
17.00 Uhr	Abendessen
	Ruhepause
18.30 Uhr	Zazen
19.00 Uhr	Dokusan
22.00 Uhr	Zu Bett

»Und das Schlimmste ist, wir müssen sogar beim Essen im Lotussitz sitzen. Jedesmal schwöre ich mir aufs neue, diesen Unsinn nie mehr mitzumachen! Und heute bin ich schon wieder hier«, sagte eine füllige Blondine mit traurigem Gesicht neben mir.

Das Sesshin begann feierlich mit den Schlägen des großen Gongs.
Aka Yuki An begrüßte uns und wies mit großem Ernst auf die Wichtigkeit von Zazen hin. »Meditieren Sie in diesen Tagen, als ob es das Wichtigste auf der ganzen Welt wäre, als ob es um Ihr Leben ginge. Wir sind sehr privilegiert, daß wir die Sesshins, diese Hoch-Zeiten der spirituellen Schulung, haben. Nützen Sie die Zeit.«
Nach einer kurzen Pause fügte sie hinzu: »Die Regeln eines Sesshins sind streng. Es wird nicht gesprochen, außer während Sie im Dokusan bei mir sind. Halten Sie sich an dieses strenge Schweigegebot! Sie dürfen das Sesshin während der vier Tage nicht eigenmächtig verlassen, dies ist nur mit meiner persönlichen Erlaubnis möglich. Schauen Sie nicht herum, es ist völlig uninteressant, wer sonst noch hier ist oder was mit den anderen geschieht! Der Blick bleibt immer zu Boden gerichtet, sonst zerstören Sie Ihre Meditation selbst. Nur während des Teishos, der Unterweisung, die ich Ihnen allen am Vormittag gebe, sehen Sie natürlich mich an. Das ist alles.«
Sie schlug dreimal den großen Gong an und rief laut in das Dröhnen der Schläge hinein: »Zur Wand gewandt!«
Die Stunden vergingen wie im Fluge, und ich hatte eine gute Zeit auf dem Zafu. Der Gong riß mich viel zu früh aus der Meditation, ich konnte kaum glauben, daß schon fünf Stunden vergangen waren. Fünf Stunden völlig bewegungslos sitzen, kaum einer kann sich vorstellen, was das wirklich heißt! Meist schweift die Aufmerksamkeit zu ne-

bensächlichen Dingen ab. Es dauert oft lange, bis sich der Geist so weit beruhigt hat, daß er sich von alltäglichen Gedanken befreien und nur der Koanübung widmen kann. Wichtige Erkenntnisse und spirituelle Erfahrungen können während langer Meditationszeiten auftreten, häufiger aber ereignen sie sich im stillen, nach dem Abschluß der Übung. Langsame, tiefgreifende Veränderungen der Persönlichkeit werden durch diese Praxis initiiert, die schießlich in der befreienden Erfahrung des Kensho, der Erleuchtung, gipfeln. Aber zuerst muß man die zwei Feinde der Meditation besiegen, den Schlaf und die Schmerzen. Wie oft schon saß ich schlafend auf dem Kissen und wurde erst durch die Schläge des Kyosaku wieder aufgeweckt. Heimlich, wie ein Dieb schlich sich der Schlaf heran und gaukelte mir vor, wach und gesammelt zu sein, trieb mich in die flimmernden Zwischenwelten meines eigenen Bewußtseins. Dann kommen die Schmerzen, in Knien und Beinen beginnen sie sich zu regen. Wenn sie mich einmal angefallen hatten, ließen sie mich so lange nicht los, bis ich wieder vom Kissen aufstand. Wie oft mußte ich schon gegen den unwiderstehlichen Drang ankämpfen, einfach von meinem Zafu aufzuspringen! Trotzdem sollte die Koanübung über allem stehen, die Litanei der heiligen Silben befreit den Geist von Nebensächlichkeiten, so erhebt er sich über Schmerzen, Unruhe und Nervosität.
An diesem Tag aber war ich ruhig und gesammelt. In demütiger Ehrfurcht versenkte ich mich in den Koan, und hoffnungsfroh hörte ich anschließend Aka Yuki Ans strengen Ruf zur Nacht: »Die Frage von Leben und Tod ist sehr bedeutsam! Darum karge mit der Zeit, und laß dich nicht gehen!«

Der Sitzplatz war zugleich auch Schlafplatz, wir rollten die Matten aus, sprengten uns ein wenig Wasser ins Gesicht und legten uns dann nieder. Alle schienen in einer gewissen Eile zu sein, und ich versuchte mich anzupassen. Als ich unter meiner Decke im Dunkel des Zendos lag, war ich so aufgeladen und voller Energie, daß ich lange nicht einschlafen konnte. Der Koan Mu dröhnte wie Orgelmusik in meinem Kopf, dann und wann abgelöst von Aka Yuki Ans bedeutungsschweren Worten »drum karge mit der Zeit, und laß dich nicht gehen«.

»Laß dich nicht gehen, laß dich nicht gehen« vermischte sich mit meinem Atem und den schweren Atemzügen meines Nachbarn. Er schlief sofort ein, schlafend drehte er sich um und stieß mir sein Knie in den Schenkel. Viel zu groß für die schmale Zabutonmatte schuf er sich den Platz, den er brauchte. Ich schob sein Knie erst vorsichtig, dann nachhaltig mit kräftigem Druck zurück, ohne Erfolg. Nach einigen Sekunden kam es wieder auf meine Schlafmatte herübergekrochen und bohrte sich unfreundlich in meine Seite. Ich konnte nicht ausweichen, denn zu meiner Linken war nur noch die blanke, kalte Wand. Meine Beine hatten kaum Platz, ich mußte sie unter den Altaraufbau schieben, allmählich verstand ich, weshalb man mir diesen Sitzplatz so neidlos überlassen hatte.
Plötzlich legte sich ein schwerer Arm auf meine Brust. Während ich mich erschrocken aufrichtete, drehte sich mein Nachbar herum und wandte mir seine Kehrseite zu. War das wirklich unabsichtlich geschehen? Ich sollte es nie erfahren, während des ganzen Sesshins wirkte er jedenfalls vollkommen unschuldig. Ich preßte mich an die kühle

Wand und wartete auf den Tag. Schließlich muß ich doch eingeschlafen sein, denn plötzlich drang ein leises, aber unangenehmes hartnäckiges Klingeln in mein Bewußtsein. Mein Nachbar gab mir einen Stoß, und im Aufschrecken sah ich eine Godo mit einem Glöckchen in der Dunkelheit durch die Reihen gehen. Es war vier Uhr morgens.

Ein Hasten und Hetzen begann. Mir war zuvor nie aufgefallen, daß es nur zwei Toiletten gab, ein dritter Wasseranschluß befand sich in der winzigen Küche. Sofort bildeten sich Trauben von Menschen um diese wenigen Wasserstellen. Wie schwarze Raben, die sich um Aas sammeln, drängelten sich die Zenvögel aneinander. Ich fürchtete, nie zum Zuge zu kommen. Schließlich fing auch ich an, Ellbogenstöße auszuteilen, um mir wenigstens das Gesicht kurz erfrischen zu können. Als ich mich zum Wasserhahn vorgearbeitet hatte, packte mich die blanke Wut: Lilith van Schaukel stand breit und unbeweglich wie ein Klotz vor dem Waschbecken und wusch sich in aufreizender Ruhe. Gemächlich umfuhr sie sich mit dem Waschlappen die nackten Unterarme und nahm überhaupt nicht zur Kenntnis, daß hinter ihr etwa fünfzehn Personen warteten. Selbst während sie ihre Bluse zuknöpfte, blockierte sie den Wasserhahn und bewegte sich keinen Zentimeter vom Guß weg.

Ich versetzte ihr einen heftigen Stoß und machte dann mit den Händen fromm das entschuldigende Zeichen des Gasshos, als wäre mir das ganz unabsichtlich passiert. Von hinten klopfte mir jemand anerkennend auf die Schulter und zischelte: »Bravo!«

Wir standen nun zu viert gleichzeitig am Waschbecken und putzten uns einträchtig die Zähne, es gab tatsächlich genügend Platz für alle.

Die Meditationsrunden am Morgen verbrachte ich schlafend. Obwohl ich der festen Überzeugung war, hellwach zu sein, rissen mich die kräftigen Schläge der Godos immer wieder aus einer Art Wachschlaf heraus. Vier Uhr morgens, das war einfach zu früh, um richtig frisch zu sein. Mein Magen knurrte, als um sechs Uhr dreißig endlich zum Frühstück geläutet wurde. Auf ein Zeichen des Roshis stürzten alle hastig zu den Regalen, auf denen die Oryoki standen. Da Aufschauen verboten war, lernte ich über die Jahre hinweg, die Ereignisse im Zendo an den typischen Geräuschen zu erkennen. Ich humpelte ein wenig, denn mir waren während des Sitzens die Beine eingeschlafen, und ich hatte das Gefühl, auf hölzernen Stelzen zu laufen. Hungrig packte ich mein Eßgeschirr aus und stellte die Schalen der Reihe nach vor mir auf. Aber so leicht kamen wir zu meiner Enttäuschung nicht an unser Frühstück heran. Zuerst wurden Sutren gesungen, ich las die japanischen Texte vom Papier ab und stimmte wohl oder übel in den monotonen Gesang mit ein.

Endlich gab es etwas zu essen. In der Stille des Zendos war das Reiben der Hände deutlich zu hören. Die Godos huschten leise mit Töpfen und Kannen hin und her. Schließlich verbeugten sie sich auch vor mir, ich hielt freudig meine Hände hoch und roch zu spät den ekelhaften Geruch von heißer Milch! Das war so ziemlich das einzige, was ich überhaupt nicht vertragen konnte. Brechreiz stieg in mir auf, und ich war so verdattert, daß ich meine Hände nicht rechtzeitig aneinander rieb, um der Godo anzuzeigen, daß ich genügend Müsli in meiner zweiten Schale hatte und keine Umeboshi wollte. Es war Lilith van Schaukel, ich erkannte sie an ihren perlmuttfarbenen Zehennägeln, Aufsehen war ja verboten. Sie häufte seelenruhig Löffel für Löffel in die blaßgrüne Schale hinein, bis das Müsli beinahe über die Ränder lief.

Auf ein Zeichen des Gurus begannen alle zu essen. Wieder diese Hast. Die Milch dampfte vor den brokatenen Bezügen des Altars, und ich begann eilig meine übervolle Müslischale zu leeren. Es schmeckte wunderbar, bald spürte ich jedoch, daß die Flocken mit purer Schlagsahne angemacht waren und mir schwer im Magen lagen. Aber es half nichts, die Schale mußte geleert und wieder verpackt werden. Was ich mit der dampfenden Milch machen sollte, wußte ich noch nicht, und auch die Umeboshi schimmerte mir kupferfarben entgegen. Aber alles war besser als heiße Milch, und so schob ich, ohne die Warnung meines Nachbarn zu beherzigen, die salzige Pflaume in meinen Mund. Sie schmeckte eigenartig, aber köstlich, und es tat mir leid, daß ich keine zweite bekommen konnte!

Als die Godos mit Kannen voll Rosmarintee und Gurkenscheiben hereinkamen, stand die Schale mit Milch immer noch vor mir. Ich rutschte ein wenig auf dem Kissen herum, tat so, als überprüfte ich mein Besteck, und leerte die Schale mit einer schnellen heimlichen Bewegung hinter dem Brokatvorhang des Altars – Buddha möge mir verzeihen – aus.

»Samu, Saubermachen«, rief die strenge und unbeteiligte Stimme des Roshis.

»Niko Starr, die Toilette im ersten Stock; Johann Zelt, die Toilette im zweiten Stock; Liane Therhoff, Dokusanraum; Freya Blow, Altar; Edwin Saupe, Räucherwerk; Tina Wert, Küche; Rudolf Stock, Küche. Alle anderen suchen sich eine Aufgabe und reinigen Zendo und Treppenhaus. Denken Sie daran, Ihre Koanübung auch während des Samu durchzuführen. Der Samu verhilft uns dazu zu lernen, uns ganz und gar in eine Tätigkeit zu vertiefen, ohne an irgend etwas anderes zu denken.«

Da mein Name nicht aufgerufen worden war, trottete ich mit den anderen hinaus zum Putzschrank. Er war schon ziemlich leergeräumt, denn schließlich versuchten sich etwa fünfzig Menschen nützlich zu machen. Zu meiner Überraschung sah ich plötzlich zwei kleine, glatzköpfige Männer zusammen an einem großen Staubsauger zerren, sie tanzten beide wie schweigende Krähen, die Ärmel ihrer Koromos, der schwarzen, japanischen Zenblusen, flatterten wie Flügel. Ich fragte mich, ob sie wohl zu Hause einen Besen oder gar den Staubsauger anrühren würden, um den sie jetzt so erbittert kämpften. Aber ich konnte sie verstehen, denn die Stunde des Samu war lang, wenn man nichts zu tun hatte und so aussehen sollte, als sei man beschäftigt.

Ich begann, sorgfältig das verschnörkelte Treppengeländer abzuwischen.

Später begann das Teisho, die Unterweisung des Roshis. Aka Yuki An saß hellwach und mächtig auf ihrem riesigen Zafu am Längsende der großen Halle. Sie hatte das prächtige Kesa der erleuchteten Meister angelegt. Kesa, eine Art rechteckiger Brustlatz, wird über der schwarzen Zenbluse getragen und symbolisiert das Buddha-Bewußtsein. An seiner linken Seite ist es mit einem Elfenbeinring, durch den sich Bänder ziehen, geschmückt. Der weiße Ring stellt die vollkommene Erleuchtung dar. Ich hatte die Tuschkreiszeichnungen verschiedener japanischer Meister gesehen,

die alle denselben Kreis der Daigo tette, der tiefen Erleuchtung, zum Thema hatten.
Bis dahin kannte ich Aka Yuki An nur im einfachen, schwarzen Kesa der Mönche. Das Kesa aus farbigem Goldbrokat war den Sesshins vorbehalten. Sie strahlte eine ungeheuere Würde aus, und um sie herum schien die Luft zu strahlen.
Wir rezitierten *Hakuin Zenji Zazen Wasan*, und das herrliche Lied des japanischen Zenmeisters Hakuin floß in seinem jahrhundertealten Rhythmus dahin:

»Shujo honrai Hotoke nari.
Mizu to kori no gotoku nite…
Alle Geschöpfe sind im Grunde Buddha.
Es ist wie bei Eis und Wasser:
Es gibt kein Eis getrennt vom Wasser.
Wo fänden wir Buddha gesondert von den Geschöpfen?
Wir sind wie ein Mann, der mitten im Wasser steht
und flehentlich vor Durst nach Wasser schreit.
Wer auch nur eine Sitzrunde übt,
wird all sein schlechtes Karma ausgelöscht sehen.
Das reine Land ist ihm zum Greifen nahe.
Was brauchen wir noch mehr zu suchen?
Genau dieser Ort ist das Lotusland der Reinheit,
genau dieser Körper ist der Körper des Buddha.«

Die Luft zitterte, aufgeladen von Kraft, und Aka Yuki An begann mit ihrem Teisho.
»Viele Menschen haben heutzutage Angst vor der Zukunft, sie fürchten Krankheiten, Kriege und Katastrophen, denn sie sind der festen Überzeugung, eine von anderen

getrennte Person zu sein. Ein Guru ist nun dazu da, diese Überzeugung zu erschüttern und den Schüler auf sein wahres Wesen hinzuweisen. Wir, die wir Zazen üben, wissen, daß uns nichts geschehen kann, weil wir durch die Meditation in dem Einen verankert sind. Was kann uns denn Furchtbares geschehen, wenn alles, was auf uns zukommt, nur wir selbst sind? Denn wir sind mit allem verbunden und eins. Mir kommt dazu eine indische Geschichte in den Sinn: Der Schüler eines indischen Gurus lernt, daß alles, was ist, Brahman, also göttlich, ist. Als er einen schmalen Weg entlanggeht, begegnet ihm ein Elefant mit seinem Elefantentreiber. ›Nun‹, denkt er sich, ›wenn alles Brahman ist, ist auch der Elefant Brahman.‹ Und beachtet daher nicht den Warnruf des Elefantentreibers, er solle aus dem Weg gehen. Der Elefant aber ergreift ihn mit seinem Rüssel und schleudert ihn ins Gebüsch. Zerschlagen, zerkratzt und tief enttäuscht über das Geschehen geht er zu seinem Meister, um ihm Vorhaltungen zu machen: ›Mein Guru, Ihr habt gesagt, daß alles Brahman ist. Also doch auch der Elefant?‹ ›So ist es‹, erwidert der Guru, ›aber der Elefantentreiber ebenso!‹«

Aka Yuki An schmunzelte. »Eine köstliche Geschichte! Sie zeigt uns, wie wichtig es ist, die warnenden Zurufe zu hören und sich danach zu richten – gleichzeitig haben wir jedoch die Gewißheit, daß alles nur die eine unwandelbare Vollkommenheit ist. Dies bringt uns dazu, ohne Furcht zu handeln, denn wenn wir mit allem, was ist, verbunden und verankert sind – was könnte uns auch geschehen? Alles, was wir zu fürchten haben, ist, daß wir die Wahre Wirklichkeit der Erleuchtung und das Licht nicht nach unserem besten Vermögen verwirklichen. Alle übrige Furcht betrifft doch nur unseren Körper! Ist es nicht so? Unser Jedermanns-Bewußtsein, das sich mit dem Körper identifiziert, will auf gar keinen Fall etwas Schmerzliches erleiden. Aber jeder Schmerz und jede Not, die wir erfahren, steht im Einklang mit unserem tiefsten Willen. Ich möchte sogar sagen, daß sie tatsächlich unser eigener Wille sind, der nicht vom Willen Gottes getrennt, sondern eins mit ihm ist. Bemühen wir uns heute, mit Hilfe der Meditation unseren widerspenstigen Willen in diesen tiefsten Urwillen in uns einzuschmelzen... So, meine lieben Zengefährten, alles Handwerkszeug ist uns gegeben, wir brauchen es nur noch anzuwenden!«

Jedes ihrer Worte lud mich auf mit Energie, und ich konnte es kaum erwarten, wieder mit der Meditation zu beginnen. Die Zeit verrann, schließlich fühlte ich die Hand einer Godo an meiner Schulter und hörte das leise, heiß ersehnte Flüstern neben meinem Ohr: »Dokusan.«

Sie empfing mich, auf ihrem Zafu thronend und lächelnd wie eine zufriedene, satte Spinne: »Wie steht es mit Ihrem Koan? Wo ist Mu?«

»Ich spüre Mu, bei jedem Atemzug.«

»Nein, das ist nicht die Lösung!«

Sie schlug mir mit ihrem hölzernen Kotsu, dem Roshistab, sacht auf die Schulter: »Zeigen Sie mir Mu! Ist es groß oder klein?«

Ich war versucht zu sagen, Mu sei genauso groß wie ich, verbiß es mir aber und schüttelte nur den Kopf.

Ihre Fragen prasselten wie Hagelkörner auf mich nieder, und sie stieß mir mit ihrem Stab vor die Brust: »Wer ist Mu? Zeigen Sie es mir jetzt!«

Sie hatte sich nach vorne gebeugt und sah jetzt nicht mehr

satt und zufrieden drein, etwas Gefährliches strömte von ihr aus, sie war eine hungrige, gereizte Spinne, und ich konnte ihr keine Nahrung geben.
»Bringen Sie mir Mu!« zischte sie scharf.
Ich zuckte vor Angst zusammen, da ließ sie von mir ab und verwandelte sich wieder in eine gütige, ältere Dame, die Würde in Person.
»Verzagen Sie nicht, wenn Sie keine Resultate sehen. Die Wirkungen der Meditation ergeben sich oft von uns unbemerkt. Keine Anstrengung geht je verloren! Nichts geht je verloren!«
Ich war entlassen.

Die Stunden bis zum Mittagessen verliefen quälend, ich war einfach zu müde und zu verwirrt, um mich zu konzentrieren. Ich schwitzte und fing an, unter den Achseln zu riechen. Endlich wurde das Mittagessen aufgetragen. Es gab Reis und Dosengemüse und anschließend eine Quarkspeise mit Pflaumen. Schon während der kurzen Ruhepause nach dem Essen wurde mir übel, ich hatte das Gefühl zu platzen. Auch die anderen wurden anscheinend von Blähungen gequält. Obwohl ich erschöpft war, fand ich keine Ruhe und ging in den Hof hinaus, um ein wenig frische Luft zu schnappen. Edwin Saupe hüpfte auf den riesigen Konservendosen vom Mittagessen auf und ab, um sie flach zu treten. Er trug seine flatternde, schwarze Zenkleidung, seine fast bodenlangen Ärmel flogen hin und her, die Konservendosen krachten, und die ganze Szene wirkte so absurd, daß ich vergaß, den Blick gesenkt zu halten, und ihn fasziniert anstarrte.
Ich hatte Sehnsucht nach einem Kaffee und ging mit mei-

ner Nescafédose in die Küche, um heißes Wasser zu holen. Die Godos, einige Erleuchtete und der Koch Marc Schuller in seinem edlen, japanischen Nachthemd, dem Nemaki, standen lachend um eine große Kanne Kaffee herum, sie tranken aus dampfenden Bechern.
»Darf ich bitte etwas heißes Wasser haben«, flüsterte ich leise, denn Sprechen war verboten.
Maria Wand drehte sich zu mir: »Was fällt Ihnen ein, uns hier zu stören. Kaffee gibt es nur für diejenigen, die schon Kensho hatten. Heißes Wasser gibt es auch nicht für Sie. Wenn Sie durstig sind, drehen Sie einfach den Wasserhahn auf.«
Ich stand fassungslos vor dieser Kaffeeklatschgesellschaft. Kensho, die Erleuchtung, war die Vorbedingung, um heißes Wasser zu bekommen! Das Fußvolk der Unerleuchteten, zu dem auch ich gehörte, strampelte sich schweigend und schwitzend ab, um zu Kensho zu kommen, und statt uns ein Vorbild zu sein, schufen sich die Erleuchteten Privilegien. Ihre hinter aufgesetzter Würde nur mühsam versteckte Arroganz war mir schon länger aufgefallen. Als ich das Zendo zum ersten Mal betreten hatte, glaubte ich, den Himmel auf Erden gefunden zu haben. Doch was ich hier tatsächlich unter dem Deckmantel der Heiligkeit erlebte, waren Konkurrenzdenken und Machtmißbrauch. Die Triebfeder hinter all dem war wohl der Versuch, sich hervorzutun und die anderen die angebliche geistige Überlegenheit spüren zu lassen. Trotzdem liebte ich Zazen.
Maria wandte sich wieder den anderen zu und sagte ungnädig: »Es gibt immer einige Leute, für die muß es gleich Kaffee oder Tee sein, wenn sie durstig sind.«
Warum tat sie das? Brachte das enge Zusammenleben mit

dem Guru solche Boshaftigkeit an den Tag? Ich betrachtete ihr nüchternes schildknappenhaftes Profil mit dem blonden Pagenkopf, sie streckte sich wohlig. Ihr ganzes Leben hatte sie dem Zen und Aka Yuki An gewidmet, es blieb ihr kaum Zeit für ein Privatleben. Sie war Aka Yuki Ans engste Vertraute, und keiner im Zendo zweifelte daran, daß sie einmal ihre Nachfolge als Roshi antreten würde. Ihre müde Haut spannte sich um die Wangenknochen, alles an ihr wirkte stumpf, glanzlos und verbraucht. Obwohl sie eine junge Frau war, fehlten ihr Schimmer und Frische.

Der Nachmittag war viel zu lang und wurde gegen Abend teuflisch, völlig übermüdet fand ich nur zu dem einen Gedanken: Wann ertönt endlich die Schlußglocke? Leider war dieser eine Satz nicht das Koan, auf das ich mich sammeln sollte. Aber nie war ich mehr eins mit etwas als mit dieser verzweifelten Frage. Die Koans im Zen waren zunächst sinnlos erscheinende Rätselsätze, also konnte ich auch gut auf »Wann ertönt endlich der Gong?« meditieren. Ich war nahe daran, aufzuspringen und mit Wucht die Glocke anzuschlagen, um diesem wahnsinnigen Sitzen ein Ende zu machen. Vermutlich hätte man mir dann die Erleuchtung bestätigt, dachte ich giftig.
Quälende Schmerzen nagten an meinen Knochen, so daß ich in keiner Position mehr sitzen konnte. Die Godos gingen schweigend herum und prügelten, wie mir schien, heftig auf die Meditierenden ein. Mein Gehör war gereizt und überempfindlich geworden, die Schläge des Kyosakus dröhnten wie Donner in meinem Kopf, und das deutliche Ticken der Armbanduhr meines Nachbarn zuckte mir durch die Nerven. Plötzlich ein Splittern, gleichzeitig ein

tiefer, unmenschlicher Schrei, auf den ein dumpfer Fall folgte. Trampeln von Füßen, raschelnde Hakamas, Flüstern, etwas Schweres wurde über den Boden geschleift: Die Spannung zerriß mich beinahe, und ich wäre am liebsten schreiend aufgesprungen. Hier wurde wieder jemand zur Erleuchtung geprügelt! Wie oft hatte ich schon davon erzählen hören, daß unmittelbar vor dem Durchbruch in die andere Wirklichkeit die Schläge des Kyosakus halfen, diesen Sprung in die Glückseligkeit zu tun. Hatte ich eben diesen Übergang miterlebt? Dann wieder die gewohnte Stille des Zendos, die alle einlullte und befriedete.
Als ich während des Kinhins kurz in den Umkleideraum ging, um einen Schluck Wasser zu trinken, lag über den vielen Taschen und Koffern, die nur ein paar Fußbreit des Bodens frei ließen, René Wood. Er war totenblaß, atmete schwer und hatte offensichtlich Schmerzen. Der sonst so humorvolle und etwas schrullige kleine Mann mit dem schwarzen Haarschopf war kaum wiederzuerkennen. Seine dunklen Augen hatten einen Ausdruck, der mir durch Mark und Bein ging, Hilflosigkeit und Entsetzen sprachen daraus. Es wäre menschlich gewesen, ihn zu fragen, ob ich etwas für ihn tun könne, aber Sprechen war verboten, alle Organisation und Aufsicht lag bei Aka Yuki An und den Godos. So berührte ich nur leise seine Hand, bevor ich den Raum verließ. Aber ich fühlte mich unwohl dabei, und zum ersten Mal zweifelte ich, ob mein Schwur zum absoluten Gehorsam richtig gewesen war. Später erfuhr ich zu meinem Entsetzen, daß ihm eine ungeschickte Godo mit dem Kyosaku das Schulterblatt gebrochen hatte.

Die zweite Nacht im Zendo war von Spannung aufgeladen,

viele saßen auch noch nach Aka Yuki Ans Abendruf meditierend auf dem Kissen. Mir tat alles weh, und ich schlief sofort ein.
Morgens schreckte ich schon vor vier Uhr auf, ich schlich mich hinaus und wusch mich, während alle anderen noch schliefen. Plötzlich durchzuckte mich ein Gedanke: Ich hatte noch eineinhalb lange Tage vor mir in diesem schrecklichen Zendo, eineinhalb Tage voller entsetzlicher Schmerzen!
Während der ersten Sitzrunde erwachte außerhalb des Zendos der Morgen. Die Vögel begannen zu singen, ich lauschte ihnen entzückt. Sutren, Frühstück und Samu vergingen, und wieder saß ein prächtiger, zufriedener Roshi auf dem Brokatkissen, um uns seine Unterweisungen zu erteilen. Draußen wurde allmählich auch die gewöhnliche Welt munter, Fenster wurden geöffnet, Musik- und Wortfetzen erklangen. Plötzlich wurde mir bewußt, daß ich einen großen Teil von Aka Yuki Ans Teisho gar nicht gehört hatte. Der Gong, der ihre Darlegungen beendete, war erklungen, und ehe ich mich versah, warf ich mich mit den anderen auf den Boden, um Buddha meine Verehrung zu bezeugen.
Aka Yuki Ans strenger Ruf »Zur Wand gewandt« ertönte, und wir begannen mit den vormittäglichen Zazenrunden. Eine Hölle aus Schmerz begann, kein Mu, und weit und breit keine Erleuchtung. Der Schmerz ergriff mich mit trüben Klauen und ließ mich nicht mehr los. Wenn ich versuchte, ihm zu entgehen und meine Sitzhaltung auch nur ein wenig veränderte, schlug er nach wenigen Sekunden um so stärker zu. Er nagte an meinen Knochen, fraß an meinen Muskeln und zerrte an meinen Gedanken. Schließ-

lich legte sich eine schreckliche Übelkeit auf mich, aus der es kein Entkommen mehr gab, und ich ließ mich auf ein schwarzes Meer von dumpfen Schmerzen hinaustreiben.
Im Dokusan antwortete Aka Yuki An auf meine Klagen: »Wunderbar, es könnte nicht besser sein. – Hören Sie eine alte Zengeschichte, die erzählt, daß der erste Schüler des Zenpatriarchen Bodhidharma monatelang vor dessen Tür wartete, in der Hoffnung, von ihm als Schüler angenommen zu werden. Als Bodhidharma ihn nicht erhörte, schnitt er sich in seiner Verzweiflung selbst den Arm ab, um seine Entschlossenheit zu beweisen. Da sah der Patriarch, daß er es ernst meinte, und nahm ihn als Zenschüler an. Der Mönch wurde später Hui Ko, der zweite Patriarch der Zenlinie und ein großer Meister. So ernst muß es Ihnen um die Erleuchtung sein, daß von jetzt an der Schmerz Ihr Koan ist. Denken Sie an nichts anderes als an den Schmerz. Nur Schmerz, sonst gar nichts! Weiter so, weiter so meine Liebe, dann können Sie mir bald Mu zeigen.«
»Aber…«
»Kein aber, denken Sie an das Koan von Guteis Finger, das ich im heutigen Teisho besprochen habe! Es geht um dasselbe Thema, Ihr Thema!«
»Ich war so müde, daß ich kein Wort von Ihrer Unterweisung gehört habe«, murmelte ich verlegen. »Plötzlich verneigten wir uns, und alles war vorbei.«
»Dann will ich es Ihnen noch einmal kurz erzählen: Was auch immer Meister Gutei über Zen gefragt wurde, als Antwort streckte er einfach einen Finger hoch. Als einmal sein junger Diener von einem Besucher gefragt wurde: ›Worin besteht die Lehre deines Meisters?‹, da hielt der Bursche ebenfalls einen Finger hoch. Als Gutei davon hör-

te, schnitt er dem Jungen mit dem Messer den Finger ab. Schreiend vor Schmerz lief der Junge davon und wurde plötzlich erleuchtet.«

Ich war entsetzt. War Gott nicht überall, war nicht alles in Gott? Wozu mußte man sich einen Arm abhacken, einen Finger abschneiden, wenn alle Dinge in Gott sind?

»Und noch eine Geschichte, die Ihnen zeigt, daß Sie aufmerksam sein sollen. Sie aber haben das Teisho verschlafen, hören Sie also jetzt: Ein junger Zenmönch sollte im Tempel den großen Gong anschlagen, ließ sich jedoch ablenken, als draußen eine hübsche Frau im Kimono vorbeiging. Sein Meister sprang auf ihn zu und versetzte ihm einen so heftigen Schlag, daß der Mönch tot umfiel. – Aufmerksamkeit, Aufmerksamkeit, Aufmerksamkeit! Das ist die Lehre, die Sie daraus ziehen sollten!«

Ich war aus dem Dokusan entlassen.

Während ich erschüttert hinausging, fiel mir noch ein anderes Koan ein: Ein Mönch fand zur Erleuchtung, als sein Meister ihm das Bein in die Tür einklemmte und brach.

Ich hörte wieder das Splittern des Kyosakus, das Schleifen auf dem Teppich und sah vor meinem inneren Auge René Wood schwer atmend und allein auf all den Taschen und Koffern liegen. Er hatte verletzt, aber nicht erleuchtet ausgesehen. War die Erleuchtung so wichtig, war es nötig, gebrochene Beine und abgeschnittene Finger für ein ganz natürliches Geschehen zu riskieren? Wo blieb das Vertrauen in das sanfte Walten Gottes? Keinem vernünftigen Menschen würde es einfallen, im April einen Apfelbaum zu prügeln oder ihm gar einen Ast abzuschlagen, denn im September, wenn ihre Zeit gekommen war, würden die Äpfel von selbst reif vom Baume fallen. Auch Kensho fällt erst zur Zeit der Reife in unseren Schoß. Aber hier saßen wir alle im Zendo und versuchten uns etwas zu ertrotzen, das uns vielleicht erst in einigen Jahren zustand. Manchmal schien es mir, als rannten wir um die Wette. Kensho war die Siegesprämie, und wer zu spät kam, würde enttäuscht und mit leeren Händen dastehen.

Mein Gott, dachte ich bei mir, hätte der Meister noch etwas gewartet, dann wäre der Mönch von selbst darauf gekommen und aufmerksamer geworden. Aber was ist Ablenkung, ist sie nicht zum Teil auch eine Anerkennung der Welt da draußen, der wunderschönen Schöpfung? Als hätten sie meine Gedanken wahrgenommen, stimmten vor dem Fenster zwei Vögel ihren melodischen Gesang an.

Das Mittagessen war eine angenehme Überraschung. Sonntags war ein anderer Tenzo am Werk, und Hildegard Cool kochte. Alles war frisch und nichts aus der Dose wie bei Marc Schuller. Fenchelgemüse, Reis und leider wieder das unvermeidliche Quarkgericht mit Pflaumen, das die Hakamas hochtrieb und entsetzlich blähte. Auch die salzige Umeboshi war ein Lichtblick.

Doch der Tag wollte nicht enden. Erst nach einem unendlich erscheinenden Nachmittag und Abend wurde zur Nacht gerufen.

Ich konnte kaum schlafen, so aufgeheizt war die Stimmung im Zendo. Das Sesshin ging zur Neige, man sah die Zeit davonlaufen und die ersehnte Erleuchtung in weite Ferne rücken. Fast alle saßen auf ihrem Zafu, um weiter zu meditieren und sich Kensho zu ertrotzen. Einige konnten ihre Tränen nicht zurückhalten, im Verlaufe der Nacht wurde das Schluchzen durchdringender.

Schließlich fiel ich in einen unruhigen Schlaf, Bodhidharma tanzte mit Hui Kos Arm über der Schulter vorbei, er sah sehr listig aus, und seine Augen funkelten unter den riesigen, buschigen Augenbrauen. Auch das noch, dachte ich im Traum, hatte sich der Patriarch nicht selbst die Augenlider abgeschnitten, damit er beim Meditieren nicht mehr einschlief? Guteis blutiger Finger wackelte auf und ab, und René Wood keuchte durch meine Träume, wobei er sich abwechselnd ein Bein brach oder von einem riesenhaften Gong erschlagen wurde.

Am letzten Tag des Sesshins wurde von vier Uhr morgens bis zwölf Uhr mittags meditiert, es gab kein Teisho mehr, denn alle Kräfte sollten für die Meditation gesammelt werden. Die verbleibenden Stunden waren wieder eine Welt aus Schmerz, Wut und Ungeduld. Endlich rauschte Aka Yuki An herein, zufrieden, zerzaust und glücklich. Sie nahm auf ihrem Brokatkissen Platz, rückte ihr Kesa zurecht, das sie zuvor über die Schulter geworfen hatte. Mit tiefer Stimme rief sie das *Hanya Hara Mitta Shingyo* aus, das Herzsutra von der großen Erkenntnis.

Ich kam neben Johann Zelt zu sitzen. Er hielt den japanischen Sutrentext in seinen erhobenen Händen, und ich konnte die Adern und Sehnen sehen, die an seinen Unterarmen hervortraten. Seine Augen waren halb geschlossen, auf seiner Oberlippe standen einige Schweißperlen, und sein Dreitagebart ließ ihn blaß und müde aussehen.

»Es gibt keinen Unterschied zwischen der Leere und der sichtbaren Welt ...«

Johanns Stimme wurde brüchig, seine Hände zitterten, und langsam ließ er die Sutrentexte herabgleiten, bis sie blendend weiß auf seiner Hakama ruhten. Ich sang tapfer weiter, obwohl ich mich verloren fühlte.

»Ein jedes Ding dieser Welt trägt in sich die Leere. Nichts wird geboren, und nichts vergeht.«

Ich spürte, wie ein Zucken durch ihn ging, seine Hände verkrampften sich, und die Sutrentexte rutschten auf den Boden. Wie ein gemeinsamer, wunder Aufschrei hallten die letzten Worte des Gebetes durch den Raum. Aka Yuki Ans Stimme führte uns rauh und tief immer weiter in dieses wunde Gefühl hinein.

»Gyatei, gyatei, hara gyatei, ihr alle, ihr alle gehet darüber hinaus, über das Jetzt und Hier; gehet gemeinsam zum großen Erwachen!«

Die Schläge des großen Gongs dröhnten noch in uns weiter, als wir uns vor dem Altar niederwarfen. Nach der letzten Verbeugung knieten wir uns hin, um Aka Yuki Ans Schlußworte zu hören. Ich spürte Johanns Schultern neben mir zittern, und dieses Zittern drang in mich ein, traf mich ins Herz, und ich fing an zu weinen. Von elendigem Schmerz und Enttäuschung geschüttelt, schluchzte ich auf. Johann umarmte mich und hielt mich fest, eine ungeheuere Erschöpfung überschwemmte mich. Ich hatte das Gefühl, nie mehr mit all den Tränen aufhören zu können, und während ich versuchte, mich zu beherrschen, wurde mein Scheitel naß. Johann hatte seine Stirn auf meinen Kopf gelegt, und ich hörte sein Schluchzen.

Allmählich drang Aka Yuki Ans Stimme wieder zu mir durch. Sie bedankte sich gerade bei den beiden Tenzos für das gute Essen, das sie während des Sesshins gekocht hatten, bei den Einkäufern, die einen ganzen Tag geopfert hatten, um die riesigen Mengen an Lebensmitteln für die vier

Tage herbeizuschaffen. Dann machte sie eine längere Pause: »In diesem Sesshin kam Tina Wert zur Erleuchtung. Wir haben also Grund, zu feiern und uns zu freuen.«
Müde und verheult schaute ich in die Runde. Tina strahlte, bemühte sich aber angestrengt, den Kopf bescheiden gesenkt zu halten.
Johann und ich hatten uns ausgeweint und ließen uns auf den Boden plumpsen.
»Ich hätte nie gedacht, daß ich vor lauter Erschöpfung so heulen könnte«, sagte ich verlegen.
»Das sind die Sesshins, sie sind das Härteste, was ich kenne! Ich bin jedesmal ganz fertig danach.«
Um uns herum herrschte eine ganz besondere Stimmung, etwas Großes war geschehen. Die Anspannung der letzten Tage entlud sich in Gelächter, Tränen und übertriebenen Gesten. Noch nie war ich so oft umarmt worden, noch nie hatte ich heftigeres Schluchzen, exaltierteres Lachen gehört. Die meisten Gesichter waren buchstäblich naß von Tränenfluten oder strahlten in hektischem Glanz. Schweißgeruch und muffige Luft strömte aus den bewegten Hakamas und Koromos.
Auch in meinem Kopf begann sich etwas umzustrukturieren, etwas wollte ins Bewußtsein durchbrechen, aber ich wußte nicht, was. Meine Schädelknochen fühlten sich an wie aufgetrieben, und ich schien wie auf weißen Wattewolken zu treiben.
Ich zog Johann am Ärmel. »Johann, bitte sei jetzt mein Zeuge. Ich will mir ein Versprechen abnehmen.«
»Was willst du dir denn versprechen?«
Ich sagte mit feierlicher Stimme zu mir: »Maria, jetzt hör gut zu, und merke es dir: Du wirst nie wieder, nie wieder an

einem Sesshin teilnehmen! Werde bloß nicht weich und stehe zu deinem Wort. Johann ist mein Zeuge.«
Als er meine ernsten Worte hörte, brach er in schallendes Gelächter aus. »Genau das habe ich mir nach meinem ersten Sesshin auch gesagt! Und jetzt bin ich schon das vierte Mal dabei, ich glaube, auch du wirst dein Versprechen brechen!«
Er sollte recht behalten, ich nahm an fünfzig Sessins teil.

Lil Berczy hatte mich eingeladen. »Bubi, du arbeitest zuviel. Mach dir einmal einen schönen Abend bei Mario und mir, ich werde ungarisch kochen, und wir alle unterhalten uns gemütlich.«
Lil hatte Tök zubereitet, ein fabelhaftes Kürbisgericht mit saurer Sahne. Anschließend saßen wir zu dritt beisammen und knabberten die übriggebliebenen Kerne.
»Bubi, es freut mich so, daß du Zsolan geheiratet hast! Wirklich, er hat uns viel geholfen, als es uns noch nicht so gut ging, und Mario ist ihm wie ein Sohn. Bist du glücklich mit ihm?«
»Natürlich.«
»Er ist ein wunderbarer Mensch, aber ich kann mir denken, daß du sexuell nicht ausgefüllt bist. Er ist sicher nicht mehr so eifrig wie in seiner Jugend.«
Lil verdrehte die Augen nach oben. Sie sah aus wie ein kleines Mädchen, das sich an einen fantastischen Eisbecher erinnert, den es ganz alleine ausschlecken durfte. Ich starrte sie an wie ein hypnotisiertes Kaninchen.
»Bubi, du bist jung, und Mario ist jung. Mario könnte deine geheimen Wünsche erfüllen, er ist ein sehr zärtlicher Mann. Und Zsolan hätte nichts dagegen, im Gegenteil, er wäre glücklich, wenn du glücklich bist.«

Mario hatte sich neben mich gesetzt, er nahm meine Hand und küßte sie. Seine unglaublich blauen Augen strahlten verheißungsvoll über meinem Handrücken, und er sah mich mit waidwundem Blick an, während er seine Lippen fester aufdrückte. Ich war fassungslos und vergaß meine Hand wegzuziehen.

»Wir wollen dich nicht drängen, Kind. Aber du kannst dieses Angebot ruhig annehmen, denn ich habe alles mit Zsolan besprochen.«

Ich war wie vor den Kopf geschlagen. Mario hatte den Arm um mich gelegt: »Laß dir Zeit, kis csillagom, ich kann warten.«

Ich streifte Marios Arm ab und stand abrupt, aber immer noch wortlos auf.

»Halt«, rief Lil, »es ist nicht so, wie du denkst!«

Mario zog mich auf die Couch zurück. »Mama, laß uns allein. Ich werde es ihr erklären.«

Ich schrie Mario mitten in sein schönes Gesicht: »Was ich eben gehört habe, ist ungeheuerlich. Es kann nicht wahr sein. Wie könnt ihr so etwas behaupten! Zsolan kann mich doch nicht an dich ausleihen, damit du mich begattest!«

»Jetzt hör einmal gut zu, csillagom, wir haben nur versucht, dich zu schonen, aber jetzt will ich offen mit dir reden!« Mario war nun ganz ernst geworden, und ich sah ihm an, daß er mit sich kämpfte. Aus seinem Blick sprach eine tiefe Besorgnis, er schien es ehrlich zu meinen mit dem, was er mir zu sagen hatte, und ich setzte mich wieder.

»Du weißt, wir kennen Istvan Zsolan schon seit vielen Jahren. Er hat meine Mutter und mich unterstützt und uns viel Geld geschenkt, als wir aus Ungarn geflohen waren. Des-

wegen sind wir ihm auch immer dankbar. Natürlich war es eine Enttäuschung für mich, daß er nicht – wie versprochen – mir seine Praxis übergeben hat, sondern dir. Aber ich bin tüchtig und werde meinen eigenen Weg gehen. Was ich dir jetzt sagen muß, fällt mir nicht leicht. Maria, du darfst Zsolan nicht trauen, wenn es um Frauen geht. Wir haben die endlose Schar seiner Geliebten gesehen, oft hatte er mehrere gleichzeitig. Allen hat er die Ehe versprochen und sie dann weggeworfen, wenn er eine andere fand, die ihm besser gefiel. Dein Mann ist nicht anderes als ein Don Juan, ein krankhafter Schürzenjäger.«
»Das war er vielleicht einmal, aber jetzt ist es nicht mehr so, es ist Schluß damit. Schließlich hat er mich geheiratet.«
Mario lächelte müde. »Das glaubst auch nur du. Du kennst doch Magda, die Frau mit der schönen Figur und dem zerstörten Gesicht, sie bringt ihm öfter etwas zu essen mit.«
»Natürlich kenne ich sie und ihr Schweinerüsselpörkölt! Sie war mal seine Putzfrau, hat er mir gesagt!« fauchte ich wütend.
»Sie war seine Geliebte! Weißt du auch, daß dein Mann ihr versprochen hat, sie zu heiraten? Alles war schon geregelt, da lief ihm Tina Wert über den Weg, sie quartierte sich mit ihrem Sohn in einem Hotel gegenüber der Praxis ein und belagerte ihn regelrecht. Da warf er Magda brutal aus der Wohnung heraus. Sie kam völlig verzweifelt zu uns. Magda hat zweimal versucht, sich umzubringen, denn für sie war eine Welt zusammengebrochen. Meine Mutter hat sie gefunden und ins Krankenhaus gebracht. Ich nehme an, du hast die Narben an ihren Handgelenken gesehen?«
»Das ist nicht wahr, Mario, das ist nicht wahr.«
»Tina Wert wurde von der blonden und der braunen Inge

abgelöst, dann kam Frau Stroh und schließlich Holda – ach, einige habe ich bestimmt ausgelassen. Was ich dir damit sagen will: Du hast keine Chance! Das schlimmste ist, daß er den Frauen das Selbstbewußtsein raubt und sie systematisch vernichtet. Und ich will nicht, daß es dir genauso geht. Deshalb haben Mama und ich dich eingeladen. Wir mögen dich wirklich, und ich will dich vor ihm beschützen.«

Ich saß wie betäubt neben Mario und dachte an Zsolans Unberechenbarkeit. Obwohl ich erst seit kurzem mit ihm verheiratet war, gefiel ich ihm nicht mehr.

»Du reizt mich nicht mehr, du bist einfach zu dick«, pflegte er frech lächelnd zu sagen, wenn er sich vor Sex drücken wollte. »Holda ist im Bett richtig schamlos, schade, daß du nicht mit ihr zu vergleichen bist.«

Wie viele Nächte hatte ich gelitten, weil er mich verstieß. Wieviel hatte ich verdrängt! Mario sprach etwas aus, was ich mir auf keinen Fall eingestehen wollte, und doch wußte ich, daß er recht hatte. Ich konnte mir jetzt nicht mehr einreden, daß nur die unterschiedliche Mentalität von Deutschen und Ungarn uns zu schaffen machte, daß die Zenmeditation das ihre dazu tun würde, daß Aka Yuki An ihre Hand über uns halten und alles gut werden würde, wie sie mir so oft versprochen hatte. Noch keine vier Monate nach meiner Heirat war die Ehe schon zerbrochen, und ich stand vor einer Katastrophe, meiner zweiten Scheidung.

Gleichzeitig wühlte ein heftiger Schmerz in meinem Inneren, ich dachte an Zsolans anfängliche Liebe, seinen Zauber, der mich aus meiner Familie herausgelockt und in seine geheimnisvolle Welt gezogen hatte. Ich war seiner zaubrischen Flöte gefolgt, deren Klang mich behext hatte, mich und all die anderen. Jetzt war ich zwar seine Frau, aber seine Geliebten gingen bei uns ein und aus. Ich mußte mich der Wahrheit stellen. Die Zeit der Lügen war vorbei. Doch der Schmerz blieb und wollte nicht mehr aus meiner Brust weichen.

Mario sah mich an, und ich schwieg hoffnungslos. Seine Augen hatten ihren brillanten Glanz verloren und schimmerten müde. »Es tut mir leid, daß ich dir das sagen mußte. Ich weiß, es ist sehr schlimm, aber du wirst es schaffen.«

»Ist es wahr, daß alles mit Zsolan abgesprochen ist?« Meine Stimme hörte sich fremd an.

»Ja, er rief meine Mutter vor einer Woche an und bat sie, dich ihm vom Leibe zu schaffen. Ich glaube, er hatte etwas zuviel Tokayer getrunken«, versuchte er das Ungeheuerliche abzumildern und lächelte dabei verlegen. »Da haben Mama und ich beschlossen, mit dir zu sprechen. Du sollst nicht glauben, daß ich dich nur haben will, weil Zsolan dich loswerden möchte. – Ich mag dich wirklich und begehre dich, seit ich dich das erste Mal gesehen habe. Du bist bildhübsch, csillag, glaube mir. Und es ist sicher nicht gut, daß du dich an diesen geilen, unersättlichen Mann wegwirfst. Genaugenommen ist es eine Verschwendung.«

Mario lächelte zärtlich. Ich war noch immer wie betäubt und ließ mich widerspruchslos an seine Brust ziehen. Sein Herz schlug gut und fest, und die Wärme seiner Haut, die kräftigen Arme hatten etwas zutiefst Tröstliches, das ich jetzt dringend brauchte. Ich lehnte meinen Kopf an seine narbige Wange, er roch gut, er war nah bei mir, und er hatte mir die Wahrheit gesagt. Obwohl ich noch nichts anderes als Schmerz um Zsolan in meinem Herzen spürte, hatte ich das Gefühl, seit langem wieder einmal loslassen zu können. Ich beruhigte mich allmählich, aber ich befand mich immer noch in einem Niemandsland. Mario war sicher eine Sünde wert, wie gerne hätte ich länger seinen Atem getrunken. Doch plötzlich wußte ich, daß ich es mir nicht leisten konnte, ihm nachzugeben. Etwas Trübes, das ich mir nicht antun wollte, wäre damit in mein Leben eingedrungen, neue Verstrickungen und Lügen. Ich wollte endlich in Klarheit leben. Wie hätte ich sonst jemals wieder das Zendo betreten können!

Meine letzten Prüfungen an der Universität lagen endlich hinter mir. Die goldene Luft tanzte um mich herum, ich trank sie entzückt. Jetzt war ich frei und von niemandem mehr abhängig! Meine Zukunft erschien mir plötzlich wieder interessant und lebenswert.

An unserer Garderobe hing ein neuer, dunkelbrauner Dufflecoat, und auf meinem Bett lag, sorgfältig zusammengefaltet, ein fremder hellblauer Büstenhalter und ein Stapel flotter Herrenslips. Die Wut stieg mir zu Kopf wie Alkohol, am liebsten hätte ich alles zum geöffneten Fenster hinausgeworfen. Schon wieder war eine von Zsolans Freundinnen hiergewesen, vermutlich Ruth aus Hamburg, die ihm ständig neue Dufflecoats schenkte, in Grau, Braun, Beige und Dunkelblau hing eine ganze Kollektion in seinem Schrank.

Ich stürmte in die Praxis hinüber, um Zsolan zur Rede zu stellen. In meinen Zorn hinein hatte sich aber auch Angst gemischt – ich kannte seine unbeherrschten Temperamentsausbrüche –, und mir klopfte das Herz bis zum Hals, als

ich die Tür zum Behandlungsraum aufriß: Eine nackte Frau lag auf der Liege, und Zsolan, nur im Unterhemd, hockte über ihr. Mir stockte der Atem, und der wütende Schrei, den ich ausstoßen wollte, blieb mir im Halse stecken – ich hatte einfach keine Stimme mehr.
Während ich fassungslos und wie gelähmt dastand, hob Zsolan den Kopf und sah mich an. Er brachte es fertig zu lächeln, widmete sich aber weiter intensiv der dahingegossenen Frau. Ich schlug die Tür zu und rannte hinaus, riß die Balkontür auf, weil ich nicht wußte, wie ich atmen sollte. Mein Herz raste, und ich rang nach Luft, gleichzeitig breitete sich in meinem Kopf ein beängstigend leeres Gefühl aus, als wäre ich nicht mehr ich selbst.
Die goldene, flirrende Luft, in der ich ganz beschwingt und verzaubert mehr geflogen als gegangen war, hatte sich zu einer festen Masse verdichtet und schien schwer wie Wasser. All ihre Leichtigkeit war verflogen. Hektische Gedankenfetzen splitterten durch mich hindurch: Ich habe mich getäuscht, eine Halluzination! Nicht während der Sprechstunde, nicht während die Sekretärin geduldig eine Tür weiter im Büro sitzt, das war zu absurd. Ich strich meine Bluse glatt und ging hinüber zu Frau Gilo.
»Wie sehen Sie denn aus, Frau Zsolan, haben Sie das Examen nicht bestanden?«
»Wo ist mein Mann?«
»Er hat gerade eine Erstbesprechung mit Frau Staubsaug.«
»Frau Staubsaug? Das kann doch nicht wahr sein.«
»Doch, sie heißt tatsächlich so.«
Ich mußte unwillkürlich lachen, als sich die Tür zum Behandlungsraum öffnete. Zsolan und eine junge, überschlanke Frau kamen heraus. Er hatte den Arm um ihre

Schulter gelegt. Sie zog einen Apfel aus ihrer Tasche und biß krachend hinein: »Ich komme morgen wieder, mein Guru«, sagte sie heiser zu Zsolan.

Als Zsolan mich sah, strahlte er mich ehrlich erfreut an: »Ah, Bubi, wie war dein Examen? Hat meine kleine Gelehrte ihre Prüfung bestanden?«

Überschwemmt von einer ohnmächtigen Welle der Empörung zerrte ich ihn am Ärmel in die Küche hinein und warf die Tür hinter mir zu. »Was hast du mit dieser Frau gemacht?« brüllte ich heulend.

»Oh, sie war sehr schwach, und ich habe ihr eine Sonderbehandlung gegeben, damit sie wieder zu Kräften kommt.«

»Sonderbehandlung! Bist du wahnsinnig geworden! Wie kannst du so etwas tun, dazu mitten in der Sprechstunde und mit einer Patientin!«

»Bubi, beruhige dich! Das war eine ganz seriöse tibetische Meditationspraktik; die Übertragung von Lebensenergie ist eine sehr spirituelle Angelegenheit, jeder Lama weiß darüber Bescheid. Auch ich bin darin ausgebildet worden.«

Ich starrte ihn an, mein Zorn wich und machte einem schleichenden, unbehaglichen Gefühl Platz. Zsolan stand vor mir wie im Scheinwerferlicht. Welche neue Lüge würde er mir jetzt auftischen? Listig wie eine Spinne spann er eilig ein Netz, hinter dem er sich verstecken konnte. In beflissener Unschuld verzog er die Mundwinkel, sein Gesicht spiegelte den perfekten Ausdruck von Güte und Erhabenheit, und ich glaubte einen sehr reinen Duft von etwas Heiligem zu riechen. Eine betörende Mischung von Vanille, Veilchen und Sandelholz umgab ihn, und beinahe war ich versucht, wieder den großen Guru in ihm zu sehen, den er so vollkommen spielte. Wieviel einfacher wäre dann alles.

»Deine Gedanken sind dir ins Gesicht geschrieben, du denkst nur an Lust. Für mich aber war es ein Gebet und nichts anderes.«

»Das glaube ich dir nicht! Das ist nur eine billige Ausrede!«

»Es ist Tantra! Jahrelang mußte ich üben, mit den verschiedensten Frauen zusammenzuliegen, ohne zum Orgasmus zu kommen. Das war nicht einfach, und mein tibetischer Lehrer führte mir immer wieder neue zu, bis ich endlich meine Aufgabe erfüllen konnte. Und den Frauen hat es auch gutgetan.«

Welcher Frau gefiel es, zum Üben mißbraucht zu werden? Wieviel Aggression und Verachtung steckte hinter dieser Aussage! Mir schauderte, ein dünner Sonnenstrahl fiel durchs Fenster und umgab Zsolan mit einem bläßlichen Schein. Lächelnd und aufrecht stand er im milden Licht, er hatte sich sein Haar wachsen lassen, das wie eine silberne Aureole um seinen Kopf herum schimmerte und einen zarten Glanz auf seine Züge warf. Er sah aus wie ein Heiliger, unantastbar rein, Klarheit leuchtete wie Firnis auf seinem Gesicht.

»Ich habe ihnen einfach Lebenskraft geschenkt, und genaugenommen habe ich auch etwas davon, denn es geht mir immer besser danach! Jetzt zum Beispiel fühle ich mich wie neugeboren.« Er lächelte in sich hinein und schloß dabei die Augen, sein Gesicht wirkte vollkommen nackt und irgendwie anstößig. Ich schämte mich, ihn in seiner Nacktheit anzusehen, und voller Ekel fiel mir ein, daß sich im alten China todkranke reiche Männer neugeborene Kinder ins Bett legten. »Die Babys werden immer schwächer und sterben schließlich, und der reiche Mann wird gesund. Ich habe davon gelesen und finde es widerlich!«

»Ach, du hast keine Ahnung davon, wie schön das sein kann, am besten gelingt es mit Sterbenden.«

»Sex mit Sterbenden, du bist ja wahnsinnig! Das ist ekelhaft und pervers.«

»Nein, es ist großartig. Dabei wird so viel Energie frei. Erst neulich hat mich Tina Werts Tante gebeten, zu ihr zu kommen.«

Ich erinnerte mich dunkel an Tinas nächtlichen Anruf. Zsolan hatte sich eiligst angekleidet und war mit dem Taxi aufgebrochen und die ganze Nacht und beinahe den ganzen nächsten Tag fortgewesen. Erst am späten Nachmittag war er mit einem zufriedenen Gesichtsausdruck und in seltener Ausgeglichenheit zurückgekommen, nur um seine Nasenflügel waren fremde, dunkelgraue Schatten zu sehen gewesen, die ich noch nie zuvor an ihm bemerkt hatte.

»Sie lag im Sterben und wollte von mir umarmt werden. Das habe ich natürlich getan. Wie gut, daß Tina mich gleich informiert hat. Ich habe ihr die Bardos der Tibeter in Ohr geflüstert, während ich auf ihr lag. Und wenn du einmal sterben wirst, tue ich dasselbe: Ich flüstere dir das Bardo Tödol, das Tibetische Totenbuch, ins Ohr und...«

Entsetzt wich ich zurück.

»Ach, csillagom, sei nicht kindisch, du siehst doch, wie gut mir das tut. In Tibet darf Tantra nur von besonders ausgewählten Lamas ausgeübt werden. Es ist gewissermaßen eine Auszeichnung – und der armen Tante hat es auch geholfen.«

»Laß mich los, Istvan, du bist krank, du bist pervers, ich will weg von hier!«

Der wunderbare Duft, der ihn umgeben hatte, war einem fauligen, pestartigen Hauch gewichen, der aus seinem geöffneten Mund strömte, als würde in ihm das Aas der ganzen Welt verrotten. Sein Atem prallte auf mich wie eine steinerne Wand, und ich zuckte zurück. Zsolan zog mich brutal an sich. Um seine verzerrten Züge wehten die Schatten des Todes und der Pestilenz.

Er fing an mit gefährlich leiser Stimme zu sprechen: »Ich weiß, was du jetzt tun wirst, du wirst zu Aka Yuki An rennen und ihr alles erzählen! Du ekelhafte kurva, Hure, gyenged rendörnö! Du willst immer als Heilige dastehen. Ich bringe dich jetzt um.«

Zwei große, heiße Hände schlossen sich um meinen Hals und drückten mit mörderischer Gewalt zu. Ich wehrte mich, aber ich war zu schwach, mein mühsames Zappeln richtete nichts aus. Er hatte mich aufs Bett geworfen, ohne meinen Hals loszulassen, und lastete mit seinem ganzen Gewicht auf mir. Mein Kopf drohte zu zerspringen, und der entsetzliche Druck auf meiner Kehle war heiß und unerträglich. Ich war ein einziges Ringen nach Leben und Luft, aber es half nichts, ich spürte, wie ich immer schwächer wurde, gleich würde ich tot sein.

»Jo napot kivanok, Istvanur!« Eine kräftige Stimme riß Zsolan aus seinem Rausch der Gewalt. Unwillig drückte er ein letztes Mal so fest zu, daß mir schwarz vor Augen wurde, dann ließ er mich los und sprang auf. Ich rutschte vor Schwäche vom Bett herunter und blieb auf dem Teppich liegen. Ich hustete und würgte, dazwischen pfiffen beängstigende, rauhe Atemzüge, die aus meinem Hals brachen. Ich hatte nie geglaubt, ich könnte einmal so hilflos sein. In der Türe sah ich Mario wie hinter einem Schleier stehen. Er starrte mich an und stand still – warum half er mir nicht! Völlig aus der Zeit herauskatapultiert, sah ich die beiden wie in einem Film: Zsolan ging auf Mario zu, sie schüttelten sich herzlich die Hände, umarmten sich, als wäre nichts geschehen.

»Mi van, Mario, wie geht es dir? Komm, wir trinken einen Kaffee miteinander!«

Ich hörte das vertraute ungarische Geschnatter. Mario sah mich mit unbewegtem Gesicht über Zsolans Schulter hinweg an und verzog keine Miene. Die Praxis, er wollte die Praxis. Meine verzweifelten Atemzüge pfiffen immer noch laut durch den Raum. Als die Männer hinausgegangen waren, versuchte ich aufzustehen, doch ich schwankte und mußte auf allen vieren zur Tür hinauskriechen.

Frau Gilo sprang entsetzt auf: »O mein Gott, Frau Zsolan, was ist geschehen? Hat Ihr Mann…?«

Ich wollte ihr antworten, aber kein Laut drang aus meiner Kehle, nicht einmal ein leises Flüstern. Den Cognac, den sie mir einflößte, konnte ich kaum hinunterschlucken. Er brannte wie Säure und lief mir die Mundwinkel hinab, brachte mich jedoch mit einem Ruck aus meiner Zeitlosigkeit wieder in die Welt zurück.

»Ich…muß…weg…«, stammelte ich fast stimmlos.

Frau Gilo verstand und half mir auf: »Gehen Sie erst einmal mit mir ins Bad und machen Sie sich frisch.

Der Blick in den Spiegel brachte das Entsetzen zurück. Meine Wangen waren von einem tiefen Rot, die Stirne un-

natürlich weiß und an der Kehle die dunklen Abdrücke von Zsolans Fingern zu sehen. Frau Gilo drapierte einen Seidenschal über die blauroten Male am Hals und setzte mich in das bestellte Taxi.
Ich fuhr zu Aka Yuki An. Wer anders sollte mir sonst helfen können? Sie hatte mir eindringlich gesagt, daß ich mich mit allen Problemen an sie wenden sollte. Und schlimmer konnte es doch gar nicht kommen. Zsolan, der geheimnisvolle Hohepriester der tibetischen Meditation, hatte sich als Dämon entpuppt, er war ein krankhafter Schürzenjäger und schlimmer noch, ein ausübender Nekrophiler. Mein eigener Mann hatte versucht, mich zu erwürgen. Entsetzen saß mir tief in den Eingeweiden und überdeckte die Scham darüber, daß meine zweite Ehe nach so kurzer Zeit gescheitert war.

»Ah, Sie sind es! Willkommen, kommen Sie nur herein, mein Kind!«
Stumm folgte ich Aka Yuki An in ihre Wohnhöhle. Wie beim letzten Mal sahen eine Anzahl Teddybären, Stoffhasen und ein neuer molliger Pinguin mit kalten, ungerührten Glasaugen in den Raum hinein.
»Wie sehen Sie denn aus, warum sagen Sie nichts?«
Ich zog den Schal vom Hals.
Sie starrte auf die blauen Striemen. »Damit habe ich gerechnet.«
Ihre unerschütterliche Ruhe war wie eine Erlösung nach all den Schrecken. Mit entsetzlich rauher und flüsternder Stimme fing ich an zu erzählen. Sie hörte ruhig zu, und ich konnte an ihrem Gesicht sehen, daß sie zutiefst verabscheute, was geschehen war.

»Sehen Sie«, sagte sie mißbilligend, »ich wußte, daß Ihr Mann bei den Tibetern diese zweifelhaften Praktiken gelernt hat. Ich habe ihm klargemacht, daß diese Dinge mit dem Eintritt in das Zendo aufzuhören hätten. Und Sie wissen auch, daß ich es mir, weiß Gott, lange überlegt habe, ihn aufzunehmen.«

»Wie konnten Sie damals schon davon wissen?« unterbrach ich sie.

»Nun, unter den Deutschen in Japan wird viel getratscht. Da hört man so einiges. Als ich Sie dann kennenlernte und Ihre Ausstrahlung sah, wurde mir plötzlich klar, weshalb er Sie geheiratet hat.«

Ich sah sie gebannt an, denn diese Frage war für mich in den letzten Wochen zum Koan Mu geworden und saß mir im Hals, wie »ein Stück glühender Kohle, das man weder herunterschlucken noch ausspucken kann«, wie es im Mumonkan, der alten japanischen Koansammlung, heißt.

»Das Dunkle liebt und haßt das Licht. Es sehnt sich nach dem Licht, weil es ihm fehlt; gleichzeitig will es das Lichte zerstören, denn es findet seine tiefe Befriedigung darin, das in den Schmutz zu ziehen, was es nie selbst erreichen kann. Genauso ergeht es Ihrem Mann.«

Sie zündete sich eine Zigarette an und wedelte gedankenversunken den Rauch mit der Hand weg. »Deswegen setzte ich meine Hoffnung auf Sie. Erinnern Sie sich, wie ich Ihnen sagte: Sie könnten es schaffen.«

Das waren in der Tat ihre Worte bei meinem ersten Besuch gewesen. Ich hatte lange darüber nachgedacht und nie verstanden, was sie damit meinte.

»Ihr Mann sucht nur eines, die Erleuchtung. Aber der Schatten in ihm, seine dunkle Seite, kämpft bei dieser Suche nach dem Licht ums Überleben und fordert sein Recht. Doch denken Sie daran, wo viel Licht ist, ist auch viel Schatten. Was Sie gerade erlebt haben, zeigt mir das ganz deutlich. Meiner Meinung nach ist es Ihre Aufgabe, Zsolan zu retten.«

Einen Augenblick lang erschienen die Bilder von *La Belle et la Bête* vor meinen Augen. Ich sah die schöne junge Frau, die durch ihre Liebe das Ungeheuer erlöste und in einen Prinzen zurückverwandelte. War das nicht eine reizvolle Aufgabe? Doch Zsolan war kein Prinz, der von einer bösen Macht verwandelt worden war! Er war selbst ein Ungeheuer und tat alles aus seinem eigenen freien Willen heraus.

Aka Yuki An sprach weiter. »Es besteht kein Zweifel darüber, daß ich die entsetzliche Tat Ihres Mannes verurteile. Aber wir müssen auch an seine Seele denken. Sehen Sie, er kam mit der tiefen Sehnsucht nach Erleuchtung zu mir, wenn wir ihn jetzt fallenlassen – wer weiß, welch furchtbaren Weg er dann gehen wird? Ich habe damit gerechnet, daß ihn Ihre Reinheit einmal so reizen wird, daß er Sie angreift. Und ich bin froh, daß es jetzt geschehen ist, solange ich noch in München bin. Wie Sie wissen, fahre ich in drei Wochen für ein halbes Jahr nach Japan.«

»Trotzdem will ich ihn verlassen. Ich kann unmöglich mit einem solchen Menschen zusammenleben. Er schläft mit Sterbenden, ist Ihnen klar, wie pervers und makaber das ist! Er hat gerade versucht, mich zu erwürgen! Sie können nicht verlangen, daß ich zu ihm zurückgehe.«

Der Rauch ihrer Zigarette biß in meinem Hals wie an einer offenen Wunde. Ich lehnte mich erschöpft zurück und war ganz sicher, daß mein Guru mir helfen würde. Aka Yuki

An schüttelte ihren stattlichen Körper ein wenig zurecht. Wie gut kannte ich diese Bewegung vom Sesshin her. Immer, wenn sie etwas Wichtiges zu sagen hatte, rückte sie ihren Körper zurecht und schien danach viel größer und breiter zu sein als zuvor. Jetzt beobachtete ich den gleichen Vorgang, sie wuchs vor meinen Augen. Auch ihre Stimme war nicht mehr die freundlich mütterliche wie vor wenigen Minuten, es war die Stimme des Roshis, der eine unumstößliche Wahrheit verkündete, gegen die es keinen Widerspruch gab.

»Nein, meine Liebe. Sie dürfen ihn nicht verlassen, sonst vernichten Sie ihn. Die Zenschulung durch mich ist ein Teil zu seiner Rettung, und Sie sind der andere.«

»Aka Yuki An, das will ich nicht! Ich kann es wirklich nicht!«

»Sie sind stark, viel stärker, als Sie glauben. Und ich bin mit Ihnen, vergessen Sie das nicht. Sehen Sie sich als seine Rettung im großen kosmischen Plan, und fügen Sie sich in den Großen Willen – was für eine wunderbare Berufung. Nicht jeder wird so ausgezeichnet!«

»Aka Yuki An…«

»Ich verspreche Ihnen eines, das, was Sie heute erlebt haben, wird nie wieder vorkommen – soviel weiß ich mit absoluter Sicherheit. Ich werde sofort mit ihm sprechen und ihm sagen, was er zu tun hat, und dafür sorgen, daß Sie sicher sind. Geben Sie Ihrem Mann diese Chance!«

»Nein, bitte…«

»Haben Sie denn kein Vertrauen zur Meditation? Durch Mu wird alles gelöst. Das ist keine Phrase, sondern die Versicherung eines Roshis, die Sie gerade hören! Nehmen Sie das zur Kenntnis!«

Durch Mu wird alles gelöst, das hatte sie auch zur kindergesichtigen Godo Helga Beide mit ihrer verkrüppelten Wirbelsäule gesagt, dachte ich voller Bitterkeit. Mu wirds schon richten, der Buckel wird wieder gerade werden, üben Sie nur Mu. Ich erinnerte mich an mein erstes ungläubiges Erstaunen, als ich Helgas krummen Rücken sah, Mu würde sich sehr schwer tun, diesen Schaden wieder auszugleichen.

Ihre Stimme schwoll so mächtig wie ihre Gestalt, die sich vor mir aufbaute wie eine Felswand. »Ich bin Ihr Guru und auch Zsolans Guru, und ich werde dafür sorgen, daß es Ihnen beiden gut geht, ich gebe Ihnen mein Wort.«

Ich hatte ihr im Gelübde des Shoken geschworen, daß ich ihrer meisterlichen Führung jetzt und für immer gehorchen würde, damit sie mich zur Erleuchtung führen konnte. Wenn ich meinen Eid jetzt brach, riskierte ich, daß Aka Yuki An sich von mir abwandte, ich hätte verspielt und wäre völlig allein auf dieser Welt. Zu weit schon war ich den innerlichen Weg gegangen, als daß ich das riskieren konnte. Es gab kein Zurück mehr. Die buddhistischen Schriften betonten, daß der Guru oft unverständliche Dinge fordert, aber er tut genau das, was zum Besten seiner Schüler ist. Und er kennt immer den richtigen Weg. Und so blieb nur, zu vertrauen und zu schweigen.

»Damit Sie unter meiner Obhut bleiben, wünsche ich, daß Sie mich einige Wochen lang in Japan besuchen. Ist das klar?« Plötzlich schnurrte ihre Stimme wie die einer freundlichen Katze, sie hatte wieder ihre übliche Körpergröße angenommen. Viel Liebe schwang in ihrer Stimme, und sie zog mich zum Abschied an ihre Brust und kraulte meine Haare.

Lang standen wir umarmt beisammen, ich lehnte mich erschöpft an sie. Dann griff sie in eine Schublade und drückte mir eine steinerne Pfeilspitze in die Hand. »Möge dieser Pfeil alles Böse von Ihnen fernhalten! Und noch etwas, nehmen Sie diesen Stein hier, er ist ein Stein der Kraft.«
Ich blickte auf die Pfeilspitze und einen faustgroßen grüngold schimmernden Steinbrocken in meiner Hand. Eine kaum verhohlene Enttäuschung erfaßte mich. »›Wer ist unter euch, der seinem Sohn, wenn er ihn um Brot bittet, einen Stein gäbe?‹« zitierte ich tieftraurig das Evangelium nach Lukas. »Ich bin zu Ihnen gekommen, weil ich ganz dringend Brot brauchte, Aka Yuki An, und jetzt habe ich zwei Steine in der Hand.«
»Denken Sie an Ihre große Berufung. Ich bin mit Ihnen!«

Ich habe nie erfahren, was sie mit Zsolan sprach. Als ich wieder nach Hause kam, telefonierte er noch mit ihr. Und ich hörte aus seiner ängstlich beflissenen Stimme, daß er darum kämpfte, sie friedlich zu stimmen. Vermutlich drohte sie ihm damit, ihn aus dem Zendo hinauszuwerfen, wenn er sich in Zukunft nicht gut benahm. Was auch immer sie zu ihm gesagt hatte, es bescherte mir einen friedlichen Mann. Auf seinem Schreibtisch lag ein Bogen Papier, auf den er mit großen Buchstaben in Ungarisch geschrieben hatte: *Minden nöt felaldozok!* Ich konnte genug Ungarisch, um zu verstehen, was da stand: »Alle Frauen, ich opfere sie!« Dieser Satz machte mich nur ärgerlich, wie kam er dazu zu glauben, daß sich *alle* Frauen für ihn interessierten! Welche Anmaßung!
Aber nach einigen Tagen des Rückzugs versuchte ich doch wieder, die nicht enden wollende Aufgabe der Liebe wei-

terzuführen, die mir mein Guru abverlangt hatte. Zsolan entschuldigte sich nie, noch erwähnte er jemals wieder die ganze Angelegenheit mit einem einzigen Wort. Aka Yuki An hatte gewonnen und mich auf dem Altar der Eitelkeit geopfert: Von Rechts wegen hätte sie Zsolan aus dem Zendo weisen müssen, jetzt konnte sie den berühmten Mann, eines ihrer interessantesten Pferde im Stall, behalten. Sie war stolz darauf, den wilden Zsolan, der schon alle Weiden abgegrast hatte, gezähmt zu haben. Domestiziert warf er sich vor ihr nieder und schwor, daß die weiße Wand rot sei, weil der Guru es so wollte.

Die Reise

Der Geruch Thailands stieg mir sofort in die Nase, als ich mit Zsolan auf der Gangway stand, um Bangkoks Flughafen Don Muang zu betreten. Ich wußte sofort, dieses Land würde ich lieben, allein schon, wie der laue Wind mir zärtlich unter die Röcke und durch die Haare fuhr! Die Duftmischung von Räucherstäbchen, Durianfrüchten und dem besonderen Kakao, mit dem die Thais ihre Benzintanks füllen, schwebte über der lebhaften Stadt. Auch Jahrzehnte später hätte ich blind, nur am Geruch, die Stadt der Engel erkannt, das nämlich bedeutet der ursprüngliche Name Bangkoks in Thai. Schon vom Flugzeug aus hatte ich die rot-goldenen Karrees unzähliger Tempelhöfe gesehen, die die Stadt durchzogen, wehende Palmen und unter Wasser stehende Reisfelder. Wie ein königlich breites Bronzeband wälzte sich der Chayo-Phraya-Fluß in weiten Schlingen durch die Stadt. Hinter den Hauptstraßen lebte eine Welt an den ländlichen Klongs, den Kanälen, die nur von oben zu sehen war.

Das Leben schien einfach, und die Freundlichkeit der Menschen machte aus allem ein Spiel. Gelächter im Taxi, Gelächter an der Rezeption des Hotels und Gelächter auf den Straßen an den winzigen fahrbaren Garküchen. Auf zweirädrigen Holzkarren waren ein oder zwei Kochtöpfe montiert, einer für Reis und einer für ein Fleisch- oder Gemüsegericht. Trotz Armut und Schmutz schienen sich alle zu amüsieren. Ich lebte auf im Rausch der Sinne: Die fremdländischen Gerüche, diese wilden Farben!

»Laß uns zum Tempel in der Charoren Krung Road fahren«, sagte Zsolan.

Der Taxifahrer sträubte sich, nein, das sei kein Ort für farangs, nichts für Fremde! Besser wären doch Wat Trimitr, Wat Phra Keoh, Wat Benchaa, Wat Arun, Wat Mahatat, Wat Saket... überall würde er uns hinbringen, nur nicht nach Charoren Krung!

Zsolan blieb beharrlich, und wir stiegen an einem Gemüsemarkt aus. Zwischen den einzelnen Ständen befand sich eine dunkle schmucklose Garageneinfahrt – der Eingang zum Tempelhof, aus dem der konzentrierte Rauch von Sandelholzfeuer zu uns herüberwehte. Das Tor zum Tempel war von dicken roten Säulen umgeben, in die goldene chinesische Schriftzeichen eingeschnitzt waren, und bunte Papierlaternen schaukelten über dem Querbalken.

»Was heißt das?« fragte ich eine freundliche Nonne in meinem gebrochenen Wörterbuch-Thai und deutete auf die Inschrift. Die alte Frau war winzig und dünn, ihre Gestalt mit dem völlig kahlgeschorenen Schädel in weiße Tücher gehüllt.

Nach langem Hin und Her hatte sie mich verstanden. »Buddhas Licht strahlt überall!« antwortete sie, und ihre Augen strahlten mit Buddhas Licht um die Wette.

»Darf ich?« fragte sie und kniff vorsichtig mit den Fingern in die weiße Haut meines Oberarms. Was sie dabei empfand, reizte sie zum Lachen, sie gab einen ausführlichen Bericht an die umstehenden Thais ab, die sich erkundigten, wie sich denn das Fleisch eines farangs anfühlte.

»Nid noi, nid noi, noch ein bißchen«, zwitscherte sie und

zog an meinen roten Haaren, rollte die Haut meiner Arme zwischen den Fingern und bückte sich, um abschließend kühn in meinen Unterschenkel zu zwicken. Dann trieb sie mich mit freundlichen Handbewegungen in den Tempel hinein. Wir stiegen über die rote Torschwelle zur Linken, die hoch war, damit die bösen Geister nicht darüberklettern konnten. Es war düster, in unheimlicher Stille standen rechts und links vom Eingang die gigantischen Gestalten der vier Wächter mit wehenden Schärpen, riesigen Bäuchen und ihren roten, grünen, blauen und schwarzen Gesichtern. In Händen hielten sie eine Laute, einen Turm, ein Schwert und einen Sonnenschirm. Ihre Köpfe reichten bis zum Dach des Tempels und waren im Opferrauch kaum zu sehen.

Nachdem wir die Wächter passiert hatten, traten wir in die Vorhalle. Ein riesiges kupfernes Becken stand in der Mitte auf einem Tisch, es steckte voller Räucherstäbchen, und der alles vernebelnde Sandelholzrauch brannte beißend in Augen und Nase. Ich opferte ein paar fingerdicke Sandelholzstäbe, es dauerte lange, bis sie zu glühen begannen. Auf dem Tisch standen die Gaben für die Götter, es sah aus wie bei einem Festmahl: mehrere gekochte Hühner, Reis, fetter Schinken, ebenso fettes Schweinefleisch, Orangen, Birnen und runde weiß und rosa gefärbte Hefebrötchen. Dazwischen Gläser mit Wasser oder Schnaps, Orchideen und Lotusblumen – den Göttern ging es gut.

Das Leben im Tempel war unbeschreiblich, ein Teil der Menschen war gekommen, um zu beten, der weitaus größere Teil jedoch einfach, um sich wohlzufühlen. In den langen Gängen hatten alte Leute ihre mitgebrachten Reisstrohmatten ausgebreitet. Reisschalen standen darauf, die unvermeidliche Porzellantasse mit Deckel, damit kein Ungeziefer hineinfiel. Ein Ort des Gesprächs, der menschlichen Begegnung, wie ein großes zusätzliches Wohnzimmer, in dem jeder willkommen war und in dem jeder – in schicklichen Grenzen – tun konnte, was er gerade wollte: schlafen, klatschen, stricken, essen, beten, schachspielen... Der Wind aus den unglaublich verstaubten und verdreckten Ventilatoren wirbelte die Gebetsstreifen und Laternen herum, die von den Balken herabhingen.

Zsolan und ich fielen auf wie bunte Hunde; in diesem Tempel gab es keine Fremden, Touristen waren hier unbekannt. Mit freundlichem Getuschel wurde zur Kenntnis genommen, daß wir unser Opfer abgaben und für wenige Baht ein Bündel Räucherstäbchen und Lotusblumen erstanden.

Aus dem Inneren des Tempels tönte ein tiefer Gong, die Nonne schob mich vorwärts, und wir überquerten einen weiteren Hof. Entzückt setzte ich meinen nackten Fuß auf die warmen Steine: Die Anlage war einem riesigen Lotusteich nachgebildet, und auf die grünblauen Fliesen waren Wellen, Lotusknospen, Fische und Schmetterlinge gemalt. Endlich kamen wir in die Haupthalle, und mir stockte der Atem. Drei überlebensgroße Buddhafiguren aus Gold nahmen die ganze Wand des Tempels ein. Um ihre Köpfe blinkten Heiligenscheine aus kleinen Lämpchen, die beständig flackerten. Ein unheimliches und beeindruckendes Bild, denn es wurde schnell finster, draußen fiel die rasche, dämmerlose Dunkelheit der Tropennacht herab. Die gigantischen Buddhas leuchteten ungerührt in geheimnisvollem Gold, als eine Schar von gelb gekleideten Mönchen hereinkam. Sie stimmten einen monotonen Sutrengesang an. Ich kniete mit allen anderen auf dem blanken Boden und versuchte gerade die Stellung meiner schmerzenden Beine zu wechseln. Der Gesang der Mönche nahm kein Ende.

»Sawasdee krap, bitte, trinken Sie.« Ein alter Mann reichte mir ein verschmiertes Glas mit Wasser.

»Khop khun kah, danke«, sagte ich freundlich und hielt das Glas in meinen Händen. Ein Glas Wasser! Ein einziges Glas Wasser, aus dem Brunnentrog des thailändischen Tempels entnommen, konnte über meine ganze Reise entscheiden. Trinke nie unabgekochtes Wasser, hatte man mich vor der Reise gewarnt.

Die Nonne stubste mich und zeigte auf das Glas: »Dieses Wasser ist gesegnet, der ehrwürdige Abt hat es heute früh geweiht! Trinken Sie!«

Auch das noch, abgestandenes Wasser, in dem vermutlich einige tote Moskitos und die Larven der Denguefliege herumschwammen! Meine Hände flatterten unschlüssig auf und ab, doch schließlich trank ich einen winzigen Schluck und versuchte dabei, das Wasser am Kinn herabrinnen zu lassen.

»Austrinken, bitte.«

Also trank ich das ganze Glas unter anteilnehmendem Gemurmel leer. Und wartete angespannt auf Bauchschmerzen, Brechreiz oder Fieber. Sie kamen nie.

Das Gold der Thaitempel, die ewig klingenden Glöckchen an den gestuften Dächern und der Zauber der riesigen Höfe aus schneeweißem Marmor und Gold, das Flirren der Hitze über den goldenen Stupas und den Bodhibäumen – Thailand hatte mich in seinen Bann genommen, aus dem es mich nie wieder entließ. Ich liebte alles in diesem herrlichen Land – und war anscheinend immun gegen all seine gefürchteten Krankheiten. Bei einer Fahrt auf den Klongs, den Kanälen der Stadt, kaufte ich mir warme Reiskuchen. Die Händlerin, mit betelroten Lippen und einer schrecklichen, zahnlosen Mundhöhle, übergoß sie noch mit etwas grünem Tee, bevor sie sie mir im frischen Bananenblatt reichte. Ich aß sie vergnügt auf. Erst dann bemerkte ich, daß ihre Teekanne nichts anderes als Klongwasser enthielt. Sie tauchte sie gleichgültig in den Fluß hinein, auf dem gerade ein toter Hund mit aufgeblähtem Leib dahergeschwommen kam, um sie wieder zu füllen.

»Wir fahren zu dem Kloster, in dem ich eine Zeitlang gelebt habe«, sagte Zsolan zu mir. »Es liegt etwas außerhalb Bangkoks, und wir nehmen am besten ein Taxi.«

»Ich dachte immer, daß du in China und Tibet im Kloster warst. Von Bangkok wußte ich noch nichts.«

»Dumme Bubi, das erzähle ich doch nur den Leuten! Ich war nie in China oder Tibet, nicht einmal in Taiwan. Den Dalai Lama habe ich in Indien, in Dharamsala, gesehen. Ich fuhr mit Neckermann nach Bangkok und blieb zwei Wochen bei Tan Prasert, dem Abt des Klosters Wat Kanrayanimit. Es steht draußen in Thonburi.«

Das Kloster lag so versteckt, daß der Taxifahrer mehrmals anhalten und nach dem Weg fragen mußte. Damals wie heute gab es keine einzige genaue Straßenkarte von Bangkok, das Gewirr der Klongs und der winzigen, mit Tüchern überdeckten Straßen entzieht sich der Registratur. Schließlich sahen wir die Tempelfahnen von einem geschmückten Querbalken flattern, der eine Gasse aus Staub überdeckte: Der Eingang zum Tempel. Berückend hinter dem Irrsinn von Bangkoks Verkehr, dem unbeschreiblichen Lärm, nach Staub und Rauch der Garküchen lag das Kloster in einer stillen Oase. Affenbrotbäume mit ihren riesigen Schirmen und Bodhibäume, geschmückt mit Geisterhäusern und Tüchern, spendeten Schatten. Es gab keine marmorgepflasterten Höfe, nur den blanken, staubtrockenen Erdboden, ein paar Tempel im Sukhothai-Stil waren lose im Gelände verstreut. Der Hauch von etwas Durchgeistigtem lag über dem Gelände und über dem ganzen Land. Auch als mir Thailand in späteren Jahren und auf vielen Reisen zu einer Art zweiten Heimat wurde, konnte ich ihn immer spüren. Er war wie die Ankündigung einer großen, alles umwälzenden Erfahrung, die verheißungsvoll durch die heiligen Frangipianibäume wehte, geheimnisumwoben und drängend, wie die Geister, die in ihnen wohnten.

Zsolan fragte nach dem Abt, und tatsächlich, nach wenigen Minuten kam ein überraschend hochgewachsener und junger Mann in orangene Tücher gehüllt auf uns zu: Tan Prasert.

Unter dem Schatten der Bäume fand ein großes Essen statt. Um Verdienste zu erwerben, hatten einige wohlhabende Frauen für die Mönche gekocht. Auf dem Boden waren lange Tücher ausgelegt, darauf standen unzählige Töpfe und Schüsseln mit den verschiedensten Gerichten, Reis in großen gehämmerten Silberschalen, flankiert von den typischen, in bonbongelbes Zellophan gehüllten kunstvollen Geschenkkörben für die Mönche. Darin befand sich alles, was ein Mann in Thailand brauchen konnte: Rasierzeug, Taschentücher, die beißenden Krungdep-Zigaretten, Kekse aus Erbsenmehl, Bo-Tee, gelber Stoff,

Zahnbürsten, die typischen braungelben und mit dem königlichen Schirm bestickten Beutel der Mönche und vieles mehr.
Man konnte diese fertigen Geschenkkörbe in der Bamrung Muang Road, die direkt zum gigantischen roten Torbogen mit der kultischen Schaukel des Wat Mahatat hinführte, kaufen. Ich nannte sie in liebevollem Spott die ›Heilige Straße‹, denn sie besteht nur aus Läden für Mönche, in denen man wahre exotische Wunderwerke kaufen kann. Goldene, überlebensgroße Buddhastatuen, die kühn und ungerührt im Staub der Straße auf dem Gehsteig stehen. Der Dampf der fahrbaren Garküchen umweht die kupferfarbenen, heiligen Barken, die als Kerzenständer vor den Götterbildern dienen, und dringt ins Innere der geheimnisvollen Geisterhäuser, die in allen Größen auf Käufer warten. Bunte Miniaturhäuschen im Thaistil mit den typischen geschwungenen Dächern; sie stehen in Stadt und Land bei wirklich jedem Haus. Da niemals Schatten auf sie fallen darf, werden sie in Bangkok auf die Dächer der Hochhäuser gestellt.
Tan Prasert nahm das Geldgeschenk, das ich ihm in einem Umschlag überreichte, mit einem weißen Tuch entgegen, das er um seine Hände gewickelt hatte. Thaimönchen ist es verboten, eine Frau zu berühren, selbst weibliche Tiere dürfen sie nicht anfassen. Wenn ich mich im Bus auf den freien Platz neben einem Mönch setzte, mußte der Arme aufstehen, also zog ich es vor zu stehen, denn ich wollte nicht unhöflich sein und den angeknacksten Ruf der »Langnasen« etwas aufbessern.
Ich durfte mich zu den Frauen setzen und bekam von dem herrlichen Essen angeboten. Thais haben nie Berührungs-

probleme oder Schwellenängste Fremdartigem gegenüber, sie schwatzen einfach drauflos, und ich mußte die typischen Fragen nach Alter, Kindern, Beruf und Herkunft beantworten.

»Wir leiden hier alle unter dem T.I.T. Problem«, sagte eine füllige thailändische Dame mit weißgepudertem Gesicht. »T.I.T. bedeutet ›This is Thailand‹, das ist Thailand! Es ist eine Art Resignation. Vor einem halben Jahr wurde per Gesetz verboten, ohne Sturzhelm Motorrad zu fahren. Sie haben sicher schon von den vielen schrecklichen Unfällen gehört, die fast immer tödlich enden. Einige Wochen lang führte die Polizei strenge Kontrollen durch, dann fanden die meisten, daß es viel zu heiß sei, um einen Sturzhelm zu tragen. Jetzt genügt es, einen an die Lenkstange gebunden zu haben, und die Unfallstatistik schnellt wieder nach oben.«

Eine junge Frau im bunten Sarong nickte beifällig und warf ein: »Vor einigen Monaten wurde auch die Prostitution endlich verboten, die Polizei kümmerte sich genau drei Wochen lang darum, dann vergaß sie es – und nun haben wir die gleichen Probleme wie zuvor. Sie drehen sich einfach um, damit sie nichts sehen und nichts ihren sanuk, ihren Müßiggang, stört.«

»Ich habe gehört, daß arme Thais ihre Töchter als Prostituierte verkaufen, damit sie überleben können.«

Die Damen brachen in Gelächter aus. Eine kleine, zierliche Frau, die sich als Inhaberin eines Reisebüros vorgestellt hatte, wedelte mit der neuesten Ausgabe der *Bangkok Post* vor meiner Nase herum. »Hier können Sie genau lesen, wie es tatsächlich ist!«

»Die Eltern verkaufen die Töchter, weil sie einen neuen

Pickup-Bus kaufen wollen oder ein neues Fernsehgerät«, unterbrach eine ältere Frau. »Stellen Sie sich vor, die Konsumorientiertheit ist hier schon so weit fortgeschritten, daß ihnen ein Plattenspieler wichtiger ist als ein Mensch, und falls die Mädchen nicht wollen, wirft man ihnen Undankbarkeit den Eltern gegenüber vor und zwingt sie nach Bangkok oder Pattaya in die Bordelle zu gehen! – Ein Glück, daß wir unsere Wats haben, in die wir uns zurückziehen können.«

Und tatsächlich war in der Zeitung die ausführliche Klage eines idealistischen Lehrers zu lesen, der mit viel Enthusiasmus ein soziales Projekt ins Leben gerufen hatte. Er hatte geglaubt, daß eine bessere Schulbildung die Mädchen davon abhalten würde, in die Prostitution abzuwandern, und sah sich nach einigen Jahren bitter enttäuscht, denn die jungen Frauen zogen sanuk und die schnellverdienten Dollars im Sexgewerbe einem ordentlichen Beruf vor.

Ich wollte mir gerade die Füße vertreten und reckte mich ein wenig, denn ich hatte die ganze Zeit auf dem Boden gesessen. Bemüht, mich möglichst gerade zu halten, ging ich an Tan Prasert vorbei, der sich intensiv mit Zsolan und einigen Thais unterhielt. Sie unterbrachen das Gespräch und starrten mich mit offenem Mund an.

»Herunter, Bubi«, zischte Zsolan böse, »verdammt noch mal, mach einen Buckel!«

Verblüfft ließ ich die Schultern hängen und schlich mich gebückt an den Männern vorbei. Ein befreites Lächeln erschien auf ihren Gesichtern. Zsolan sprang auf und schüttelte mich am Arm.

»Bist du wahnsinnig geworden! Hast du nicht gesehen, wie

sich die anderen bücken, wenn sie an Tan Prasert vorbeigehen? Du mußt dich immer kleiner machen als ein Mönch – und wenn er gerade auf dem Boden sitzt, eben viel kleiner!«

»Ich habe mich schon gefragt, weshalb die anderen plötzlich wie kleine Affen herumschleichen, und wollte deshalb besonders gerade gehen, um ihm meinen Respekt zu zeigen.«

»Laß deine dummen christlichen Ideen, wir sind hier in Thailand! Du setzt dich am besten neben mich, damit du keine Dummheiten mehr machst.«

Jetzt war ich von der Frauenseite zur Männerseite gewechselt, saß still neben Zsolan und hielt den Kopf gesenkt, um nicht größer zu sein als Tan Prasert. Ich riß den Kopf aber doch nach oben, als ich hörte, worüber die Männer sprachen. Ein fetter Chinese erklärte Tan Prasert, daß er eine großzügige Summe spenden wolle. Das Bündel Scheine lag vor der Opferschale auf dem Tischtuch und flatterte im allgegenwärtigen leichten Wind, bevor er es in die Schale hineinlegte. Er hatte eine große Menge Geld gemacht, indem er eine Frau managte, die in Nachtclubs mit der Scheide Sektkorken aus Flaschen zog. Damit die Glückssträhne anhielt und die Geister gnädig blieben, wolle er freudigen Herzens den Mönchen etwas davon abgeben, erklärte er strahlend.

Ein gehetzt wirkender Thai erzählte mit unbewegter Stimme, daß er vor einigen Jahren seine Frau umgebracht habe. »Einfach zerstückelt, Tan Prasert, und dieses Bild verfolgt mich jetzt Tag und Nacht. Einfach zerstückelt, verstehen Sie!«

Das war nicht das letzte Mal, daß ich solchen Gesprächen

schockiert und sprachlos lauschte. Die Diskrepanz zwischen der klösterlichen Spiritualität und der Perversität dieser Unterhaltungen war erschreckend. Tan Prasert hörte mit seinem stets gleichbleibenden Lächeln zu. Als ob er gar nicht anwesend wäre, sondern hoch oben mit den fliegenden Wolken am thailändischen Himmel umherziehen würde. Sein Körper saß auf dem dürren Gras unter dem Schattenbaum, und seine ockerfarbene Robe wehte im Wind. Deutlich konnte ich seine tiefbraunen, vom vielen Barfußgehen aufgerissenen Fußsohlen sehen, seine Brust hob und senkte sich langsam im Atemrhythmus. Und doch war er wie eine jener goldenen Kinnornstatuen, die die weiß strahlenden Marmorhöfe der Tempel säumen und ewig rätselhaft lächeln; die Sonne brennt auf sie nieder, bleicht und dörrt sie aus, Monsunstürme schütten ihre Wasser darüber, und der Wind schleift unermüdlich an ihren Formen. Was auch immer über sie hinwegbrandet, es ändert nichts an ihrem Lächeln, das in die Ferne und zugleich nach innen gerichtet ist. Eine junge, westliche Nonne kam auf mich zu und bot an, mir den Tempel zu zeigen.

»Was hat Sie denn in dieses Kloster verschlagen?« fragte ich neugierig und betrachtete ihren blanken, kahlgeschorenen Schädel.

»Ich mache hier nur kurz Station, dann fahre ich ins Waldkloster zu Meister Buddhadasa.«

»Von ihm habe ich schon gehört. Er lebt im Süden Thailands, nicht wahr?«

»In der Nähe von Suanmok.« Sie lächelte selig. »Das Kloster liegt mitten im Wald, und wir meditieren im Schatten der großen Bäume. Buddhadasa ist ein wunderbarer

Mann, und er lehrt den Dharma in unnachahmlicher Weise. Möchten Sie nicht mit mir reisen?«

»Leider nein, ich fliege übermorgen weiter nach Japan, um dort in ein Zenkloster zu gehen.«

»Ah«, seufzte sie mit leisem Bedauern. »Gehen wir in den Boot hinüber.«

Der Boot, eine hohe Tempelhalle, war gerade in frischem Weiß gestrichen worden. Auf den Stufen klebten noch helle Farbtupfer, und sogar die beiden Steinlöwen, die die Treppe flankierten und eine große Kugel im geöffneten Rachen hielten, hatten weiße Flecken auf der Mähne.

»Es ist schrecklich, die Thais lieben das Neue. Wenn etwas alt ist, reißen sie es einfach nieder und machen genau dasselbe neu. Sehen Sie nur, da drüben liegen die holzgeschnitzten Drachen, die früher den Giebel schmückten.«

Und tatsächlich, im dürren Gebüsch auf einem Schutthaufen blitzen die gefärbten Spiegelsteine, die die langen Hälse der Drachen geziert hatten. Aus ihren geöffneten Mäulern baumelten noch die Windglöckchen, die jetzt verrostet waren. Mein Sammlerinstinkt erwachte sofort, und ich hätte am liebsten meine Beute mitgenommen. Leider waren die Drachen größer als ich, und ich mußte sie da lassen, wo sie waren. Ich blickte zum hohen Giebel hinauf. Neue Drachen bewachten jetzt das Dach; sie strahlten in prächtigem Gold, in Blau und Türkis, und die Glöckchen, die aus ihren Rachen hingen, klimperten sanft im Wind.

Die gold und schwarz bemalten Fensterläden waren geschlossen, und im Inneren des Boot war es angenehm kühl und dunkel.

»Sehen Sie, dort oben sind Gemälde angebracht, über denen die Mönche meditieren. Mir gefallen sie nicht besonders.«

In einem langen Freskenband, das die ganze Halle umlief, waren einzelne Stadien der Verwesung dargestellt. Ausführlich und in übertriebenen Details konnte man platzende Därme, auslaufende Augen, ranziges Fleisch, bösartig dreinblickende Würmer und ärgerliche Raubvögel erkennen.

»Nein danke«, sagte ich schaudernd, »gehen wir lieber wieder hinaus.«

Draußen in der schwirrenden Hitze stolperte ein räudiger, sandfarbener Hund eilig vorbei, er trug einen Knochen zwischen den Zähnen. Die ausgedörrte Erde hatte sich wie staubige Socken um seine Läufe gelegt. Er glich aufs Haar den Hunden auf den Gemälden, die sich mit den Fleischfetzen und Knochen der Verstorbenen im Maul davonmachten. Obwohl mir die heiße Luft beinahe den Atem nahm, fror ich plötzlich.

Wir verbrachten noch einige Tage in Thailand und reisten dann nach Japan weiter. Welch ein Unterschied! Der Narita-Flughafen von Tokio, ein riesiger, steriler Palast aus Glas und Glanz, keine Spur der unvollkommenen, verschlampten und in der Gluthitze der Sonne dahinträumenden Schönheit Thailands. Hier war alles perfekt und alles geregelt. Gis Hunter, ein Benediktinerpater, den Zsolan bei seinem ersten Japanbesuch getroffen hatte, holte uns ab. Die ganze Zen-Elite ging bei Setsu Roshi ein und aus.

»Ich habe die Erleuchtung gehabt, Setsu Roshi hat mir Kensho bestätigt!« brüllte er uns heftig winkend über die Menschenmassen hinweg zu, als wir durch die Glastüre schritten. Er zeigte uns den Weg zur Bahn, und wir fuhren gemeinsam nach Kamakura, einer kleinen Gelehrtenstadt, die etwa eine Stunde von Tokio entfernt am Meer liegt.

»Also, das Zenprogramm sieht so aus: Jeden Abend wird meditiert. Dienstags fahren wir nach Tokio und meditieren in der Klinik, in der Setsu Roshi arbeitet. Er hält dort jeden Dienstag Dokusan ab. Donnerstags fahren wir wieder nach Tokio und gehen in die Sofia Universität und meditieren mit Pater Fernande. Alle anderen Abende sitzen wir im Dai Setsu Zendo von Setsu Roshi. Jedes Wochenende ist Zazenkai, wir sind also von Freitag abend bis Sonntag nachmittag im Zendo. Tagsüber könnt ihr machen, was ihr wollt, aber ich empfehle euch, viel zu meditieren, wenn ihr zur Erleuchtung kommen wollt!«

Wir waren in einem entzückenden altjapanischen Haus, das in einem zauberhaften Kirschgarten stand, untergebracht. Die Besitzerin, Frau Sato, eine zerbrechliche Dame, verwaltete das Erbe ihrer Mutter, einer berühmten Fernsehköchin. Sie führte uns durch ihr Reich, staunend sah ich zimtfarbene Lacktabletts aus poliertem Kirschholz, Tonschalen mit fremdartiger Glasur, gefüllt mit Steinen und einer einzigen Blüte, durchsichtige Porzellane, bemalte Paravents, Fächer, hölzerne Kimonoständer, von denen Kimonos in nie gesehenen Farben wie riesige Segel, wie Gemälde wehten. Nie zuvor hatte ich so viel Schönheit auf einmal erlebt! Eine karge Schönheit, die sich manchmal erst auf den zweiten Blick offenbarte, die oft durch kühn gebogene Formen oder durch Kargheit entstand. Anmut und Würde, ein sinnlicher Genuß.

Wir bewohnten ein großes Zimmer mit Shoji-Schiebefenstern aus Reispapier. Obwohl es schon Frühjahr war, drang bittere feuchte Kälte durch das opake Papier. In den wenigen traditionellen Häusern, die es in Japan noch gibt, gilt der Grundsatz: Wie drinnen, so draußen. Doch Frau Sato zeigte uns das Ofuro, in dem wir uns aufwärmen konnten. Ein heller Raum, in dem eine riesige, mit Wasser gefüllte Metallwanne in den Boden eingelassen war. Ein Tüllsäckchen mit Zitronen schwamm darin herum. An die gläsernen Schiebetüren pochten die Zweige eines Fächerahorns, dessen erste junge Triebe sich in zartem Gelbgrün an die Scheiben schmiegten und die Illusion schufen, man sei mitten im Garten.

»Wenn Sie ein Ofuro nehmen möchten, so sagen Sie es mir vorher. Ich gehe dann hinaus, denn ich muß das Bad von außen mit Holz anheizen. Das Wasser ist so heiß, daß es die meisten Europäer nicht aushalten können, wir Japaner dagegen lieben es und sitzen oft stundenlang im Wasser. Bevor Sie in das Ofuro hineingehen, duschen und waschen Sie sich gründlich ab, denn das Wasser bleibt immer darin und wird nur selten ausgewechselt. Das Ofuro ist nicht wie in Europa zum Waschen da, sondern dient der Entspannung. – Ich habe heute schon eingeheizt, Sie können jetzt sofort hineingehen und sich nach Ihrer langen Reise erholen.«

Wir duschten ausgiebig und gingen dann zur Wanne, die offensichtlich für mehrere Personen gedacht war. Zsolan sprang als erster ins Wasser, die Wanne war so tief, daß er mit angezogenen Knien darin saß, das Wasser ging ihm bis zum Hals. In Sekundenschnelle bekam er einen puterroten Kopf. Ich streckte meinen Fuß ins Wasser und zog ihn sofort erschrocken wieder zurück. Er war hellrot angelaufen, und das Wasser war heiß, als ob es kochen würde! Doch nach einiger Zeit gewöhnte ich mich daran und saß tatsächlich eine ganze Stunde schnatternd und schwätzend mit Zsolan im Ofuro. Danach hätte ich nackt durch ein Schneegestöber laufen können, ich glühte vor innerer Hitze.

Ich kannte Setsu Roshi bis dahin nur von Fotografien her. Er war größer, als ich vermutet hatte, und lächelte zur Begrüßung alterslos auf mich herab. Zu meiner Überraschung waren viele Amerikaner im Zendo, doch die meisten kamen aus Deutschland. Edwin Saupe, Lilith van Schaukel und Maria Wand, Marc und Pinky Schuller, die ich aus dem Münchner Zendo kannte. Dazu kamen etliche Priester und Ordenschwestern.

»Was machen denn die vielen Geistlichen und Nonnen hier?« fragte ich neugierig.

»Sie wissen, daß Pater Fernande schon sehr alt ist«, antwortete Pater Gis. »Bis jetzt hat er keinen Nachfolger, der Zen in Deutschland lehren könnte. Daher ist es wichtig, daß wir genügend Priester nach Japan schicken, damit Zen in den Händen der Kirche bleibt.«

Ich starrte ihn fragend an.

»Die Kirchen werden immer leerer, wir müssen den Leuten wieder etwas bieten. Die ewigen Jazzmessen sind nicht länger gefragt, jetzt interessiert man sich mehr für den fernen Osten. Und da Zen keine Religion, sondern eine Meditationsmethode ist, können wir es recht gut in unser Programm einbauen. Die Nachfrage ist enorm, und ich bin damit beauftragt, für Nachwuchs aus kirchlichen Reihen zu sorgen. – Darf ich Ihnen Pater Cod vorstellen?«

Ein schmächtiger junger Mann, dessen lockiges Haar seine

hohe Stirne wie eine Löwenmähne umgab, stellte sich zu uns und lächelte mich strahlend an. Im Gegensatz zu Pater Gis, dessen männlich straffe Erscheinung viel Raum einnahm, wirkte er bescheiden und still.

»Wie lange haben Sie heute meditiert, Pater Cod?« fragte Pater Gis eisig. »Leider konnte ich Sie nicht kontrollieren, weil ich die Zsolans von Narita abholen mußte. Vergessen Sie nicht, Sie müssen in diesem Jahr zur Erleuchtung kommen! Nur wer erleuchtet ist, hat eine Chance!«

»Wenn ich ab und zu hinausgehen dürfte, könnte ich sicher wieder besser meditieren«, warf Pater Cod schüchtern ein.

»Denken Sie daran, daß die Kirche Ihnen dieses Jahr in Japan bezahlt. Und – je eher Sie zur Erleuchtung kommen, desto eher dürfen Sie wieder nach Hause!«

Als Gis gegangen war, beugte sich Pater Cod vertraulich seufzend und ein wenig verzweifelt zu mir.

»Gis ist unerbittlich. Er sperrt mich in mein Zimmer ein, und ich muß den ganzen Tag meditieren. Er will, daß die Benediktiner beim Zen in Deutschland führend sind. Es ist tödlich, sage ich Ihnen, ich sitze hier schon drei Monate fest und komme so gut wie nie hinaus. Hätten Sie Lust, heute abend mit mir ein Bier zu trinken? Gis hat einen Termin und kann nicht auf mich aufpassen.«

Bevor ich antworten konnte, dröhnte der Gong, der uns ins Zendo rief. Alles huschte in das winzige Dai Setsu Zendo. Dai Setsu heißt Großer Schnee, gemeint war der strahlende Schnee der Erleuchtung. Das Zendo war ein kleiner, traditioneller japanischer Holzbau, ein überdachter Gang aus poliertem Kirschholz, von dem aus man zu den Privaträumen des Roshis und zu den Toiletten gelangen konnte, lief herum. Ein Gang führte durch einen klassischen japanischen Garten zum Dokusanraum, in dem Setsu Roshi seine Schüler empfing.

Ich hätte mir nie vorstellen können, jemals solche Schmerzen zu spüren. Kaum hatte ich mich auf mein Zafu gesetzt, fing es in meinen Knochen an zu toben, daß ich weder ein noch aus wußte. Beim Aufstehen war alles wie ein Spuk verflogen. Im Zendo war es eiskalt, durch die wackeligen Shojiwände aus Reispapier pfiff der Wind, und ich konnte sehen, wie mein Atem in feinen, weißen Wölkchen aus meiner Nase strömte. Noch schlimmer wurde es, als ich, auf Dokusan wartend, im Freien auf der Balustrade vor dem Zimmer des Roshis kniete. Sie war zwar überdacht, aber in der Zwischenzeit hatte ein feiner Nieselregen eingesetzt. Der Wind wehte vom Meer her und ließ die Tropfen fast waagerecht durch die Nachtluft fliegen. Fassungslos rutschte ich auf den polierten Bohlen hin und her, es lagen nicht einmal Tatamis aus, auf denen man etwas weicher hätte sitzen können. Ich hatte immer geglaubt, die berühmte Härte des Zenlebens bereits in München erfahren zu haben. Doch das hier war etwas ganz anderes. Es war nicht genug, mit dem Koan zu arbeiten, man mußte auch noch gegen das Wetter ankämpfen. Alle, die Dokusan bekamen, saßen im Freien, der Wind fuhr durch unsere Hakamas und Blusen, daß uns die Zähne klapperten. Der Regen spottete des Daches und trieb das Wasser in meine Ohren, ließ es vom Halsausschnitt langsam den Rücken hinunterrinnen; in der Taille, wo der Gürtel die Hakama staute, hatte sich ein kleiner See gebildet, der kälter und kälter wurde und bei jeder Verbeugung die Wirbelsäule bis

zur Schulter hinauflief, um dann eisig in meinen Ausschnitt zu tropfen.
Unmittelbar vor mir kniete Pater Fernande, groß, dünn, ungerührt und unheimlich still. Ab und zu fuhr der Wind unter seine Haare und blähte sie wie graue Segel. Ich begann ihn zu bewundern. Trotz seiner achtzig Jahre saß er wie alle anderen in Wind und Regen auf dem blanken Boden, demütig in seinen Koan vertieft, während ich mit Nässe, Kälte und Schmerzen haderte. Der Koan Mu interessierte mich kein bißchen mehr. Ich wollte nur noch endlich in den Dokusanraum kommen, in das warme, windstille Licht, in dem Setsu Roshi saß, den ich immer für einen Augenblick sehen konnte, wenn sich die Schiebetür öffnete und die nicht enden wollenden Niederwerfungen begannen. Danach saßen wir wieder in der Dunkelheit.
Endlich öffnete sich der ersehnte Raum auch mir, und ich kniete vor Setsu Roshi, dem Meister meiner Meisterin. Naß, blaß und verbissen stotterte ich meine Erfahrungen mit dem Koan heraus. Der Roshi sagte nichts, lächelte nur eine Zeitlang gütig und so, als ob er etwas wüßte, von dem ich keine Ahnung hatte. Dann umfuhr er mit dem Nyoi, dem hölzernen Roshistab, seinen Mund und sagte in gebrochenem Englisch: »Sie stehen unmittelbar vor Mu, können Sie es mir zeigen?«
Als es zehn Uhr und die Meditationszeit vorbei war, ging ich hinaus, um mich in der kleinen Kammer auszuheulen, in der die Putzsachen aufbewahrt wurden. Ich weinte nach dem warmen, heiteren Thailand, dem bequemen Deutschland – wie sollte ich je zur Erleuchtung kommen, wenn ich nachts in Regen und Wind oder in einem eiskalten zugigen Zendo sitzen mußte!

Anschließend wurde im Wohnzimmer des Roshis Sake und Tee serviert. Er saß mit seiner Frau still auf der Couch und mischte sich nur dann und wann in das lebhafte Gespräch ein. Anders als in Thailand muß ein Meister in Japan nicht notwendigerweise auch Mönch sein. Allein die spirituelle Qualifikation gibt den Ausschlag bei der Ernennung zum Roshi. So leben dort Mönche oder Äbte von Klöstern als Zenmeister und daneben vollkommen gleichberechtigt die weltlichen Roshis, die häufig auch verheiratet sind.
Wie betäubt trank ich den heißen Sake zusammen mit grünem Tee und sah, wie sich Maria Wand mit einem boshaft zufriedenen Lächeln an Zsolan heranmachte, ihm leise und eindringlich ins Ohr flüsterte, sah, wie sie ihren blassen, fülligen Schenkel an seinen schob. Lilith van Schaukel, langweilig, glanzlos und fahl, jubelte bemüht Edwin Saupe zu. »Edwin, o Edwin!«
Während sich der Sake mit wohliger Wärme in meinem Körper ausbreitete, versank ich in Nachdenken. Nirgendwo klafften Sein und Schein so auseinander wie in einem Zendo. Weshalb waren die anderen so offensichtlich verletzend und taktlos? Ich sah, wie mir Maria über Zsolans herrliche Locken hinweg triumphierend und siegesgewiß zulächelte. War es die Erleuchtung, die sie so grausam und böse machte? Oder benahm sie sich einfach wie der Bettelmann, der aufs hohe Roß kommt? Eine unscheinbare, fade Frau war Godo in einem Zendo geworden. Jetzt hatte sie Macht über andere und kostete sie aus, ihre Verletzungen waren gekonnt und wohlüberlegt. Aber auch ich war boshafter geworden, seit ich im Dojo war, in unbarmherziger Klarheit sah ich Marias Verlogenheit, Zsolans selbstsüchtige Schwäche und Liliths Farblosigkeit, der sie mit Gewalt

entkommen wollte. Die Negativität schien wie ein Schild vor den anderen aufgerichtet, so daß das Gute kaum noch zu sehen war. Der unaufhörliche sanfte Druck von oben, doch endlich erleuchteter, sanfter und spiritueller zu sein, bekam uns nicht. Aka Yuki An lehrte uns, unsere Schattenseiten – Scheinheiligkeit, Neid, Mißgunst und Geltungsbedürfnis – aufzulösen. Anscheinend erhoben sie ihr Haupt aber um so schrecklicher, je heftiger wir sie zu unterdrücken suchten.
Ich war müde, das zu sehen, was ich sah, und setzte mich zu einer jungen Frau, die sich Sister Ann nannte. Sie trug eine konventionelle, amerikanische Lockenfrisur und war Ordensschwester, wie sie mir erzählte. Im Gespräch mit ihr löste sich meine Erstarrung, bald lachten wir zusammen über die Unbilden des Zen und stopften uns Gyoza, gefüllte Teigtaschen, mit rutschigen Lackstäbchen in den Mund. »Ich halte mich hier an Setsu Roshi und ans Essen«, sagte sie fröhlich und angelte sich mit den Stäbchen ein besonders großes Stück aus der Schale. »Besonders das Sawakai, das gesellige Beisammensein nach der Meditation, ist zu fürchten, da ziehen sie rücksichtslos über jeden her. Manchmal denke ich, es wäre gnädiger, einem Menschen tatsächlich mit einem Knüppel auf den Kopf zu schlagen.« Sprach's und schluckte ein Sushistückchen – roher Fisch mit Seetang umwickelt – hinunter. Auf allen Fotos, die ich noch von ihr habe, ist sie mit Eßstäbchen, gefüllter Schale und offenem Mund zu sehen. Sie war die Einfachheit und Heiterkeit selbst und wurde später Zenmeisterin.

Die Kirschen blühten, und der große Schrein Hachiman Go war in rosigen Schaum gehüllt. Das Moos, das auf den

uralten Stufen und Steinlaternen des Enkakuchji-Tempels wuchs, war noch grüner als zuvor, und der unheimliche Stangenwald aus Bambus raschelte aufgeregter als sonst. Es war Frühling, und als ich unter den Ahornbäumen des Shinto-Schreines herumspazierte, sah ich im Blau des Himmels den Gipfel des heiligen Fujijama schweben. Wie eine Fata Morgana schimmerte seine hohe Kuppel in der Ferne, genauso wie ich es von Hokusais Holzschnitten *Sechsunddreißig Ansichten des Berges Fuji* kannte. »Sie hat Fujisan gesehen«, murmelte Frau Sato, »welch ein Glück!«
Ich arbeitete in einem Krankenhaus als Akupunkteurin. Ich weiß nicht mehr, wer bei meiner ersten Behandlung die Verlegenere war, die junge Japanerin oder ich. Sie hatte Rückenschmerzen und erwartete offensichtlich, daß ich sie am Rücken stechen sollte. Dabei machte sie jedoch keinerlei Anstalten, sich auszuziehen, sondern saß nur geduldig mit gebeugtem Rücken da. Nach langem Zögern fühlte ich schließlich die Dornfortsätze der Wirbel durch den Pullover und führte meine Nadeln durch die Kleidung in die Haut. Einige Japanerinnen waren so schüchtern, daß sie sich selbst beim Röntgen nicht ausziehen wollten. Ich lernte die Punkte so genau zu treffen, daß ich mit geschlossenen Augen hätte behandeln können, und auch heute noch kann ich die Akupunkturstellen durch jeden Wintermantel finden.

Und wieder kam ein Zazenkai, das dreitägige Sitzen am Ende der Woche. Ich begann das Zendo zu fürchten, Schmerzen und Kälte zehrten an mir.
»Weshalb nur tun mir alle Knochen weh?« fragte ich die anderen. Aber niemand wußte eine Antwort.

Am Sonntag nach dem Sawakai sprach mich Pater Fernande an: »Sie leiden unter dem japanischen Klima, das eine besonders hohe Luftfeuchtigkeit hat. Zudem ist es gerade kalt. Ich brauchte Jahre, um mich daran zu gewöhnen. Wenn Sie wieder zu Hause sind, wird es Ihnen so gut wie immer gehen.«
»Dann muß ich mich jetzt mit den Schmerzen abfinden?«
»Ja, es gibt leider gar kein Mittel dagegen. Aber denken Sie an Dai Setsu Roshi, von dem Sie sicher schon gehört haben. Er litt an einer sehr schmerzhaften Erkrankung, und als er vor vielen Jahren starb, waren seine letzten Worte ›Schmerz, nichts als Schmerz‹. Seine Schüler schämten sich für ihn!«
»Aber weshalb?«
»Sie erwarteten, daß ein Erleuchteter nur heilige und erhabene Dinge von sich gibt. Dabei haben sie nicht erkannt, welch tiefe Einsicht in diesen Worten steckte; er befaßte sich gerade mit dem, was augenblicklich in dieser Welt für ihn das Wichtigste war und nicht mit irgendwelchen rosaroten esoterischen Schwärmereien wie Erhabenheit, höchste Erkenntnis und so weiter. Um das zu können, muß man wirklich tief erleuchtet sein! Aber hier ist es auch nicht anders. Sehen Sie sich doch diese heiligen Kühe einmal an!« Er wies mit der Hand auf Maria und Lilith, die sich gerade mit perlendem Gelächter umarmten und sich vom Saubermachen am Ende des Zazenkais drückten, indem sie in affektierter Bewunderung vor einem kleinen blühenden Kirschbaum erstarrten.
Ich prustete vor Lachen: »Heilige Kühe! Sie mögen wohl die Frauen nicht besonders, Pater.«
Er grinste nur flapsig. »Wie man es nimmt. Aber jetzt ent-

schuldigen Sie mich bitte, ich möchte wie immer die Toiletten putzen, das machen die anderen nicht gerne!«
Die beiden Frauen hielten sich an der Hand, eine dritte hatte sich zu ihnen gesellt, es war Helga Beide, die auch Godo war. Der kühle Frühlingswind preßte die lose Seide ihrer Bluse an den Körper und gab unbarmherzig die verkrümmte Kurve ihres Rückens frei, den der Koan Mu noch nicht gerade gebogen hatte, wie ich boshaft bemerkte. Zu dritt starrten sie entzückt die fülligen, rosigen Kirschblüten an, während hinter ihrem Rücken der greise Pater auf den Knien hin und her rutschend die Toiletten säuberte.

Aka Yuki An mußte die Heimreise nach Deutschland antreten, damit sie im Mai rechtzeitig die Zensaison eröffnen konnte. Beinahe alle Deutschen begleiteten sie auf ihrer Fahrt zum Hafen Yokohama. Als ich sie oben an der Reling stehen sah, nur noch mit den bunten Papierbändern mit ihren Schülern verbunden, war ich wehmütig gestimmt, obwohl ich sie in wenigen Wochen in München wiedertreffen würde. Meine Meisterin, die mich schützte und über meine schwierige Ehe wachte! Ich wurde von Trauer überschwemmt, so als ob ich sie nie wiedersehen würde; es war wie ein Abschied fürs Leben! Und das blaue Band, das sie und ich in Händen hielten, zerriß wirklich als letztes. Zsolan, Helga, Edwin und alle anderen hatten schon lange zuvor den farbigen Papierstreifen losgelassen. Ich wickelte das Ende auf und steckte es in die Tasche. Oben auf dem hohen Schiff, das sich langsam entfernte, sah ich Aka Yuki An lächeln und blickte in ihre segnende Hand. So wie ich sie bis dahin kannte, sollte ich sie nie wieder treffen.

Den Kirschblüten zum Trotz war es bitter kalt. Obwohl die kleinen japanischen Buben in kurzen Hosen und Hemdchen zur Schule gingen, obwohl ihre Mütter in Frühlingskimonos den Hachiman Go umkreisten, war mir kalt bis in die Knochen. Frau Sato hatte mir eine kleine flache Metallflasche gegeben. Als ich versuchte, sie zu öffnen, lachte sie: »Nein, nein, kein Schnaps! Das ist eine tragbare Heizung für das Zendo!«

Ich hielt eine japanische Wärmflasche in Händen, die man mit Kerosin anzünden und dann bequem in die Hosentasche stecken konnte.

»Seien Sie bloß vorsichtig«, warnte mich Sister Ann, »ich habe mir mit einem solchen Ding beim letzten Sesshin das Hinterteil verbrannt. Ich steckte es in den Gürtel meiner Hakama und hatte zuletzt eine riesige Brandblase.«

Ann sah mich mit ihren großen hellgrünen Augen ernsthaft an, und ich begann zu lachen, weil die Vorstellung zu komisch war. Sie lachte mit mir, und schließlich bogen wir uns beide über den niedrigen Bambuszaun, der mit kunstvollen Bastschleifen zusammengebunden war. Als ich mich wieder beruhigt hatte, fragte ich sie, ob auch sie in Japan unaufhörlich frieren würde: »Ich friere im Bett, im Zendo, überall! So schön diese Shoji auch sind, ein häßliches, solides Doppelfenster wäre mir viel lieber!«

Ann riet mir, eine jener hauchdünnen silbernen Decken zu kaufen, die gegen Wind und Kälte isolieren. Die Japaner haben ein ganzes Arsenal gegen diese beiden Feinde erfunden: Aufheizbare Leibbinden, energetisierende Sohlen, eiserne Teekannen und aufgeheizte Steine, die in die Zimmer gelegt werden. Die Silberdecke, eine Art weicher Alufolie, die ich von da an jeden Abend im Bett wie ein

Zelt über meinen Kopf zog, ließ mich tatsächlich wie in einem warmen, windstillen Nest liegen. Ihr einziger Nachteil war, daß sie unaufhörlich knisterte. Besonders wenn ich mich umdrehte, wachte ich von meinem eigenen Geraschel auf. Die Japaner nahmen sie sogar ins Zendo mit, um sie beim Sitzen wie ein Cape überzuziehen – in der Stille drang ihr scharfes Rascheln unbarmherzig durch die Ohren bis mitten ins Gehirn und vertrieb dort den Koan Mu.
Setsu Roshi gab zu unserem Abschied ein Fest. Alle Deutschen und viele andere Zenschüler waren gekommen.
»Jetzt haben wir es nicht geschafft, einmal miteinander auszugehen«, sagte Pater Cod bedauernd. »Obwohl Sie zwei Monate in Japan waren. Was haben Sie denn die ganze Zeit gemacht?«
Ich wollte gerade antworten: »Gefroren!«, als sich Lilith zwischen uns schob: »Ich war auch zwei Monate hier und habe Töpfern gelernt. Jetzt weiß ich, wie man die schwierigen japanischen Glasuren macht. Narushima sensei fand, daß ich sehr geschickt bin.«
Helga Beide, die junge Godo, trat näher heran. Sie hatte ein molliges, unschuldiges Kindergesichtchen und meinte zustimmend: »Ja, das stimmt! Lilith und ich hatten den gleichen Lehrer. Er verbesserte uns kaum, aber Sie hätten einmal hören sollen, wie er die Japaner zurechtstauchte! Obwohl sie schon Jahre bei ihm lernten, war ihm nichts gut genug!«
Ein glückliches Lächeln überzog ihr Gesicht, und sie nickte bekräftigend. »Ich glaube, daß wir Europäer die japanische Kultur besser verstehen als die Japaner selbst. Helga und ich waren seine beiden besten Schülerinnen, obwohl wir nur einige Wochen bei Narushima-san lernen konnten.«
»Möchten Sie nicht die Teeschalen sehen, die wir für go

roshi sama gemacht haben?« Helga zog Pater Cod am Ärmel hinaus.

Ich hörte Pater Fernande und Sister Ann hinter meinem Rücken lachen. Ich drehte mich um, Ann prustete vor sich hin und konnte kaum sprechen.

»Da haben Sie ein typisches Beispiel westlicher Überheblichkeit gesehen«, schmunzelte der Pater.

»Ja, das komischste aber ist, daß die beiden nicht wissen, was sie da gerade gesagt haben! Ein japanischer Lehrer oder sensei korrigiert nämlich nur seine besten Schüler. Um die anderen kümmert er sich wenig, denn sie müssen erst noch lange Zeit üben, bis sie sich etwas Substanz erarbeitet haben, die sich verbessern läßt«, erklärte Ann, »so sind die Japaner.«

»Bei Ausländern, die sowieso nur ein paar Wochen bleiben, sagen sie nur, ›Schon gut, schon gut‹, denn es lohnt sich gar nicht erst anzufangen«, fügte der Pater hinzu. »Die meisten Deutschen verstehen das falsch und halten sich für die Größten.«

Wie peinlich, dachte ich und fragte dann Pater Fernande: »Helga sagte vorhin ›go roshi sama‹, wissen Sie, was das bedeutet?«

»Sie haben sicher schon gehört, daß die Japaner hinter den Namen die Silbe -san stellen. Maria-san, Tatsuki-san und so weiter. San ist eine Höflichkeitsform, denn es gilt als grob, einfach nur den Namen zu sagen. Sogar ihren heiligen Berg, den Fujijama, nennen sie Fuji-san.«

»Go ist die sehr erhabene Vorsilbe und -sama die sehr erhabene Nachsilbe«, warf Ann launig ein. »Wenn wir vom oder mit dem Roshi sprechen, benützen wir deshalb die volle Höflichkeitsform!«

Helga Beide trat wieder zu uns, ihr rosiges Kindergesicht war hart geworden, und sie sah mich streng an: »Go roshi sama möchte Sie sofort sprechen. Sie sollen zu ihm in den Dokusanraum kommen! Aber beeilen Sie sich!«
Während ich ging, hörte ich noch, wie sie sagte: »Ich möchte zu gerne wissen, was sie ausgefressen hat. Setsu Roshi wirkte sehr ernst.«
Auch mir klopfte das Herz, als ich die Schiebetür zum Dokusanraum öffnete und mich vor dem Roshi und seiner Frau niederwarf.
»Nein, nein«, flüsterte Setsu Roshi und machte eine Handbewegung, daß ich mich erheben sollte.
Seine Frau lächelte und reichte ihm eine kleine Schachtel. Setsu Roshi hielt sie ein paar Augenblicke versonnen lächelnd in den Händen, bevor er sie mir übergab. Dabei sah er mich unverwandt an.
Ich glaubte ohnmächtig zu werden, und durch meinen Hinterkopf jagte ein leichter Schwindel, von seinen dunklen Augen ging ein verwirrender Sog aus. Wie auch bei Aka Yuki An spürte ich rätselhafte körperliche Veränderungen und Umstrukturierungen in Gegenwart des Meisters.
»Öffnen Sie«, sagte seine Frau freundlich.
Ich nestelte ungeschickt am Verschluß herum, die Schachtel war mit bedruckter Seide zur Jahreszeit passend in Frühlingsfarben bespannt. Endlich sprang der Verschluß auf. Auf einem mattblauen Seidenkissen lag eine Brosche: Zehn Perlen waren kreisförmig in einen Ring aus Sterlingsilber gefaßt und mit zarten silbernen Blättern geschmückt.
»Wie wunderschön«, stammelte ich, »vielen Dank! Ich kann es noch gar nicht fassen! Danke!«

»Tragen Sie die Brosche links über dem Herzen«, sagte der Roshi. »Sie symbolisiert den elfenbeinernen Ring des Kesa und die vollkommene Buddhaschaft. Die zehn Perlen stehen für Reinheit und Vollkommenheit, sie sind ein Zeichen für tiefe Erleuchtung.«

»Danke, go roshi sama, sie ist so wunderschön«, antwortete ich. Seine Worte hatten mich tief berührt.

»Sie würden uns eine große Freude machen, wenn Sie die Brosche tragen würden. Gestatten Sie…« Die Frau des Roshis nahm den Perlenkreis aus der seidenen Schachtel und steckte ihn an meine Bluse. »Kirei desu, wie hübsch«, sagte sie lächelnd und trat einen Schritt zurück.

Das alte Paar stand voller Würde, Güte und Freundlichkeit vor mir, wir blieben eine Zeitlang schweigend stehen, die Wellen der Veränderung schwangen zwischen uns hin und her. Meine Knochen schienen sich zu biegen und zu verschieben, ich glaubte zu schielen und meine Haarwurzeln fühlten sich an, als ob jede einzelne zu Berge stehen würde.

»Der Koan Mu beginnt jetzt, Sie auch körperlich zu verändern. Das kann soweit gehen, daß Sie sogar Schmerzen dabei empfinden. Sie haben eben deutlich die Frequenz der Umwandlung gespürt. Und jetzt gebe ich Ihnen das letzte Dokusan, bevor Sie nach Deutschland zurückfahren«, sagte Setsu Roshi. Seine Frau verließ nickend den Raum. Wir führten ein unvergeßliches Gespräch, eine Wahrheit löste die andere ab.

Als ich ihn verließ, glaubte ich ein neuer Mensch zu sein. Setsu Roshi ist wirklich ein großer Guru, dachte ich. So entschieden, so mächtig und doch so schlicht.

Zum Abschied erklärte er mir die Zenworte *Jishin kore do-*

jo – Unser Bewußtsein, das ist die Übungshalle. Ja, vielleicht war es besser, alleine im Herzen zu üben, als in das Münchner Zendo zu gehen, in dem Gehässigkeit und Verachtung einen immer größeren Raum einnahmen. Seine Aura der großen inneren Wahrheit umgab mich wie ein wärmender Mantel, als ich wieder zu den anderen in den großen Wohnraum trat, und seine letzten Worte – »Dai anshin, großer innerer Friede« – schwangen in meinem Körper wie die gewaltigen Schläge der großen Zenglocke.
Die Party war noch in Gange, obwohl Setsu Roshi sich schon zurückgezogen hatte.
Lilith, bis zur Anstößigkeit gut genährt, lehnte an Zsolans Schulter und bewegte sich keinen Zentimeter von ihm weg, als ich wieder zurückkam. Sie schien in ein intensives Gespräch vertieft und bat, bei ihm lernen zu dürfen. Sie wechselten sofort das Thema, aber ich hatte trotzdem gehört, daß Zsolan davon gesprochen hatte, eine Nachfolgerin für seine Praxis zu suchen.
Aufgeladen durch das, was im Dokusanraum geschehen war, schien mir all dies nur Geplänkel. Lilith versuchte bewußt, mich zu kränken, und sagte beiläufig: »Nette Brosche haben Sie da, Frau Zsolan. Perlen bekommt man ja in Japan für ein Trinkgeld!«
Und auch das zog an mir vorbei wie leichtes Gewölk.

Als ich in Deutschland ankam, war eine Botschaft von Aka Yuki An eingetroffen, daß die Räume des Zendos verlegt werden müßten. Im Schwabinger Haus habe sich im Parterre eine Sekte eingemietet, die »unserem Bewußtsein nur schaden kann«, wie Aka Yuki An schrieb. Es gab viel zu tun, denn das Zendo wurde in eines der Häuser umquartiert, die Maria Wand im vornehmen Starnberg besaß. Die Villa lag auf einem großen Waldgrundstück. Seltene, hochgewachsene Spitzeichen umgaben den altmodischen Bau und ließen kaum Licht in die Fenster herein.

Ende April hatten wir es geschafft und mit mehreren Privatwägen die Zafus, Zabutons und Küchenutensilien des Zendos nach Starnberg gefahren. Alle hatten zusammengeholfen, geschreinert, tapeziert und die Wände gestrichen. Wohlig erschöpft saßen wir in der Frühlingssonne auf dem Balkon und tranken Kaffee.

»Wie gut, daß wir im Zen keine Möbel brauchen«, sagte Zsolan neben mir, »die Zabutons sind wenigstens leicht zu tragen.«

»Ich glaube, wir sind hier in ein Paradies gezogen«, warf Johann Zelt ein. »Stellt euch vor, ganz nah bei München in einer solchen Villa zu meditieren, mit Park! Das ist schon Luxus.«

Alle anderen hatten sich wieder an die Arbeit gemacht, nur René Wood und ich saßen noch draußen und genossen die letzten Sonnenstrahlen. Seine schwarze Haartolle hing ihm in die Stirn und ließ ihn unternehmungslustiger aussehen, als er tatsächlich war. Zufrieden räkelte er sich auf dem Pappkarton, der ihm als Sitz diente. Durch das junge Laub der Haselnußhecke konnten wir auf das Nachbargrundstück sehen, dort lag Maria Wands Wohnhaus, es war in einem schrecklichen Tessiner Stil gebaut. Aus den Bruchsteinmauern erhoben sich schmiedeeiserne Brunnen, Putten, verschnörkelte Gitterfenster und Laternen.

»Igitt«, sagte René, der meinem Blick gefolgt war. »Da lobe ich mir doch die karge japanische Beschränkung. Schön-

heit besteht nicht darin, immer mehr Schnörkel anzuhäufen.«
Wie gut konnte ich ihn verstehen. Im Kamakura hatte ich im Wohnzimmer des Roshis eine in die Täfelung eingelassene Verzierung erst nach einigen Wochen entdeckt, so schlicht und im Einklang mit der Harmonie des Raumes war sie gewesen.
Da wir beide alleine und ohne andere Zuhörer waren, wagte ich René zu sagen, was mich beschäftigte, seit wir das neue Zendo einrichteten. Das große Haus wirkte seltsam düster und kalt auf mich, trotz des strahlenden Sonnenlichts hatte ich ein unangenehmes Gefühl, wenn ich hineinging. Ich fühlte mich einfach nicht wohl in diesem Gebäude, so schön es auch sein mochte. Und auf gar keinen Fall wollte ich hier über Nacht bleiben.
René drehte sich nachdenklich eine Zigarette, dann meinte er langsam: »Hast du es auch bemerkt? Weißt du, daß dieses Haus Gauleiter Friederichs, einem engen Freund Hitlers, gehörte? Hitler ging hier ein und aus. Aber bitte, das bleibt unter uns beiden.«
Ich sprang entsetzt auf: »René, woher weißt du das?«
»Ich habe es in einem Buch über die Nazizeit in München gelesen.«
»Aka Yuki An würde doch nie in solch ein Haus ziehen!«
»Ich begreife das schon: Das Haus ist kostenlos, Maria Wand verlangt keinerlei Miete dafür. Und Aka Yuki An hat kaum Geld, denn sie arbeitet nicht.«
»Wovon lebt sie dann?«
»Maria Wand ist so vermögend, daß sie alles bezahlt: Aka Yuki Ans Wohnung, ihre Reisen, einfach alles. Aus diesem Grund sind die beiden Frauen viel beisammen, und Maria

rechnet fest damit, einmal von Aka Yuki An selbst zum Roshi ernannt zu werden.«
»Also hat Aka Yuki An ihr ganzes Leben dem Zen und ihren Schülern gewidmet!«
»Aber sie ist dadurch abhängig von den Menschen geworden, die sie finanzieren! Im Zen würde man sagen: Sie hat sich ohne Seil gefesselt. Selbst Setsu Roshi führt das Zendo in Kamakura und arbeitet gleichzeitig als Klinikchef. Es ist besser, wenn ein spiritueller Lehrer von seinem Beruf lebt und nicht auf die Spenden seiner Schüler angewiesen ist. Aka Yuki An ist zwar sehr bescheiden, aber du siehst ja: Auch ein Roshi kann schwach werden und seine Grundsätze vergessen.« Mit einer ausladenden Geste wies René auf das Haus und den großen Park. Dann sah er mich aufrichtig bekümmert an.
Aka Yuki An kehrte wieder für ein halbes Jahr nach München zurück, und im neuen Haus begann das Zenleben. Einerseits war ich glücklich, daß die Schulung begann, andererseits erfüllte mich das Haus mit immer stärkerem Widerwillen. Ich ging ungern hinein; das Gefühl begann schon, wenn ich durch den großen Garten schritt und mich der Haustüre näherte. Maria und Aka Yuki An suchten verzweifelt Mieter für die Wohnung im Erdgeschoß, damit wenigstens etwas Geld hereinkam.
Aka Yuki An hatte mir vorgeschlagen, meine Praxis nach Starnberg zu verlegen, aber wenn ich mir vorstellte, Tag für Tag in diesem düsteren, kalten Haus arbeiten zu müssen, in dem der Atem Hitlers schwebte, graute mir. Hier konnte man nicht gesund werden. Ich lehnte ab, auch als sie mir eine extrem günstige Miete anbot. Schließlich fanden sich doch noch Mieter, ein junges Paar, das neu im

Zendo war, freute sich, dort so feudal und weit über seine Verhältnisse wohnen zu können. Die junge Frau Kassel sollte diesen Entschluß später mit ihrem Leben bezahlen.

Durch den Umzug bekam ich eine neue Aufgabe zugeteilt, um die ich viel beneidet wurde: Ich wurde Aka Yuki Ans Chauffeur. Sie bat mich darum, weil ich ganz in ihrer Nähe wohnte. Die Fahrzeit nach Starnberg betrug mindestens eine gute Stunde. Jeden Freitag fuhren wir gemeinsam hin und zurück, jeden Samstag und jeden Sonntag. Ich genoß es, so lange mit ihr zusammen zu sein.

Der erste Zazenkai der Sommersaison war gekommen, und ich freute mich, endlich wieder ohne Schmerzen meditieren zu können. Gut gelaunt steckte ich die Perlenbrosche an meine Bluse und fuhr los, um den Roshi abzuholen. Ein unglaublicher Föhn hatte den Himmel so gefärbt, daß es aussah, als führen wir dem Meer entgegen.

»Du bist Orplid, mein Land, das ferne leuchtet…«, zitierten wir wie aus einem Mund Mörikes Gedicht.

Sie lachte: »Welche Gemeinsamkeit, unglaublich! Ausgerechnet in dieser Sekunde fallen uns beiden diese kaum bekannten Verse ein!«

Lächelnd tätschelte sie meine Hände auf dem Lenkrad, und ich war glücklich und satt von ihrer liebevollen, starken Ausstrahlung.

Im Zendo angekommen trug ich ihr Zafu und Tasche in den Dokusanraum und war froh, ihr unter vier Augen das Geschenk von Setsu Roshi zeigen zu können.

»Aka Yuki An, die Brosche, die ich hier trage, hat mir Setsu Roshi geschenkt.«

Sie hatte etwas am Altar gerichtet und fuhr nun schnell wie

eine Schlange herum. Ihre Augen sprangen mich an, sie wollte etwas sagen, beherrschte sich zunächst, doch dann fauchte sie: »Nehmen Sie die Brosche sofort herunter! Ich will Sie nie wieder damit sehen!«
Völlig entsetzt über ihre heftige Verwandlung begann ich an der Nadel herumzunesteln. Ich merkte, wie meine Mundwinkel zitterten.
»Herunter damit! Und damit Sie es wissen, ich wünsche nicht, daß Sie noch einmal nach Japan fahren und Setsu Roshi treffen. Wenn er im Sommer für ein paar Wochen nach München kommt, bleiben Sie zu Hause!«
Als ich wortlos den Raum verließ, traf mich ein listiger Blick von Helga Beide, die nach mir zu Aka Yuki An hineinging. In meinen Ohren dröhnte es, ich spürte, daß ich alleine sein mußte, und rannte in den Garten hinaus. Hinter dem Haus gab es eine versteckte Laube, in der sich selten jemand aufhielt. Aber heute standen dort René und Johann lachend beisammen und erzählten sich schlüpfrige Witze.
»Was ist dir denn passiert«, grinste Johann, als er mein verschrecktes Gesicht sah, »ist dein eifriger Mann wieder mal über eine Dame drübergerutscht? Allmählich müßtest du dich doch daran gewöhnt haben!« René und er bogen sich vor Lachen.
Ich hielt René meine Brosche hin, denn ich war so erschüttert, daß ich nicht sprechen konnte.
»O nein«, sagte René, der als einziger wußte, von wem ich sie bekommen hatte. »Hat sich go roshi sama über das schöne Geschenk geärgert? Das habe ich mir fast gedacht.«
Ich nickte und erzählte, was ich eben erlebt hatte. »Es

kann einfach nicht wahr sein, eben noch waren wir ein Herz und eine Seele! Setsu Roshi ist doch ihr Meister, warum freut sie sich nicht, wenn er mir etwas so Schönes schenkt?«

Johann hörte mir mit offenem Mund zu und sagte kein Wort.

»Sie wird eben eifersüchtig sein«, meinte René.

»Unmöglich! Ein Roshi eifersüchtig? Das gibt es nicht«, protestierte ich.

»Die Erleuchtung macht einen Menschen nicht besser, er sieht nur mehr«, beharrte René. »Ob er aber auch danach handelt, ist eine ganz andere Sache. Schließlich ist Aka Yuki An nicht der liebe Gott!«

»Aber René, sie ist der Nachfahre Buddhas!«

»Bis jetzt war sie jedenfalls die einzige, die den Kreis des Kesa getragen hat – und jetzt kommst du mit deiner Perlenbrosche an. Du hättest dir doch denken können, daß das Ärger gibt.«

»Aber warum hat Setsu Roshi mir die Brosche gegeben, wenn er wußte, daß Aka Yuki An sich darüber ärgern wird?«

»Er hat vermutlich etwas in dir gesehen und wollte es zum Ausdruck bringen. Du kannst sicher sein, Aka Yuki An hat genau verstanden, was Setsu Roshi meinte, deshalb war sie ja so wütend.«

Johann Zelt schaltete sich wieder ein, seine Hände zuckten nervös auf und ab, er schien zutiefst beunruhigt zu sein. »Es ist ganz anders, als ihr beiden meint: Aka Yuki An hat so reagiert, um Marias Ego zu verwirren! Ein Meister tut das manchmal, um den Schüler etwas zu lehren. Sie tut nichts aus einer billigen, menschlichen Schwäche heraus,

René! Denke daran, daß sie unsere einzige Verbindung zum Göttlichen ist!«

»Ist sie das wirklich?« fragte ich verwirrt.

»Wir können es uns nicht leisten, sie zu verlieren«, flüsterte Johann, »denke doch nur daran, wie das Leben ohne unseren Roshi wäre. Wie ein steuerloses Schiff würden wir ohne Führung bald verloren sein. Ich habe solche Sehnsucht nach der Erleuchtung und brauche Aka Yuki An!«

In mir vermischten sich Unruhe und Leere zu einem verwirrenden Gedankenstrudel. Ich sah das gelbgestrichene Haus, die Blätter der Spitzeichen, die im sanften Gegenlicht transparent leuchteten. Immer häufiger hörte man Autos vorfahren, die hölzerne Gartentüre wurde aufgestoßen, und der Park füllte sich langsam mit Menschen. Die Zenstunde rückte näher. Langsam formte sich in mir die beunruhigende Erkenntnis, daß spirituelle Größe zugleich mit Stolz und Korruption in ein und demselben Menschen existieren kann.

Wir gingen zum Haus zurück, Johann hatte den Arm um mich gelegt.

Aka Yuki Ans Chauffeur zu sein war anstrengend. Sie hatte die Angewohnheit, am Ende der Meditationszeit nicht nach Hause zu fahren, sondern in Marias Tessiner Haus hinüberzugehen. Immer wurden einige Ausgewählte eingeladen, doch mitzukommen. Der enge Kreis aber blieb immer derselbe: die Godos Maria Wand und Helga Beide, Marc und Pinky Schuller, Zsolan und notgedrungen auch ich, denn ohne mich wäre sie so spät nicht mehr zurück nach München gekommen. Manchmal saßen wir bis vier Uhr morgens beisammen.

Allmählich vermißte ich den Schlaf. Dreimal in der Woche nur drei oder vier Stunden war mir einfach zu wenig. Ich konnte nicht wie Zsolan oder Maria liegenbleiben, sondern mußte meine Morgensprechstunde abhalten. Gelegentlich durfte ich einigen Spott einstecken, weil ich während dieser Zusammenkünfte bisweilen so müde wurde, daß ich mich zwischen den Stofftieren, die Maria Wand so eifrig sammelte, zusammenrollte und einschlief. In Eulen, Hasen und Plüschschildkröten vergraben, fühlte ich mich geborgen. Das Reden und Lachen der anderen störte mich nicht, es rückte immer ferner, bis es endlich hinter einem dicken, bleiernen Vorhang verborgen war und nicht mehr zu mir drang.

Trotzdem versuchte ich meist, so lange wachzubleiben wie möglich, denn die Gespräche glichen einem Dokusan. Voller Aufmerksamkeit lauschte ich Aka Yuki Ans Erzählungen von Ursache und Wirkung.

»Im Buddhismus kennt man das Gesetz des Karma. Das heißt nichts anderes, als daß jede Ursache, die wir irgendwann einmal gesetzt haben, auch ihre Auswirkung auf unser Leben hat.«

»Kann es sein, daß wir jetzt an etwas leiden, dessen wahrer Grund in einer Tat liegt, die wir in einem früheren Leben begangen haben?« fragte Helga Beide.

»Natürlich, alle Schwierigkeiten und Leiden, die auf uns zukommen, haben eine Wurzel, sei es in diesem oder in einem früheren Leben. Auf die Ursache folgt die Wirkung: Wenn Sie zuviel gegessen haben, bekommen Sie Magendrücken. So einfach ist das, und das gilt auch für spirituelle Dinge!«

»Das würde ja heißen, daß unser ganzes Leben einem

Schicksalszwang unterworfen ist!« protestierte Marc Schuller.
»Sehen Sie es einmal so: Tut man etwas Gutes, so hat es ganz gewiß eine positive Auswirkung. Tut man etwas Schlechtes, so folgt mit Sicherheit ein negatives Resultat. Das und nichts anderes bedeutet Karma.«
»Was ist dann mit Tibet?« platzte ich heraus. »Das tibetische Volk leidet seit über vierzig Jahren Entsetzliches. Sie glauben doch nicht, daß diese Qualen die Wirkung einer Ursache sind, die es selbst gesetzt hat?«
In dem Schweigen, das auf meine Frage folgte, begann ich zu erröten. Im Zendo bestanden große Sympathien für Tibet, besonders Pinky Schuller und Zsolan befaßten sich intensiv mit tibetischem Buddhismus und tibetischer Meditation.
Zsolan stieß mich in die Seite: »Jetzt hast du allen gezeigt, wie unentwickelt du bist«, zischte er.
Auch Aka Yuki An sah mich lange an, bevor sie antwortete: »Diese Frage zeigt mir, wie es um Sie steht, liebe Frau Zsolan. Sie haben wenig von den heiligen Gesetzen des Buddhismus begriffen, deshalb stellen Sie solche Fragen.«
»Sie haben doch eben selbst gesagt, daß jede Wirkung eine Ursache hat. Meine Frage ist, welche Ursache hat das Leiden der Tibeter?«
»Überlegen Sie sich immer, wer diese Frage stellt, dann sind Sie der Erleuchtung schon ein wenig näher«, antwortete Aka Yuki An ungehalten.
»Der Dalai Lama hat gesagt…«, warf Maria Wand ein.
Doch jetzt kam ich richtig in Fahrt. Ich wollte nicht länger mit Phrasen abgespeist werden, denn ich hatte aus einem

dringenden Bedürfnis heraus gefragt. »Der Dalai Lama hat sich allem entzogen und ist nach Indien geflohen«, unterbrach ich Maria.
Aka Yuki Ans Augen blitzten, und sie fuhr mit donnernder Stimme dazwischen: »Natürlich ist er das, denn nur so kann er seinem Volk helfen!«
»Indem er Vorträge hält?«
»Jetzt ist es aber genug.« Zsolan zerrte mich unsanft am Arm.
»Ich glaube, es wäre klüger, Sie würden jetzt schweigen«, zischelte Maria Wand.
Ich schüttelte Zsolans Hand ab. »Der Dalai Lama ist sicherlich ein sehr freundlicher Mann, aber Jesus hätte das nicht getan, er wäre bei seinem Volk geblieben. Der Dalai Lama muß als Buddhist doch wissen, wie unwichtig das eigene Leben ist – und hat es doch gerettet.«
»Genug!«
Aber irgend etwas trieb mich weiterzusprechen. »Ich denke an den polnischen Arzt Janusz Korczak, den Direktor eines jüdischen Waisenhauses. Als er erfuhr, daß seine Kinder in der Gaskammer sterben mußten, ging er mit ihnen in den Tod, obwohl er selbst als Nichtjude frei gewesen wäre. Das letzte Foto zeigt ihn auf dem Weg in die Gaskammer, umringt von seinen Kindern. Auf dem Arm trägt er ein kleines Mädchen und an der Hand führt er einen kleinen Buben. Er ging mit als Trost für die Kinder. Das ist für mich tiefe Erleuchtung!«
Ich atmete tief und erinnerte mich an etwas, das Setsu Roshi mir in Japan bei unserem letzten Gespräch gesagt hatte. »Der Tod ist für einen Erleuchteten nur ein geringer Wandel, denn er hat sich schon zu Lebzeiten von allem befreit,

was an ihm sterblich ist. Der Tod? Das ist, als ob man die Luft mit einem Messer schneidet. Ein leichtes Gewölk.«
Ich sah seine breite, dunkle Gestalt direkt vor mir stehen, seine beruhigende Gegenwart strahlte auf mich herab. Was tat ich hier in diesem Raum? Eine plötzliche Sehnsucht, bei Setsu Roshi zu sein, überfiel mich, bei Setsu Roshi oder alleine und nicht bei diesem verlogenen, angetrunkenen Haufen. Aber ich hatte Shoken geschworen und Aka Yuki An die Treue gelobt.
Auf meine Worte folgte ein hektischer Tumult. Maria Wand sprang auf, um nervös eine Sektflasche zu öffnen, Zsolan bot Aka Yuki An beflissen eine Zigarette an. Pinky Schuller, sonst so sanft, rannte hinaus, ich hörte sie noch zu sich selbst sagen: »Wie er nur diese Frau hat heiraten können!«
Alle bewegten sich, sprachen und lachten plötzlich, als befänden sie sich auf einer lebhaften Party.
Maria Wand näherte sich mir mit einer Schnapsflasche in der Hand. »Trinken Sie, Frau Zsolan, trinken Sie«, sagte sie lachend und schenkte mir ein Wasserglas voll Sambuca ein.
Ich starrte entsetzt auf das volle Glas: »Nein danke, soviel Schnaps vertrage ich nicht, und außerdem muß ich noch nach München zurückfahren!«
»Ach was, das ist doch nicht soviel, das können Sie bestimmt vertragen! Also, zum Wohl!« Auffordernd hob sie ihr Glas.
»Nein, danke!« sagte ich etwas heftiger als beabsichtigt.
Aka Yuki Ans tiefe Stimme dröhnte aus dem Hintergrund: »Zieren Sie sich nicht so und machen Sie der Gastgeberin eine Freude!«

Wenn ich etwas nicht leiden konnte, dann war es, zum Trinken genötigt zu werden! Gereizt drehte ich mich um. »Trinken Sie das Schnapsglas doch selbst leer, Sie dürfen ja betrunken sein! Ich muß noch fahren!«
Entsetzt wurde mir in der nächsten Sekunde klar, wie ich mit meinem Guru gesprochen hatte. Alle saßen wie versteinert und starrten mich an.
Schließlich sagte Aka Yuki An trocken zu Zsolan: »Es wäre gut, wenn Sie Ihre junge Frau etwas im Zaume halten könnten.«
Giftige und betretene Blicke trafen mich, wer hatte es gewagt, jemals so mit einem Roshi zu reden! Selbst schokkiert über meine eigene Bemerkung stotterte ich: »Aber go roshi sama, Sie haben selbst gesagt, daß man einen wirklichen Meister nicht beleidigen kann: Der Meister ist wie eine zehntausend Klafter hohe Felswand, an der alles abprallt, heißt es im *Heki Gan Roku*. Ich wollte nicht unhöflich sein. Soviel Schnaps kann ich wirklich nicht vertragen, und das mit dem Dalai Lama und Tibet wollte ich tatsächlich wissen, es war mir ein inneres Anliegen.«
Aka Yuki An hielt den Blick gesenkt. »Sie fahren am besten alleine zurück, Helga wird mich heute nacht nach Hause bringen.« Die Stimme des Roshis klang eisig und unbewegt.

Der Zazenkai war beendet, und der Sawakai begann. Neben mir saß eine sehr attraktive Neue. Ihre blonden Haare und blauen Augen strahlten in der schräg einfallenden Nachmittagssonne, sie war Mitte Vierzig und überaus herzlich.
»Ich bin Beate Huber. Jetzt wollen Sie mich sicher fragen, was mich ins Zendo geführt hat! Wissen Sie, ich wollte

schon immer mal mit einem Buddhisten ins Bett gehen. Der Sex soll ja viel besser sein, wenn man meditiert! Und hier sind so viele nette junge Männer. Sehen Sie nur«, wies sie mit dem Finger auf Johann und René.

Ich drehte den Kopf schnell zur Seite, um mein Lachen zu verbergen. Trotzdem hatte ich sie sofort ins Herz geschlossen, ihre Stimme war warm und ehrlich, und ihr Wesen strömte über von Freundlichkeit.

»Na, da wünsche ich Ihnen viel Glück«, sagte ich lächelnd.

»Neulich habe ich mit einem tibetischen Lama geschlafen, aber es war nicht besonders. Er konnte einfach die Erektion nicht halten. Dabei hatte er doch einen so guten Ruf auf diesem Gebiet!«

Jetzt war es um meine Beherrschung geschehen, ich wußte nicht, ob ich lachen oder weinen sollte.

Neben mir stand ein weiterer Neuzugang im Zendo. Lazlo Konkoly, ein freundlicher älterer Herr mit kurzem grauen Haar und stämmiger, untersetzter Figur, der Englisch, Chinesisch, Tibetisch, Finnisch, aber ziemlich schlecht Deutsch sprach. Anscheinend hatte er Sinn für Humor, denn er hob seine breiten Hände in einer komischen kleinen Geste nach oben und sah mich verschwörerisch an. Ich konnte sehen, daß er eine diebische Freude an Beates Schilderung hatte.

»Ich habe mich jetzt auf jüngere Männer verlegt. Dreißig Jahre ist die absolute Obergrenze, am besten sind sie so um die Zwanzig! Glauben Sie, daß ich Glück bei den beiden dort habe?« Als ob sie geahnt hätten, daß wir von ihnen sprachen, näherten sich René und Johann.

»Warum grinst du so hinterhältig?« fragte mich René irritiert.

Beate war aufgestanden und begrüßte die beiden mit innigen Umarmungen. Johann sah mich über ihre Schulter hinweg fragend an.
»Johann ist schon ziemlich über zwanzig«, sagte ich boshaft zu Beate, die jetzt seine Hand in der ihren hielt und streichelte.
Ein plötzliches Verstehen zeigte sich auf Renés Gesicht, er packte Johann an der Schulter und sagte: »Wir müssen uns beeilen, unsere Straßenbahn geht in fünf Minuten, komm jetzt endlich!«
Sie stolperten beide davon, und ich sah, wie Johann sich ein paar Mal verwirrt zu uns umdrehte. Ich hörte ihn noch murmeln: »Aber wir sind doch mit dem Auto da.«
Lazlo Konkoly hatte sich abgewandt, ich sah, wie sein Bauch vor unterdrücktem Lachen zitterte.
»Es wird eine Zeitlang dauern, bis ich alle Männer hier durchhabe«, sagte Beate nachdenklich. »Ich hoffe nur, daß nicht alle so scheu sind. Im allgemeinen sind Buddhisten ja sehr willig, was Sex betrifft.«
Sie war köstlich in ihrer Ehrlichkeit, und ich erwiderte lächelnd: »Da haben Sie sich wirklich etwas vorgenommen. Glauben Sie, daß eine Sommersaison dafür ausreicht?«
Der alte Herr hatte sich wieder beruhigt, ganz Kavalier trat er zu Beate und legte den Arm um sie: »Wir beiden Neuen sollten uns doch ein wenig näher kennenlernen. Darf ich Sie zu einem Kaffee einladen?«
Sie hatte also doch eine Eroberung gemacht, wenn auch nicht in der anvisierten Altersgruppe.

Plötzlich sprach man von der Krise. Ich wußte nicht, wer sie zuerst erwähnt hatte, aber alle waren mit einem Male von Sorge bewegt, obwohl es keinerlei äußeren Anlaß dazu gab. In der Politik war es ruhig, die Wirtschaft war stabil, und von keiner Seite schien eine Gefahr zu drohen. Aber auch Zsolan verstieg sich in eine irrationale Angst und ließ sich von der amerikanischen Botschaft ein Visum ausstellen. »Wer weiß, wie lange ich noch in Deutschland bleiben kann« sagte er, »es ist besser, ein Visum zu haben, da kann ich sofort verschwinden. Und laß dir auch eines ausstellen, denn du gehst mit.«

»Ich will aber nicht weg«, protestierte ich unglücklich, denn bei dem Gedanken, meine Kinder nicht mehr sehen zu können, tat mir das Herz weh.

»Trotzdem gehören Sie in solchen Zeiten zu Ihrem Mann und nicht zu Ihren Kindern«, urteilte Aka Yuki An streng.

Ich antwortete ihr nicht und senkte den Kopf, denn ich wußte genau, daß ich Zsolan nicht ins Ausland folgen würde, was auch immer der Roshi dazu meinte. Mein Platz war hier, gerade da, wo ich eben stand.

Am Abend nach dem sommerlichen Zazenkai saßen wir erhitzt in Marias überladenen Haus und aßen Eis. Ich hatte etwas entdeckt, das mich immer wieder entzückte: Man konnte die Menschen in Milch- oder Fruchteisschlecker einteilen und so auf ihren Bewegungsdrang schließen. Wer Milcheis wie Nuß, Pistazie oder Mokka liebte, war schnell und flink und immer auf den Beinen. Wer dagegen Fruchteis mochte, war eher träge, saß am liebsten herum und ging nicht gerne nach draußen.

Zazen hieß nichts anderes als Stillsitzen, und daher müßten die meisten hier sich für Fruchteis entscheiden. Gespannt beobachtete ich: Aka Yuki An, Zsolan, Maria, Lilith und die anderen wählten alle Zitronensorbet, nur Pinky Schuller und ich leckten an einem Walnußeis. Und es stimmte tatsächlich, Pinky und ich waren von einem schnellen, beweglichen Naturell – und vielleicht weniger geneigt, Zazen zu üben.

Aka Yuki An riß mich aus meinen launigen Überlegungen, sie hatte ihren Teller weggestellt und wirkte sehr ernst. »Es ist wichtig, daß in dieser Krise die spirituell am Entwickeltsten überleben«, meinte sie. »Denken Sie daran, was Dogen Senji sagte: ›Selbst ein einziger Mensch, der Zazen übt, beeinflußt den ganzen Kosmos.‹ Um wieviel mehr gilt das für uns hier!«

Tina Wert hob ihren hübschen Kopf, seit ihrer Erleuchtung trug sie eine gespielte Bescheidenheit vor sich her. Anscheinend loyal zu allen, aber dennoch geschickt ein Gefälle schaffend, das einen deutlichen Unterschied zwischen ihr und den »Unerleuchteten« spüren ließ. »Ich habe diese Krise schon vor Jahren vorausgeahnt und deshalb einen Bunker gebaut«, sagte sie und bat ihren Sohn Stefan, die Pläne herüberzureichen.

Wir saßen im Wohnzimmer und beugten uns über die Papiere. Erstaunt laß ich »garantiert strahlensichere Fenster«, »Schlafraum mit Pritschen«, »Vorratskammer«, »Frischwasserbrunnen«. Ich lehnte mich fassungslos zurück und lauschte den anderen, die wie in weiter Ferne über das Projekt sprachen. Der Bunker hatte unerhört viel Geld gekostet, und Tina hatte ihn nur für ihre Familie und Zendomitglieder geplant. Er stand in Österreich, das Grundstück hatte ihr talentierter Sohn Stefan ausgesucht, es hatte eine eigene Quelle und lag sehr einsam. Stefan hatte auch den Beton und das Fensterglas ausgewählt, die aus

allerneuestem Material und garantiert resistent gegen radioaktive Strahlung waren.
Der Bunker lag etwa zwei Autostunden von München entfernt, und im Ernstfall sollten sich diejenigen, die einen Platz zugeteilt bekommen hatten, zusammentelefonieren, um im Konvoi nach Österreich zu fahren. Die Plätze waren streng limitiert, und Aka Yuki An reichte eine Liste herum:
– *»Bunker im Alptal: Tina Wert mit Mann und Sohn Stefan, Aka Yuki An, Maria Wand, Marc und Pinky Schuller, Helga Beide, Istvan Zsolan.«*
Mein Name stand nicht darauf. Ich kann kaum beschreiben, was in mir vorging, als ich die Liste sah. Einerseits schien das ganze Vorhaben derart irrwitzig zu sein, daß ich glaubte, in eine perfekte schwarze Komödie geraten zu sein. Andererseits verbreiteten alle ein Gefühl drohender Gefahr, und nicht zuletzt erzeugte Aka Yuki Ans entschiedener Ernst die Illusion von tatsächlichem Unheil. Und ich stand nicht auf der Liste!
Maria und Aka Yuki An überprüften das Papier aufmerksam, dann fiel ihr Blick auf mich. Maria murmelte leise: »Sie muß natürlich auch noch auf die Liste, schon anstandshalber.«
Aka Yuki An nickte und schrieb meinen Namen sorgfältig mit Bleistift ans Ende der Spalte. »Schließlich muß sie mich fahren.«
Ich fühlte mich kein bißchen erleichtert.
Dann fügte sie hinzu: »Pinky, seien Sie doch so nett und holen Sie die Gasmasken.«
Ich glaubte, mich verhört zu haben, aber tatsächlich kam Pinky nach einigen Minuten mit einem großen schwarzen Plastiksack zurück. Sie zog einige Gasmasken heraus und

reichte jedem von uns eine davon. Als ich an der Reihe war, sah sie zuerst fragend zu Aka Yuki An hinüber, und als diese nickte, bekam ich als letzte das Ungetüm aus schwarzem Gummi und Glas.

»Wir legen jetzt die Masken alle gemeinsam an, damit wir wissen, wie sie funktionieren«, sagte Pinky.

Alle zogen sich die Masken über den Kopf. Es war ein unbeschreibliches Bild: In Marias biederem Wohnzimmer, vor einem Regal mit Eulen, Pinguinen, kobaltblauen Gläsern und den großen Fotografien japanischer Roshis, bewegte sich eine Schar schwarzgekleideter Menschen – wir waren unmittelbar nach dem Zazenkai in Marias Haus gerufen worden und trugen noch Zenkleidung – mit monströsen Köpfen.

»Sie müssen den Gurt etwas fester anziehen«, sagte Stefan gerade zu mir und korrigierte den Sitz meiner Gasmaske, »sonst sitzt sie zu locker, und Giftgas kann eindringen!«

Als die Anprobe beendet war, befahl Aka Yuki An: »Diese Masken tragen Sie jetzt immer bei sich. Pinky wird jedem von Ihnen noch ein Überlebenspaket der Bundeswehr geben. Das dürfte fürs erste genügen.«

Pinky riß einen großen Karton auf, der hinter der Couch gestanden hatte, und verteilte kleine, handliche Päckchen. Das Zeichen der Bundeswehr und das Verfallsdatum waren darauf gedruckt, und die Worte »Einmannpackung Typ IV« und »Nato approved« stand in fetten, schwarzen Buchstaben quer über die ganze Breite geschrieben.

»Wo haben Sie das denn her?« fragte ich abrupt.

»Mein Bruder macht gerade seinen Militärdienst, und ich habe ihn gebeten, mir diese Kiste zu besorgen«, antwortete Pinky.

»Er hat sie geklaut«, murmelte Maria Wand fröhlich.
»Es befinden sich einige Scheiben Kommißbrot darin, ein Nudel- und ein Fleischgericht in der Dose, Marmelade und abgepackte Streichwurst sowie Tee, Kaffee, Kekse, Schokolade und ein Kaugummi. Ich habe alles selbst probiert und gegessen, es schmeckt nicht einmal schlecht.«
»Der Kaugummi ist bestimmt auch von der Nato geprüft und zugelassen«, witzelte Zsolan.
»Außerdem sollten wir nicht so empfindlich sein, schließlich ist es ja nur für kurze Zeit; denn alle Anzeichen deuten darauf hin, daß es nicht lange dauern wird«, sagte Aka Yuki An mit bedeutungsschwangerer Stimme.
Helga Beide, die junge Godo, warf die Arme in die Luft und jubelte: »O wie ich mich darauf freue, wenn die Welt brennen wird! Das wird ein Fest sein!«
»Denken Sie nicht an die vielen Unglücklichen, die dabei umkommen könnten?«
»Ach, was soll's, sie sind nicht erleuchtet«, herrschte sie mich an. »Nur auf uns kommt es an, und wir sitzen im Bunker!«
Eine aberwitzige Endzeitvision tauchte vor meinem inneren Auge auf: Die Welt lag in Schutt und Asche, da öffnete sich die Tür des Bunkers, und Tina Wert, Maria Wand, Zsolan und Aka Yuki An traten in eine öde Welt hinaus. Verbrannte Baumstümpfe und Ruinen kohlten vor sich hin, eine rote Sonne, von Dunst verschleiert, warf ihr trübes Licht auf den einsamen Haufen von Menschen, umwirbelt von heißem Staub. Wollte ich da dabei sein? Nein, ich wollte nicht!
Mit einem Ruck setzte ich mich auf und reichte Aka Yuki An das Paket und die Gasmaske: »Vielen Dank für die Ehre,

aber ich bleibe lieber draußen bei den anderen, wenn es einmal soweit ist.«
Alle erstarrten und sahen mich giftig an. »Sie spielen mit Ihrem Leben, dabei sollten Sie glücklich sein, auf unserer Liste zu stehen!« rief Tina entrüstet.
»Andere würden weiß Gott was darum geben, mit dem Roshi zu überleben!«
Aka Yuki An überging meinen Einwand mit einer entschiedenen Handbewegung: »Sie nehmen mit, was Ihnen zugeteilt wurde!« Nach einer kurzen Zeit des Nachdenkens sagte sie ernst: »Das alles bleibt unter uns. Sie werden niemand im Zendo erzählen, was wir heute beschlossen haben. Wir wollen doch die anderen nicht beunruhigen.«
Trotz Aka Yuki Ans Befehl rannte ich sofort zu René und Johann hinaus, um mir das Entsetzen von der Seele zu reden.
Johann platzte fast vor Lachen. »Soll das ein Witz sein? Du hast eine blühende Phantasie! So etwas kann ich einfach nicht glauben! Ist wenigstens auch ein Kondom in deinem Überlebenspaket?«
Alle Erklärungsversuche blieben ohne Wirkung. Sie lachten mich einfach aus. Schließlich öffnete ich meine Tasche und nahm die Gasmaske heraus, das schwarze Ungetüm baumelte an den Gummibändern wie eine tote Fledermaus von meiner Hand herab. René sprang einen Schritt zurück, Johann stand wie angewurzelt und starrte mich ungläubig an.
Nach kurzem, atemlosen Schweigen äußerte René mit einem unglücklichen Lächeln dieselben Gedanken, die ich selbst zuvor gehabt hatte: »Ich stelle mir gerade vor, wie es nach einem Atomkrieg aussieht: Alles verbrannt, kein

Baum, kein Mensch, nur eine entsetzliche Stille und das Heulen des Windes... da öffnet sich die Tür des Bunkers – und der Schrott der Welt tritt heraus. Nein danke!«

Wieder einmal war ein Sesshin zu Ende. Wie Johann vorausgesagt hatte, war ich meinem Versprechen untreu geworden und hatte nun schon an fast fünfzig Sesshins teilgenommen. Aber jedesmal, wenn ich am Montag mittag vor Schmerzen kaum mehr sitzen konnte, schwor ich mir aufs neue, daß dies mein letzter sei. Müde, verschwitzt und erschöpft raffte ich meine Sachen zusammen und machte mich auf den Weg in den Umkleideraum. Wie immer herrschte drangvolle Enge dort. In der Duschkabine ließ Eva Nickel genußvoll das heiße Wasser über ihren Körper laufen. Als Godo besaß sie den Schlüssel und ließ es sich nicht nehmen, ihre Reinigung mit einem Liedchen zu zelebrieren.

So schmutzig wie ich mich nach drei Tagen Katzenwäsche und der Sommerhitze im Zendo fühlte, hätte ich mich selbst gerne unter die Dusche gestellt. Unglücklich und deprimiert zog ich meine Zenbluse aus und streifte die Hakama ab, alles um mich herum ärgerte mich. Es war das alte Lied: Die erleuchteten Godos schwatzten, tranken Kaffee und erlaubten sich ganz selbstverständlich Dinge, die eigentlich verboten waren. Es war verboten zu sprechen, verboten die Dusche zu benutzen, verboten bei anderen Meistern als Aka Yuki An und Setsu Roshi zu meditieren. Die Godos kümmerten sich nicht darum, dazu kamen noch ihre endlosen Intrigen. Besonders Maria, Helga, Lilith und Eva Nickel schienen nicht zufrieden zu sein, wenn sie nicht irgend etwas Verletzendes oder Kränkendes fan-

den, das sie den anderen antun konnten. Sie mischten sich in Beziehungen ein und erzählten ganz offen, daß sie nebenbei wunderbare tibetische Rinpoches aufsuchten und dort geheimnisvolle Unterweisungen empfingen.
Das Gelächter einiger Frauen unterbrach meine trüben Gedanken, sie standen beisammen und verglichen ihre Busen. Sie trugen nur noch ihre Hakamas, sonst waren sie nackt. Rita Schlack, eine begabte Geigerin, präsentierte sich knabenhaft und braungebrannt. Inga Kekkonens düsterer Busen waberte über ihrer halb abgestreiften Zenbluse. Lilith versetzte ihrem ausladenden Becken einen zaghaften Schwung, sie hielt die Handflächen nach oben, und ich sah an ihrer rotbraunen Farbe, daß sie Bräunungstabletten mit Karotin geschluckt hatte.
»In meinem früheren Leben war ich Tempeltänzerin«, rief sie und zog ihre Hakama weiter nach unten.
»Mein Busen ist entschieden der größte«, zwitscherte Carla West aufgeräumt, ein sonst sehr stilles junges Mädchen. »Seht nur alle her, was ich kann!« Sie nahm ihre rechte Brust, die träge bis zur Taille hinunterhing, und versuchte, sie über ihre Schulter zu legen. Sie rutschte immer wieder herunter.
Was ging nur in diesen Frauen vor? Vier Tage hatte ich meditiert, in der Hitze des Zendos gesessen und verzweifelt versucht, meinen Koan zu lösen, gegen Schmerzen und Ablenkungen angekämpft. Ich war erschöpft und ergriffen vom heiligen Atem des Sesshins, dessen Schlußglocken noch in mir nachklangen – und diese vier Frauen hatten nichts besseres zu tun, als sich mit platten Frivolitäten zu unterhalten. Für einen Augenblick schalt ich mich der Prüderie. Aber nein, es gab Dinge, die zu bestimmten Orten

nicht paßten. Müde versuchte ich mein Gehör zu verschließen und zog mich an. Mit Zafu und Decke bepackt trat ich hinaus ins Treppenhaus, in einer dunklen Ecke standen Marc Schuller und Carla West. Sie hatte ihre Bluse wieder angezogen, Marcs Hand steckte darin, und ich sah, wie er hektisch und aufgeregt unter dem dünnen Stoff herumfummelte, dann beugte er sich über sie, um sie zu küssen.

Ich spürte, wie mich eine heftige Woge der Empörung ergriff. War das der gefürchtete Koller nach dem Sesshin, von dem ich schon gehört hatte? Ohne zu überlegen, riß ich die Tür zum Dokusanraum auf:

»Was ist das überhaupt für ein Zendo?« schrie ich. »Carla wirft ihren Busen über die Schulter, und Marc betrügt mit ihr draußen in der Ecke seine Frau!«

Aka Yuki An sah mich alarmiert an, sie zog mich ins Zimmer hinein und stieß hinter mir die Türe zu. »Wie können Sie es wagen, so über Marc Schuller zu sprechen!« donnerte sie. »Ich kenne ihn seit Jahren und bürge für ihn, er benimmt sich immer vorbildlich!«

»Ist es vorbildlich, wenn er an Carlas Busen herumfummelt, noch dazu unmittelbar nach dem Sesshin und im Zendo? Ist das die Erleuchtung, von der Sie immer sprechen?«

Sie änderte ihre Taktik und näherte sich mir freundlich: »Wenn Sie etwas an Marc stört, dann gehen Sie doch zu ihm und sagen ganz ruhig: ›Ich mache mir Sorgen um Ihre Entwicklung‹.«

Ich starrte sie ungläubig an. »Das ist doch lächerlich.«

»Stellen Sie sich immer wieder die entscheidende Frage: Wer sieht das?« Ihre Stimme gefror zu gefährlichem Eis. »Und nach einem Sesshin sieht man so etwas nicht. Sie haben durch Ihr Sehen die Dinge erst geschaffen, vorher waren sie nicht da. Sie sind der Schöpfer dessen, was Sie sehen, und sind dafür voll verantwortlich. Nicht die anderen, Sie selbst sollten sich dafür schämen!«

Voll Überdruß winkte ich ab, wir waren erneut an einer Stelle angelangt, an der ich schon häufig gescheitert war. Es half nichts, ich hatte es früher nicht verstanden und verstand es auch jetzt nicht. Es war eine Sache zu glauben, daß wir für unser Leben die volle Verantwortung tragen, und wieder eine andere, daß alles außerhalb unser selbst Illusion ist.

»Die anderen Menschen existieren und sind real. Wir sind doch nicht der Nabel der Welt und kontrollieren die Welt mit unseren Gedanken!«

»Ein großer indischer Guru war immer unglücklich, wenn er etwas Schlechtes gesehen oder gehört hatte, und sagte: ›Weh mir, daß ich das sah!‹ Er verstand genau, worum es ging. Und ich bleibe dabei: Nur weil Sie entsprechende Gefühle, Wünsche und Gedanken in sich haben, konnten Sie das alles sehen. Sie verursachen alles Schlechte und Schmutzige, das Ihnen begegnet, selbst! Natürlich gilt das auch für alles Schöne und Gute!«

»Aber das ist grenzenloser Hochmut! Sie wollen mir doch nicht einreden, daß ich das Haus da draußen oder die Bäume selbst geschaffen habe, nur weil ich gerade aus dem Fenster hinaussehe.«

»Doch, genauso ist es. Sie sind nur zu verblendet, um das zu erkennen.«

Befreiung

Acht Jahre waren seit meinem Eintritt ins Zendo vergangen, und genauso lange war ich mit Zsolan verheiratet. Asien war meine zweite Heimat geworden. Mehrmals im Jahr reisten Zsolan und ich nach Thailand oder Japan. Die vielen Eindrücke und die Erfahrung mit den verschiedenen Kulturen sollten mich für mein ganzes Leben prägen. Beruflich hatte ich mich auf eigene Beine gestellt und viel an Erfahrung gewonnen. Wenigstens in dieser Hinsicht war ich glücklich.

Ich lebte nur noch für meinen Beruf und das Zendo, in dem ich einen großen Teil meiner Zeit verbrachte: jeden Freitag, zweimal im Monat zu den Zazenkais über das ganze Wochenende, und während des monatlichen Sesshins kam zusätzlich der Montag hinzu. Es blieb mir ein freies Wochenende im Monat, und auch das war nur allzuoft von Aka Yuki An belegt. Ich kochte ihr jeden Tag etwas zu essen, ich kaufte für die Sesshins ein und fuhr sie mit dem Wagen herum – alles neben meiner Arbeit in der Praxis.

Sie hatte mich umgestimmt und meine ungestümen Zweifel beruhigt. Es lag wirklich an mir selbst, wenn ich etwas am Leben und der Lehre auszusetzen hatte. In unzähligen Gesprächen hatte sie mir dargelegt, wie ich meine Verblendung und Härte durch Zazen verlieren würde. Ich saß und saß und saß. Mein Guru hatte versprochen, daß dadurch alles besser würde.

Und sie hatte recht damit. Zsolan war viel ruhiger geworden, nur noch gelegentlich brach sein unangenehmes Temperament durch, und ich verdrängte gehorsam alles Negative. Es gab immer noch vieles an ihm auszusetzen, aber schließlich hatte ich ihm auch viel zu verdanken: Er hatte mich in den Beruf hineingezwungen, der mir später so viel Freude machte, er hatte mich in die asiatische Welt eingeführt, und ich hatte Dinge kennengelernt, die mir sonst verschlossen geblieben wären – dafür war ich ihm dankbar. Mehr noch als ich hatte er sein ganzes Leben der Meditation verschrieben, in jeder freien Minute zog er sich in sein Zimmer zurück, um zu meditieren.

Mitten aus dieser oberflächlichen Zufriedenheit heraus wurde ich in einen heftigen Strudel von sich überstürzenden Geschehnissen gerissen, aus dem ich kaum herausfand. So schrecklich alles war, war es dennoch meine Rettung, denn der immer dichter werdende Schleier der Verblendung, in dem ich mich verfangen hatte, wurde vor meinen Augen unbarmherzig entzweigerissen, und ich konnte endlich sehen, was *wirklich* war. Das subtile und klebrige Netz, das Aka Yuki An in all den Jahren um mich herum gewebt hatte, löste sich in einem einzigen Augenblick auf.

Es begann damit, daß in der Zwischenzeit einige Zendomitglieder gestorben waren. Die Totenfeiern häuften sich. Dann starb ganz unerwartet die junge Bettina Kassel, die mit ihrem Mann in das Starnberger Haus eingezogen war und dort mit ihm die Rolle der »Zenhausmeister« übernommen hatte. Mit fünfundzwanzig Jahren hatte sie einen Gehirntumor entwickelt, und ein halbes Jahr später war sie tot. Heimlich stellte ich eine Liste der Verstorbenen auf. Verstört starrte ich auf meinen Zettel, vierzehn Namen flimmerten vor meinen Augen. Waren tatsächlich so viele

beinahe unbemerkt in den letzten Jahren gestorben! Jedesmal nur eine kurze Betroffenheit, die große Verwandlung wurde erwähnt, und dann vergaß man ihre Namen, die nie wieder im Zendo genannt wurden.
Ich setzte noch einen fünfzehnten dazu, den von Hella Stiner. Sie hatte am letzten Sesshin teilgenommen und war am Montag morgen tot auf der Treppe sitzend aufgefunden worden. Eine hektische Betriebsamkeit entstand, Polizei, Sanitäter und die Leute vom Bestattungsinstitut drängten sich im Treppenhaus. Ich war früher als sonst erwacht und wurde so Zeuge dessen, was draußen geschah. Aka Yuki An und die Godos beherrschten souverän das Geschehen. Schließlich wurde Hella in ihrer schwarzen Zenkleidung in einen Zinksarg gelegt, der Deckel schnappte zu. Das letzte, was ich von ihr sah, waren ihre zierlichen, nackten Füße. Sie war eine so schöne, junge Frau gewesen, und jetzt wurde ihre Leiche einfach weggetragen. Das breite Band ihrer Hakama hing aus dem Sarg heraus und schleifte über das helle Holz der Treppe. Ich schluchzte auf, und Aka Yuki An fuhr herum. »Was machen Sie denn hier im Treppenhaus! Sie sollen schlafen wie alle anderen. Gehen Sie sofort ins Zendo zurück und halten Sie den Mund!«
Gequält wälzte ich mich auf meinem Platz hinter der Altarnische hin und her. Meine Gedanken kreisten um die Toten. Hella hatte schon elend ausgesehen, als sie zum Sesshin gekommen war. Warum hatte man sie nicht heimgeschickt oder einen Arzt geholt? Allein im Zendo gab es mehrere Ärzte, die ihr hätten helfen können. Ihr Mann atmete friedlich auf seiner Schlafmatte, die Decke fast ganz über den Kopf gezogen. Als Hella nach draußen ging, hatte sie sich sicherlich schlecht gefühlt, aber da Schweigege-

bot herrschte, hatte sie ihren Mann nicht bitten können, ihr zu helfen. Sie war in doppelter Hinsicht einsam gestorben; zum einen ganz allein in der Nacht draußen im kalten Treppenhaus, zum andern, weil niemand wahrgenommen hatte, wie krank sie war. Sie kam aus Norddeutschland und hatte sich nach einer siebenstündigen Autofahrt ins Zendo geschleppt. Hatte sie Aka Yuki An gesagt, wie schlecht es ihr ging? Hatte Aka Yuki An das geantwortet, was sie immer sagte, »durch Zazen wird alles besser«?
Das war auch ihr Kommentar zu Helga Beides Buckel gewesen, der ohne Behandlung und nur durch Zazen allerdings nicht kleiner, sondern immer größer wurde. Aka Yuki An nahm den Körper nicht wahr, der vor ihr stand, nahm den Menschen nicht wahr. Aber der Körper war das einzige Gefährt, das wir hatten, wir sollten gut zu ihm sein, dachte ich.
Mit Hella war die zweite junge Frau ganz plötzlich gestorben. Und was war mit den anderen vierzehn? Ich lag wie erstarrt, atemlos und spürte den kratzenden Kragen meines Koromohemdes, bis die zitternde Zenglocke zum Aufstehen rief. Alles verlief wie sonst, Sitzen, Samu, Küchendienst. Nachdem wir am Ende des Sesshins das *Hanya Haramitta Singyo,* das Herzsutra, zu Ende gesungen hatten und Aka Yuki An verkündet hatte, daß auf diesem Sesshin niemand zur Erleuchtung durchgebrochen sei, machte sie ein ernstes Gesicht. »Auf diesem Sesshin hat niemand Kensho erlebt. Aber dennoch ist ein Mensch in die Wahre Wirklichkeit vorgestoßen: Hella Stiner ist heute nacht während der Meditation gestorben.«
Ihr Mann schwankte und wurde blaß, mit einer fassungslosen Gebärde ließ er die Hände sinken.

»Wir werden jetzt die Totenfeier für Hella abhalten.«
Ich sah Aka Yuki An verschwommen in gewohnter Macht auf ihrem brokatenen Kissen sitzen. Und zum ersten Mal flog ein scharfer Pfeil des Hasses in mein Herz: So konnte man es auch ausdrücken – in die Wahre Wirklichkeit vorstoßen! Jede Mutter sieht, wenn ihr Kind krank ist, aber Aka Yuki An war Hellas Leiden gegenüber blind.

Als Felicitas Tholbeck sich erhängte, war sie sechsunddreißig Jahre alt. Ende Oktober, bevor Aka Yuki An sich aufmachte, für ein halbes Jahr nach Japan zu fahren, hatte sie mich beiseite gezogen.
»Ich wünsche, daß Sie sich um Felicitas kümmern. Sie sind doch eine gute Homöopathin, und ich kann mir vorstellen, daß Felicitas Ihre Behandlung braucht. Außerdem ist sie gerade arbeitslos, wie wäre es, wenn Sie eine Stelle für sie suchten? Sie haben so gute Kontakte und kennen viele Menschen, da müßte doch jemand dabei sein, der ihr helfen kann!«
»Ich will mich gerne darum kümmern. Welche Qualifikationen hat sie denn?«
»Qualifikationen? – Sie hat einen unbestechlichen Sinn für Schönheit.«
»Und das ist alles?«
Felicitas, groß, blaß und etwas aufgequollen, kam daraufhin regelmäßig in meine Sprechstunde, sie war meist fröhlich und guter Dinge, und die Behandlung hatte gut angeschlagen. Als sie das fünfte Mal kam, wirkte sie sehr verändert. Ich war entsetzt, als sie mir in vollem Ernst erzählte, daß sie von geheimen Feinden belauscht würde. Eben, als sie in der Straßenbahn zu mir gefahren war, habe hinter ihr

ein Mann gesessen, der all ihre Gedanken mitstenografiert und auf einen Kassettenrekorder aufgenommen habe. Das ginge nun schon seit Jahren so, Aka Yuki An wüßte um dieses Problem, habe ihr aber auch nur wenig helfen können.

Mein Roshi hatte mir eine Paranoikerin mit Verfolgungswahn anvertraut und mit keinem Wort ihr eigentliches Leiden erwähnt! Während Felicitas noch irre flüsternd vor mir saß, überschwemmte mich eine feine Wut. Wie hatte ich mich, getreu nach Aka Yuki Ans Auftrag, bemüht, ihr Arbeit zu verschaffen. Jetzt wußte ich auch, warum sie überall Schiffbruch erlitten hatte! Ich blickte auf die Uhr, die Zeit war günstig, und ich konnte Aka Yuki An trotz der acht Stunden Zeitdifferenz in Japan anrufen, nachdem ich Felicitas nach Hause geschickt hatte.

»Felicitas Tholbeck hat Verfolgungswahn! Warum haben Sie mir das nicht gesagt?«

»Da müssen Sie als Therapeutin schon selbst drauf kommen.«

Welch eine Aggression sprach aus den Worten des Roshis. Ich legte den Hörer auf und ließ ihre Antwort in mir nachhallen.

Felicitas suchte mich immer häufiger auf, sie fühlte sich wohl und glaubte daran, bald gesund zu werden. Eines Tages kam Zsolan in meinen Raum hinüber und stellte sich breitbeinig vor mich hin.

»Ich will nicht, daß du Irre in meiner Praxis behandelst! Schmeiß Felicitas raus!«

»Das werde ich nicht tun! Sie ist völlig harmlos, und es geht ihr schon viel besser.«

»Du vergißt, daß die Praxis mir gehört! Ich gestatte

dir nur, hier zu arbeiten, und erlaube nicht, daß du Verrückte behandelst! Wenn du das weiter tust, fliegst du raus.«
Er hatte recht, was meine Stellung in der Praxis betraf. Ich versuchte ihn umzustimmen und appellierte an seine Vernunft. Zsolan war mit den Jahren sanfter geworden, aber es gelang mir nicht, zu seinem Herzen vorzudringen.
»Istvan, bitte, ich möchte sie aber nicht einfach so abschieben.«
»Ich werde sie eigenhändig hinauswerfen, wenn sie noch einmal die Praxis betritt!«
Seine Augen funkelten in altem Unheil, und ich erinnerte mich gut genug, um zu wissen, daß er seine Drohung wahr machen würde. »Ich werde es ihr beim nächsten Termin sagen.« Deprimiert stand ich auf und wollte den Raum verlassen.
»Ich sagte gerade, sie wird die Praxis nie wieder betreten! Hast du mich nicht verstanden, basamek! Schreib ihr einen Brief!«
In einigen freundlichen Zeilen teilte ich Felicitas mit, daß ich sie aus rein persönlichen Gründen leider nicht mehr behandeln könne, und empfahl ihr eine Ärztin, von der ich hoffte, daß sie Felicitas' eigentliches Problem würde lösen können.

Das Telefon läutete.
»Guten Tag, hier spricht Haderer. Ich habe Ihre Adresse bei Felicitas Tholbeck gefunden, und ich finde, Sie sollten erfahren, was geschehen ist.«
»Um Himmels willen, ist sie krank?«
»Sie hat sich heute morgen am Dachbalken erhängt. Ich

habe sie gefunden, als ihre Nachbarin habe ich ihren Schlüssel.«

»Mein Gott...«

»Auf dem Tisch lag ein Zettel: Gruß an Maria Zsolan. Da dachte ich, daß ich Sie anrufen muß. Sie haben sie gerade hinausgetragen...«

Ich schluchzte auf, schon wieder ein Sarg über einer toten jungen Frau! Meine Beine fingen an zu zittern, ich verlor die Kontrolle und hörte mein eigenes erschüttertes Weinen wie aus weiter Ferne. Die Person, die ich selbst war, konnte einfach nicht mehr aufhören damit. Hilflos rutschte ich die Wand hinunter, bis ich auf dem Boden saß. Nicht nur die drei toten Frauen standen vor meinem inneren Auge und erfüllten mich mit Jammer und Angst. Auch, daß Zsolan mich so weit gebracht hatte, Felicitas den Abschiedsbrief zu schreiben, mit dem ich sie in den Tod getrieben hatte, seine jahrelangen Versuche, auch mich zu vernichten – alles, was ich verdrängt hatte, überfiel mich mit heftigem Schmerz, und das Leid der Welt brach über mir zusammen.

Nach einer mir endlos erscheinenden Zeit wählte ich Aka Yuki Ans Nummer in Japan. Ich erzählte ihr, was mit Felicitas geschehen und wie ich selbst an der Tragödie beteiligt war.

»Man schreibt eben solche Briefe nicht«, tönte ihre dünne Stimme am anderen Ende der Leitung, »und besonders nicht, wenn Vollmond ist. Das hätten Sie wissen müssen!«

Zsolan kam von seinen Besorgungen zurück und sah mein Gesicht. »Warum hast du schon wieder geheult, Bubi! Manchmal geht mir deine Heulerei wirklich auf die Nerven, kannst du nicht einmal...«

»Felicitas ist tot. Sie hat sich heute morgen erhängt!«
»Erhängt, soso. Das ist nicht gut.« Er fing plötzlich an zu lachen, ein schmieriges, grausames Lachen, das die Luft zu beschmutzen schien. »Da hat sie Pech, denn jetzt wird sie ein hungriger Geist sein, der nie die Erleuchtung erfährt, sie wird Äonen lang im Niemandsland herumgeistern und verzweifelt Nahrung suchen. Selbstmord ist eben keine Lösung, selbst wenn man gerade einen häßlichen Brief von dir bekommen hat.«
Sein Lachen gellte in meinen Ohren und ich schrie: »Hör auf!«
Er lachte weiter. »Sei nicht hysterisch! So ist das Leben, ich habe jetzt eine Sorge weniger, denn im Bett war sie auch nicht besonders!«
»Was...«
»Ja, sie war meine Geliebte, aber sie hat nicht begriffen, daß es zu Ende war und ich sie loshaben wollte. Deshalb wollte ich sie nicht mehr in der Praxis sehen!«
Plötzlich ging ein heftiger Riß durch mich, ich wurde von ungeheurem Licht und einer kristallenen Klarheit erfüllt. Eine unsagbare Freiheit durchflutete mich, und ich lächelte, über alle Schmerzen und Leiden der vergangenen Jahre hinausgehoben, ein atemloser Frieden war in mir eingekehrt. Dann stand ich langsam auf und ging auf meinen lachenden Mann zu. Als ich ihm gegenüberstand, war ich ruhig und entschieden. »Istvan, ich verlasse dich jetzt.«
Noch nie habe ich einen Menschen so schnell zusammenbrechen sehen. In einer Sekunde war aus dem eben noch so zufriedenen, mächtigen Mann ein winselndes, schmales Geschöpf geworden. Er schrumpfte auch körperlich, und in seinem Gesicht entstanden dunkle Schatten, die ihn alt

und krank aussehen ließen. Ich dachte an die langen Jahre der Demütigungen und der Gewalt, nie hatten meine Proteste anderes als weitere Demütigungen und noch mehr lärmende Gewalt bewirkt. Und dieser kleine Satz jetzt hatte den monströsen, aufgeblasenen Dämon zu Fall gebracht. Ich wußte warum: Weil es mir ernst war! All die Jahre zuvor war ich nicht von diesem heiligen Ernst erfüllt gewesen. Ich hatte mich erdrücken lassen von dem leeren Zengewäsch, daß Zsolan sich ändern würde, wenn nur ich meine Verblendung aufgäbe, von den hohlen Ermunterungen Aka Yuki Ans, dem Geklapper und Geschwätz der Zenleute. Ja, es war tatsächlich so, ich hatte mich nicht getäuscht. Wir bewegten uns im Zendo in einer verlogenen Schattenwelt, in der sich anscheinend alles um Erleuchtung drehte, aber in Wahrheit war es nur ein Tanz um das gigantische goldene Kalb unseres Egos. Mit einem heftigen Ruck hatte ich den Anschluß an meine ursprüngliche Wahrnehmung wiedererlangt, und mein gesunder Menschenverstand war zurückgekehrt.

Es war hart, Zsolan und Aka Yuki An versuchten beide, mich zur Umkehr zu bewegen. Aber es half nichts. Durch einen plötzlichen schmerzlichen Stoß waren die Schleier der Täuschung zerrissen, und ich hatte meinen Weg und meine Klarheit wiedergefunden. Nie wieder würde ich in dieses verlogene Land zurückkehren. Zsolan wirkte mit jedem Tag erschütterter, er hatte stark abgenommen und wanderte ruhelos in der Praxis auf und ab. Ich hörte, wie er endlose Gespräche mit Aka Yuki An führte, er rauchte noch mehr als sonst und trank zuviel.
Eines Tags trat er listig blinzelnd in meinen Praxisraum.

»Bubi, wie wäre es, wenn du Marios Geliebte würdest? Da hättest du deinen Spaß und könntest trotzdem meine Frau bleiben. Du kis csillag, mein kleiner Stern, mein alles.«
Ein paar Tage später kam er wieder zurück. »Wir könnten uns doch jenseits von Zeit und Raum treffen und uns erzählen, was uns bewegt. Schließlich haben wir so viel gemeinsam.«
Plötzlich schien er eine neue Idee zu haben, denn er überließ mir jetzt die Praxis fast vollständig und zog sich in sein Arbeitszimmer zurück. Was er dort tat, wußte ich nicht, aber geheimnisvoller Rauch wehte durch die Ritzen der Tür, und leise monotone Gesänge, die er unermüdlich über Stunden hinweg intonierte, drangen heraus. Als er einmal die Türe halb geöffnet ließ, sah ich ihn auf dem Fußboden sitzen, tibetische Kultgegenstände um sich versammelt. Völlig versunken in sein Tun hantierte er mit einer menschlichen Schädeldecke, einem silberverzierten Stab aus einem Oberschenkelknochen und einem Messingvajra. Ich war gerührt, denn ich glaubte, er habe nun Zuflucht im Gebet gefunden. Aber als sein eindringlicher Singsang mich bis in meine Träume verfolgte, bekam ich es mit der Angst zu tun. Was, um Himmels willen, tat er da?
Ein Traum brachte mir Klarheit: Es war dunkel, und in der tiefblauen Nacht hörte ich ein hämmerndes Geräusch. Ich folgte ihm und traf auf Zsolan, mit einem Meißel bearbeitete er eifrig und kichernd einen großen Stein, der wie ein Grabstein aussah. Als er mich kommen hörte, sprang er ertappt zur Seite und gab den Blick auf die Inschrift frei, die er aus dem schwarzglänzenden Stein herausgearbeitet hatte. *Maria esse morienda*, stand darauf, Maria muß sterben.
Ich schrak aus dem Schlaf auf und wußte plötzlich, was in

seinem kleinen Zimmer vor sich ging: Schwarze Magie! Wie oft hatte er mir von den tibetischen Praktiken berichtet und mit einem süßen Lächeln erzählt, wie er in diese dunklen Künste eingeweiht worden war.

»Man meditiert einige Monate lang und erschafft sich dabei vor seinem geistigen Auge einen furchterregenden Dämon. Jede Einzelheit muß ganz genau ausgearbeitet werden. Er trinkt Blut aus einer Schädelschale und trägt einen Gürtel aus menschlichen Knochen, mit seinen gewaltigen Füßen trampelt er auf Leichen herum. Man muß ihn wie auf einem Foto vor sich sehen. Seine Augen funkeln wild und rotglühend, sein Atem...«

»Und wozu soll es gut sein, seine Zeit mit einer so ekelhaften Vorstellung zu verschwenden?«

»Der Dämon wird dein Diener, und du kannst ihn zu anderen Menschen schicken, damit er sie in die Schranken weist. Und glaube mir, die lange Arbeit des Meditierens lohnt sich, denn wenn der Dämon einmal geschaffen ist, kann er immer wieder aktiviert werden, auch wenn er jahrelang nicht mehr benötigt wird. Du hast dann einen mächtigen Verbündeten.«

»Es ist doch nicht nötig, Rache auszuüben. Kennst du nicht das arabische Sprichwort ›Wenn du einen Feind hast, dann setze dich an den Wegrand und warte‹?«

»Ein Dämon ist nur ein Aspekt der Schwarzen Magie, man kann auch bestimmte Gebete über Butterfigürchen sprechen und dann... Aber ich sehe deinem Gesicht an, daß du davon nichts hören willst! Nur noch eins, das Opfer bekommt Angst, eine schleichende, schreckliche Angst!« Zsolan hatte gelacht.

Ich war damals nicht ängstlich gewesen, denn ich wußte,

daß Schwarze Magie nur dem schaden kann, der nicht ganz in sich ruht, den man sozusagen auf dem falschen Fuß erwischt. Aber jetzt stand ich tatsächlich auf dem falschen Fuß, die Erschütterung über den Tod von Felicitas und die Kämpfe um die Scheidung von Zsolan hatten mich geschwächt. Ich machte Licht.

In der Mitte des Zimmers saß eine riesenhafte schwarze Heuschrecke, ihre dunklen Augen funkelten böse. Ich erschrak zutiefst, wie kam das Insekt in eine Stadtwohnung, die im dritten Stock lag? Ich stand hastig auf und stülpte ein großes Einmachglas darüber, als mir ein langsames Krabbeln den Rücken hinunterlief. Zuerst versuchte ich es zu ignorieren, aber es kribbelte immer ärger. Schließlich faßte ich mir mit der Hand an die Schulter, als ich sie zurückzog, war sie voller Blut. Ein tödliches Erschrecken nahm mich gefangen, schoß wie eine zähe, dunkle Masse in meinen Körper und legte sich schwer und lähmend auf meine Gedanken.

Das Blut ließ sich nicht stillen, es floß unermüdlich aus einem kleinen Loch aus meinem Schulterblatt. Voller Angst fuhr ich ins Krankenhaus.

»Sie haben so gut wie keine Thrombozyten im Blut«, stellte der Arzt fest. »Wir können uns die Ursache nicht erklären, aber wir werden Sie hierbehalten müssen.«

Die Spritzen, Infusionen und die ruhige Umgebung des Krankenhauses waren wie ein lang ersehntes Geschenk, an diesem Ort war ich sicher. Ich schlief so tief und fest wie schon lange nicht mehr, geborgen wie ein kleines Kind. Die schleichende Angst, die unheimliche Begleiterin der Schwarzen Magie, konnte nicht in die Tag und Nacht erleuchteten Räume dringen.

René Wood besuchte mich am frühen Morgen im Krankenhaus. »Es ist der Standortwechsel«, sagte er. »Du hast dich an einen anderen Platz begeben, und Zsolan weiß nicht, wo du bist, daher kann er dich nicht mehr erreichen. Jetzt mußt du auch mit deiner Seele und deinem Bewußtsein an einen anderen Ort gehen, dann wird alles wieder gut.«

Die tibetische Praxis der Zufluchtnahme fiel mir ein, viele tausendmal wiederholte monotone Gebetsformeln machten den Geist frei von störenden Gedanken und sollten vor allem Bösen schützen. »Weißt du, was die Zuflucht zu den drei Juwelen ist, René, zu Buddha, Dharma und Sangha?«

»Natürlich«, nickte René und schob seinen Stuhl ein wenig zurück, »man wendet sich dabei an Buddha, an die Lehre und die Gemeinschaft, alle Buddhisten kennen das. – Aber du mußt dazu nicht unbedingt eine andere Kultur bemühen, auch im Christentum kennen wir diese Art der Zufluchtnahme, nur nennen wir sie anders.«

»Buddha, Dharma, Sangha«, sagte ich nachdenklich. »Das könnten Christus, die heilige Schrift und die Gemeinschaft der Heiligen sein?«

»Richtig«, lächelte René, er strich meine Decke mit seinen breiten Händen glatt und ordnete die Blumen auf meinem Nachttisch mit einer einzigen geschickten Bewegung. »Aber auch das sind nur Begriffe, jede Religion spricht von denselben Dingen, nur mit anderen Worten, und deshalb sollten wir uns nicht an Worte klammern. – Und Mantren haben wir auch genug in unserer eigenen Kultur, denk bloß mal an den Rosenkranz!«

Ich wußte, daß René sich nicht besonders für Religion in-

teressierte, er liebte vor allem die Freiheit, Ungebundenheit – und seine eigenen Skurrilität, deshalb wunderte ich mich über die Anteilnahme, mit der er sprach.
»Wir lachen über diese aus der Mode gekommene Altweiberpraxis, aber wenn ein buddhistischer Lama, wie ich es neulich in Zürich erlebte, sagt, wir sollen täglich hunderttausendmal ›Om bekanze, maha bekanze‹ singen, sind wir Feuer und Flamme und glauben auf etwas absolut Neues gestoßen zu sein.«
Ich mußte lachen und dachte an Marc Schuller und Carla West, die sich damit brüsteten, täglich tausendmal ein Reinigungsmantra zu murmeln, das besonders gut unter der Dusche wirken sollte.
»Ob Carlas Busen dabei auf der Schulter liegenbleibt?« kicherte ich boshaft.
»Du wirst bald wieder gesund, wenn du schon so gehäßig sein kannst«, grinste René. »Aber ich möchte dir jetzt ein abendländisches Mantra sagen, mit dem du dich eine Zeitlang beschäftigen kannst:

Nada se turba,
nada te spante,
todo se pasa,
Dios non se muda –
Dios solo basta.«

Die seltsamen Worte hatten eine Seele, deutlich spürte ich, wie ihre Vibrationen meinen Körper erreichten und an ihm emporschwangen. Schließlich schienen sie sich in meinem Brustraum zu sammeln, und ich fühlte eine wohltuende Beruhigung in meinem Herzen.
»Das hat Teresa von Avila geschrieben, die um 1600 in Spanien lebte. Übersetzt heißt es: Nichts soll dich verwirren,

nichts dich beängstigen, alles vergeht, Gott bleibt derselbe – Gott allein genügt!«

Ich fühlte mich seltsam berührt von diesen Worten. Der sonst so nüchterne René hatte sie mit einer eindringlichen Bewegung ausgesprochen, so als ob er mir etwas sehr Wichtiges sagen wollte. Plötzlich erkannte ich, daß es um das gleiche »Nichts« ging, mit dem wir im Koan Mu arbeiteten. Aber das »Nada« der Teresa hatte etwas ungemein Gnädiges an sich, anders als Mu peitschte es uns nicht durch die kahlen Welten des trügerischen Bewußtseins. Es war nicht karg und streng wie die splitternden Schläge des Kyosakus, sondern es neigte sich liebevoll und tröstlich zu uns herab. Es zerschlug die schöne Welt da draußen nicht, sondern gab das Vertrauen in eine allumfassende Geborgenheit, aus der niemand herausfallen konnte.

Bevor René ging, drehte er sich, als er schon unter der Tür stand, noch einmal um: »Übrigens, falls es dich interessiert, ich bin gestern aus dem Zendo ausgetreten. Jetzt gilt ›Jishin kore dojo‹!«

Wie einen Schlachtruf hatte er die japanischen Worte ausgerufen. Ich wußte, was sie bedeuteten, Setsu Roshi und Aka Yuki An hatten oft genug davon gesprochen: Unser Bewußtsein, das ist die Übungshalle...

Als René die Tür hinter sich geschlossen hatte, wurde ich plötzlich von einem Lachen geschüttelt, das animalisch aus der Tiefe meines Wesens hervorbrach. Ich lachte und lachte, während um mich herum die Welt in Scherben fiel. Zsolan, Aka Yuki An, Zendo, schwarze Magie, Nekrophilie und Sutren zerstoben in winzige Staubkörnchen, die in die klare Luft hineinsplitterten. Hitze und unaussprechliches Glück stiegen in mir auf.

Nachdem das gewaltige Lachen all die unsinnigen Splitter weggefegt hatte, schrie ich in den klaren Himmel der Erleuchtung: *Ich selbst bin Mu!* Es war wirklich so, ich war eins mit allem, fühlte das räudige, verlauste Fell des kleinen Straßenköters, der aus Joshus Koan sprang, und zugleich die grenzenlose, leere Weite des Glücks, die sich in mir und um mich herum ausbreitete. Ich war das alles selbst und war doch viel mehr.

Meine Heiterkeit kannte keine Grenzen. Da war ich jahrelang mit vielen anderen Akademikern im Zendo gesessen und hatte um Mu gerungen, hatte Mu gesucht, ohne mein eigenes Wesen zu kennen. Jetzt hatte ich keinen Guru mehr, dem ich meine Antwort ins Gesicht schleudern konnte, es mußte mir genügen, daß ich es in meinem Innersten wußte! Mu oder Nada, das ganze Universum war ich selbst.

Ein neuer Bluttest zeigte, daß sich meine Werte schon deutlich verbessert hatten. Ich atmete erleichtert auf. »Können Sie mir erklären, wie das Loch in meine Schulter gekommen ist?« fragte ich die Schwester.

»Ich dachte, Sie könnten uns das sagen! Wir haben keine Vorstellung, wie es dazu kommen konnte. Das ist seit langem das Merkwürdigste, was ich gehört habe. Aber es geschehen oft seltsame Dinge. Hauptsache, es geht Ihnen besser!«

Als ich wieder in die Praxis kam, empfing mich Zsolan mit trügerischer Freundlichkeit. Mit vor Fürsorge fast zerfließender Stimme erkundigte er sich: »Bubi, wie geht es dir? Wie fühlst du dich? Du siehst ein wenig angegriffen aus heute. War etwas Besonderes in der Nacht?«

Ich antwortete nicht und wünschte mir sehnlichst, daß die Tage bis zum festgesetzten Scheidungstermin so schnell wie möglich vergehen würden.
Aka Yuki An war früher aus Japan zurückgekehrt und versuchte noch jetzt, ihre ganze Persönlichkeit in die Waagschale zu werfen und mich mit allen Mitteln zur Umkehr zu bewegen. »Sie machen die größte Dummheit, die Sie begehen können. Bleiben Sie bei Ihrem Mann. Sie müssen ihn retten!«
»Jeder ist für sich selbst verantwortlich, das haben Sie uns selbst oft genug gesagt.«
»Ihr Mann ist da eine Ausnahme, er ist auf sie angewiesen!«
Ich fing an zu lachen. »Aber Aka Yuki An, spricht so eine zehntausend Klafter hohe Felswand?«
Immer wieder hatte sie das Beispiel aus dem *Heki Gan Roku* erwähnt und erklärt, ein Roshi sei so erhaben wie eine Felswand, unberührt von den üblichen, kleinlichen menschlichen Regungen. Doch jetzt spürte ich, daß sie nicht die Wahrheit sagte. Sie wollte Zsolan helfen und sah dabei kalt über meine Bedürfnisse hinweg.
Sie schwieg.
»Aka Yuki An, ich möchte mich beschweren, wegen all des Unrechts, das geschehen ist. Nur in meinem ersten Jahr im Zendo waren Sie loyal zu mir. Danach haben Sie Partei für Zsolan ergriffen, was immer er auch getan hat, Sie haben es gebilligt! Sie wußten von seinen ständigen Frauengeschichten, Sie wußten, daß er versucht hat, mich zu erwürgen, Sie wußten von seinen Lügen, und Sie haben dazu geschwiegen.«
Sie schwieg auch jetzt, würdig und machtvoll saß sie vor mir und rührte sich nicht. Wie ein leichter Nieselregen,

den es nicht zu beachten galt, rannen meine Worte an ihr herab.
»Warum haben Sie sich so verändert, als ich Ihnen die Brosche gezeigt habe, die mir Setsu Roshi geschenkt hat? Weshalb sind Sie in ein Haus gezogen, in dem Hitler ein und aus ging? – Sie haben gesagt, einen Guru könne man durch nichts in Verlegenheit bringen, er wisse immer die richtige Antwort. Geben Sie mir diese Antwort jetzt!«
Nichts als Schweigen und ein verächtliches Funkeln aus ihren dunklen Augen. Doch ich war so bei mir selbst, daß es mich nicht mehr erreichte. »Drei junge Frauen und zwölf andere Personen sind gestorben. Aber ich will leben, und deswegen muß ich jetzt gehen und das Zendo verlassen.«
Sie blickte mich an wie eine dunkle, tödliche Mutter, in deren Gegenwart viele Menschen den Tod gefunden hatten. Ich wußte nicht, weshalb, aber ich hatte es selbst miterlebt. Traurig dachte ich an mein Gelübde des Shoken, aber was ist schon ein Gelübde gegen das Leben!
»Warten Sie noch einen Augenblick, ich habe noch etwas für Sie.« Ich beeilte mich in den Keller hinunterzulaufen, um ein Päckchen heraufzuholen.
»Hier ist meine Gasmaske und mein Überlebenspaket, ich brauche sie nicht und hätte sie schon längst zurückgeben sollen!«
Das war mein Abschied von Aka Yuki An, dem großen Roshi und direkten Nachfolger Buddhas in der Zenlinie. Sie war mir nicht nur eine Antwort schuldig geblieben. Mehr als ihr blasses, ausgetrocknetes Gesicht und ihre unbeweglich dunkle Gestalt blieben nicht in der Erinnerung zurück.

Nun war die Hölle los. Ich erhielt Besuche und Anrufe von Zendomitgliedern, die versuchten, mich teils mit sanften Vorwürfen, teils mit Drohungen von der bevorstehenden Scheidung abzubringen.
»Du darfst Zsolan nicht verlassen«, bat Gräfin Maya Theley, samtig und falsch klang ihre Stimme.
»Warum nicht?«
»Weil es mich traurig macht.«
»Maya, glaubst du wirklich, daß ich zu Zsolan zurückgehe, bloß weil du traurig bist? Du weißt gar nicht, was tatsächlich geschehen ist.«
Sogar Maria Wand rief mich an: »Was fällt Ihnen ein, Sie sind schuld daran, wenn es Ihrem Mann schlecht geht. Er hat über zehn Kilo abgenommen. Man sollte Sie anzeigen.«
Nur Lilith van Schaukel hielt sich ruhig.
Mit Johann Zelt kam es zu einem Bruch unserer jahrelangen Freundschaft.
»Wie kannst du Aka Yuki An verlassen! Wir beide haben zusammen Shoken bekommen, das kannst du nicht so einfach abstreifen. Es bedeutet, daß wir für dieses und alle zukünftigen Leben unauflöslich mit ihr verbunden sind.«
»Ich sehe, daß es einen Unterschied gibt zwischen dem, was sie lehrt und dem, wie sie ihr Leben lebt. Ich habe ihre Unvollkommenheit gesehen, ihre Schwächen und Lügen. Das wäre nicht weiter schlimm, denn schließlich ist sie ein Mensch, aber sie hat ein Lügengebäude darüber aufgebaut und ist nicht bereit, es zu verlassen!«
»Denk an unser gemeinsames Shoken vor acht Jahren. Da haben wir beide gelobt, daß wir den Rest unseres Lebens ihre Schüler sein werden. Und sage mir eines – wie willst

du mit deinem beschränkten Bewußtsein die Handlungen eines so großen Gurus wie Aka Yuki An verstehen?«
»Ich habe jahrelang nicht auf das gehört, was mein gesunder Menschenverstand mir sagte und immer versucht, einen tieferen erhabenen Sinn hinter ihrem Verhalten zu finden, so als wäre ihr Benehmen jenseits meines Urteilsvermögen«, versuchte ich zu erklären.
»Du bist anmaßend! Zwischen dem Guru und dir liegen Welten, spürst du nicht, daß du zuweit gehst?«
»Es sind schon größere Geister von Lust und Machtgier in die Knie gezwungen worden! – Aber unsere Freundschaft soll nicht darunter leiden, wir kennen uns schon so lange. Was macht es aus, wenn wir einmal verschiedener Ansicht sind!«
»Nein danke, kein Bedarf!« sagte Johann wütend und drehte sich um. Ich hörte jahrelang nichts mehr von ihm.

Es kam zur Scheidungsverhandlung, und dabei ging es um viel Geld.
»Wie wäre es, Bubi, wenn du mir die Praxis abkaufen würdest? Du könntest die Patienten, die Räume und das Inventar behalten, und alles liefe so erfolgreich weiter wie bisher. Wäre das kein Angebot? Ich würde mich dann zur Ruhe setzen. Meine einzige Bedingung ist, daß du deinen Anspruch auf Unterhalt und meine Pension aufgibst.«
»Was möchtest du denn für die Praxis haben?«
Er nannte eine ungeheuere Summe.
»Das ist aber sehr viel!«
»Bubi, ich würde dich doch nie betrügen! Du kannst dich selbst informieren! Schließlich habe ich mir das alles aufgebaut, und du kannst nun die Früchte davon tragen.«

Ich sprach mit den verschiedensten Stellen, und alle bestätigten mir, daß die Summe nicht zu hoch gegriffen war. Es blieb mir nichts anderes übrig, als einen Kredit aufzunehmen. Während der Scheidungsverhandlung verzichtete ich auf all meine rechtmäßigen Ansprüche, anschließend erhielt Zsolan das Geld. Ich glaubte mir damit meine Freiheit erkauft zu haben. Die Luft war viel leichter geworden.

Ich fuhr mit meinen Söhnen nach Irland. Es waren wunderbare, sorglose Ferien. Als ich wieder nach München zurückkam, warteten Stapel offizieller Briefe auf mich. Der Inhalt war grotesk, Zsolan beschuldigte mich, Reklame mit seinem Namen zu machen, weil auf meinem Anrufbeantworter »Praxis Maria Zsolan« zu hören war. Die Schreiben kamen alle von seinem Anwalt, der eine Unsumme an Schadensersatz forderte und den Justizapparat bedrohlich vor mir aufmarschieren ließ. Er führte eine lange Liste von Zeugen an, die alle behaupteten, das »Maria« nicht gehört zu haben und sich betrogen sahen, da sie zu Istvan Zsolan wollten. Ich kannte die Namen, sie waren alle aus dem Zendo. Der eifrige Anwalt, der ihn vertrat, war Lilith van Schaukels Schwager und meditierte ebenfalls im Zendo!
Ich schwankte zwischen Enttäuschung und Wut, wie scheinheilig war doch dieses Komplott der Zenleute! Einige der engsten Vertrauten von Aka Yuki An hatten sich mit diesen falschen Beschuldigungen gegen mich gewandt – wieviel wußte der Roshi selbst davon? Womit hatte ich diese Gehässigkeit verdient? Wo blieben all die edlen Lehren Buddhas und der Zenpatriarchen, denen sie im Zendo Wo-

che für Woche die Treue gelobten, wenn sie das *Shi Gu Seigan* sangen? »Zahllos sind die quälenden Leidenschaften, ich gelobe sie alle zu überwinden; Buddhas Weg ist der höchste, ich gelobe ihm zu folgen.«

Diese wunderbaren Zeilen waren über Jahre hinweg auch mein ganzer Lebensinhalt gewesen, doch seit dem Abschied von Aka Yuki An war alles zusammengebrochen. Ein heftiges, schmerzliches Bedauern erfaßte mich, alle Ideale, alle hohen Ziele, all die Entbehrungen, die ich so lange gelebt hatte, lagen zerbrochen vor mir im Staub. Der heftige Schmerz hielt sich hartnäckig in meiner Brust, alles, woran ich geglaubt, alles, was ich verehrt hatte, glitt mir aus den Händen, und ich fühlte die Trauer über den Verrat, den ich den Zenleuten nie zugetraut hätte.

Während ich noch halb betäubt dasaß, kam meine Sekretärin Frau Gilo herein, die während meines Urlaubs Termine angenommen hatte.

»Was mir wirklich Sorgen macht, ist, daß wir von einem Tag auf den anderen keinerlei Patienten mehr haben.«

»Wie meinen Sie das?«

»In Ihrer ersten Urlaubswoche konnte ich wie immer viele Termine vergeben. Aber ab 29. April war schlagartig Schluß! Ich saß die zwei nächsten Wochen Tag für Tag im Büro, ohne daß auch nur ein einziger Anruf kam. Können Sie sich das erklären?«

Sie hielt mir einen öden Terminkalender hin, und ich sah wie gelähmt auf die weißen Blätter. Wie sollte ich meine hohen Kredite zurückzahlen, wenn meine Praxis leer blieb? Gedankenverloren riß ich den letzten Brief auf, der noch auf meinem Schreibtisch lag. Er war von einer Patientin, die schon seit einigen Jahren in meine Behandlung kam. Sie wolle mir ein Schreiben zukommen lassen, das sie von meinem geschiedenen Mann erhalten habe. Die elfenbeinfarbene Karte, die aus dem Kuvert fiel, gab bekannt, daß die Naturheilpraxis Zsolan verlegt worden sei und Wiedereröffnung feiere – am 29. April.

Ich schoß von meinem Stuhl hoch und reichte Frau Gilo die Karte.

»Aber das ist ja Betrug! Sie haben ihm die Praxis doch abgekauft, weil er sich zur Ruhe setzen wollte.« Plötzlich wurde sie blaß und setzte sich schnell nieder. »Mir fällt etwas Entsetzliches ein, Frau Zsolan. Während Sie in Urlaub waren, war er hier im Büro, als ich einmal eine Stunde früher kam. Er wirkte sehr verlegen und entschuldigte sich damit, daß er versehentlich ein bestimmtes Buch liegengelassen habe. Als ich ihn fragte, wie er hereingekommen sei, sagte er, Sie hätten ihm für diese Zwecke einen Schlüssel überlassen. Und alles wäre schon in Ordnung.«

»Und dabei hat er die Patientenkartei abgeschrieben! Ich habe auf alle Gelder verzichtet und ihm Unsummen ausgezahlt. Sie haben recht, das ist glatter Betrug!«

Die teure Miete kam mir in den Sinn, der hohe Kredit, mir wurde schwarz vor Augen. »Damit bin ich ruiniert!«

»Nein, so dürfen Sie nicht denken. Sie sind im Recht, das kann ich bezeugen, Sie haben ihm die Praxis abgekauft, und er hat versprochen, nicht mehr zu arbeiten. Außerdem heißen Sie nun mal Maria Zsolan, und Sie sind unter diesem Namen bekannt geworden, kein Gericht kann Ihnen verbieten, unter diesem Namen zu praktizieren! Was Sie jetzt brauchen, ist ein guter Anwalt, ich weiß jemanden. Und – gehen Sie nicht alleine hin, Frau Zsolan, nehmen Sie eine Unterstützung mit!«

René Wood begleitete mich. »Keiner sinnt mehr auf Rache als ein verlassener Meister«, murmelte René wütend. »Wir hätten schon viel früher austreten sollen. Im Augenblick bin ich so wütend, ich würde am liebsten das ganze Zendo auffliegen lassen!«

»Leider kann ich Ihnen wenig Hoffnung machen, Frau Zsolan.« Der alte Anwalt blickte mich ehrlich bekümmert an. »Sie werden ihm sogar den Schadensersatz wegen Werbung mit seinem Namen zahlen müssen.«

»Wir wissen doch alle, daß das Betrug ist! Und wir haben die Ankündigung, daß die Praxis verlegt wurde. Sie ist zudem noch so abgefaßt, daß jeder denken muß, Maria wäre wie gewohnt dort anzutreffen. Außerdem kann Frau Gilo bestätigen, daß er mit einem nachgemachten Schlüssel in der Praxis war, um die Adressen abzuschreiben!« René war ziemlich in Rage geraten. »In der Zwischenzeit haben wir sogar noch ein paar andere von diesen ›Umzugsmeldungen‹ zugeschickt bekommen!« Er reichte dem Anwalt einige Karten über den Schreibtisch.

»Ich weiß, daß Sie im Recht sind, trotzdem haben Sie keine Chance. Frau Zsolan müßte eine gewisse Anzahl Zeugen haben, die beschwören, daß sie das Schreiben von Herrn Zsolan erhalten haben. Die Zeugen müßten ein Tagegeld erhalten, Anreise und Verpflegung während des Prozesses gezahlt bekommen, ich rechne damit, daß Sie dazu eine größere Summe brauchen. Und ich weiß aus Erfahrung, daß die meisten Zeugen kurz vor der Verhandlung abspringen, weil sie nicht Farbe bekennen wollen. Wer wieder dafür zahlen muß, ist Frau Zsolan! Und das Ganze kann Jahre dauern. Glauben Sie mir, Sie sparen viel

Geld, wenn Sie den Schadensersatz zahlen und auf einen Prozeß verzichten!«

»Das ist nicht möglich«, brüllte René. »Sie muß zu ihrem Recht kommen. Wir können doch keinen Betrüger decken!«

»Lieber Herr Wood, manchmal genießt der Rechtsbrecher mehr Schutz als das Opfer. Und leider muß ich mich als Anwalt gelegentlich mit dem Gedanken zufrieden geben, daß Gottes Mühlen langsam, aber sicher mahlen.«

René sprang wütend vom Stuhl auf. »Das ist alles, was Sie zu sagen haben...«

»René, laß es gut sein. Er hat recht. Ich könnte auch keinen jahrelangen Prozeß durchstehen, das tut mir nicht gut. – Einmal muß ich das alles vergessen können.«

Zsolan bekam sein Geld, aber ich war jetzt wirklich in Schwierigkeiten. Doch hatte nicht Ilyana Baronnö Boryszeky-Theleny mir versprochen, daß ich zu ihr kommen könne, wenn ich einmal Hilfe brauchte? Es fiel mir schwer, sie mit einer Bitte um Geld aufzusuchen, aber schließlich machte ich mich doch auf den Weg.

Ihre Schwester Pepi von Töndörnoy empfing mich. »Armes Bubilein, wir haben schon gehört, was geschehen ist. Ich habe dir doch immer gesagt, daß ich einen feschen ungarischen Offizier für dich hätte. Warum hast du nicht auf die alte Pepi gehört?«

Ich hatte nie mit ihr darüber gesprochen, was zwischen Zsolan und mir vorgefallen war, und wollte es auch jetzt nicht.

»Hätte ich dir gleich sagen können, kisit«, warf Ilyana ein, wie immer, wenn sie sprach, hielt sie die Augen geschlossen. »Ich kannte selbst zwei Ungarinnen, die sich seinetwegen das Leben genommen haben – er hat die Frauen verhext! Sie wohnten bei mir, und ich habe die ganze Tragödie miterlebt.«

»Ilyana, warum hast du mir das nicht gesagt?« rief ich entsetzt.

»Es war schon zu spät. Aber nun sag mir, weshalb du gekommen bist.«

»Zsolan hat mich um meine ganzen Ersparnisse gebracht, und ich brauche dringend ein paar tausend Mark, um meine Miete zahlen zu können. Darum wollte ich dich bitten.«

Brüsk hob sie den Kopf, ihre Lider leuchteten perlmuttfarben, und ihr Hals war von einer unglaublich funkelnden Rubinkette verdeckt. Sie war zeitlos schön, und die edle Linie ihres Nackens hob sich blaß von der Brokattapete ab. Pepi war bei meiner Bitte leise aufgestanden und aus dem Zimmer gegangen, das letzte, was ich von ihr sah, war der Schimmer ihrer goldblonden Perücke.

»Dann arbeite doch, wenn du Geld brauchst! Ich habe keines!« Ilyana sprach mit eisiger Kälte und öffnete dabei kaum ihre zartrosa geschminkten Lippen. Ich spürte ihre Ablehnung, die sich jetzt auch gegen meine Person richtete, und wußte, daß es zwecklos war zu bleiben. Ich war auf der Leiter hinuntergerutscht und befand mich jetzt in ihren Augen ganz unten, dort, wo sich alle anderen aufhielten, die Geld von ihr wollten.

»Gut, Ilyana, dann vergiß es.« Ich stand auf.

»Der beste Rat, den ich dir geben kann, ist, Zsolan einen Prozeß zu machen und dir dein ganzes Geld zurückzuholen. Du wirst mir später sehr dankbar sein dafür. Und du

könntest Quark essen statt Fleisch, das kommt auch billiger.«
Ich war entlassen. Während ich an der Garderobe allein meinen Mantel anzog, hörte ich Pepi zischen: »Ily, du Ekel, weshalb gibt du ihr kein Geld? Du hast doch soviel davon, und sie braucht es wirklich. Dein ganzer Putzschrank ist voller Goldbarren!«
»Nein, nein, jeder will Geld von mir, aber ich gebe nichts.« Sicher sprach sie wieder mit geschlossenen Augen und erhobenem Kopf.

Ich floh aufs Land. An einem Tag, als es unermüdlich regnete und Wasser über Wasser vom Himmel fiel, eröffnete ich in einem kleinen Dorf meine Praxis. Sie blühte vom ersten Tag an. Die Jahre waren angefüllt mit gleichmäßig fließendem Glück, kein Schatten trübte mein Leben. Ich hatte zu Dai anshin gefunden, dem großen inneren Frieden. Meine größten Feinde hatten mir auch am meisten geholfen: Zsolan hatte mich zu einem Beruf geführt, den ich wirklich liebte, und Aka Yuki An hatte mich Disziplin gelehrt. Durch sie lernte ich auch, die Täuschung zu durchschauen, etwas, wozu nicht viele imstande sind. Lilith hatte mir gezeigt, daß es richtig ist, um des Lebens willen alles hinter sich zu lassen. Mit Hilfe all derer, die mich haßten und vernichten wollten, war ich in die Schulung im Raum eingetreten, von der Aka Yuki An so oft gesprochen hatte. Sie beginnt, wenn die Schulung bei einem lebenden Meister abgeschlossen ist. Wenn ich die Zengefährten dieser düsteren acht Jahre wahrnahm, was von Zeit zu Zeit geschah, konnte ich meine Verbundenheit mit ihnen spüren.

Viele glückliche Sommer waren ins Land gezogen. Ich ordnete gerade meine Medikamente und blickte aus dem Fenster. Auf dem Rasen vor dem Haus standen zwei Frauen, die eben meine Praxis verlassen hatten. Die junge Frau Empl unterhielt sich mit der alten Scheidhammer Kathie, zwischen ihren Beinen krabbelte ein kleines Baby auf dem Boden herum, drei Lebensalter so friedlich beisammen.
Das Bild drang mir tief ins Herz, die Qualität der Zeit hatte sich geändert. Ich atmete den sanften Frieden ein, das Endzeitliche war aus meinem Leben verschwunden und etwas anderes, Ewiges war dafür eingekehrt. Als Kind hatte ich in meinen verträumten Spielen zu ergründen gesucht, was hinter den Dingen stand – und es nicht gefunden. Ich glaubte, daß dieses Etwas am Ende der Zeit zu finden sei, und nannte es *Endzeitlich*. Auch als junge Frau fehlte mir dieses Etwas im Leben. Viele Jahre begleitete mich die Sehnsucht; hinter jedem Ding das Endzeitliche ahnend, konnte ich es nie finden. Von Tag zu Tag ihm nachjagend, diesem sich entziehenden Ding, das ich nicht sehen, aber spüren, ja sogar riechen konnte! Es trieb sich vor meiner Nase herum, sein Windhauch streifte meine Haut, ich hörte es in meinen Ohren klingen, doch fassen konnte ich es nicht. Auch im Zendo hatte ich es nicht gefunden. Doch nachdem ich es verlassen hatte und alleine meinen Weg ging, blickte ich in mein Herz und fand es verändert: Endzeitliches hatte sich in Ewiges verwandelt. Zeit war gleich Ewigkeit und Ewigkeit gleich Zeit. Ich hatte entdeckt, was schon immer war, was hinter allen Dingen und hinter der Zeit stand. Tiefes Glück durchflutete mich.
Ein ärgerliches, drängendes Schrillen der Türglocke unterbrach abrupt meine Seligkeit. Ich ging die Treppe hinunter

und öffnete. Johann Zelt stand im hellen Sonnenlicht vor der Tür. Sofort spürte ich die alte Vertrautheit zwischen uns so lebendig und warm, als ob wir nur ein paar Stunden und nicht einige Jahre lang getrennt gewesen wären.

»Wie konntest du mir das antun, einfach zu verschwinden! Ich brauchte Jahre, um herauszufinden, wo du wohnst.«

Wir sahen uns an und fielen uns in die Arme.

Epilog

Setsu Roshi, Aka Yuki An Roshi und Pater Fernande starben 1994 im Abstand weniger Wochen, sie starben alle an Krebs.

Lilith van Schaukel starb 1993 an Krebs.

Istvan Zsolan arbeitet noch immer in seiner Praxis.

Maria Wand wurde zu ihrem großen Kummer von Aka Yuki An nicht zu ihrer Nachfolgerin ernannt.

Pater Hunter und Pater Cod lehren Zen.

Nachwort

»Der Guru« könnte eine Autobiographie sein, ist es aber nicht.

Trotzdem beruht die Geschichte auf Begebenheiten, die ich während meiner vielen Reisen nach Japan, Taiwan, Thailand und Singapur, meiner naturheilkundlichen und schamanischen Ausbildung mit angesehen oder selbst erfahren habe.

Seit etwa zwanzig Jahren beschäftige ich mich mit dem Thema der östlichen Meditation und ihrer Verbreitung im Westen. Was ich erlebt habe, ist, milde ausgedrückt, nicht sehr ermutigend – vielmehr in höchstem Grade erschreckend. Diesen Eindruck spiegelt mein Roman »Der Guru«. Er ist mein Weg, anschaulich die Gefahren des spirituellen Mißbrauchs in Sekten oder sektenähnlichen Gruppierungen zu verdeutlichen.

Vielen in unserer westlichen Welt am Buddhismus Interessierten hilft das Angbot der Meditation tatsächlich nicht weiter, es macht sie eher abhängig als frei. Das hat seinen Grund unter anderem in der Tradition des Gurus, der im Buddhismus als unabdingbar für die geistige Entwicklung angesehen wird: Der Schüler liefert sich seinem Guru völlig aus. In der westlichen Welt kommt erschwerend hinzu, daß sich der Lernende auf einem Terrain befindet, das ihm kulturell und philosophisch größtenteils unbekannt ist. Diese vollkommene Abhängigkeit vom Guru stellt deshalb sehr hohe Anforderungen an den Charakter des Meisters und seine Integrität. Ist er tatsächlich so frei, wie er es zu sein vorgibt? Oder ist er finanziell, emotional und aufgrund seiner Bedürfnisse eben doch auf Dankbarkeit, Bewunderung und Bezahlung angewiesen? (Tatsächlich spielt der monetäre Aspekt im Zen-Buddhismus meiner Erfahrung nach nur eine geringe Rolle, während in vielen Sekten oder sektenähnlichen Gemeinschaften die Schüler oftmals nicht nur spirituell, sondern auch finanziell auf schlimme Weise ausgebeutet werden.)

Je länger die Beziehung zwischen Guru und Schüler besteht, desto größer wird die Gefahr der (gegenseitigen) Abhängigkeit. Denn allein der Guru entscheidet über den Entwicklungsstand des Schülers, er allein kennt die Gefahren und Klippen auf dem Weg zur Erleuchtung. Wie ein Vater führt er das ihm anvertraute Kind. Und tatsächlich, in vielen Fällen regrediert der Schüler zum Kleinkind und meint bald nichts mehr tun zu können, ohne den Rat des Gurus einzuholen. Er bemüht sich immer verzweifelter, die versprochene Erleuchtung, das Meditationsziel, zu erreichen. Gelingt ihm das nicht, sucht er eher die Schuld bei sich, als die Methode oder gar den Guru zu hinterfragen.

Immer, wenn sein gesunder Menschenverstand sich meldet, wenn der Schüler zu zweifeln beginnt, bekommt er zu hören, dies sei nur eine Spiegelung seines getrübten Bewußtseins – allein der Guru könne die Seele des Schülers wirklich durchschauen. Damit geschieht etwas Entsetzliches: Gleich einer Gehirnwäsche wird dem Schüler allmählich die Grundlage der eigenen freien Urteilskraft entzogen.

Die fernöstliche Meditationsschulung beruht auf der Ausschaltung des Verstandes und der Fähigkeit zur intellektuellen Analyse. Jede Kritik wird auf nicht zu hinterfragende und nur innerhalb des Systems geltende Prämissen zurückverwiesen. Der Schüler erschafft sich durch seine Gedanken und Wünsche die Welt. Er sieht nur, was latent in ihm bereits vorhanden ist, lautet die Lehre des Buddhismus. Somit bewegt sich der Schüler in einem hermetisch abgeriegelten Gedankenkonstrukt, aus dem ein Ausbruch, wie ich an Marias Geschichte gezeigt habe, oft erst im Moment der Lebensbedrohung gelingt. Schließlich ist der Schüler so weit, daß er jeden kritischen Gedanken in bezug auf das System oder den Guru mit seiner eigenen Unzulänglichkeit erklärt. Er hat sich selbst entmündigt und dem Mißbrauch Tür und Tor geöffnet.

Jedes Kleinkind vertraut seinen Eltern blind. Der Schüler wird dasselbe unerschütterliche Vertrauen auch auf den Guru übertragen, der dann eine ähnliche Dominanz ausübt wie früher die Eltern. Wenn dieser Guru jedoch nicht absolut integer ist, kann er der Versuchung erliegen, die ihm Anvertrauten zu mißbrauchen, um eigene Bedürfnisse zu befriedigen, etwa das Bedürfnis nach Nähe oder Bewunderung. Auf der anderen Seite haben nur wenige Menschen in ihrer Kindheit ausreichend Zuwendung bekommen, die meisten versuchen also gern, als Erwachsene in einem Lehrer-Schülerverhältnis zu kompensieren, was ihnen fehlt. In Wiederholung ihrer frühkindlichen Erfahrungen drängen sie sich förmlich danach, dem Guru gefällig zu sein und ihm absolute Macht über sich zu geben. Wenn der Guru sie mißbraucht, was häufig auch sexuell der Fall ist, halten sie es für eine Auszeichnung.

Ich habe mich oft gefragt, warum sich sogar hochintelligente Menschen mit vollem Bewußtsein in diese Abhängigkeit begeben, sich geradezu in sie hineindrängen. Der Grund ist meiner Beobachtung nach im Geltungsbedürfnis des Schülers zu suchen, das in seinem bisherigen Leben nicht voll befriedigt wurde. Wenn der Guru sich ihm nun zuwendet und Forderungen an ihn stellt, wird er sich beeilen, ihm zu Diensten zu sein – dadurch, daß der Guru sich mit ihm beschäftigt, sich ihm vielleicht auch mehr widmet als anderen, wird sein schwaches Ego aufgebaut. Denn Minderwertigkeitskomplexe gehen oft mit versteckten Genialitätsphantasien einher, oder, anders ausgedrückt, nur ein Mensch, der sich tief in seinem Innersten für unbedeutend hält, vermag sich in einen Größenwahn hineinzusteigern.

Aber all das hängt ursächlich mit der Philosophie des Buddhismus, die ich an sich für sehr weise halte, und mit der östlichen Meditation selbst zusammen, die, für unser Verständnis, ein ständiger Kampf gegen das menschliche Ego ist: Es wird grundsätzlich als minderwertig angesehen – das Ego muß vernichtet werden oder »sterben«, wie es im Zen heißt. Ein so gewaltsam unterdrücktes Ego wird sich, gerade in unserer westlichen Kultur, in der die philosophischen Grundlagen für eine derartige Direktive nicht gegeben sind, natürlicherweise aufbäumen und an anderer Stelle sein Haupt um so mächtiger erheben, daher sind Neid, Intrigen und Selbstbetrug geradezu an der Tagesordnung.

Daher ist es unabdingbar notwendig, sowohl die in die engere Wahl gezogene Meditationspraxis als auch den Guru kritisch zu betrachten und zu überprüfen, bevor man sich auf eine tiefere Beziehung einläßt, wobei natürlich die eigenen Bedürfnisse genau überdacht werden müssen. Ein wahrhaftiger Guru wird sich nicht durch kritische Fragen in Verlegenheit bringen lassen, sondern freiheraus antworten! Herrscht dagegen eine euphorische Stimmung vor, in der alle Grenzen verschwimmen und alle Fragen nur aus dem System selbst beantwortet werden, ist Vorsicht geboten.

Selbstverständlich gibt es verschiedene buddhistische Schulen und Strömungen. Für besonders gefährlich halte ich bestimmte Formen des tibetischen Buddhismus. Denn was im Mutterland Gültigkeit haben mag, muß für westliche Menschen nicht unbedingt hilfreich sein. Um spezielle magische, sexuelle oder nekrophile Praktiken zu erlernen, werden die Aspiranten in Tibet sorgfältig ausgewählt und allerstrengsten Prüfungen unterzogen – im Westen hingegen ist das nicht der Fall. Gerade um die tibetischen Lamas drängen sich hier die Massen, und sie verströmen ihre Lehren an jedermann, ohne die jeweilige psychische Verfassung des einzelnen genauer zu überprüfen. Was diese Praktiken bei labilen Menschen oder neurotischen Personen, die an Macht- oder Grandiositätsphantasien leiden, anrichten können, kann man sich vorstellen.

Bei meinen Recherchen habe ich natürlich auch zahlreiche Gurus und Schüler getroffen, die in jeder Hinsicht integer und gewissenhaft waren. Die weitaus größere Anzahl jedoch bewegte sich im trüben Gewässer von Selbstbetrug und Mißbrauch, wie ich es leider auch während der Arbeit in meiner Naturheilpraxis erfahren mußte.

In meinem Roman möchte ich auf gar keinen Fall die Lehren des Buddhismus, dem ich persönlich viel zu verdanken habe, angreifen. Ich möchte lediglich die Mißstände und Gefahren aufzeigen, die eine bestimmte Umgehensweise mit sich bringen. Das große Interesse, das allen Formen des Buddhismus im Westen entgegengebracht wird, ist meiner Meinung nach nicht zuletzt auch eine Folge des Versagens der christlichen Kirchen, aus denen radikal alle mystischen Elemente entfernt wurden.

Juni 1995 Monnica Hackl

Glossar

Die japanische Hochsprache unterscheidet sich beträchtlich von der Alltagssprache. Aka Yuki An Roshi (Roter Schnee Roshi) müßte in der Hochsprache korrekterweise Sekisetsu Roshi heißen. Da der Leser das mit dem ähnlich klingenden Namen von Setsu Roshi (Schnee Roshi) verwechseln könnte, wurde ihr Name in der Alltagssprache wiedergegeben.
Die Dehnungszeichen, die das Längungsmoment der Vokale ausdrücken, wurden sowohl bei ungarischen als auch bei japanischen Ausdrücken der Einfachheit halber weggelassen.
Da der Buddhismus ursprünglich aus Indien stammt und sich von dort aus über China nach Japan verbreitete, hat sich ein buddhistischer Sprachgebrauch entwickelt, der auf den verschiedenen asiatischen Kulturkreisen basiert. Die Herkunft der Begriffe ist mit *ch* für Chinesisch, *j* für Japanisch, *s* für Sanskrit, *t* für Tibetisch, *th* für Thai und *u* für Ungarisch gekennzeichnet.

BAHT *th*	thailändische Währung
BARDO *t*	Seinszustand
BARDO TÖDOL *t*	tibetisches Totenbuch
BASAMEK *u*	*(Bitten Sie einen Ungarn um die Übersetzung!)*
BOOT *th*	thailändischer Tempelbau
BRAHMAN *s*	göttlich, das Göttliche

BUDDHA *s*	oft verkürzt verwendet für BUDDHA SHAKYAMUNI, eigentlich Siddharta Gautama, den Begründer des Buddhismus. Wörtlichbedeutet Buddha »Der Erwachte«. Ein Buddha ist ein Wesen, das alle Fehler und Verblendungen aufgegeben hat
CSILLAG *u*	Stern
CSILLAGOM *u*	mein Stern
DAI ANSHIN *j*	großer innerer Friede
DAI SETSU ZENDO *j*	Großes Schnee Zendo
DAIGO TETTE *j*	große Erleuchtung
DAN KUI CHA *ch*	Tee aus der Dankui-Wurzel
DHARMA *s*	Buddhas Lehre
DOJO *j*	Übungshalle
DOKUSAN *j*	Geprräch mit dem Roshi
DONG CHA *ch*	wörtlich: östlicher Tee
ENMEI JIKKU KANNON KYO *j*	japanische Sutra zu Buddha Kanzeon
FARANG *th*	Fremder
GASSHO *j*	ehrfurchtsvoller Gruß mit zusammengelegten Handflächen
GO *j*	respektbezeugende Vorsilbe
GODO *j*	aufsichtsführende Person im Zendo
GURU *s*	spiritueller Meister
GYENGED RENDÖRNÖ *u*	sanfte Polizistin
GYOZA *j*	gefüllte Teigtaschen
HACHIMAN GO *j*	berühmter japanischer Tempelschrein

HAKAMA *j*	weite japanische Wickelhose
HATSU *j*	Mönchsschale
HE GU-PUNKT *ch*	Akupunkturpunkt der Hand
HEKIGAN ROKU *j*	alte japanische Koansammlung, die auf einer Felswand niedergeschrieben wurde
HOSSU *j*	Wedelstab
JISHIN KORE DOJO *j*	unser Bewußtsein, das ist die Übungshalle
JO ESTET KIVANOK *u*	guten Abend
JO ISTEN *u*	lieber Gott
JO NAPOT KIVANOK *u*	guten Tag
JOSHU *j*	Zenpatriarch
KANZEON *j*	Buddha der Barmherzigkeit in weiblicher Verkörperung (chinesisch: Quanyin)
KARMA *s*	Schicksalsgesetz
KENSHO *j*	Erleuchtung im Zen
KESA *j*	viereckiger Brustlatz
KHOPKHUN KHA *th*	danke, von einer Frau gesprochen
KINHIN *j*	Meditation im Umhergehen
KIREI DESU *j*	(das) ist schön
KIS *u*	klein
KLONG *th*	Kanäle in Bangkok
KOAN *j*	Rätselspruch, der gelöst werden muß, rational aber nicht gelöst werden kann, der Übende soll so das Vertrauen in das rationale Denken verlieren.

KOAN MU *j*	der erste Koan, der gelöst werden muß
KOROMO *j*	Zentracht
KOTSU *j*	Stab des Roshis
KYOSAKU *j*	flacher Holzstab
LAMA *t*	tibetischer Mönchspriester
LUNG GOM PA *t*	tibetischer Dauerläufer, der in Trance läuft
MAKYO *s*	täuschende Wahrnehmung
MANTRA *s*	heilige Silben, wörtlich: Schutz des Geistes
MI VAN? *u*	was ist?
MINDEN NÖT FELALDOZOK *u*	alle Frauen, ich opfere sie
MONDO *j*	Streitgespräch der Zenmeister
MUDRA *s*	rituelle Hand- und Fingerhaltungen
MUMONKAN *j*	alte japanische Koansammlung
NEMAKI *j*	japanisches Nachthemd
NID NOI *th*	noch ein bißchen
-NÖ *u*	Frau, dem Namen nachgestellt
NYOI *j*	Stab des Roshis (vgl. Kotsu)
OFURO *j*	heißes Bad
ORYOKI *j*	Eßgeschirr
PISCHTA *u*	Verkleinerungsform von Istvan
PÖRKÖLT *u*	Gulaschgericht
QI *ch*	Lebensenergie
RINPOCHE *t*	tibetischer geistlicher Würdenträger
ROSHI *j*	Zenmeister

-SAMA *j*	sehr höfliche Nachsilbe
SAMU *j*	Saubermachen
-SAN *j*	Höflichkeitsform, dem Namen nachgestellt
SANGHA *s*	Gemeinschaft der buddhistischen Gläubigen
SANUK *th*	Müßiggang
SAWAKAI *j*	geselliges Beisammensein nach der Meditation
SAWASDEE *th*	thailändischer Gruß
SAWASDEE KHA *th*	Gruß, von einer Frau gesprochen
SAWASDEE KRAP *th*	Gruß, von einem Mann gesprochen
SENSEI *j*	Lehrer, auch als Nachsilbe gebraucht
SESSHIN *j*	mehrere Tage währende Zenmeditation
SHAN *ch*	Berg
SHINTO *j*	japanische Naturreligion
SHOJI *j*	Schiebewände aus Reispapier
SHOKEN *j*	rituelle Aufnahme eines Schülers durch den Roshi
SHUI *ch*	Wasser
SHUJO MUJIN SEIGAN DAN *j*	buddhistisches Gelübde
STUPA *t*	buddhistischer Kultbau
SUSHI *j*	rohe Fischhäppchen auf Reis
SUTRA *s*	heilige Schriften der Buddhisten
TABI *j*	japanische Socken
TAI CHI *ch*	chinesische Bewegungsform

TANTRA *t*	wörtlich: Gewebe, Meditationsmethode, sexuell-meditative Technik
TATAMI *j*	Reisstrohmatten
TEISHO *j*	Unterweisungen und Lehren eines Roshis
TENZO *j*	Koch
THONBURI *th*	Stadtteil von Bangkok
UMEBOSHI *j*	in Salz eingelegte Pflaume
-UR *u*	Herr, dem Namen nachgestellt
VAJRA *t*	wörtlich: aus Diamant, Kultgegenstand
WAT *th*	thailändisches Kloster
ZABUTON *j*	flaches Kissen, auf das ein Zafu gelegt wird
ZAFU *j*	Sitzpolster zur Meditation
ZAZEN *j*	Zenmeditation, wörtlich: Stillsitzen
ZAZENKAI *j*	dreitägige Meditation
ZEN *j*	strenge buddhistische Meditationsschulung
ZENDO *j*	Meditationshalle

Quellenverzeichnis

Die Sutren *Hannya Hara Mitta Shingyo* und *Hakuin Zenji Zazen Wasan* sind zitiert nach der Übersetzung von François Viallet. *Einladung zum Zen.* Econ 1995 und *Zen – Weg zum Anderen*. Econ 1995.

Der Koan von Meister Guteis Finger stammt aus *Die torlose Schranke Mumonkan. Zen-Meister Mumons Koan-Sammlung.* Neu übertragen und kommentiert von Yamada Kôun Roshi. Kösel Verlag 1989.

Verschiedene Zitate wurden entnommen aus *Bi-Yän-Lu: Meister Yüan-wu's Niederschrift von der smaragdenen Felswand. Verfaßt auf dem Djia-schan bei Li in Huan zwischen 1111 und 1115.* Erläutert und übersetzt von Wilhem Gundert. Hanser 1977.

Die übrigen japanischen Texte werden allgemein in Klöstern verwendet und unterliegen keiner Autorenschaft.

In den Roman sind Ideen von Andrew Cohen und Alice Miller eingeflossen, siehe das Interview mit Andrew Cohen »Mißbrauchte Macht« in *Esotera* (12/94) und mit Alice Miller »Warnung vor den Psycho-Gurus« in *Psychologie Heute* (4/95).